MATEMAATTINEN STATE OF GRACE KIRJAT YKSI JA KAKSI

FRÄGMENTTI (FRAGMENT): FINALE FUSION

Cathy McGough

Stratford Living Publishing

MITÄ LUKIJAT SANOVAT

"Tarinassa on leijuvaa laatua, joka taivuttaa mielen avaamaan mahdollisuuksia."

YHDISTYNYT KUNINGASKUNTA:

"Erinomainen kirjoitus ja säröilevä juoni pitävät tämän romaanin etenemässä loistavaa vauhtia."

"Nörttityttö, urheilullinen poika - heitetään outojen tuulien ja maanjäristysten kaoottiseen maailmaan, ja he joutuvat kohtaamaan, että he ovat ainoat maailmassa jäljellä olevat elävät olennot. Tarina selviytymisestä ja rakkaudesta."

SISÄLLYSLUETTELO

QUOTE

"Luulen, että kun olimme vielä lähestymässä,
ennen kuin saimme yhteyden,
olimme matemaattisen armon tilassa."
Ian McEwan, ENDLESS LOVE

MABELILLE JA MICHAELILLE RAKKAUDELLA

KIRJA YKSI
FRÄGMENTTI (FRAGMENT)

KAPPALE 1

K uusitoistavuotias Grace Greenway tykkäsi nukkua pitkään, varsinkin koulupäivinä.

Hänen äitinsä Helen Greenway nosti oven auki ja marssi sisään. Hänen koala-tossujensa kaksi päätä näyttivät tietä. Päät hyssyttelivät, kun ne kuiskailivat tiensä viileän parkettilattian poikki.

Kun Helen pääsi huoneen toiselle puolelle, hän laski vartijansa. Hän otti pois hajuvesitäytteisen nenäliinan, jolla hän oli peittänyt nenänsä. Huoneen ilma oli kypsä eilisiltaisten kokeiden vuoksi, jotka hajusta päätellen liittyivät rikkiin.

Saavuttuaan ikkunan luo Helen nosti lasin auki. Hän työnsi päänsä ulos ja täytti keuhkonsa puhtaalla ulkohapella. Virkistyneenä hän veti verhot takaisin. Helen osoitti itseään ja tossujaan sängyllä olevan muhkuran suuntaan: hänen tyttärensä Gracen.

Huoneen toisella puolella Gracen tietokone ilmoitti läsnäolostaan, kun hälytys soi. Se alkoi vilkuttaa näytöllä satunnaisia numeroita. Se luki niitä ääneen äänellä, joka muistutti Stephen Hawkingin ääntä.

Helen pohti numeroiden merkitystä. Niissä ei ollut juuri mitään järkeä hänen ei-matemaattisesti suuntautuneille aivoilleen. Hänen koalapäiset tossunsa nojautuivat ja tekeytyivät ymmärtäväisiksi. Helen ylitti huoneen, samalla kun koalapäät nyökyttelivät ja kuiskuttelivat toisilleen. Helen itse oli tietämätön matematiikan suhteen. Hänellä ei ollut aavistustakaan, keneltä hänen tyttärensä oli perinyt numerogeenejään. Helen pohdiskeli tätä geneettistä siirtoa tutkiessaan tyttärensä kokaiinimuotoa.

"On aika herätä, rakkaani!" Helen sanoi.

Grace liikahti hieman ja heitti peiton takaisin. Vetäytyen hän venytteli ja haukotteli avaamatta silmiään.

"Hyvää huomenta, unikeko", Helen sanoi suudellessaan tytärtään otsalle.

"Huomenta, äiti", Grace vastasi ja avasi vihdoin silmänsä.

"Bussi tulee tänne vartin päästä! Sinun täytyy lähteä liikkeelle. Laitan sinulle jotain syötävää matkalla."

"Hyvä on, äiti", Grace sanoi avautuessaan peitosta. Hän nousi istumaan, vain kaatuakseen jälleen tyynyä vasten. Hän halusi niin kovasti päästä takaisin unelmatilaansa - takaisin Vincente Marinon mielentilaan.

"Tule, Grace!" Helen toisti, kun hän lähti kohti ovea: "Ole alakerrassa viidessä minuutissa!"

Grace kuiskasi Vincenten nimen ääneen, hiljaa, pehmeästi, melkein kuin hän kuvittelisi Vincenten kuulevan hänet. Hän kuvitteli miehen kiipeilevän ikkunan ulkopuolella olevaa ristikkoa pitkin. Tap-tap-tap-tap.

Tietokoneen ääni sai hänet heräämään. Hän hieroi unta silmistään. Hän katsoi yöpaitaa, joka oli yllään. Hän inhosi tätä valkoista pitsiä ja punaista nauhaa. Se oli täysin neitseellinen.

Grace ajoi sormensa punaisen solmion yli, ja se viilsi hänen lihaansa. Se sattui helvetin kipeästi, kuin paperihaava, mutta nauha oli kangasta. Hän irrotti sen yöpaidastaan. Katsoi, kuinka se ajautui kohti lattiaa, ja muutamaa sekuntia myöhemmin sitä seurasivat karmiininpunaiset veripisarat.

Grace imi verta vuotavaa sormeaan, mutta se jatkoi tippumistaan lattialle. Se sekoittui punaiseen nauhaan, joka kiemurteli kuin käärme. Hän sulki silmänsä ja kaatui takaisin tyynynsä päälle. Hän ajatteli Vincente Marinoa. Hän ei malttanut odottaa, että näkisi hänet tänään.

Grace siirtyi sängyn reunalle, jossa veripisarat olivat olleet, mutta nyt ne olivat poissa. Hän kohautti olkapäitään ja poimi punaisen nauhan. Grace kiinnitti sen uudelleen yöpaitansa pitsikaulukseen ja lähti kylpyhuoneeseen.

Helen huusi alakerrasta vielä yhden muistutuksen, mutta Grace ei kuunnellut sitä. Sen sijaan hän sulki oven takanaan ja antoi valkoisen yöpaitansa pudota kylmälle kaakelilattialle haukotellen.

Grace kumartui suihkukaappiin ja käänsi kuuman veden täysille. Hän antoi höyryn nousta ja vilkaisi olkansa yli. Hänen yöpaitansa lattialla kasassa näytti melkein kuin henki, joka oli tullut ja mennyt.

Sitten hän astui höyryävän kuumaan veteen. Vain kuumaa, ei koskaan kylmää. Hän pesi hiuksensa, kasvonsa ja muun vartalonsa ja antoi sitten kuuman veden valua päälleen.

Kun hän oli kuuma kuin voilla paistettu leivonnainen, hän sulki veden ja astui taaksepäin. Hän laittoi kylmän veden täysille, laski kolmeen ja astui siihen. Järistys hänen elimistössään oli kuin kemiallinen reaktio, sähköisku. Tällä hetkellä hän tunsi itsensä kaikkein elävimmäksi. Kaikki hänen aistinsa olivat virittyneet. Oli melkein kuin hän olisi syntynyt uudelleen.

Grace katseli vettä, kun se jatkoi matkaansa viemäriin. Hän huomasi, että punainen solmio oli jotenkin pudonnut viemäriin. Se oli jäänyt pyörteeseen ja kulki ympäri ja ympäri ja ympäri.

Hän kurottautui sisään ja nappasi punaisen nauhan, rypisti sen kämmenellään palloksi ja valutti ylimääräisen veden pois. Kun hän avasi nyrkkinsä, se heräsi henkiin ja muotoutui muotoonsa.

Kiinnostuneena hän toisti tämän prosessin: Rypistä nauha, tee nyrkki, avaa nyrkki. Katso tulos uudelleen. Ja uudelleen. Ja uudelleen.

Se tapahtui aina.

Kerta toisensa jälkeen se heittäytyi samaan muotoon: sydämen muotoon.

KAPPALE 2

GRACE HEITTI YÖPAIDAN LIKAISEN pyykin koriin. Hän alkoi pukeutua koulupukuunsa ja nosti hameen niin korkealle kuin pystyi. Kaikki koulun tytöt tekivät niin, jotta se olisi lyhyempi kuin sen piti olla. Kun koulupuku oli hyväksyttävä, hän palasi huoneeseensa ja alkoi föönata ja harjata pitkiä, punaruskeita hiuksiaan.

Hän vilkaisi olkansa yli tietokoneen näyttöä: Etsinnät jatkuivat. Grace toivoi, että se löytäisi vastauksen yhdessä yössä. Hän oli ohjelmoinut sen yhteen tavoitteeseen: löytämään seuraavan Fibonacci-sarjan. Jos se onnistuisi, Grace Greenwayn nimi kirjattaisiin historiankirjoihin. Hänen löytönsä kilpailisi kultaisen keskitien kanssa.

Grace hymyili ja laittoi hiuksensa paikoilleen. Hän muisti lempinimensä Vincente Marinolle. Hän kutsui häntä kultaiseksi keskitieksi. Se oli hänen pieni salaisuutensa.

Viimeistelläkseen asiat hän kurkotti kauas laatikkoon, johon hän piilotti meikkinsä ja siveltimensä. Hän laittoi meikkivoidetta ja hieman poskipunaa. Grace suihkutteli kaulaansa pienen hajuvesipisaran ennen kuin hän lähti alakertaan. Hän toivoi pääsevänsä äidin ohi. Toivoi, ettei hänen äitinsä huomaisi lyhennettyä hametta tai mitään muitakaan hänen tämänaamuisia korostuksiaan. Muuten siitä tulisi draamaa.

Linja-auton kuljettaja torveili jalkakäytävällä, ja Grace lähti juoksemaan. Hän nappasi kirjansa ja paahtoleivän palan lentäessään äidin ohi. Hän eteni ovesta ulos äidin vakoilevien silmien ohi, portaita ylös ja bussiin.

Helen katseli tyttärensä kiipeämistä kyytiin ja tiesi hyvin, että hänen hameensa oli lyhyempi kuin sen piti olla.

Helen jatkoi tyttärensä seuraamista, kun hän käveli kohti bussin takaosaa. Hän muisti ensimmäisen kerran, kun hän oli seissyt siinä ja katsellut, kun hänen tyttärensä nousi bussiin. Helen oli halunnut kävellä bussiin tyttärensä kanssa. Grace oli niin innoissaan ja päättänyt olla iso tyttö, että hän halusi tehdä sen yksin. Helen muisti sen kuin eilisen: kuinka hänen tyttärensä oli valmis katkaisemaan köyden. Sillä Helen ei ollut ollut valmistautunut siihen ylivoimaiseen kipuun, joka väänsi hänen sydäntään. Hän seurasi silmillään bussin matkaa, kunnes ei enää nähnyt sitä. Kyynel vieri pitkin hänen poskeaan. Helen siveli sen pois.

Bussissa Grace löysi tavanomaisen istumapaikkansa ja avasi sitten kirjansa. Hän piiloutui oppikirjan taakse kuin se olisi ollut seinä, valepuku. Siellä hän saattoi odottaa Vincente Marinon saapumista inkognito.

Kun bussi jyrähti tietä pitkin, Grace kadotti hetkeksi tietonsa siitä, missä hän oli. Hän palasi todellisuuteen, kun Vincente Marino nousi kyytiin.

Silloin Grace istui suorassa, kuin adrenaliinijysäys olisi käynyt hänen lävitseen. Hän piti oppikirjaa edessään kuin kilpeä. Sisimmässään hänen sydämensä hakkasi ja jyskytti niin kovaa, että oli melkein kuin sille olisi kasvanut siivet ja se olisi lähdössä lentoon. Hänen pulssinsa jyskytti, ja hänen täytyi miettiä jokaista hengenvetoa.

Vincente siirtyi istuimelta toiselle, kohautti ja tervehti, kunnes bussikuski käski häntä istumaan penkille. Vihellettyään pilliin niin korkealta, että kaikki naapuruston koirat varmasti kuulivat sen, Vincente liukui istumaan tyttöystävänsä Missy Malonen viereen.

Grace oli rakastunut Vincente Marinoon, mutta hän rakasti häntä vain kaukaa. Hän tiesi, että mies oli täysin ylivoimainen, mutta samalla hänellä oli toivoa. Hän uskoi, että rakkaus oli matemaattinen yhtälö. Hän uskoi, että todellinen rakkaus oli ennalta määrätty.

Se oli kuin mikä tahansa matemaattinen kaava: sitä piti vain etsiä. Etsiä sitä, kunnes löysi täydellisen kultaisen keskitien. Kun kaikki numerot olivat oikeassa järjestyksessä, maailmankaikkeus juonitteli, että kaksi ihmistä rakastuisi toisiinsa. Grace Greenway odotti, että hänen kultainen keskitiensä napsahtaisi kohdalleen. Sitten hän ja Vincente Marino olisivat täydellisessä rakkauden tilassa.

Grace katsoi ylös oppikirjan takaa. Vincenten ääni leijaili häntä kohti. Hän katsoi, miten miehen vaaleat hiukset hohtivat auringonvalossa. Kultaiset hiukset harjasivat hänen hartioitaan. Hän nauroi ja kuiskasi jotain Missyn korvaan, ja sitten hän kääntyi bussin takaosan suuntaan.

Gracen sydän pysähtyi, kun heidän katseensa lukkiutuivat sekunnin murto-osaksi. Hänen poskensa muuttuivat punaisiksi. Hän peitti kasvonsa jälleen kerran oppikirjalla kuin verholla. Grace pystyi yhä näkemään hänen jalkansa, kenkänsä. Sitten urheilulliset juoksukengät Vincente Marinon kengät koskettivat hänen jalkojaan. Hän laski kirjan alas, ja hänen koboltinsävyiset silmänsä lukkiutuivat hänen pähkinänruskeisiin silmiinsä. Hän yskähti, kun hän vihdoin muisti hengittää.

"Hei, Grace", Vincente sanoi. "Mietin, voisitko pelastaa henkeni?"

Hän nyökkäsi.

"Eilisiltainen peli meni myöhään, ja sitten meidän piti lähteä ulos juhlimaan, tarkoitan, me voitimme! Tiedäthän, millaista se on."

"Joo, tiedän", hän kuiskasi.

"Ja sitten tänä aamuna tajusin, etten ole tehnyt matematiikan läksyjä, ja tiedät, että vanha herra Dense on kiusaantunut minusta. Hän haluaisi, että minut potkitaan ulos joukkueesta."

"Niin, tiedän."

"Grace?" Hän veti syvään henkeä, kun mies sanoi hänen nimensä, kun hän jatkoi. "Jos löytäisit sydämestäsi sen, että lainaisit minulle läksysi, olisin ikuisesti velkaa sinulle. Pelastaisit ehdottomasti henkeni."

Hän kurottautui laukkuunsa epäröimättä.

"Tuon ne sinulle takaisin ennen tuntia." Sitten hän teki sydämensä ristiin menevän liikkeen ja toivoi kuolevansa. Hän säteili hymyn hänen suuntaansa. "Kiitos, kulta", hän sanoi ja antoi suukon tytön suuntaan, kun hän tunki kirjan reppuunsa.

Vincente palasi paikalleen, jossa Missy Malone piti silmällä heidän kanssakäymistään.

Gracen ja Missyn katseet lukkiutuivat hetkeksi Vincenten olkapään yli. He kaksi eivät olleet kilpailijoita. Missy tiesi, ettei Grace ollut uhka, mutta hän näki, että idioottiparka oli ihastunut Vincenteensä. Kaikki tiesivät, että hän seurasi häntä kuin kulkukoira.

Grace laittoi oppikirjaesteen takaisin pystyyn ja hymyili itsekseen. Itse asiassa hänellä oli suurin ja typerin mahdollinen virne. Hän oli niin innoissaan siitä, että hän puhuisi taas Vincenten kanssa. Edes ajatus Fibonaccista ei saanut häntä harhautumaan.

Sitten hän tajusi, että bussi oli pysähtynyt, ja kaikki matkustajat olivat ryömimässä käytävälle. Hänkin teki sen ja kaivautui sisään, kunnes seisoi suoraan Vincenten takana. Hän päästi Missyn eteensä. Vincenten partaveden tuoksu leijaili hänen suuntaansa. Grace hengitti sitä sisään, hengitti häntä sisään.

Kun hän astui ulos auringonvaloon, säteet suutelivat hänen sormessaan olevaa verikultaista sormusta ja sokaisivat hänet hetkeksi. Hän törmäsi mieheen, mutta tämä ei näyttänyt välittävän. Hän nauroi ja sädehti hampaallisen hymyn hänen suuntaansa.

Grace unohti hengittää.

Missy Malone huudahti, laittoi kätensä Vincenten käden läpi ja johdatti hänet pois.

Grace saapui kaapilleen. Hän hengitti syvään ja heitti sitten reppunsa sisään. Hän katsoi läpi aamupäivän aikataulunsa: Alkuperäiskansojen opiskelu, matematiikka, taide, sitten lounas, jonka jälkeen taas taide, englanti, vapaa-aika. Hän voisi mennä katsomaan peliä. Kello soi. Hän löi kaappinsa kiinni. Hän juoksi käytävää pitkin ja asettui istumaan ikkunoiden viereen.

Hänen opettajansa neiti Smart otti läsnäolijat ja esitteli sitten luokalle erikoisvieraan. Puhujavieras oli nainen varastetusta sukupolvesta.

Hän kertoi luokalle, miten hänet vietiin. Sitten hänet adoptoitiin valkoiseen perheeseen. Kuinka hän ei saanut harjoittaa tai noudattaa gadigal-kansan perinteitä.

Grace sääli häntä. Loppujen lopuksi ketään lasta ei pitäisi hylätä, saati sitten varastaa. Yhtäkään lasta ei pitäisi sulkea pois omasta historiastaan. Se oli järjetöntä.

Grace ei voinut ymmärtää, miksi naisen vanhemmat olivat sallineet sen tapahtua. Grace kuvitteli tilanteen kehittyvän hänen kotonaan. Vieraita ihmisiä ilmestyi paikalle. Vaatimassa, että hänet vietäisiin pois. Gracen vanhemmat olisivat palkanneet kaikki kaupungin lakimiehet ja pysäyttäneet asian ennen kuin se olisi edes alkanut. Hän ajatteli kysyä naiselta tämän kysymyksen. Toinen luokkatoveri ehti ennen häntä.

Nainen muisti, kuinka valkoinen mies oli tuonut mukanaan aseita, myös pyssyjä. Hänen vanhempansa tiesivät, että verta vuodatettaisiin, jos he vastustaisivat, joten he eivät tehneet niin. Nainen sanoi, ettei ollut mitään järkeä taistella, koska lasten poisvieminen oli lailla hyväksytty.

"Sitä ei tapahtunut vain Australiassa", nainen selitti luokalle. "Sitä tapahtui Kanadan aboriginaaleille ja Amerikan alkuperäisasukkaille, Uuden-Seelannin alkuperäisasukkaille ja monille muille kansoille eri puolilla maailmaa. Jokainen tapaus oli erilainen, mutta nämä kauheat asiat muuttivat perheemme ikuisesti."

Vaikka Grace tunsi empatiaa, hän uskoi, että naisen pitäisi unohtaa menneisyys ja siirtyä eteenpäin. Hän uskoi, että elämä oli kuin matemaattinen kaava. Oli aina etsittävä ja liikuttava. Uudelleenmuokkaaminen. Edistyä.

Grace suuntasi matematiikan tunnille, jossa Vincente ojensi hänen kotitehtävänsä poikki juuri sopivasti ennen niiden jättämistä. Herra Dense oli sellainen opettaja, joka teki kaiken sääntöjen mukaan. Hän näytti olevan tyytyväinen, kun Vincente Marino oli ensimmäinen, joka antoi läksynsä.

Fibonaccia käsiteltiin tänään tunnilla. Koska kuusitoistavuotias Grace Greenway oli tunnustettu ihmelapsi, hänen opettajansa päästi hänet aikaisin pois. Grace vietti vapaa-aikansa opiskellen kirjastossa. Hän kävi muilla tunneillaan, lounaalla, englannissa. Sitten takaisin kirjastoon vapaa-ajaksi peliaikaan asti.

Luettuaan ja valittuaan kourallisen oppikirjoja lainattavaksi hän lähti kentälle. katsomaan krikettiottelua. Juuri silloin Vincente Marino astui mailalle. Koulun yleisö puhkesi raikuviin suosionosoituksiin.

Vincenten valkoisen krikettipuvun heijastama iltapäivän auringonvalo vei Gracen huomion ja hän menetti kirjakimpun hallinnan. Hän piteli niteitä sylissään ja jonglööpasi niitä, niin kuin sitä tekee onnistuneen toipumisen toivossa. Silti hänen päättäväisyytensä pysyä pystyssä matemaattisten esikuviensa kokonaisteoksia syleillen: Sophie Germainin, Hypatian, Lise

Meitnerin ja Mary Somervillen, ei ollut tarkoitus. Kun kirjat putosivat maahan, hänkin kaatui useammalla kuin yhdellä tavalla.

***

K un Grace tuli tajuihinsa, kaikki oli epäselvää ja sameaa. Häntä huimasi ja häntä teki mieli oksentaa. Hänen päähänsä sattui kamalasti. Aivan kuin hänen aivonsa olisivat yrittäneet löytää tietä ulos hänen päästään. "Pysykää kaikki kauempana!" joku huusi, "Grace? Grace! Oletko kunnossa? Puhu minulle, Grace! Kuuletko minua?"

Kun Grace avasi silmänsä ja katsoi taivaalle, enkeli kutsui hänen nimeään. Grace ihmetteli, oliko hän kuollut. Olisiko hän voinut kuolla ja siirtyä toiseen ulottuvuuteen? Kieltäytyen uskomasta sitä todeksi hän puristi silmänsä kiinni ja avasi ne uudelleen. Hänen yläpuolellaan leijui poika, jolla oli auringon kokoinen sädekehä.

"Olen niin, niin pahoillani, Grace", poika sanoi ja otti toisen tytön kädestä käteensä.

Ympärille oli kerääntynyt väkijoukko, joka töni, töni ja huusi. Aiheuttaen yleistä teini-ikäisten sekasortoa.

Grace saattoi nähdä heidän kumartuvan hänen ylleen - joidenkin nauravat kasvot olivat ylösalaisin. Hänen päässään oli jatkuva huminaa. Ilman yhtä tuttua kasvoa, nuoren miehen kasvoja, hän olisi tuntenut tai pelästynyt.

Hän yritti olla rohkea ja nousta ylös. Hänen jalkansa eivät suostuneet yhteistyöhön. Ne tärisivät ja heiluivat kuin ylikypsä spagetti. Hänen korvissaan kuului meren ääni.

Hän istuutui takaisin ja lepäsi päänsä nuoren miehen rintaa vasten. Mies ei näyttänyt välittävän.

KAPPALE 3

POJAN KASVOT SIIRTYIVÄT LÄHEMMÄS Gracen kasvoja, niin että auringon säteet hälvensivät hänen sädekehänsä muodon. Grace tunsi miehen makean, kanelisen hengityksen kaulallaan. Grace tiesi, mitä poika halusi. Hän käänsi paljaan kaulansa häntä kohti. Hän antoi miehelle luvan purra häntä. Maistaa häntä.

"Soittakaa joku Triple Zerolle!" poika huusi nostaessaan Gracen ylös ja pitäessään tämän vartalosta kiinni.

Gracesta tuntui pahalta. Hänen oli ollut tarkoitus lähteä laihdutusohjelmaan. Hän ei ollut aivan höyhenenkevyt. Hän nojasi päänsä miehen rintaan odottaen kuulevansa miehen sydämenlyönnit. Hän kuuli vain meren pauhua.

Grace katsoi ylös miehen komeisiin kasvoihin. Hän näytti niin huolestuneelta.

Yhdessä he liikkuivat väkijoukon kohinan ja kuiskausten keskellä. Hiljaiseen paikkaan. Lopulta he nousivat portaita ylös ja menivät kääntyvästä ovesta sisään. Sitten Grace Greenway asetettiin pehmeälle pinnasängylle huoneeseen, joka tuoksui antiseptiselle aineelle ja jumppasukille. Hän painoi kasvonsa takaisin miehen sisään ja yritti ottaa miehen kanelimaisuuden takaisin haltuunsa.

"Tämä on sairaanhoitajien asema. Odota tässä. Menen hakemaan apua."

"Älä jätä minua", hän sanoi. "Ole kiltti, älä jätä minua."

"Hän ei hengitä!" joku huusi ajoissa muistuttaakseen häntä.

Pian Grace tunsi itsensä taas omaksi itsekseen. Hän toivoi vain, että aallot lakkaisivat syöksymästä hänen mielensä rannoille.

"Kuuletko minua?" nainen kysyi. Grace nyökkäsi. "Olen sairaanhoitaja Hands."

"Hoitaja, 5. Hands, 5... upeaa." Grace huudahti.

"Hän hourailee!" Hoitaja Hands sanoi. Hän tunnusteli Gracen pulssia ja otsaa, sitten hän katsoi Vincenteä ja pudisti päätään.

"Ei, hän ajattelee matematiikan tuntia. Herra Dense päästi hänet aikaisin pois. Olimme tekemässä Fibonaccia", Vincente selitti.

"Tiedätkö hänen nimensä?"

"Kyllä, hän on Grace. Grace Greenway."

Grace rypisti Vincenten paidan kämmenelleen.

"Minun on todella palattava takaisin peliin."

"Grace", hoitaja Hands sanoi, "odotamme ambulanssia. Vincenten on päästävä takaisin peliin. Ole kiltti ja päästä irti hänen paidastaan."

Grace huusi: "Älä jätä minua!"

Vincente polvistui takaisin hänen viereensä ja katsoi häntä silmiin.

Hän pysyi siellä.

Hän huokaisi.

Ja sitten kaikki häipyi mustaksi.

KAPPALE 4

SAIRAALASSA HOITAJA PYSÄHTYI GRACEN sängyn viereen ja tarkisti hänen elintoimintonsa. Hänen tilansa oli toistaiseksi vakaa. Hoitaja veti peiton takaisin Gracen käsivarsien päälle. Hän haki tarjottimelta käyttämättömät vesilasit ja pysähtyi hetkeksi vilkaisemaan krikettipukuista nuorta miestä, joka nukkui syvään tuolissa ikkunan alla.

Vincente ei ollut poistunut Gracen viereltä tämän tajuttoman saapumisen jälkeen. Poistuessaan hän vilkaisi kelloaan ja laski, että hänen työvuoroaan oli jäljellä vielä kuusi tuntia. Hän rakasti työtään, mutta tästä tulisi pitkä päivä.

Takaisin Gracen huoneessa potilas alkoi heräillä ja liikkua. Pian hän huomasi, että hänet oli kiinnitetty sänkyyn useilla meluisilla koneilla.

Hän oli sairaalahuoneessa. Miksi hän oli täällä? Miten hän oli joutunut tänne? Hän sulki silmänsä ja yritti keskittyä. Hän yritti muistaa, mutta mitään muistoja ei tullut.

Grace halusi päästä irti piip-pip-pip-piipistä ja tippa-tippa-tippa-tippistä ja yritti nousta istumaan. Kun hän ei pystynyt toteuttamaan tätä yksinkertaista toivettaan, hän heittäytyi takaisin tyynylle. Hänellä oli kova halu karata.

Miksi olen täällä? Grace ajatteli. Ja miksi kaikki ovat hylänneet minut?

Grace huomasi pojan, joka nukkui sängyn vieressä olevassa tuolissa. Hän ei ollutkaan yksin, ja hän halasi itseään niin hyvin kuin pystyi, kun koneet oli kiinnitetty hänen kehoonsa.

Hän tunsi itsensä nyt onnellisemmaksi, kun hän tiesi, että joku oli paikalla. Että joku välitti.

Vaikka hän ei nähnyt miehen kasvoja, hän seurasi, kuinka hänen vaaleat hiuksensa liikkuivat sisään ja ulos jokaisen hengenvedon mukana. Hän nukkui sikeästi. Grace jatkoi miehen ja hänen yllään olleen valkoisen univormun tuijottamista. Hän mietti, oliko mies töissä sairaalassa. Tuntui oudolta, että henkilökunnan jäsen nukahtaisi potilaan viereen.

Gracesta tuntui oudolta, kun hän katsoi pojan taitettuja käsiä ja hänen vapaasti laskeutuvaa vaaleaa tukkaansa.

Kului hetkiä, ja hän jatkoi tuijottamista. Sitten, melkein kuin hän olisi tuntenut Gracen katseet, poika heräsi säikähdyksellä. Hän heilautti hiuksiaan taaksepäin ja paljasti enkelin kasvot.

Grace peitti suunsa kädellään. Hän oli upea. Poika nousi ylös ja siirtyi häntä kohti.

Grace ei saanut henkeä. Kun poika siirtyi lähemmäs, hänen tummansiniset silmänsä saivat Gracen sydämen sykkimään yhä nopeammin. Hän luuli pyörtyvänsä. Ja sitten poika puhui. "Olet hereillä, Gracie! Luojan kiitos! Olin niin huolissani. Me olemme olleet niin huolissamme."

"Niin", Gracie sanoi, eikä tiennyt, mitä muuta sanoa. Hän ei ollut henkilökunnan jäsen. Hän merkitsi hänelle jotain enemmän, hän tunsi sen sydämessään ja tiesi sen syvällä mielessään. Mutta kuka ihmeessä hän oli?

Hän ojensi kätensä miehelle odottaen tämän tarttuvan siihen. Mies ei ottanut. Sen sijaan hän siirtyi askeleen taaksepäin. Hän perui kätensä hieman vastahakoisesti.

Poika tuijotti Gracea, aivan kuin hän odottaisi jotain. Tahdon pitää kädestäsi kiinni -virheen jälkeen hän suojeli itseään. Hän työnsi kätensä syvälle taskuihinsa. Muutaman sekunnin kuluttua hän veti ne taas esiin.

Grace tunsi itsensä kuumaksi ja kylmäksi samanaikaisesti.

"Oletko kunnossa?" hän kysyi. "Sattuuko sinuun mihinkään?"

Grace odotti ja mietti ennen kuin vastasi. Hän halusi vastauksensa olevan ytimekäs, mutta ei terävä. Sillä, miltä hänestä tuntui, ei ollut väliä! Se, mitä hän halusi tietää, oli, miksi hän oli täällä? Hän halusi tietää, kuka hän oli?

"Päätäni särkee eniten. Aivan kuin kaikki olisi yhtä aikaa kipeä, jos siinä on järkeä. Entä sinä?"

Hän säteili hymyä paljastaen häikäisevän täydellisen valkoiset hampaat. Gracen mielestä hänen hampaisiinsa pitäisi liittää varoitus: AURINKOLASEJA TARVITAAN. Hän ajoi sormiaan hiustensa läpi, ja heidän katseensa yhdistyivät.

Grace tunsi miehestä lähtevän energian, joka iski häntä ensin suoraan rintaan ja tuntui sitten kimpoavan seinistä. Jos hän ei olisi jo maannut, se olisi pudottanut hänet jaloiltaan. Hän oli rakastunut. Siitä hän oli varma. Mutta mies käyttäytyi oudosti.

Aivan kuin hän ei tietäisi, mitä sanoa tai mitä tehdä. Aivan kuin hän olisi halunnut ojentaa kätensä, mutta ei tiennyt miten. "Olen kunnossa, kiitos", hän sanoi. Hän näytti Nalle Puhilta, jonka käsi oli juuttunut Honeypotiin.

Grace kaatui jälleen kerran taaksepäin tyynylle, eikä katkaissut katsekontaktia poikaan. Hän halusi kysyä pojalta kysymyksiä, paljon kysymyksiä, mutta mistä aloittaa? Pitäisikö hänen purskahtaa ne ulos? Poika näytti niin epämukavalta. Miksi?

Hän korjasi asentoaan sängyllä. Hän nojasi nyt tavallaan miestä kohti, pää lepäsi toisella kädellä - niin paljon kuin voi levätä, kun on kytketty koneisiin - ja kutsui miestä lähemmäksi.

Mies pysähtyi ja katsoi kenkiään. Sitten hän käveli eteenpäin. Hän tiesi, ettei mies aikonut tarjota mitään tietoa, hän aisti sen, tunsi sen, mutta hänen oli pakko tietää. Aika kului hukkaan. "Mitä minulle tapahtui?" hän lopulta puuskahti.

Poika astui hieman taaksepäin, alkoi sanoa jotain ja pysähtyi sitten. Hän avasi suunsa ja sulki sen taas kuin kala.

Grace yritti auttaa suoremmilla kysymyksillä. "Mitä minä teen tässä sairaalassa? Miten päädyin tänne?"

Hän pysyi hiljaa ja ajeli sormillaan hiuksiaan.

Grace jatkoi lannistumatta: "Ja kuka sinä olet?"

KAPPALE 5

P OIKA NÄYTTI AHDISTUNEELTA KYSYMYKSEN numero yksi vuoksi ja huolestuneelta kysymysten numero kaksi ja kolme vuoksi. Kysymys numero neljä aiheutti hämmästyttävimmän reaktion.

Kaikki tiesivät, kuka Vincente Marino oli, ja erityisesti Grace Greenway tiesi. Poika näki, kuinka tyttö teki koiranpentusilmiä pojalle. Joskus, kun hän luuli, ettei poika katsonut, hän seurasi häntä ympäri koulua. Hän teki niin joskus jopa silloin, kun mies oli tyttöystävänsä Missy Malonen kanssa. Pilailiko hän siis? Vincente oli melko varma, että hän pelleili hänen päänsä kanssa.

Hän astui tyttöä kohti ja katsoi tämän pähkinänruskeisiin silmiin, katsoen aina tämän sieluun asti. Hänen oli saatava tietää, mitä tämä aikoi. Nähdä, oliko tämä leikkiä vai temppuilua, mutta Grace ei räpäyttänyt silmiään eikä paljastanut mitään.

Gracella ei ollut aavistustakaan, kuka hän oli.

Kun poika katsoi häntä silmiin, Grace mietti, oliko hänellä väärässä päässä tikkua. Ehkä hänkään ei tiennyt, kuka hän oli? Olihan hän sentään vaalea.

"Olen Vincente", hän sanoi ja katsoi koko ajan Gracen kasvoihin etsien merkkiä tunnistamisesta. Kun sitä ei tullut, hän toisti nimensä uudelleen. Itse asiassa hän melkein lauloi sen: "Vincente Marino."

Kihelmöinti teki tiensä Gracen käsivarsia pitkin, ja hän vapisi. Hän ei tunnistanut miehen nimeä, mutta jokin syvällä hänen sisällään liikahti. Ehkä se johtui miehen äänensävystä.

Hän toisti miehen nimen ääneen. Mikään ei kutkuttanut mitään muistoja. Kihelmöinti alkoi hiipua. Hän yritti tavata miehen nimen, pyöritellen jokaista kirjainta kielellään kuin tunnustelisi tietään pimeässä:

"V- I-N-C-E-N-T."

"Minä kirjoitan omani e:llä lopussa", Vincente sanoi. Hän selitti, että hänet oli nimetty yhden Kristoffer Kolumbuksen merenkulkijan mukaan. Hänen vanhempansa halusivat alun perin nimetä hänet Kristofferiksi. Kun hänen äitinsä kertoi asiasta tädilleen, joka ei tiennyt, että hän oli myös raskaana, täti varasti nimen. Hänen vanhempansa valitsivat hänelle toisen nimen, Vicente, Vicente Pinzonin mukaan. Kun he näkivät hänet, he muuttivat mielensä ja antoivat hänelle sen sijaan nimen Vincente.

"Sepä mielenkiintoista", hän sanoi. "Mutta oikeasti, kuka sinä olet minulle?"

"Et kai pilaile?" Vincente kysyi. "Etkö tosiaan muista minua?"

"En ole varma. Aistin sinussa jotain, mutta... en muista edes omaa nimeäni."

"Se on Grace. Sinä olet Grace."

"Mutta jokin aika sitten kutsuit minua Gracieksi."

"Niin sanoin."

"Miksi? Jos nimeni on Grace..., miksi kutsuit minua Gracieksi? En pidä siitä."

"Okei sitten, en kutsu sinua enää koskaan Gracieksi."

Hän perääntyi, vetäen sormiaan taas vaaleiden lukkojensa läpi. Hän jatkoi sitä. Varmaan hermostunut tapa. Grace halusi myös ajaa sormillaan hänen hiuksiaan. Miksi hän ajatteli tuollaisia ajatuksia? Hän yritti ymmärtää, mitä tunsi. Kuumat ja kylmät kohtaukset. Yritti saada kaikesta tolkkua. Löytää muiston, joka oli tallentunut jonnekin hänen päänsä sisälle. Silti joka kerta, kun hän teki niin, ajoi sormiaan hiustensa läpi, se häiritsi häntä, sai hänen polvensa vapisemaan kuin hyytelö.

"Sinä todella ja toden teolla, sydämesi ristissä ja toivoen kuolevasi, etkö muista minua?" Vincente kysyi.

"Minusta tuo on outo sanavalinta. Ottaen huomioon, että olen sairaalassa ja kaikki."

"Ah, olen pahoillani. En ajatellut. Yritäthän muistaa, kuka minä olen? Sinä huolestutat minua. Ehkä minun pitäisi mennä hakemaan joku?"

"Oletko sinä huolissasi? Minä olen peloissani! Jos sanot, että minun pitäisi tuntea sinut, niin sitten minun täytyy muistaa sinut jostain täällä takana." Hän koputti päätään suljetulla nyrkillä. "Miksi en löydä sinua täältä?"

Mies tarttui hänen käteensä ja esti häntä lyömästä itseään uudelleen. Hän veti tuolin sängyn viereen ja istuutui. Hän oli päättänyt kertoa tytölle kaiken. Selittää, miksi hän oli täällä, miten kaikki johtui hänestä. Miten hän oli loukannut häntä ja sitten tuonut hänet sairaalaan.

Miten hän istui hänen vierellään päiviä, kun hän oli tajuton. Odottaen. Rukoillen. "Minä olen syy siihen, että olet täällä."

"Satutitko minua?"

"Kyllä, minä satutin sinua."

Hän irvisteli. "Sinä satutit minua!"

"Kyllä, mutta se oli vahinko. Minä pelaan krikettiä. Olit ottelussa.

Kolme päivää sitten."

"Kolme päivää sitten?"

"Niin. Kolme päivää sitten löin palloa ja se osui sinua päähän. Olet ollut täällä siitä lähtien. Olen ollut rinnallasi. Odottamassa."

"Sinä löit minua? Päähän? Ja nyt olen menettänyt muistini?"

"Siltä näyttää."

"Ja mitä sitten?"

"Kannoin sinut koulun sairaanhoitajien luokse. Ambulanssi toi sinut tänne."

Grace tutki hänen ruumistaan. Muodossaan hän ei voinut kuvitella miehen kantavan häntä. Hän oli hyväkuntoinen, hänellä oli univormu, kyllä, mutta kantamaan häntä? Se ei ollut mahdollista. "Sinäkö kannoit minut?"

"Kyllä."

Hänellä oli ylivoimainen halu lyödä miestä ja halata häntä täsmälleen samaan aikaan. Mutta hänen päähänsä sattui vielä enemmän.

"Olen niin, niin pahoillani", hän sanoi.

Halausimpulssi voitti lyömisimpulssin. "Se oli vahinko, joten sinulla ei ole mitään syytä olla pahoillasi."

"Kiitos", hän sanoi kumartuessaan. Grace kurottautui taputtamaan häntä kuin hyvää koiraa.

Outo nainen työntyi huoneeseen heiluvien ovien läpi kuin pyörremyrsky. Hän syöksyi heitä kohti. Pienikokoinen mutta energinen nainen liikkui heitä kohti. Hänen ihonmyötäiset siniset farkkunsa säväyttivät, ja hänen saappaansa korkokengät naksuttelivat antiseptisillä sairaalan lattioilla.

Nainen tuijotti Vincenteä kuin tämä olisi ollut paise, joka odotti pistämistä.

Hän puhui huomattavan hiljaisella äänellä. Tarjoutui jättämään heidät kahden. Ennen kuin he ehtivät vastata, hän nosti itsensä ylös ja poistui.

"Älä mene", Grace pyysi, mutta oli liian myöhäistä. Grace tarkkaili ovea hetken aikaa toivoen, että hän voisi palata. Hän ei palannut. Hän käänsi huomionsa outoon naiseen. Hän ihmetteli, millaisessa sairaalassa hän oli, joka sallii henkilökuntansa pukeutua farkkuihin ja saappaisiin.

"Entä sinä, rakkaani?" nainen kysyi, kumartui ja painoi huulensa Gracen otsalle.

Grace piti tätä liian tuttavallisena eleenä ja sanoi niin. "Älä tee noin!" Grace huudahti. "Kuka luulet olevasi?" Grace vaati, kun hän ryhtyi pyyhkimään pöpöjä pois paikasta, johon nainen oli huulillaan koskenut häntä.

"Mitä tarkoitatkaan, kuka minä olen?"

"Etkö sinäkään tiedä?" Grace kysyi loukkaantuneena naisen säädyllisyyden ja ammattitaidon puutteesta.

"Kuka minä olen?"

"Onko täällä kaiku?" Grace kysyi.

"Et siis oikeasti, oikeasti, tiedä, kuka minä olen?"

Grace kohautti olkapäitään. Nainen kääntyi ja syöksyi ulos huoneesta. Hän osasi juosta nopeasti lyhyeksi naiseksi, jolla oli korkeakorkoiset saappaat.

Kun nainen oli lähdössä ulos, Vincente oli tulossa sisään. Nainen melkein kaatoi hänet. Grace kauhistui, kun hän kuuli naisen huutavan kuin banshee käytävällä.

Grace oli sitä mieltä, että ovien pitäisi pyöriä, ja sanoi niin.

Vincente sädehti hymyn hänen suuntaansa, mikä sai Gracen sydämen jälleen kerran värähtelemään.

Grace ihmetteli, millaisessa sairaalassa hän oli. Psykiatrisella osastolla?

"Kuka se hullu nainen oli?"

"Se ei ollut mikään hullu nainen. Se oli äitisi."

✱✱✱

"ÄITINI? MITEN HÄN VOISI olla?" Grace piti tauon ja tuijotti käsiään. Hän ei voinut lakata katsomasta niitä. Mitä se oli? Niissä oli jotain piilevää. Jotain tärkeää. Hänen oli muistettava se, mikä se sitten olikin, sillä hän aavisti, että se oli syvästi vakavaa.

Sitten se tapahtui. Hän lensi ilmassa, kulki nopeasti enkelin sylissä. Hän katsoi ylös, yläpuolellaan oleviin kasvoihin, ja aurinko paistoi enkelin takaa luoden luonnollisen sädekehän. Hän jännitti silmiään paljastaakseen sen henkilöllisyyden, mutta kasvot olivat sumeat. Hän pohti, olisiko mahdollista selvittää enkelin piirteet. Hän arveli, että enkelin piirteet eivät ehkä erottuisi eläville. Tuo se oli! Grace päätti, että hänellä oli täytynyt olla kuolemanläheinen kokemus.

Hän piteli jotain nyrkissään lentäessään eteenpäin, ja he kumartuivat tunneliin. Hetken ajan oli pimeää, tai hän oli sulkenut silmänsä. Sitten hän katsoi ylös, ja hänen enkelinsä henkilöllisyys paljastui. Itse asiassa se ei ollutkaan enkeli - se oli poika, joka seisoi hänen vieressään. Hän kuiskasi pojan nimen toistuvasti. Se oli kuin musiikkia, hyräilyä. Se rummutti rytmiä hänen päänsä sisällä.

"Oletko kunnossa?" Vincente kysyi.

Grace hymyili.

Hän kysyi uudelleen: "Oletko kunnossa, Grace? Haluatko, että haen jonkun?"

"Olen kiitollinen", Grace sanoi. "Mistä hyvästä?"

"No, sinun vuoksesi tietenkin. Sinun vuoksesi, enkelini."

Vincente katsoi jalkojaan. Jatkoi nyrkkiensä työntämistä taskuihinsa. Hän näytti hyvin huolestuneelta, aivan kuin hän olisi luullut, että tyttö oli nyt todella menettänyt järkensä.

Hän luuli nähneensä, kuinka nainen oli jättänyt hänet aiemmin - ei varsinaisesti ruumiillisesti, mutta henkisesti. Hän oli mielessään matkustanut kauas. Sen saattoi huomata, kun joku oli "poissa", koska silmät muuttuivat lasimaisiksi ja haaveileviksi.

Vincente toivoi, että Grace Greenwayn äiti palaisi, jotta hän pääsisi pois sieltä. Nainen alkoi karmia häntä.

Sitten Grace pamautti yllättäen: "Vincente, oletko sinä poikaystäväni?".

"En!" hän huudahti äänensävyllä, jota ei voinut tulkita väärin. Varmuuden vuoksi hän perääntyi vielä kauemmas, kunnes oli selkä seinää vasten.

Hän näytti aivan, täysin nolostuneelta. Grace oli hämmentynyt. Hänen kieltämisensä, tuo yksi sana, iski häntä täydellä voimalla rintaan. Huutomerkki tuntui kuin korpin nokka olisi puhkaissut hänen sydämensä. Hän tunsi itsensä haavoittuneeksi, mutta hänen hämmennyksensä oli ylivoimainen. Hän katseli miestä ja odotti, että tämä tekisi jotain, sanoisi jotain. Mitä tahansa.

"Kuule, Grace, sinun on tiedettävä, etten ole poikaystäväsi. Toin sinut tänne vain siksi, että minä olin se, joka satutti sinua."

"Olet siis yleensä liian viileä puhuaksesi minulle?"

"Grace, olet auttanut minua matematiikan läksyissä ja auttanut minua pysymään joukkueessa. Olen kiitollinen avustasi, mutta..."

"Kiitollinen..." Hän nojasi takaisin tyynyyn ja sulki silmänsä.

Hän halusi kadota höyhenpehmeään tyynyyn.

Hän halusi kadota huoneesta.

He pysyivät yhdessä, jakoivat saman tilan, vaikka kumpikin heistä tuntui saarelta.

"Menen hakemaan äitisi, sopiiko? Minusta sinun pitäisi olla perheen kanssa." Hän kääntyi ja poistui huoneesta.

Grace tunsi itsensä hölmöksi. Hän ei tiennyt, kuka mies oli, mutta jossain sydämessään hän tiesi rakastavansa häntä. Kuinka typerää olikaan, että hän oli sanonut sen noin vain. Ehkä hän oli rakastanut häntä kaukaa? Ehkä mies oli rakastunut johonkin toiseen, ja nyt hän oli mennyt nolaamaan itsensä kertomalla tunteistaan.

Hän painoi kasvonsa tyynyyn ja nyyhkytti.

✳✳✳

G RACE HALUSI JUOSTA VINCENTE Marinon perässä.
Hän nykäisi koneita turhaan yrittäen irrottaa niitä, kun
ratsuväki saapui.

"Mitä ihmettä sinä teet, Grace?" Helen Greenway vaati.

"Melkein repäisit nämä irti, senkin typerä, typerä tyttö",
hoitaja torui.

Vincente, joka oli palannut, ei sanonut mitään. Hän huitoi
jalkojaan ja kaivoi nyrkkejään taskuihinsa kuin etsi kolikoita.

"Minä olin -" Grace aloitti.

Hän ei pystynyt lopettamaan, koska hoitaja alkoi kallistella ja
säätää sänkyä. Grace menetti tasapainonsa ja kaatui sivuttain,
melkein lattialle. Olisi osunut lattiaan, ellei Vincente olisi
ottanut nyrkkejään taskustaan ja ottanut häntä kiinni.

Hän piteli häntä sylissään jälleen kerran, kuten hänen
muistoissaan. Hän oli lahja, lahja jostain ylhäältä, ja jälleen
kerran Gracen muistot palasivat. Muistot tulvivat kuin takaumat.
Vincente koulubussissa. Vincente pelaamassa krikettiä kentällä.
Vincente hymyili Gracelle ja otti häneltä kotitehtävänsä. Vincente,

Vincente, Vincente... Muistot tulvivat hänen päälleen, ja niistä Grace tiesi kaksi asiaa varmasti.

Ensimmäinen: hän rakasti Vincente Marinoa. Ja toiseksi: hän ei rakastanut häntä.

Hän katsoi miehen silmiin. Ne olivat tyhjiä valolammikoita, jotka kumartuivat häntä kohti ja halusivat pelastaa hänet pahalta, olla sankari. Mutta noiden tummansinisten silmien takana ei ollut rakkautta. Ei rakkautta häntä kohtaan.

Grace oli aurinko, joka kurotti säteitään, tunnustellen kuuta: kuun pimeää puolta. He olivat vastakkaisilla puolilla, pyörivät poispäin toisistaan.

"Öh", Helen raotti kurkkuaan, mikä sai Gracen ja Vincenten räpäyttämään silmiään erilleen.

"Näetkö, hoitaja, hän on täysin pihalla. Hän ei ymmärrä, miten vakava hänen tilanteensa on. Kuinka sairas hän todella on." Helen alkoi itkeä. Ei pieniä kyyneleitä. Ei, vaan lähes vartaloa raastavan nyyhkytyksen tulva.

"Ei hätää, äiti", Grace sanoi kurottautuessaan tarttumaan äitinsä käteen.

"Muistatko minut?"

"Totta kai", Grace sanoi valehtelemalla. Hän ei tuntenut häntä eikä muistanut häntä; sen enempää kuin hoitajaa, joka seisoi yhä suu auki.

"Lääkäri on tulossa", hoitaja ilmoitti. Hän nosti Gracen kättä ja ryhtyi mittaamaan hänen pulssiaan. "Elintoimintosi ovat erinomaiset, mutta sinun on levättävä. Ehkä ystäväsi on aika lähteä kotiin. Hänkin tarvitsee lepoa."

Hän vilkaisi Vincenteä.

Hänen huolestuneisuutensa hienovaraisuus ei mennyt häneltä ohi.

"Joo, luulen, että minun pitäisi mennä." Vincente sanoi. Hän siirtyi muutaman askeleen pois sängyn luota. Hän ajoi sormillaan hiuksiaan läpi. Hän käveli takaisin kohti sänkyä, aivan kuin odottaisi Gracen hyväksyntää. "Tai voin jäädä, jos haluat."

"Vain jos sinä haluat", Grace sanoi toivon pilkahdus äänessään. Hän tajusi, että mies oli jäämässä vain syyllisyyden vuoksi, mutta hän päätti, että hän ottaisi miehen vastaan millä tahansa tavalla, johon mies suostuisi. "Ehkä vain siihen asti, että nukahdan?"

Helen jutteli hoitajan kanssa kuin he olisivat kauan sitten kadonneita ystäviä, kun he lähtivät huoneesta.

"Hän tulee ulos muutamassa minuutissa", hoitaja sanoi. "Annoin hänelle tarpeeksi rauhoittavia, jotta hän saa hyvät yöunet."

Helen vilkaisi heitä kahta ja puhalsi sitten suukon tyttärelleen.

Gracen mielestä äidin oli vaikea jättää hänet sinne yksin lähes tuntemattoman ihmisen kanssa. Hänen äitinsä ei valittanut. Hän kantoi sitä kuin taisteluarpea.

G RACEN NUKAHTAMINEN EI KESTÄNYT kauan. Vincente käytti tilaisuutta hyväkseen ja laittoi kännykän päälle ja soitti äidilleen. Hän oli lähettänyt äidille tekstiviestejä Gracen tilasta. Hän ei suostunut lähtemään Gracen luota ennen kuin oli varma, että tämä oli poissa vaarasta. Hänen oli mentävä kotiin ja käytävä suihkussa, puhumattakaan siitä, että hän voisi vihdoin vaihtaa krikettipukunsa pois.

Pian Grace oli syvässä, syvässä unessa, jossa hän kuvitteli ääniä ympärillään. Kuiskaavia ääniä. Sitten äänet voimistuivat ja voimistuivat. Ne täyttivät hänen mielensä naurulla. Pirullisen kovaa naurua seurasi huuto ja raapiminen, aivan kuin joku olisi haudattu elävältä. Äänet olivat ansassa. Ne huusivat ja raapivat, huusivat ja raapivat.

Grace heräsi säikähdyksellä, hiki valui hänen otsalleen. Hänen vuodevaatteensa olivat kosteat ja kylmät. Hän oli sekaisin. Hän pelkäsi liikaa avatakseen silmänsä. Hän mietti, oliko se, mitä hän oli kuullut unissaan, nyt huoneessa hänen kanssaan. Jos hän avaisi silmänsä, hän näkisi sen, ja jos hän näkisi sen, hänen olisi päästävä pois. Hän kuunteli tarkkaavaisesti. Ainoat äänet olivat tik-tik-tak ja lääkinnällisten laitteiden liukastelu.

Hän avasi silmänsä ja toisti koko ajan itsekseen: yksi lipsahdus, kaksi sloppia, kolme tikkiä, neljä tockia. Grace oli yksin. Hän alkoi vapista kylmässä huoneessa. Hänen oli vaihdettava vaatteet. Hän ei päässyt sinne, minne piti mennä, joten hän painoi paniikkinappia. Muutamassa sekunnissa hoitaja saapui paikalle ja auttoi häntä vaihtamaan puhtaan aamutakin.

"Onko sinun pakko... mennä?" hoitaja kysyi. Tämä oli pienempi ja ystävällisempi kuin toinen oli ollut, ja hän hymyili ystävällisesti. Grace punastui tulipunaiseksi, kun hoitaja laittoi alusastian hänen alleen.

Sen jälkeen Grace kysyi, voisiko hän siirtyä lähemmäs ikkunaa. Sairaanhoitaja työnsi sänkyä eteenpäin pitäen varusteet paikoillaan. Hän veti verhot taaksepäin ja päästi päivänvalon sisään. Se sokaisi Gracen äkillisellä voimakkuudellaan. Hän katseli alas tuulen mukana taipuvia ruohoja. Hän katsoi ylöspäin syvänsiniselle, pilvettömälle taivaalle. Sairaalassa oltuaan niin kauan hän tunsi olevansa elossa.

"Jos tarvitset jotain muuta, kerro minulle", hoitaja sanoi.

Grace otti hänen kätensä käteensä ja sanoi: "Kiitos."

Jälleen kerran hän meni yksin, mutta tällä kertaa hän katsoi kauemmas polkua pitkin. Hän huomasi pienen kukkapuutarhan ja heti sen takana puun. Sen vieressä hän näki paperinpalan leijuvan ylöspäin, pilkaten mennessään. Paikallaan olevien kukkien ohi, melkein kuin se olisi sanonut: "Katso minua!". Teillä voi olla kauniit terälehdet ja elinvoimaiset värit, mutta minä pystyn johonkin, mihin te ette pysty. Te olette sidottuja, mutta minä osaan lentää. Katsokaa, miten minä lennän!

Paperinpala jatkoi matkaansa. Grace seurasi sitä, kun se lensi korkealle, korkeammalle ja vielä korkeammalle, kunnes hän ei enää nähnyt sitä. Grace nauroi. Se oli kuin taikuuden katsomista.

"Mitä sinä teet?" Gracen äiti huudahti nähdessään tyttärensä melkein seisovassa asennossa. Helen Greenway hätisteli tyttärensä takaisin tyynyn päälle ja työnsi sängyn takaisin seinää vasten. Sitten hän peitti tyttärensä sänkyyn. Grace arvosti hemmottelua. Hän ajatteli, että se saattaisi herättää muiston - muiston tästä naisesta, joka seisoi hänen edessään. Mutta jälleen kerran mitään muistoja ei tullut.

KAPPALE 6

"Toivottavasti jaksat käydä tohtori Christianssonin luona, Helen sanoi. "Hän tulee pian puhumaan tilastasi."

"Minulla on sairaus?" Grace sanoi.

"Niin on, Grace."

Grace oli huolissaan, kun lääkäri astui sisään. Hän kuittasi heidät ja veti tuolin. Hän istuutui hetkeksi ja nousi sitten ylös. Hän otti Gracen pulssin. Hän tunnusteli Gracen otsaa. "Hmmm. Miten voit, Gracie?"

"Kutsu minua Graceksi."

"Voi anteeksi. Grace se sitten on. Millainen olo sinulla on tänään?"

"Voin paremmin. Päänsärky ei ole enää niin paha, mutta tohtori, en muista mitään."

"Et mitään?"

Grace näytti hämmentyneeltä. Hän ei halunnut äitinsä tietävän, ettei hän muistanut häntä. Hän epäröi. "Minulla on välähdyksiä muistoista."

"Välähdyksiä?"

"Kyllä."

"Kerro lisää", mies sanoi raaputtaen muistiinpanoja leikepöydälle.

"Välähdyksiä, enimmäkseen eräästä pojasta. Vincente Marinosta", Grace sanoi.

Lääkäri katsoi Heleniä kohotetulla kulmakarvalla.

"Poika. Se, joka löi häntä pallolla", Helen sanoi.

"Ai niin. Se on normaalia, koska hän oli viimeinen ihminen, jonka näit ennen kuin menetit tajuntasi." Hän epäröi, raapusteli jotain muistiin. Muistathan sitten äitisi, eikö niin?"

Grace oli toivonut ja rukoillut, ettei hän aikonut kysyä tätä. Pitäisikö hänen jatkaa valehtelua pitääkseen äitinsä tyytyväisenä? Hän tiesi, että hänen oli kerrottava lääkärille totuus, koko totuus, eikä mitään muuta kuin totuus, jotta tämä voisi auttaa häntä. Hän pudisti päätään. Helen alkoi nyyhkyttää.

Lääkäri taputti Helenin kättä, ja sitten hän kiinnitti huomionsa potilaaseen. "Grace, olet kärsinyt niin sanotusta traumaattisesta aivovammasta. Mitä luulet sen tarkoittavan?"

"En tiedä."

"No, anna minun sitten yrittää selittää se sinulle", lääkäri sanoi. "Sinua lyötiin krikettipallolla." Hän epäröi ja katsoi sitten Heleniin. Hän nyyhkytti niin paljon, että hänen rintakehänsä tärisi. Oli ilmeistä, että hän yritti saada tunteensa hallintaan.

Grace halusi, että mies menisi asiaan.

"Pallon alkuisku sinuun osuessa, sen pelkkä voima, riitti aiheuttamaan vamman. Siihen liittyy komplikaatioita. Vakavia komplikaatioita."

Ensin tila. Nyt komplikaatioita. Mitä muuta tässä oli tekeillä? Oliko hänen henkensä vaarassa?

"Kyllä, komplikaatioita verihyytymien tai aneurysmien muodossa aivojen lähellä. Aneurysmien aiheuttama paine saattaa aiheuttaa muistinmenetyksen. Toivomme, että tämä on vain väliaikainen tila."

"Tilapäinen?"

"Kyllä. Jos menemme sisään ja poistamme ne, toivomme, että kaikki muistisi palaavat. Mutta leikkaus on äärimmäisen vaarallinen."

"Tarkoitatteko, että voin kuolla?"

Helenin nyyhkytys voimistui.

"Suoraan sanottuna kyllä. Voit kuolla, jos leikkaamme, Grace. Mutta asia on niin, että voit kuolla myös, jos emme leikkaa."

"Mitä?"

"Hyytymät kasvavat, aiheuttavat sinulle kipua ja muistinmenetystä. Ne ovat vaarallisia. Niitä voi muodostua lisää, mutta emme tiedä milloin. Valitettavasti ne eivät poistu, elleivät ne puhkea, hajoa ja pääse verenkiertoosi."

"Miten pääsen niistä eroon?" Grace kysyi yrittäen olla itkemättä.

"Annamme sinulle verenohennuslääkkeitä. Lopulta leikkaamme. Tänään. Tai huomenna. Heti kun annat suostumuksesi. Teemme parhaamme päästäksemme niistä kaikista eroon. Meillä on asiantuntijat käytettävissänne. Leikkaus on paras mahdollisuutesi selviytyä ja toipua täysin."

"Entä jos kieltäydyn?"

"Olet kuusitoista, joten äitisi voi allekirjoittaa paperit puolestasi. Olemme todella sitä mieltä, että sinun pitäisi tehdä päätös ja olla mukana siinä. Se on kaikille parempi. Siksi kerron sinulle totuuden, suoraan."

"Onko minulla oikeasti valinnanvaraa?"

"Jos sanot ei, hyytymät hajoavat silti, kun ne ovat siihen valmiita. Tulos voi olla kohtalokas, ja ilman varoitusta."

"Miksi emme voi odottaa ja leikata myöhemmin? Jos meidän on pakko."

"Voimme. Se on sinusta kiinni. Voitte odottaa. Todennäköisesti vahvistut päivä päivältä, tulet terveemmäksi. Mutta ottaisimme riskin. Jos sairastut uudelleen, tulet heikommaksi, mahdollisuutesi täydelliseen toipumiseen saattavat myös heikentyä."

"Mitä pikemmin, sen parempi siis?"

"Grace, sinä suhtaudut tähän hyvin rauhallisesti", Helen sanoi yhä nyyhkyttäen. "Vahva pikku tyttöni. Niin rohkea." Hän halasi häntä.

"En halua kuolla. Olen vasta kuusitoista."

"Teemme kaikkemme, jotta selviät tästä", lääkäri sanoi.

"Mistä tiedämme, milloin asiat muuttuvat kiireellisemmiksi?" Grace kysyi.

"Kun hyytymät puhkeavat, siirryt kriittisen tilan listalle. Viemme sinut leikkaussaliin välittömästi. Siinä vaiheessa tilanne muuttuu elämästä tai kuolemasta."

Grace taisteli kyyneleitä vastaan. Hän halusi elää. Hän ei halunnut kuolla, ei näin. Hän tarvitsi aikaa, mutta aika ei ollut hänen puolellaan. Hän halusi olla yksin. Hän halusi aikaa itselleen. Aikaa miettiä. Aikaa ajatella.

"Olen antanut sinulle paljon ajateltavaa, Grace. Se on paljon aikuiselle, saati sitten teini-ikäiselle. Puhu perheellesi ja ystävillesi. Tarvitset heidän tukeaan ja rakkauttaan. Ja vielä yksi asia. Tilasi, hyytymät, ovat saattaneet olla tällaisia jo jonkin aikaa. Ehkä piilevänä kuukausia, jopa vuosia. Ne ovat saattaneet vaikuttaa sinuun henkisesti. Väsyttäneet sinua, aiheuttaneet päänsärkyä. Emme tienneet siitä ennen kuin poika löi sinua pallolla. Nyt kun tiedämme, meidän on pidettävä tuota onnettomuutta onnekkaana katalysaattorina, joka auttoi sinua parantumaan uudelleen."

Grace ei ollut ajatellut asiaa sillä tavalla. Hän nyökkäsi.

"Ymmärrätkö - toimien toteuttaminen on välttämätöntä?"

"Teit sen täysin selväksi, tohtori."

"Hyvä tyttö", hän sanoi. "Puhu äidillesi. Hän rakastaa sinua kovasti. Lepää sitten vähän. Mieti asiaa. Palaan huomenna vastaamaan kaikkiin kysymyksiisi."

Grace nyökkäsi. Helen siirtyi lähemmäs tytärtään. "Ja sinä, Helen, lepää vähän. Grace tarvitsee voimiasi. Milloin sinä nukuit viimeksi?"

"En nuku nykyään kovin hyvin", Helen myönsi.

"Pyydän yhtä sairaanhoitajista antamaan sinulle jotain, joka auttaa sinua nukkumaan. Sinun on levättävä ja syötävä ja pidettävä huolta itsestäsi, ei vain omasta vaan myös Gracen vuoksi."

"Kyllä, ymmärrän. Kiitos, tohtori Christiansson", Helen sanoi.

Hän kääntyi ja lähti. Gracen äiti seisoi sängyn vieressä omiin ajatuksiinsa uppoutuneena.

"Äiti, haluaisin olla hetken yksin, jotta voisin ajatella."

"Mutta sinä et ole yksin. Sinun ei tarvitse tehdä tätä päätöstä yksin."

"Tiedän, äiti, ja kiitos."

Helen suuteli tytärtään otsalle ja poistui huoneesta.

Vihdoin yksin, Gracen kyyneleet virtasivat yli. Hän halasi itseään tiukasti. Antoi itsensä nyyhkyttää ne ulos.

✳✳✳

YÖILMA OLI JÄÄTÄVÄN KYLMÄ. Piiskaten hänen ympärillään. Se viilsi hänen yöpaitansa läpi, joka pullistui hänen takanaan kuin huntu. Grace kätki kasvonsa Vincenten rintaan. He jatkoivat lentämistä ylöspäin. Korkeammalle ja korkeammalle. Pimeyteen. Jättäen kaiken taakseen.

Grace vapisi.

Vincente veti hänet lähelleen. Hänen kätensä kietoutuivat hänen ympärilleen. Hän piteli häntä. Hän tunsi olonsa turvalliseksi.

Se oli nyt. Nyt tai ei koskaan.

Hän veti korkeakauluksisen yöpaidan pois kaulastaan ja avasi punaisen pitsisiteen. Hän nojasi taaksepäin ja odotti miestä. Odotti kipua ja nautintoa.

Vincente paljasti hampaansa, ja sitten hän alkoi pudota. Ajelehtimaan.

Alas. Putoaminen. Alas.

Hän tunsi miehen syvällä, syvällä ihonsa alla, kun hän syöksyi kohti odottavaa jalkakäytävää.

Hän avasi silmänsä ja huusi.

KAPPALE 7

Kun Grace tuli tajuihinsa, joku oli vetämässä peittoa hänen kaulansa ympärille. Hän tunsi viileän käden koskettavan hänen poskeaan. Mies kysyi: "Oletko hereillä?"

Grace räpäytti silmiään ja yritti keskittyä. Hän pystyi erottamaan miehen silmät - syvät, pähkinänruskeat. Miehen posket kiinnittivät hänen huomionsa, sillä kun mies hymyili, ne levisivät kuin lapsen posket. Hän yritti hieroa omia silmiään, mutta mies oli sullonut hänen kätensä kiinni. Hän ei saanut niitä esiin peiton alta. Hän tunsi olevansa ansassa. Hän ei tuntenut olevansa peloissaan.

"Grace", mies sanoi.

"Uh, en saa käsiäni ulos."

"Voi, olen niin pahoillani. Peittelin sinut liian tiukasti", hän sanoi vetäessään peiton alas, jolloin Grace sai hieroa silmiään ja keskittyä. Nyt hän huomasi toisen nuoremman miehen astuvan lähemmäs häntä. Hänellä oli kädet ristissä rintansa päällä.

"Kiitos."

"Grace, haluaisitko juoda vettä?"

"Kyllä, se olisi ihanaa", hän sanoi, kun mies kaatoi vettä ja laittoi kupin hänen vapisevaan käteensä. Mies piti sitä kädestä kiinni kuin vanhempi lapsen kädestä, kun tämä opetteli juomaan itse ensimmäistä kertaa. Kun nainen oli tyhjentänyt sen sisällön, mies otti sen häneltä ja asetti sen yöpöydälle. Hän odotti.

Grace katseli ympärilleen huoneessa tietäen hyvin, että hänen pitäisi tietää, keitä nämä kaksi ihmistä olivat. He odottivat hänen tietävän.

"Minä olen isäsi", hymyilevä mies sanoi, "ja tässä on isoveljesi Daryl."

Grace pystyi nyt näkemään sen: perheen samankaltaisuuden, pähkinänruskeat silmät.

Kyllä, hänellä oli isänsä silmät.

"Äitisi mainitsi, ettet ehkä muista meitä", mies sanoi. Hän taputti tyttärensä kättä. Daryl siirtyi lähemmäs, sängyn reunaa pitkin. Hän ojensi kätensä Gracelle.

"Näytät hyvältä, tyttöni", Benjamin Greenway sanoi.

Grace tunsi olonsa samaan aikaan sekä epämukavaksi että lohdutetuksi. "Kiitos."

"Olimme niin huolissamme sinusta, kun kuulimme." Hänen isänsä pyyhki kyyneleen pois. "Olen pahoillani, etten päässyt tänne aikaisemmin. Olin työmatkalla, tiedäthän."

"Ymmärrän."

"Mikään ei kuitenkaan ole liian hyvää pikku tytölleni, ja me hankimme tänne parhaat asiantuntijat. Teemme kaikkemme, jotta sinusta tulisi taas normaali."

"Normaaliksi?"

"Sellaiseksi kuin olit, tiedäthän... ennen."

"Öh, kiitos", Grace sanoi ja ravisteli sitten jalkojaan peiton alle herättäen ne syvältä unesta. Niin se oli ollut viime aikoina. Osa hänen kehostaan oli hereillä, kun taas toiset osat nukkuivat syvään.

"Haluamme sinut takaisin entisellesi", hänen veljensä sanoi. Hän kumartui lähemmäs ja suuteli häntä otsalle. Hänen huulensa tuntuivat viileiltä, aivan kuin hän olisi juuri juonut virvoitusjuoman.

"Olen kunnossa", Grace sanoi. "Olen vain väsynyt... ja tietysti se koko muistinmenetysjuttu."

"Joo, se on ikävää, kun ei pysty muistamaan ketään tai mitään." "Niin, se on ikävää, kun ei pysty muistamaan ketään tai mitään." Daryl vastasi. Sitten hän hyräili hieman ja nauroi.

Kiusallista.

Grace sulki silmänsä hetkeksi ja avasi ne sitten taas.

Hänen isänsä ja veljensä näyttivät jotenkin salamyhkäisiltä. Hän yritti taas herättää muiston, minkä tahansa muiston, mutta ei onnistunut.

"Oletko sitten päättänyt jatkaa leikkausta?" Isä kysyi.

"En ole vielä päättänyt mitään."

"Kaikki aikanaan, kultaseni, kaikki aikanaan", isä sanoi. Hän kurottautui koskettamaan Gracen kättä. Kun heidän ihonsa kohtasivat, Grace odotti tuntevansa lämpöä, mutta miehen iho oli viileä.

"Puhuin eilen lääkärin kanssa", hänen isänsä sanoi. "Käskin hänen tehdä kaikkensa. Sanoin, että raha ei ole ongelma.

Käskin hänen ottaa isot aseet käyttöön. Tekemään mitä tahansa saadakseen pikkutyttöni takaisin."

"Olen tässä, isä", tyttö sanoi, kun Vincente työnsi päänsä hänen huoneensa ovesta sisään.

"Tule sisään, Vincente", hän kutsui, "et sinä häiritse." "En häiritse."

Mies katseli ympärilleen huoneessa ja käveli häntä kohti. Kuljetti sormiaan hiustensa läpi. Työnsi kätensä syvälle mustien Leviensä taskuihin.

"Haluaisin esitellä sinut isälleni ja veljelleni Darylille."

"Isäsi ja veljesi?"

"Kyllä."

"Uh, siksi en tullut suoraan sisään. Luulin, että kuulin sinun puhuvan jonkun kanssa."

Gracen mielestä hän käyttäytyi hyvin oudosti, melkeinpä epäkohteliaaksi asti.

"Haluaisitko, että minä, öö, soitan jollekulle? Lääkärillesi? Jonkun hoitajista? Tarvitsetko apua?"

"Mitä tarkoitat?" Grace tunsi olevansa todella vihainen hänelle, mutta hymyili. "Isä, tässä on Vincente Marino, poika, joka toi minut sairaalaan. Daryl, tässä on Vincente Marino. Vincente, isäni ja veljeni."

Vincente katseli ympärilleen. Huoneessa ei ollut ketään. Ei yhtään sielua. Mutta harhainen Grace-parka luuli, että siellä oli. Pitäisikö hänen myötäillä hänen harhakuvitelmiaan? Teeskennellä? Ojentaa kätensä? Kätellä kuvitteellista kättä vastavuoroisesti? Vincente ei ollut lääketieteen ammattilainen.

Hänellä ei ollut aavistustakaan, mistä etsiä tai mitä tehdä. Hän ei halunnut ottaa vastuuta siitä, että Grace Greenway ajautui yli laidan. Hän oli tehnyt hänelle jo tarpeeksi.

"Käyn hakemassa lääkärin puolestasi, sopiiko?" Vincente sanoi ajaessaan sormillaan hiuksiaan.

"Miksi? Koska esittelen sinut perheelleni? Enhän minä pyydä sinua naimisiin kanssani tai mitään!"

"Grace? Mitä jos minä sanoisin sinulle..."

"Niin?"

"Mitä jos sanoisin, ettei tässä huoneessa ole ketään muuta kuin sinä ja minä?"

Grace katsoi ensin isäänsä ja sitten veljeään silmiin. He kuittasivat hänet nyökkäämällä.

"Mitä tarkoitat? He seisovat tässä!"

"Grace, kuuntele nyt minua. Ole kiltti. Isäsi ja veljesi kuolivat auto-onnettomuudessa. Se oli nokkakolari. Koulussa oli muistotilaisuus."

"He eivät voineet kuolla", Grace sanoi. "Ellei, ellei... Minä näen kuolleita ihmisiä!"

"Olen varma, että on olemassa täysin viaton selitys, Grace. Luultavasti vain kipulääkityksen sivuvaikutus. Anna minun soittaa apua."

Grace ojensi kätensä isäänsä kohti. Hän perääntyi. Hän kurottautui kohti Darylia. Hänkin perääntyi.

"Kultaseni, meidän pitäisi todella lähteä nyt... nyt kun Vincente on täällä. Tulemme takaisin joskus toiste. Toisen kerran, kun olet yksin", hänen isänsä sanoi. Hän ja Darryl perääntyivät seinää vasten. He katosivat.

Grace peitti silmänsä ja alkoi huutaa. Ja huusi ja huusi.

K un lääkintähenkilökunta vihdoin saapui paikalle, oli liian myöhäistä. Grace oli jo vetänyt osan letkuista ulos.

Kun hänelle oli annettu rauhoittavaa, hän rauhoittui heti. Hän nukahti pian.

Vincente pysyi Gracen vierellä, kunnes Helen saapui. Hän selitti, mitä oli tapahtunut.

Helen oli järkyttynyt, koska hän ei ollut ollut paikalla. Hän ihmetteli, mitä kaikki tämä tarkoitti. Oliko hänen tyttärensä menettämässä järkensä? Pitäisikö hänen puhua lääkärin kanssa siitä, että hänet laitettaisiin toisenlaiseen sairaalaan? Sellaiseen, jossa häntä valvottaisiin ympäri vuorokauden? Hän vapisi ajatuksesta.

Vincente yritti vakuuttaa hänelle, ettei Grace ollut hullu. Samalla hän yritti vakuuttaa myös itseään.

Hän katsoi ikkunasta ulos muovipussia, joka purjehti tuulessa kuin päiväkummitus. Hän ajatteli kirjoja, joita oli lukenut kuolleista, jotka palasivat hakemaan eläviä takaisin. Voisiko siihen olla yliluonnollinen selitys?

Helen katseli tyttärensä nukkuvaa muotoa. Hän näytti niin viattomalta sielulta, joka lepäsi siinä. Helen kietoi kätensä ympärilleen. Siitä oli niin pitkä aika, kun he olivat viimeksi puhuneet, oikeasti puhuneet. Hän vilkaisi vieressään seisovaa poikaa ja mietti, tuntisiko tämä hänen tyttärensä enemmän kuin hän itse. Hän vihasi ajatusta, että jonain päivänä hän ja hänen tyttärensä saattaisivat kasvaa erilleen.

Grace heräsi unissaan. Sitten hän alkoi laskea ääneen.

Helen kuunteli, kunnes Grace oli melkein sadan kohdalla. Sitten hänen tyttärensä lopetti laskemisen. Hän oli aina pudonnut luvun sata kohdalla. Grace oli rakastanut numeroita koko elämänsä ajan. Hän löysi lohtua numeroista.

Helen pohti tätä. Vaikka hänen tyttärensä oli menettänyt muistinsa, hän teki yhä normaaleja asioita, kuten laski unissaan. Helen piti sitä hyvänä merkkinä. Hän melkein jakoi sen Marinon pojan kanssa. Hänellä oli kiire katsella ulos ikkunasta, joten hän päätti hakea kupin teetä.

Vincente vakuutti Helenille, että hän pysyisi huoneessa, kunnes Helen palaisi. Helen oli kiitollinen hänen avustaan.

Vincente selaili lehteä ja jatkoi ikkunasta ulos tuijottamista.

Grace huusi: "Älkää viekö minua. Ole kiltti, älä!"

Vincente nosti hänet ylös ja piti häntä sylissä. Hän nukkui yhä syvään, näki vain painajaista. Kun hänen vartalonsa rentoutui, Vincente laski hänen päänsä tyynylle.

"Ole kiltti, älä kuole", Vincente kuiskasi. Hän avasi oven ja katsoi ulos etsimään Heleniä. Hän halusi tosissaan, että hänet pelastettaisiin tästä tilanteesta. Missä Helen Greenway oli?

Grace heräili taas unissaan.

Huokaisten hän sulki oven ja palasi asemapaikalleen.

KAPPALE 8

G RACE HERÄSI HÄMMENTYNEENÄ. HÄNEN yönsä oli
ollut täynnä kauhistuttavia unia.

Hän näki unta, että hänellä oli kaksi vierasta: hänen kuollut
isänsä ja veljensä. Huoneessa oli pilkkopimeää, ja kun hän avasi
silmänsä, ilmassa tuoksui selvästi saippua ja antiseptinen aine.
Hän ihmetteli, kuinka kauan hän oli nukkunut.

Grace tunnusteli otsaansa, ja se oli äärimmäisen kuuma. Hän
oli kuumeessa, ja hän tarvitsi taas yövaatteiden vaihtoa. Hän
kurottautui sängyn yli, painoi summeria ja odotti. Ei mitään.

Hän yritti kaataa itselleen lasillisen vettä, mutta huomasi
kannun olevan tyhjä. Hän odotti, että hoitaja tulisi
huoneeseen, mutta kukaan ei tullut. Hän painoi summeria
uudelleen. Hänen janonsa kasvoi. Hän tunnusteli jälleen
otsaansa ja painoi summeria.

Hän istuutui pystyyn ja huomasi Vincenten. Hän nukkui
sikeässä unessa, löhöillen kahdella tuolilla aivan ikkunan alla.
Hänen jalkansa ja jalkansa olivat toisella tuolilla. Hänen
ylävartalonsa oli toisella tuolilla. Ongelmana oli, että hänen

keskivartalonsa roikkui alaspäin, roikkui. Hän olisi pian pudonnut lattialle. Ainoa keino estää se oli herättää hänet.

Grace huusi hänen nimensä. Säikähtäen hänen kehonsa siirsi tuolit erilleen. Hänen keskivartalonsa osui lattiaan.

Hän hyppäsi ylös. "Mitä? Missä?"

Grace ei voinut olla nauramatta.

Mies vilkaisi hetken hänen suuntaansa ja harjautti sitten vaatteensa alas käsillään. Lopuksi hän kammasi hiuksiaan. Hän katsoi Gracea vielä sekunnin tai kaksi, hieroi sitten silmiään ja tajusi, missä hän oli. Hän ajoi kädet vielä kerran hiustensa läpi, siirtyi sitten Gracea kohti ja sanoi: "Vau, anteeksi. Minun on täytynyt ajelehtia."

"Ei se mitään. Toivoin, että voisin estää sinua putoamasta, mutta anteeksi, pahensin vain tilannetta."

"Ei se haittaa." Vincente sanoi. Hän teki muutamia hyppyjumppia yrittäen herättää itsensä.

"On todella myöhä! Mikseivät he tulleet hakemaan minua? Äitisi piti ottaa vastuulleen. Vain perhevieraat saavat nyt tulla kymmenen jälkeen. Sairaalan säännöt."

"Olen soitellut sairaanhoitajalle jo jonkin aikaa", Grace sanoi, "mutta toistaiseksi ei mitään. Anna kun yritän vielä kerran." Hän painoi summeria ja vain odotti.

Vincente kuuli äänen kaikuvan koko käytävällä. Outoa. Hän päätti mennä katsomaan. Missä helvetissä Helen oli? Vincente oli nimenomaan maininnut Helen Greenwaylle, että hänen oli oltava poissa sieltä tasan kymmeneltä. Hän oli luvannut herättää hänet. Hänen äitinsä oli hakemassa häntä, ja hänellä oli krikettiottelu seuraavana päivänä. Hän tarvitsi kunnon yöunet. Nainen piti häntä itsestäänselvyytenä. Kohteli häntä kuin perhettä. Mitä...?

Vincente oli yhä ärsyyntyneempi vaellellessaan ympäriinsä. Aluksi kaikki näytti olevan normaalisti, mutta koko sairaalahenkilökunnan poissaolo huolestutti häntä. Hän kurottautui taskuunsa ja kaivoi esiin matkapuhelimensa. Hän laittoi sen päälle ja odotti 4G:n käynnistymistä, mutta signaali oli heikko, vain yksi palkki. Hän tarkisti tekstiviestit ja sähköpostit, mutta niitä ei ollut. Hän vilkaisi käytävän päässä olevaa kelloa. Siinä luki 2:30. Mitä hittoa?

Uteliaana hän avasi yhden sairaalahuoneista ja valmistautui pyytämään anteeksi tunkeilua, mutta se oli tyhjä. Hän jatkoi oven avaamista ovi toisensa jälkeen, ja tulos oli joka kerta sama: tyhjä.

Hän astui hissiin. Hän ajoi kerroksen alaspäin: sama kuin edellä. Minne kaikki olivat menneet? Tämä alkoi käydä oudoksi. Hän ajoi hissillä alas pohjakerrokseen. Siellä oli sama tarina. Jopa vastaanottotiski oli tyhjä. Odotushuoneessa tai päivystysosastolla ei ollut potilaita tai perheenjäseniä.

Hän astui ulos ja hengitti syvään sisään. Ilmassa oli outo tuoksu, sekoitus autokaasuja ja eukalyptusta. Hän kuuli vain lakkaamatonta huminaa.

Hänen katseensa kiinnittyi kaukaisuudessa täysikuuhun, jonka kirkkaus valaisi yötaivaan. Tähdet näkyivät täydellä voimalla. Hän viipyi näissä asioissa hetken, koska ne olivat sitä, mitä hän odotti näkevänsä, eli normaalia.

Muutamaa sekuntia myöhemmin huminat toivat hänet takaisin todellisuuteen, ja hänen katseensa skannasi parkkipaikan. Hän yskähti siirtyessään kohti lähintä ajoneuvoa, jonka pakoputkesta tulvi pakokaasua.

Auton kuljettajan puoleinen etuovi oli auki, joten hän kumartui sisään ja huomasi, että se oli tyhjä. Hän tarkisti takapenkin ja huomasi, että sekin oli tyhjä. Hän sammutti sytytysvirran, mutta auto käynnistyi välittömästi uudelleen. Lopulta hän irrotti avaimen, ja se näytti tehoavan.

Hän meni seuraavaan autoon, joka oli myös tyhjä ja jonka moottori kävi edelleen. Hän seisoi keskellä parkkipaikkaa. Jokainen auto oli käynnissä, mutta kuljettajaa tai matkustajaa ei näkynyt. Vincente vapisi ja juoksi takaisin sisälle etsimään Gracea.

G RACE ISTUI YHÄ SIINÄ, mihin hän oli hänet jättänyt. Hän ei ollut koskaan elämässään ollut näin iloinen nähdessään ketään. Hän puri ylähuultaan astuessaan huoneeseen ja mietti, pitäisikö hänen kertoa Gracelle, mitä oli tekeillä. Toisaalta hän ei kuitenkaan tiennyt, mitä oli tekeillä. Hän pyöritteli tosiasioita mielessään:

Sairaala oli autio.

Fakta: parkkipaikka autio.

Nuo olivat kylmät, kovat tosiasiat.

Vincente pohti, miten hänen pitäisi kertoa tilanteesta. Pitäisikö hänen kaunistella asiaa? Vai pitäisikö hänen kertoa Gracelle kaikki? Hän ei voinut olla miettimättä tämän nykyistä mielenterveyttä. Hän oli vaikuttanut niin lähellä rajaa vain hetki sitten. Hän ei halunnut olla se, joka työntää Gracen yli. Hän oli tehnyt jo tarpeeksi vahinkoa.

Vincente huomasi, että Grace hikoili paljon. Hän vaikutti jo nyt huolestuneelta ja ahdistuneelta, eikä hän ollut edes kertonut hänelle mitään... vielä. Hän kysyi, haluaisiko Vincente juoda kylmää vettä, ja Vincente vastasi haluavansa.

Hän täytti pienen vesikannun ja kaatoi lasillisen. Grace, joka luuli sen olevan hänelle, ojensi kätensä sitä kohti. Mutta Vincente näytti olevan omassa maailmassaan, ja sen sijaan, että hän olisi ojentanut lasin Vincentelle, hän tyhjensi sen itse. Sitten hän toisti koko prosessin ja tyhjensi joka pisaran toisestakin lasista.

Kun hän palasi todellisuuteen, Grace alkoi pelätä yhä enemmän. Jokin oli ehdottomasti pielessä. Vincente oli nähnyt jotain, ja hän pelkäsi kertoa siitä Gracelle. Se oli niin paha juttu.

Vincenten katse kohtasi Gracen. Hän kaatoi lasin vettä ja antoi sen Vincenteä odottavaan käteen. Grace joi ja seurasi, miten Vincenten ilmeet muuttuivat hetkestä toiseen.

Grace ei kestänyt sitä enää. Hän halusi Vincenten heräävän. "Minun täytyy todella mennä pienten tyttöjen huoneeseen." Hän nojasi taas summeriin. Hän toivoi, että joku sairaanhoitajista tulisi huoneeseen hetken päästä.

Vincenten aika oli käymässä vähiin. Hän tarkkaili Gracea. Hän odotti, että hoitaja tulisi auttamaan häntä, vaikka paikalla ei ollut yhtään hoitajaa. Mitä ihmettä hän aikoi tehdä? Hän oli vakavassa terveydellisessä kriisissä, ja hän tarvitsi lääkkeitä. Hän ei ollut lääkäri eikä hänellä ollut aavistustakaan, miten hän hoitaisi Gracea.

Sitten hän sai idean: hän aikoi viedä hänet toiseen sairaalaan.

Niin hän tekisi.

"Olen pahoillani eilisestä. Tarkoitin sitä kuolleiden ihmisten näkemistä", Grace sanoi.

"Ei se mitään."

Hänen oli pakko kertoa Gracelle. Mitä pikemmin, sen parempi.

✳✳✳

"TUO HOITAJA PITÄISI EROTTAA!" Grace huudahti. Hänen oli todella lähdettävä.

"Milloin sait viimeksi lääkkeesi?" Vincente kysyi.

"En tiedä. Nukun niin paljon, että joskus on vaikea tietää, onko päivä vai yö."

"Nyt on yö. Paljon yli vierailuaikojen."

"Saitko taas jäädä yöksi?"

"Enpä usko. Äitisi piti herättää minut. Hänen oli tarkoitus viettää yö kanssasi. Ottaen huomioon..."

"Harkitsee mitä? Luuleeko hän, että olen menettämässä järkeni?"

"Tavallaan, tavallaan, tavallaan. Tarkoitan, että hän haluaa vain pitää sinua silmällä."

"No, hänen pitäisi sitten varmistaa, että saan lääkkeeni", Grace sanoi.

"Jotta veri ei hyytyisi, tarvitset lääkkeesi."

"Tiedän", Grace sanoi ärsyyntyneenä, "He kirjaavat aina asiat sängyn päässä olevaan taulukkoon. Vilkaise. Sen pitäisi kertoa sinulle kaikki, mitä sinun tarvitsee tietää."

"Hyvä idea", Vincente sanoi nostaessaan leikepöydän. Siinä oli salaista koodia muistuttavia lyhenteitä. Hän onnistui saamaan siitä selvää.

Grace ei ollut nähnyt ketään hoitajaa tai lääkäriä yli vuorokauteen.

Hänen oli todella mentävä vessaan. Hänen vieressään olevan koneen tippuminen ei auttanut. Hän yritti olla ajattelematta sitä. Hän yritti olla ajattelematta Vincente Marinon vampyyriversiota. Hän yritti olla ajattelematta kuolleiden ihmisten näkemistä, mutta oli vaikeaa olla ajattelematta mitään niistä. Varsinkin kun hänen rakkonsa oli täynnä.

Vincente päätti, että nyt tai ei koskaan. Hänen oli kerrottava hänelle. Hänen oli kerrottava totuus. Hänen oli saatava heidät pois tästä sairaalasta ja vietävä jonnekin muualle. Paikkaan, jossa Grace saisi tarvitsemansa hoidon.

Hän käveli ikkunalle ja veti verhot taakse. Hän päätti, ettei voinut viivytellä enää hetkeäkään. Hänen oli kerrottava hänelle... nyt.

✳✳✳

"G RACE, OLEMME KAHDEN TÄÄLLÄ sairaalassa", Vincente pamautti. Raakaa, hän ajatteli. Todella julmaa.

"Mitä?"

"He ovat kaikki... poissa."

"Se on mahdotonta! Hoitaja! Hoitaja!" hän huusi painaen taas hätäpainiketta.

"Tarkistin paikat muutama minuutti sitten, ja tämä sairaala on autio. Täysin."

"Yritätkö säikäyttää minut?"

"Kyllä. Tai siis en, mutta meidän pitäisi päästä pois täältä."

"Mutta ulkona... tarkoitan, sairaalan ulkopuolella, näitkö ihmisiä?" Grace kysyi.

"En. En löytänyt ketään täältä sisältä tai rakennuksen ulkopuolelta. Meidän on lähdettävä. Mennään pois täältä. Mennään kaupunkiin. Näin ulkona autoja, joiden moottorit olivat käynnissä, mutta niiden pyörien takana ei ollut ihmisiä. Ei matkustajia. Paljon tyhjiä autoja."

"Mutta en voi lähteä sairaalasta. Entä minun tilani?" Grace huudahti. Hän katsoi Vincenteä ja mietti hetken aikaa, näkikö hän taas unta. Hän sulki silmänsä ja avasi ne sitten. Ei, hän oli täysin hereillä. Ehkä Vincente nukkui, ja Grace oli hänen unessaan? Tai vielä pahempaa: ehkä se, mikä hänellä oli, oli tarttuvaa? Ehkä he olivat menettämässä järkensä?

"Jos lähdemme nyt, voimme löytää perheemme. He tietävät, mitä tehdä."

"Mutta olen kytketty näihin", hän osoitti koneita ja johtoja.

"Ei hätää, minä irrotan sinut", Vincente sanoi.

"Tiedätkö, mitä tehdä?"

"Se tuntuu itsestään selvältä, mutta sinun on luotettava minuun."

KAPPALE 9

GRACE HARKITSI VAIHTOEHTOJAAN. Jos Vincente oli oikeassa, ja miksi hän valehtelisi? Silloin kaikki sairaalassa ja sen ympäristössä olivat kadonneet ilmaan. Jopa sen jälkeen, kun Grace oli myöntänyt tämän, hän kyseenalaisti yhä oman mielenterveytensä. Ensinnäkin hän uskoi, että Vincente saattoi olla vampyyri. Sitten hän uskoi, että hänen veljensä ja isänsä olivat käyneet täällä, vaikka he olivat kuolleet. Ja nyt oli tämä.

"Totta kai luotan sinuun, Vincente. Mutta minua pelottaa. En ymmärrä, mitä minulle tapahtuu."

"Tämä ei tapahdu vain sinulle. Se tapahtuu minulle. Sinä ja minä olemme tässä yhdessä. Täällä ei ole ketään muuta kuin sinä ja minä."

"Mutta näenkö minä unta? Oletko varma, ettei tämä ole unta, Vincente? Sano, ettei se ole unta! Taidan menettää järkeni!"

Vincente veti Gracen lähelleen ja piteli häntä. Hänen lämmin henkäyksensä kutitti Gracen korvaa. Hän kuiskasi: "Et ole menettämässä järkeäsi. Tämä on totta. Sinä ja minä olemme tässä yhdessä... ja meidän on päästävä pois täältä."

"Entä jos hyytymä puhkeaa? Mitä jos?" Grace aloitti.

"Sitten me hoidamme sen. Vien sinut toiseen sairaalaan. Toiseen paikkaan."

Grace nyökkäsi, kun Vincente irrotti sydänmonitorin. "Minua pelottaa", hän tunnusti.

"Ja minä pelkään sitä, mitä tapahtuu, jos jäämme tänne", Vincente sanoi. Hän irrotti viimeisen tarrakiinnikkeen, jolloin laite lakkasi rajusti. Kone kiljui ja välähti, kunnes Vincente veti pistokkeen seinästä.

Sitten huoneessa vallitsi hiljaisuus.

"Nyt tulee se vaikea kohta", Vincente sanoi. "Minun on poistettava neula kädestäsi, ja se tulee sattumaan."

"Puhu minulle. Häiritse minua."

"Hyvä on. Kerroinko jo, että minulla on iso peli pelattavana? Odotin niin kovasti pelaamista. Tuntuu kuin edellisestä pelistäni olisi kulunut pitkä aika." Vincente epäröi. "Kaikki on valmista."

"Ei se minua yhtään haitannut. Kiitos", Grace sanoi heiluttaessaan jalkojaan sängyn poikki. Ne olivat alastomat jalat, jotka olivat tähän asti piileskelleet peiton alla.

Vincente katsoi muualle, kun hän astui kylmälle linoleumilattialle. Viileys sai tahattoman väristyksen ottamaan vallan hänen heikentyneessä kehossaan. Vincente piti häntä pystyssä ja tuki häntä. Hän silmäili kylpyhuoneen ovea. Hän liikkui sitä kohti. Vincente tuki häntä, kunnes hän oli turvallisesti sisällä.

Grace tyhjensi rakkonsa. Hän huuhteli huuhteluveden ja meni pesualtaaseen pesemään kätensä. Hän katsoi peilikuvaansa peilistä ja puuskahti. Hänen hiuksensa olivat sekaisin, ja hänen ihonsa oli tahmea. Hän näytti hyvin sairaalta - mitä hän olikin. Grace harjasi hampaansa ja kampasi hiuksensa. Hän avasi oven ja näki Vincenten penkovan paikkoja.

Ennen kuin hän ehti sanoa mitään, Vincente kysyi: "Missä vaatteesi ovat?" "Missä vaatteesi ovat?"

"Ei aavistustakaan. Ehkä äiti vei ne kotiin pestäväksi?" Hän lähti takaisin sängyn luokse. "Ajattelin, että ehkä meidän pitäisi jäädä tänne odottamaan heidän paluutaan? Varmasti he tulevat takaisin. Tai ehkä minä vain herään tai sinä heräät, ja sitten kaikki on taas normaalisti?"

"Ei, Grace. Meidän on päästävä pois täältä... nyt. Et näe unta, etkä ole menettämässä järkeäsi - paitsi jos minäkin menetän omani! Älä huolehdi vaatteista. Sairaalapukusi kelpaa, kunnes löydämme sinulle jotain muuta."

Hän vapisi taas. Vincente kietoi huovan hänen hartioidensa ympärille.

"Tule, Grace. Lopetetaan puhuminen siitä, mitä oli, ja ajatellaan meitä tässä ja nyt. Meidän on päästävä pois täältä."

"Ehkä sinun pitäisi vain jättää minut. Minä vain hidastan sinua."

"En jätä sinua, Grace. Meidän on pysyttävä yhdessä. Olemme tässä nyt yhdessä. Tule nyt."

"Mutta Vincente, ehkä jos minä vain makaan täällä sängyllä ja nukun hetken, voit löytää apua itsekin. Olen todella väsynyt." Hän siirtyi sänkyä kohti ja alkoi kiivetä sille.

Vincente ojensi kätensä ja veti hänet itseään kohti. Hän laittoi kätensä tämän olkapäille. "Grace, etkö luota minuun?"

"Luotan, mutta..." Grace seisoi siinä vapisten ja katsoi koko ajan Vincenten tummiin silmiin. Häntä pelotti. Hän pelkäsi olla hereillä. Hän pelkäsi olla unessa. Hän halusi häiriötekijöitä ja hän halusi tietää enemmän Vincenteestä, enemmän hänen elämästään. Hän halusi pidättäytyä, varmistuakseen siitä, että mies oli oikea Vincente Marino. Hän oli alkanut kyseenalaistaa kaiken.

"Missä asuit ennen kuin muutit tänne?"

"Perheeni muutti paljon", Vincente sanoi. "Olemme olleet täällä Sydneyssä nyt melkein viisi vuotta, ja viisi vuotta on perheelleni pitkä aika olla samassa paikassa."

Grace muisti yllättäen, kun Vincente tuli ensimmäisen kerran kouluun. Se oli muistolahja. Hän antoi sen virrata tajuntaansa ja eli kohtauksen uudelleen. Hän katseli sitä toistuvasti mielessään.

"Oletko kunnossa, Grace?"

Hän oli niin mukana muistelemassa. Hän unohti, että oikea Vincente seisoi hänen edessään. Grace epäröi paljastaa unta hänelle. Hän halusi sen olevan vain ja ainoastaan itselleen. Mutta lopulta hän päätti, ettei ollut mitään pelättävää.

"Muistelin sitä ensimmäistä päivää, kun tulit kouluumme. Oli kuin valon akseli olisi mennyt suoraan sydämeni läpi ja lävistänyt sieluni. En voinut hengittää."

Vincente ei tiennyt, mitä sanoa tähän tunnustukseen, joten hän ei sanonut mitään.

Grace oli varma, ettei hän muistanut nähneensä häntä ensimmäisenä koulupäivänään. Miksi hän muistaisi?

"Minä muistan sinut", hän sanoi.

"Sanot noin vain saadaksesi minut lähtemään mukaasi", Grace sanoi.

"Miksi valehtelisin? Se oli nurmikolla, koulun edessä. Sinä istuit. Luit kirjaa. Olit puun alla, aivan yksin."

"Niin. Luin Humisevia korkeuksia."

"Ja minä kävelin ohi ja teeskentelin kompastuvani. Pudotin kynän lähellesi."

"Nostin sen ja palautin sen sinulle."

"Niin, mutta Grace, katsoit minua kuin olisin ollut olento toiselta planeetalta."

"Niin, se koko sydämeni ja sieluni herääminen. Olin sanaton."

"Mutta et edes tuntenut minua."

"Minä tunsin sinut, Vincente. Olen aina tuntenut sinut."

"Grace, mieti, mitä juuri sanoit minulle. Sinulla on erityisiä muistoja tallennettuna aivoihisi minusta. Minusta se on uskomattoman myönteinen merkki. Merkki siitä, että olet paranemassa."

Hän mietti asiaa ja säteili sitten hymyä korvasta korvaan. "Okei", hän sanoi, "nyt lähdetään pois täältä."

"En jätä sinua, Grace. Meidän on pysyttävä yhdessä. Olemme tässä yhdessä. Tule nyt."

Gracen sängyn vieressä oleva puhelin alkoi soida. Grace kurottautui luuriin. Vincente esti häntä vastaamasta, koska toinenkin puhelin huoneessa alkoi soida. Sitten toinen soi viereisessä huoneessa. Sitten soi toinen ja sitten toinen. Puhelinten soitto kaikui pitkin käytäviä. Ääni oli korviahuumaava.

"Mennään!" Vincente huusi, kun he menivät käytävään. Soitto kaikui ja kävi yhä kovemmaksi.

He peittivät korvansa ja saapuivat hissille. Ovet avautuivat ja sulkeutuivat, sitten avautuivat ja sulkeutuivat. Oli liian vaarallista mennä sisään. He suuntasivat kohti portaikkoa.

Soittoääni hiljeni, kun he kiipesivät portaita alas. Kun he saapuivat alakertaan ja avasivat oven, ääni oli kovempi kuin koskaan.

"Tulkaa!" Vincente huusi, kun he etenivät etuovesta ulos. He löysivät auton. Hän turvavöi Gracen matkustajan istuimelle.

Hän painoi kaasupolkimen pohjaan, ja he kiihdyttivät pois hiljaiseen, mustaan yöhön.

***

VINCENTE LAULOI LAULUN AJAMISESTA tuntemattomaan määränpäähän. He ajoivat Sydneyn Inner Westin läpi. Hän huomasi, että Grace oli hiljaa ja nukahtanut. Hän ajatteli, että se oli varmaan hyvä asia, sillä hän tarvitsi aikaa ajatella. Suunnitelman tekemiseen.

Autoja oli rivissä puskuri puskuria vasten kaikkialla, tukkien päätien. Hänen oli väisteltävä ja väisteltävä. Toisinaan hänen oli ajettava jalkakäytävälle päästäkseen läpi.

Matkan varrella hän näki monia hylättyjä ja käynnissä olevia ajoneuvoja. Siellä oli myös kuljetusautoja, takseja, poliisiautoja ja ambulansseja. Kaikki seisoivat tyhjäkäynnillä kadulla - jopa lentokoneet ja helikopterit. Ilma oli sakeana savuista. Se oli kuin Stephen Kingin romaanista, täydellinen maailmanloppu.

Aluksi Vincente pysähtyi suojatien kohdalle ja piti silmällä lapsia, aikuisia ja jopa koiria, jotka ylittivät tien. Kun hän ei nähnyt mitään, hän luopui siitä.

Näytti siltä, ettei ketään ollut enää jäljellä. Silti Vincente toivoi löytävänsä perheensä ja ystävänsä, jotka odottivat lähiössä. Hän yritti soittaa äidilleen kännykkäänsä, mutta kukaan ei vastannut. Hän jätti viestin. Hän teki saman isovanhempiensa luona.

Grace heräsi ja kysyi: "Missä me olemme?".

"Me vain ajelemme nyt ympäri Sydneyä. Selvittelemme asioita. Kun sinä nukuit, kävin Royal Hospitalissa ja tarkistin sen."

"Sinun olisi pitänyt herättää minut."

"Ei, ei ollut tarpeen. Kuulin puhelinten soivan sielläkin. Tiesin sairaalan olevan tyhjä menemättä edes sisälle." Vincente suuntasi risteykseen. Grace tarttui hänen käsivarteensa ja käski häntä pysähtymään.

Hän jarrutti. He odottivat, sillä se oli jalankulkijoiden risteys, mutta siellä ei ollut ketään ylittämään.

Grace mainitsi tuulessa lepattavat pyykit, pyykit, jotka olivat olleet ulkona ties kuinka kauan. Hän huomasi, ettei taivaalla näkynyt lintuja. Ei koirien haukkumista. Hän näki, että liikkeet olivat yhä auki, mutta henkilökuntaa ei ollut töissä eikä asiakkaita ollut ostamassa mitään.

Siellä oli myös palaneita ajoneuvoja.

"Kaupunki on täysin autio", Vincente sanoi.

"Se on toivotonta", Grace murahti.

"Älä koskaan luovu toivosta."

✳✳✳

"Kaikki järjestyy", Vincente vakuutti, kun hän kurottautui yli ja kosketti Gracen kättä. Grace tunsi tärähdyksen, kun miehen iho kosketti hänen ihoaan.

"Mitä me teemme?" Grace kysyi.

"No, jatkamme suunnitelma A:ta", Vincente sanoi.

"Onko meillä suunnitelma A?"

"Kun sinä nukuit, Grace, laadin suunnitelman A. Siihen kuuluu toisen sairaalan ja tuttujen lähiöiden tutkiminen. Ajattelin, että jos joku tarvitsisi apuamme, löytäisimme hänet todennäköisemmin."

"Se oli hyvä suunnitelma."

"Toistaiseksi mitään ei ole näkynyt kuolleena eikä elävänä."

"Minne linnut ovat kadonneet?" Grace kysyi.

"Luultavasti kohti vettä. Ne haluaisivat päästä pois ilmaa saastuttavista meluisista autoista", Vincente sanoi.

Hän huomasi, että säiliö oli melkein tyhjä. Hän tankkasi sen huoltoasemalla. Sitten hän haki muutaman tavaran lähikaupasta. Vincente heitti suklaapatukan Gracen luo ja avasi Mars-patukan. "Jätin rahat tiskille."

"Jätitkö rahaa?" Grace oli todella yllättynyt.

"Kyllä. En voi vain ottaa bensaa maksamatta. Se olisi sivilisaation loppu sellaisena kuin me sen tunnemme, jos ottaisimme vain mitä vain haluaisimme! Sitä paitsi tuon aseman omistaja on tuntenut perheeni siitä asti, kun muutimme tänne. Hän on auttanut äitiä muutaman kerran, kun hänellä oli ongelmia auton kanssa ja isä oli poissa kaupungista."

"Pidän logiikastasi."

"Joo, emme kai me nyt halua anarkiaa?" hän nauroi.

Grace ihaili Vincenteä nyt enemmän kuin aiemmin. Hän ihaili miehen ottavaa asennetta. Hänen rehellisyyttään. Jostain syystä kohtalo oli heittänyt heidät yhteen. Hän ja Vincente olivat seikkailussa. Se oli jännittävää, pelottavaa ja outoa yhtä aikaa.

Vincente kääntyi nopeasti piparkakkutaloon. "Täällä ollaan", hän sanoi.

KAPPALE 10

"SE ON ISOVANHEMPIENI TALO. Asun täällä aina koulun loma-aikoina ja silloin, kun vanhempani ovat työmatkalla. Koska perheeni muutti paljon, tämä on aina ollut toinen kotini."

Ottaessaan eukalyptuksen tuoksua ilmassa Grace sanoi: "On todella aikainen aamu. Luuletko, että heitä haittaa?"

"Yritin soittaa eilen illalla, mutta kukaan ei vastannut. Jätin viestin. Jos he nukkuvat, heitä ei haittaa. Voimme kuitenkin mennä sisään, koska minulla on oma avain. Sitä paitsi, tämä on tavallaan hätätapaus täällä."

Vincente veti oven auki.

Grace katseli yhä puutarhaa ja keskittyi pihan keskellä olevaan valtavaan puuhun. Puu oli kallellaan ja suurin osa sen juurista oli paljastunut. Hän vapisi ja kietoi kätensä ympärilleen.

Vincente, joka oli jo sisällä, huusi: "Tule sisään!"

Sisällä Grace yritti tehdä olonsa kotoisaksi. Yhtäkkiä tuulenpuuska tuli avoimesta ovesta sisään ja tarttui hänen sairaalavaatteensa selkään. Häntä palelsi luita myöten, ja hän vapisi jälleen.

Vincente kurottautui sohvan selkänojan yli ja riisui isoäitinsä tekemän käsin virkatun, monivärisen afgaanin. Hän kietoi sen naisen hartioiden ympärille.

Grace käpertyi siihen ja hengitti sen ihanaa tuoksua.

"Odota tässä", Vincente sanoi. "Menen yläkertaan katsomaan heitä."

"Hyvä on." Grace katsoi, kun Vincente kiipesi portaat ylös ja kiersi käytävän päädyn.

Kun hän oli poissa näkyvistä, Grace meni ikkunan luo ja kurkisti verhojen läpi. Puun juuret näyttivät liikkuvan. Oksat alkoivat heilua. Grace vapisi jälleen ja sulki verhot.

Hän katseli ympärilleen olematta liian utelias. Koti oli Vincenten pyhäkkö. Hänestä oli valokuvia kaikkialla. Vincente vauvana. Vincente pienenä poikana. Vincente urheiluasuissaan. Vincente vanhempiensa kanssa. Vincente pokaaliensa kanssa. Valokuvia oli loputtomiin. Hän pani merkille tietynlaisen kuvan, jota hän ei nähnyt muiden joukossa: Vincente ja tyttöystävä. Se oli hyvä merkki.

Vincente palasi alakertaan. Hän huomasi miehen ilmeestä ja kiireestä, etteivät hänen isovanhempansa olleet talossa.

"He eivät ole täällä, eikä ole mitään merkkejä siitä, että he olisivat olleet täällä viime yönä lainkaan. Sängyssä ei ole nukuttu, eikä pyykkikorissa ole mitään. Isoäiti oli aina tarkka siitä, että likaiset pyykit laitettiin koriin ennen nukkumaanmenoa."

Hän istuutui ja ajoi sormillaan hiuksiaan läpi ja laittoi sitten kätensä päänsä päälle sormet yhteen. Tässä asennossa istuminen auttoi häntä keskittymään. Hän teki näin usein, kun hänen täytyi sulkea väkijoukko pois jossakin pelissään.

Grace seisoi lähellä, hiljaa kuin hiiri.

Vincente säpsähti ja sanoi: "Ah!" ennen kuin hyppäsi ylös ja liikkui nopeasti talon läpi.

Grace seurasi häntä käytävää pitkin keittiön ja kylpyhuoneen ohi käytävän päässä olevaan pieneen huoneeseen. Se oli toimisto.

Hän tarkisti, oliko tietokone käynnissä. Se ei ollut - pistoke oli vedetty seinästä. "Isoisä on varmaan taas säästänyt sähköä", hän sanoi. "Tietokoneen uudelleenkäynnistyminen kestää muutaman minuutin, joten voimme sillä välin syödä välipalaa ja juoda kahvia. Tulehan nyt."

Grace ja Vincente suuntasivat keittiöön, jossa oli avokadonvihreät kodinkoneet. Teepyyhkeissä oli hedelmien ja vihannesten kuvituksia. Pöydän keskellä pupujänismaiset suola- ja pippurisirottimet virnistivät heille ilkikurisesti.

"Mummo pitää jääkaapin aina hyvin varustettuna", Vincente sanoi vetäessään oven auki. Hän heitti Gracelle kanankoiven ja alkoi itse mässäillä toista, kun hän laittoi vedenkeittimen kiehumaan. Seuraavaksi hän haki kahvia ja sokeria, valkaisuainetta ja kaksi mukia. Kun vesi oli kuumaa, hän kaatoi heille, ja sitten he lähtivät takaisin käytävää pitkin kohti tietokonehuonetta.

Sisälle päästyään Vincente istuutui ja alkoi napsauttaa näppäimistöä. Kun Facebook avautui, hän meni profiiliinsa päivittääkseen sen ja tarkisti sitten, oliko joku hänen ystävistään verkossa. Kukaan ei ollut.

Hän napsautti muutaman kerran ja tarkisti uutisvirran. Kukaan hänen ystävistään ei ollut tehnyt mitään viestejä tai päivityksiä reiluun vuorokauteen.

"En voi uskoa, ettei kukaan ole ollut täällä. Ei edes Liz, serkkuni Yhdysvalloissa, joka päivittää profiiliaan vähintään viisi kertaa päivässä. Pelkään, että se ei ehkä tapahdu vain meille täällä Sydneyssä. Se saattaa tapahtua kaikkialla."

Grace peitti suunsa yrittäen pidätellä henkeään, mutta se karkasi ja täytti hiljaisen huoneen. "Ehkä he ovat kaikki yhdessä jossain? Maan alla tai jossain turvallisessa paikassa, jossa ei ole tietokoneita, odottamassa."

"Koko maailma maan alla odottamassa? Se olisi todella jotain", Vincente sanoi kirjautuessaan ulos Facebookista. "Tarkistan sähköpostini", hän selitti.

"You've Got Mail!" selain tervehti. Se oli lyhyt viesti hänen mummoltaan, jossa kysyttiin hänen krikettiottelustaan.

"No, mitä meidän pitäisi nyt tehdä? Mistä muualta meidän pitäisi tarkistaa?" Grace kysyi.

"En minä tiedä", Vincente sanoi ja laittoi taas kädet päänsä päälle ja painoi päänsä polviensa väliin.

Grace ojensi kätensä hänen olkapäälleen. Hän otti hänen kätensä käteensä ja otti hänen lohdutuksensa kiitollisena vastaan. "Tiedän, että on aikainen aamu ja kaikki", hän sanoi, "mutta olen uupunut. Ehkä meidän pitäisi ottaa päiväunet, levätä täällä vähän. Kun heräämme, asiat ovat ehkä muuttuneet, tai saatamme keksiä loistavan idean siitä, mitä teemme seuraavaksi."

"Niin, minäkin olen uupunut, ja olet oikeassa, ehkä sähköpostia on tullut, tai joku saattaa mennä Facebookiin tässä välissä. Kuka tietää? Meillä ei ole mitään menetettävää.

"Anna minun kokeilla vielä yhtä asiaa", Vincente sanoi ottaessaan kännykkänsä esiin. Hän lähetti ryhmätekstiviestin kaikille osoitekirjassaan oleville. "Siinä", hän sanoi. "Jos jollakin on puhelin, hän vastaa. Nyt voimme levätä. He eivät vastaa, jos vain istumme ja katselemme tietokonetta ja puhelinta." Hän kytki kännykkänsä lataukseen ja käveli sitten kohti portaita.

"Missä minun pitäisi nukkua?" Grace kysyi.

"Tule yläkertaan, niin näytän sinulle paikkoja."

Vincente ja Grace kiipesivät portaat ylös ja astuivat makuuhuoneeseen, jossa oli pylväsvuode. "Tämä on isovanhempieni huone, ja voit nukkua täällä. Minulla on oma huone käytävän päässä. Pari ovea alempana."

Rehellisesti sanottuna Grace tunsi itsensä hieman pelokkaaksi eikä halunnut olla huoneessa aivan yksin. Mutta mitä hän voisi tehdä? Pyytää Vincenteä nukkumaan sängyn vieressä olevalla tuolilla vai jakaa sänky hänen kanssaan? Hän nyökkäsi ja sitten, kiitollisena pehmeästä sängystä edessään, kaatui siihen ja nukahti suoraan.

Vincente tajusi, miten väsynyt Grace oli, mutta hän ei ollut niin väsynyt, että olisi itsekään mennyt suoraan nukkumaan. Korjatakseen tämän hän kierteli ympäri taloa, söi muutaman Vegemite-voileivän. Hän palasi tietokoneen ääreen toivoen, että asiat olivat muuttuneet. Eivät ne olleet muuttuneet.

Hän kytki television päälle toivoen saavansa vähän häiriötekijöitä. Kaikki kanavat olivat pois päältä ja täynnä lumivalkoista kohinaa. Sama juttu, kun hän kokeili radiota: vain kohinaa. Hän alkoi ajatella, että maailma oli loppunut, kaikkien muiden paitsi hänen itsensä ja Grace Greenwayn osalta.

Miten outoa, että näin tapahtui kahdelle ihmiselle, jotka tuskin edes tunsivat toisiaan. joutua niin outoon tilanteeseen. Grace oli suloinen tyttö, ja hän piti hänestä, mutta hän ei ollut hänen tyyppiään. Hän mietti, voisiko hän, tietäen, mitä tyttö tunsi häntä kohtaan, aiheuttaa tytölle enemmän vahinkoa johdattelemalla häntä. Hän oli tiennyt jo jonkin aikaa, että Grace oli ihastunut häneen. Vaikka he olivat samanikäisiä, heidän sosiaaliset piirinsä ja kokemuksensa olivat maailmojen päässä toisistaan.

Vincente ajatteli heidän matematiikan oppituntiansa. Grace oli aina kaikkia edellä, myös opettajaa. Hänen kohtalonsa oli tulla matemaatikoksi - siitä ei ollut epäilystäkään. Hänen kohtalonsa oli tulla ammattiurheilijaksi - siitäkään ei ollut epäilystäkään. Mitä he kaksi tekisivät tai mitä heistä tulisi, jos he olisivat ainoat, jotka olisivat jäljellä planeetalla? Mitä tulevaisuus toisi heille tullessaan?

Hän pudisti päätään ja tuomitsi itsensä tällaisista negatiivisista ajatuksista. Hän nousi portaita ylös ja katsoi Gracen luokse. Grace nukkui syvään. Hän suuntasi omaan huoneeseensa.

Hän meni lipaston luo etsimään vaatteitaan, mutta hänen pyjamaansa ei ollut siellä. Outoa. Hän oli nukkunut vaatteissaan koko yön, ja hän oli valmis pukemaan jotain muuta. Hän tarkisti toisen laatikon ja löysi sieltä mustat alusvaatteet ja sukat. Hän puki molemmat päälleen ja lankesi sänkyyn. Hän nukkui pian syvään.

✳✳✳

"VINCENTE! VINCENTE!" GRACE HUUSI. Hetkeä myöhemmin mies oli hänen vierellään.

"Oletko kunnossa?" hän kysyi.

"Unohdin, missä olin", Grace sanoi. Hän siirtyi pois sängystä ja heitti kätensä miehen ympärille. Pian he olivat odottamattomassa, voimakkaassa syleilyssä. Tajuttuaan hän vetäytyi takaisin ja pyysi anteeksi.

"Ei sinun tarvitse pyytää anteeksi", Grace sanoi. Hän katsoi alas ja tajusi olevansa käytännössä alasti.

Silloin hän huomasi sen myös. Hän punastui syvänpunaiseksi. "Menen nyt pukeutumaan, jos sinä olet, sopiiko?" "Kyllä."

Kun Vincente alkoi kävellä pois, valot heidän yläpuolellaan alkoivat täristä. Kattoon kiinnitetyt valaisimet alkoivat täristä, vilkkuen päälle ja pois. Hänen isovanhempiensa huone muistutti rähjäistä motellihuonetta, jossa oli stroboskooppivalo.

Lipaston päällä oleva esine alkoi täristä ja ravistella rytmikkäässä tanssissa - sitten lattia liittyi mukaan.

"Luulen, että se on maanjäristys!" Vincente huusi. "Tule nyt! Täällä ylhäällä ei ole turvallista."

Pari astui portaisiin, ja kerralla ne alkoivat herätä eloon. Se heilahti puolelta toiselle rytmikkäässä kaksiportaisessa tahdissa. Grace yritti pitää kiinni kaiteesta, mutta hänen oli vaikea liikkua eteenpäin. Vincente tarttui hänen käteensä, ja hän siirtyi portaita alaspäin.

Heti kun he saapuivat pohjakerrokseen, tärinä loppui. Portaat olivat nyt epäkunnossa, ja sen tuhoutuminen oli lähellä.

"Jälkijäristys tulee varmasti", Vincente sanoi. "Pysytään varmuuden vuoksi etuoven lähellä."

Toinen järistys iski. Tällä kertaa se oli kuitenkin kriittisempi. Portaat muuttuivat liukuportaiksi. Portaat syöksyivät alas pohjakerrokseen massiivisena kasana.

Maljakoita ja tauluja lensi ympäri huonetta. Tuolit alkoivat heilua. Peili rikkoutui, ja siitä kuului korviahuumaava särö. Grace huusi.

He ryntäsivät kohti etuovea.

✳✳✳

Ennen kuin Vincente avasi ulko-oven, voimakas tuulenpuuska paiskasi sen auki. Kaksikko piti toisistaan kiinni päästessään verannalle.

Suoraan heidän edessään kiemurteli ja kääntyi jättimäinen puu, jonka Grace oli huomannut aiemmin. Sen oksat ojentuivat kuin vanhat, nivelrikkoiset sormet. Puu seisoi aavemaisessa asennossa, kun se ulottui joka suuntaan. Sen juuret liikkuivat kuin käärmeet.

Heidän edessään ohi kiitävät elottomat esineet, joita ei aiemmin ollut tarkoitettu lentämään. Sateenvarjot, roskikset, grillit ja pyykkipuut piiskasivat ympäriinsä. Törmäsivät kaikkeen. Lentävä lapio osui puun kylkeen, ja melkein ihmismäinen voihkaisu täytti ilman.

"Se on vain tuuli", Vincente rauhoitteli vetäessään Gracen takaisin sisälle. "Emme voi mennä ulos, se on liian vaarallista. Se on kuin rautamyrsky Home Depot -esineitä!"

Tuuli puski oven takaosaa, ja heidän yhteinen painonsa tarvittiin, jotta ovi saatiin suljettua. He seisoivat selkä tiukasti sitä vasten. Se siirtyi ja painoi heidän selkäänsä. Vincente ja Grace pitivät pintansa.

"Mitä me nyt teemme?" Grace kysyi. Hän tärisi. Hänen polvensa eivät enää pitäneet häntä pystyssä. Silti hän piti pintansa Vincenten rinnalla.

"No, olen lukenut maanjäristyksistä, ja ne yleensä pahenevat ennen kuin paranevat. Yleensä on joitakin varoittavia järistyksiä, ja sitten iskee yksi suuri. Meidän on kai päätettävä, oliko tuo se suuri, vai pitäisikö meidän häipyä täältä, kun vielä on hyvä meno."

"Luulen, että se pahenee."

"Sitten mennään vaistomme mukaan, koska omani sanoo minulle täsmälleen samaa. Ota ensin puhelinluettelo, jotta voimme tarkistaa kotiosoitteesi ja puhelinnumerosi. Voit soittaa äidillesi, kun olemme saaneet ne tiedot. Okei, nyt lähdetään pois täältä!"" Vincente huusi, kun uusi järistys iski.

Tämä osoitti ilmiömäistä voimaa. Sitä seurasi rysähdys, napsahdus ja rapina. Sitten suuri puu kaatui talon päälle ja painui suoraan katon läpi. Kaksikko seisoi ja katseli puuta, joka oli nyt istutettu tiukasti olohuoneeseen. Tuntui ironiselta, että ovi, jota he suojasivat, oli yhä ehjä, kun taas katto oli nyt taivas.

"Tule nyt!" Vincente huusi, kun he juoksivat ulos etuovesta.

Räjähtävät esineet lentelivät kaikkialla heidän ympärillään, kun he suuntasivat kohti autonsa turvallisuutta. Kun Vincente siirtyi avaamaan ovea, Grace huomasi, että sormus hänen sormessaan välkkyi ja hehkui kuin kolmas silmä. Se näytti imevän valoa taivaalta.

Outoja ajatuksia lenteli Gracen päässä, kun esineet hajosivat ja kaatuivat hänen ympärillään. Hän katsoi Vincenteä ja pohti, että jos hän oli vampyyri, hän oli kuolematon. Hän voisi tehdä hänestäkin vampyyrin. Jos niin kävisi, kumpikaan heistä ei olisi enää koskaan yksin. Ajatus oli hullu, hän tiesi sen.

Sitten hänen mielessään välähti jotain outoa mutta selvää. Kaukainen muisto vampyyrien tappamisesta puukepeillä. Hän katsoi Vincenteä, kun puun oksa purjehti heitä kohti. Se puhkaisi Vincenten selän, ellei hän tekisi jotain.

"Sisään!" hän huusi. "Varo selustaasi!"

Hän hyppäsi sisälle juuri ajoissa, kun puunpala iskeytyi ja kolhi autoa.

"Kiitos! Se oli lähellä!" Vincente huudahti.

Sisään päästyään heidän silmiensä edessä ohi purjehti metallisen sateenvarjon muotoinen pyörivä dervissi.

Repivä särö. Niin kovaa, että heidän oli pakko peittää korvansa. Seuraavaksi kuului toinen rysähdys. Maa alkoi avautua heidän edessään kuin rikkinäinen kookospähkinä. Maan halkeama liikkui tietä pitkin ja tuli vaarallisesti heitä kohti. Siihen putosi tavaroita, kokonaisia taloja, puita ja autoja.

"Menkää!" Grace huusi, kun tuhoisa halkeama kiemurteli lähemmäs heitä.

Vincente peruutti ja painoi sitten kaasua. Heidän niskansa lensivät taaksepäin kuin kuminauhat, kun he kuoriutuivat pois pölypilvessä.

"Älkää katsoko taaksenne!" Vincente huusi.

Hän ajoi niin kuin ei ollut koskaan ennen ajanut. Hän väisti autoja ja roskia kuin ammattimainen kilpa-autoilija. Hän jatkoi matkaa; hän piti heidät turvassa ja poissa maanjäristyksen tappavalta tuhopolulta.

He ajoivat ja ajoivat ja ajoivat katsomatta taakseen.

$$***$$

KESTI JONKIN AIKAA ENNEN kuin he pysähtyivät. Ennen kuin heidän hengityksensä palasi normaaliksi.

"Voimme palata, kun se on turvallista", Grace sanoi.

"Pelkäänpä, ettei ole mitään järkeä", Vincente sanoi vetäessään syvään henkeä. "Talo on varmasti kuopassa. Se on poissa. Kaikki on poissa."

"Olen niin pahoillani, Vincente."

"Ei se mitään, minulla on hyviä muistoja siitä talosta. Ne ovat täällä." Hän osoitti sydäntään. "Ja täällä." Hän osoitti päätään. "Kukaan ei voi viedä niitä minulta."

Grace mietti nykyistä tilannettaan. Kuinka hänen muistonsa oli viety. Yksinäinen kyynel valui hänen poskelleen.

"Olen pahoillani, Grace. En tarkoittanut..."

"Tiedän, ettet tarkoittanut, mutta se on totta. Minun muistoni on viety minulta."

"Mutta saat ne takaisin. Tiedän sen."

"Kiitos, että sanot noin, mutta kukaan ei tiedä varmasti, saanko vai en, varsinkaan ilman lääkäreitä ympärillä."

"Tiedän, että muistot ovat yhä jossain sisälläsi. Ne eivät ole täysin kadonneet. Sinun on vain löydettävä keino hyödyntää niitä."

Grace myöntyi. Hän piti siitä, miltä muistojensa hyödyntäminen kuulosti.

"Siitä puheen ollen", Vincente sanoi. "Mikset selaisi Valkoisia sivuja ja etsisi perheesi puhelinnumeroa ja osoitetta. Sitten voimme soittaa äidillesi."

Grace hymyili ja alkoi kävellä sormillaan sivuja läpi pysähtyen, kun hän löysi Greenwayn. Vincente antoi hänelle kännykkänsä, ja hän alkoi soittaa. Kun hän kuuli äänen toisessa päässä - äitinsä äänen - hän hymyili. Hän alkoi puhua puhelimeen, mutta häntä kehotettiin jättämään viesti äänimerkin jälkeen.

"Se on vain vastaaja."

"Sama juttu oli minun luonani. Ei se mitään. Meillä on osoite, joten nyt voimme mennä sinne ja tarkistaa sen."

"Kuulostaa siltä, että meillä on suunnitelma C."

KAPPALE 11

"**V**oi luoja!" Grace huudahti. "Varo!"

Vincente käänsi huomionsa tielle. Grace kurottautui toiselle puolelle ja tarttui rattiin. Ajoneuvo kaarsi jyrkästi oikealle. Vincente yritti pitää auton hallinnassaan, mutta Gracen puristettua kätensä kiinni hän ei pystynyt siihen.

"Varo!" Grace huusi jälleen.

Vincente kamppaili Gracen kanssa. Hän sai auton takaisin hallintaansa. Silloin oli jo liian myöhäistä pysäyttää sitä - kurssi oli asetettu. Renkaat alkoivat heilua, ja pian auto pysähtyi ja törmäsi puunrunkoon.

"Oletko hullu?" Vincente karjahti.

"I-" Grace sanoi.

"Mitä helvettiä luulet tekeväsi?" Hän pudisteli päätään puolelta toiselle, kuin olisi juuri astunut suihkusta. "Selvisimme juuri ja juuri hengissä toisesta tilanteesta, ja nyt, jumalauta, Grace! Mitä helvettiä...?"

"I-" Grace sanoi.

"Miksi teit noin?"

"Haluatko, että vastaan sinulle nyt?" Grace sanoi hyvin rauhallisesti.

"Totta helvetissä haluaisin." "Totta helvetissä haluaisin." Vincente sanoi. "Sinä melkein tapatit meidät. K-I-L-L-L-E-D!"

"Minä osaan tavata tappaa, kiitos paljon. Haluatko, että selitän vai et?"

"Kyllä", Vincente sanoi raivostuneena. Hän yritti rauhoittaa itseään hengittämällä syvään.

"Ensin", hän sanoi, "minun on palattava sinne ja katsottava, löydänkö hänet. Sitten minä selitän."

"Hänet?"

"Sen pikkutytön", hän selitti.

Ja pian hän lähti juoksemaan. Hänen sairaalavaatteensa lepatti tuulessa, mutta hän ei välittänyt siitä. Hän välitti vain pikkutytöstä.

Vincente juoksi hänen perässään. Hän oli hänen kannoillaan. Hän luuli naisen menettäneen järkensä. Pieni tyttö? Hän ei ollut nähnyt ketään. Grace oli varmaan kuvitellut hänet.

Grace pysähtyi. Hän kääntyi ympäri ja ympäri ympyrää etsien pientä tyttöä jokaisesta pensaasta, jokaisesta mahdollisesta piilopaikasta. Grace hengästyi eikä löytänyt tyttöä ja pysähtyi. Paikallaan pysyen hän kuunteli keskittyneesti.

"Hän oli lapsi, pukeutuneena valkoiseen yöpaitaan, jossa oli pitsiä reunoilla ja punainen solmio kauluksessa. Hänellä oli pitkät, tummat hiukset, jotka valuivat hänen olkapäilleen, ja suurimmat oliivinvihreät, mantelinmuotoiset silmät."

Vincente seisoi hänen vierellään ja kuunteli hänen kuvaustaan. Hän kiinnitti huomiota ja yritti ymmärtää, mutta ei ymmärtänyt.

"Hän oli aivan tässä. Me - te - melkein osuimme häneen."

"Pieni tyttö?"

"Kyllä."

"Grace, täällä ei ollut pientä tyttöä."

"Hän oli siellä! Minä näin hänet! Seisoi keskellä tietä. Hän oli kaunis."

"Grace, en nähnyt häntä. Hän ei ollut todellinen."

"Hän oli todellinen, yhtä todellinen kuin sinä olet minulle, kun seisot tässä nyt."

"Tarkoitatko, että hän näkyi vain sinulle?" Vincente kysyi toivoen saavansa hänet tajuihinsa.

"En tiedä. En ollut ajatellut sitä."

Vincente ei halunnut tehdä sitä, mutta hänen oli saatava heidät takaisin raiteilleen. Hän epäröi. "Oikeasti kuten isäsi ja veljesi olivat?"

"Tuo on alhainen isku ja sinä tiedät sen!" Grace sanoi, kun hän juoksi tien yli, puiden läpi. Pois.

Vincente oli entistä varmempi, että Grace oli menettämässä järkensä.

Grace yritti pelastaa pikkutytön vahingolta. Hän näki pienen tytön aivan selvästi seisovan siinä. Mitä hänen olisi pitänyt tehdä - antaa miehen lyödä häntä? Hän halusi niin kovasti lyödä häntä. Sen sijaan hän jatkoi juoksemista. Juoksi minne tahansa. Minne tahansa pois.

***

K UN HÄN LOPULTA SAI hänet kiinni, hän istui ruohikolla pellolla ja katseli pilviä.

"Saanko liittyä seuraanne?" hän kysyi.

"Toki."

Hän tunnusteli pehmeää ruohoa ja imi sen tuoksua. He olivat hetken hiljaa.

"Kerro vielä kerran, mitä näit tiellä sen pikkutytön kanssa."

Hän pysyi vaiti.

"Lupaan kuunnella, mitä sinulla on sanottavana."

"Katso pilviä tuolla ylhäällä, jatkavat kuin mitään ei tapahtuisi. Ne ovat niin kauniita, korkealla taivaalla, leijuvat painottomina."

"Grace, kerro minulle."

Hän hengitti syvään, vilkaisi Vincenteä ja sanoi sitten katsoen takaisin taivaalle: "Siellä oli pieni tyttö. Hän näki minut. Hän kuittasi minut. Hän teki minulle tällaisen merkin." Hän nosti kätensä ylös ja teki siitä viittomakielisen stop-merkin.

"Milloin opit viittomakieltä?" Vincente nyrpisti otsaansa tajutessaan, ettei hän muistaisi, milloin tai miksi hän oli oppinut sen. "Anteeksi, tyhmä kysymys."

Grace oli hiljaa ja katseli pilviä antaen niille täyden huomionsa.

"Hetkinen, et siis muista puhelinnumeroasi, mutta viittomakielen muistat?"

"Niin kai."

"Etkö tajua, mitä tämä tarkoittaa, Grace?"

Hän pysyi vaiti.

"Se tarkoittaa, että olin oikeassa. Voit päästä käsiksi muistoihisi, hyödyntää niitä, kun haluat", Vincente sanoi innostuneena äänessään.

"Taisin tavallaan tehdä niin isäni ja veljeni kanssa."

"Ja nyt tämä pieni tyttö. Kuka hän oli? Mitä hän oli sinulle?"

"En tiedä, mutta nyt mietin, miten saatoin meidät sellaiseen vaaraan. Olisimme voineet kuolla, kun törmäsimme siihen puuhun."

"Niin."

Grace nousi seisomaan ja tunsi itsensä taas toiveikkaaksi. Ihmetteli, piiloutteliko lapsi, pelkäsikö hän. Hän huusi: "Pikkutyttö, missä ikinä oletkin, tule esiin ja puhu minulle. Me emme satuta sinua. Olet turvassa. Me voimme auttaa sinua."

Vain lehtien kohina ja tuulen vihellys täyttivät ilman. Grace pani kädet lanteilleen. Hän tunsi vahvasti, ettei pikkutyttö voinut kadota olemattomiin. Hänen täytyi olla siellä jossain.

Vincente oli yhä epäileväinen. Hän yritti koskettaa Gracea, mutta tämä pyyhkäisi hänet pois kuin hyönteisen.

Hän jatkoi pikkutytön kutsumista esiin. Grace oli keskittynyt tehtäväänsä ja huusi, kunnes hänen äänensä käheä.

GRACEN KAIKKI ENERGIA OLI nyt käytetty. Pikkutyttöä ei vieläkään näkynyt. Oli aika luovuttaa, joten hän lähti takaisin autolle. Vincente seurasi häntä hiljaa perässä. Hänen ruumiinkielensä kertoi kaiken, mitä oli sanottava: hän ymmärsi nyt totuuden. Pikkutyttö oli ollut illuusio. Kysymys oli vain, miksi?

Vincente potkaisi auton rengasta ja katsoi sitten Gracea. Hän oli uupunut ja hämmentynyt. Hän ei pystynyt edes katsekontaktiin miehen kanssa. Silti jotenkin siitä huolimatta hän piti häntä äärimmäisen viehättävänä siinä seistessään. Hän näytti niin toivottomalta ja yksinäiseltä. Kuin hän olisi tarvinnut pelastusta.

Hän käveli häntä kohti ja otti sormiensa väliin hiuslenkin. Hän kietoi sen ympärilleen vetäen Gracea yhä lähemmäs ja lähemmäs itseään. Sitten hän suuteli Gracea. Hellästi, pehmeästi. Pieni suudelma, joka riitti jättämään tytön haluamaan lisää. Nainen vastasi ensin, ja sitten mies astui pois. "Olen pahoillani."

"En ole", Grace sanoi hymyillen sekä sisältä että ulkoa. "Mutta kun seuraavan kerran käsken sinua pysäyttämään auton, pysähdy vain, jooko?"

"Minä pysäytän, lupaan sen."

"Vaikka et näkisi ketään?"

"Vaikka en näkisikään ketään."

"Hyvä on."

"Okei."

"Minusta meidän pitäisi ehkä jäädä tänne vielä hetkeksi, siltä varalta, että hän tulee takaisin."

"Grace, hän ei tule takaisin. Ole kiltti, mene vain autoon."

Moottori käynnistyi heti. He lähtivät liikkeelle. Grace yritti olla katsomatta taakseen, mutta impulssi oli ylivoimainen.

KAPPALE 12

K UN AUTO JATKOI MATKAANSA, Grace keskittyi nykyhetkeen. Hän rullasi ikkunan alas ja ojensi kätensä. Hän antoi tuulen kutitella kyynärvarren hiuksia, mikä aiheutti kylmänkarvoja. Hän tunsi olevansa elossa. Kuin hänellä ja Vincentellä olisi nyt mahdollisuus olla sitä, mistä hän unelmoi. Silti hän pelkäsi ajatella sitä liikaa, keskittyä siihen liikaa, koska hän ei halunnut pilata sitä.

Grace nauroi, kun tuuli kulki hänen sormiensa läpi. Hetken ajan hän palasi tuohon hetkeen. Suudelman hetkeen: heidän ensimmäiseen suudelmaansa. Se oli ollut mukavaa, lempeää, lämmintä, tahmeaa, ja hän tunsi miehen halun häntä kohtaan puskevan häntä vasten.

Oli outoa ajaa pitkin liikkumattomien ajoneuvojen aaltoa. Ei torvia puhaltamassa. Ei sireenejä. Kukaan ei huutanut. Hän ei kaivannut niitä ääniä. Äänet, joista hänellä oli vain hämärä muisto, olivat yleensä ärsyttäviä. Hän kaipasi kuitenkin lintujen laulua. Hän kaipasi niiden toimintaa, laulua, lentelyä puusta toiseen. Hän kaipasi mehiläisten surinaa. Hän ihmetteli, miten luonto huolehtisi, miten pölytys tapahtuisi nyt. Luonto sopeutui moniin muutoksiin. Luontoäiti keksisi keinon selviytyä.

Grace katsoi Vincenteä. Hän keskittyi ajamiseen.

Hän näytti olevan syvällä ajatuksissaan.

Vincente oli huolissaan ja vihainen itselleen. Ensin hän sanoi itselleen, ettei saisi johdattaa häntä harhaan. Hän tiesi, ettei nainen ollut hänen tyyppiään. Ei ollenkaan hänen tyyppiään. Hän oli Grace Greenway: älykäs matemaattinen ilmiö. Hän ajatteli numeroilla.

Helvetti, hän luultavasti unelmoi numeroilla.

Hän yritti olla ajattelematta suudelmaa, heidän ensimmäistä suudelmaansa. Hän päätti, että heidän ensimmäinen suudelmansa oli heidän viimeinen. Vaikka se olikin ollut odottamattoman mukava. Suloinen. Viaton. Hän ei ollut odottanut sitä, ja sitten oli... Ugh, hän ei halunnut ajatella, miltä hänestä tuntui, kun nainen suuteli häntä. Miten hän oli kiihottunut niin nopeasti, vain yhdestä yksinkertaisesta suudelmasta. Se johtui luultavasti siitä, että hän oli ulkona maailmassa, vaeltelemassa alusvaatteisillaan. Hänen halunsa häntä kohtaan oli todennäköisesti vain hallitsematon tarve, luonnollinen reaktio. Hän ei halunnut sen tapahtuvan.

Hän pysähtyi hetkeksi, tunsi naisen katseet häneen ja korjasi otettaan ratista. Hän yritti miettiä muita asioita, jotta hän ei tarvitsisi ajatella tyttöä. Hän ajatteli elokuvia. Videopelejä. Ruokaa.

Sillä välin Grace ajatteli maailmaa. Suurta maailmaa tuolla ulkona, joka oli heidän, hänen ja Vincenten jaettavana yksin.

Hän ajatteli menneisyyttään ja sitä, miten hän tunsi itsensä epätäydelliseksi ilman kaikkia muistojaan. Hän ajatteli myös sitä, että se oli hyvä asia, eikä negatiivinen. Se oli tapa, jolla hän saattoi luoda itsensä uudelleen. Samalla hän tiesi, ettei hän olisi koskaan kokonainen ilman suurinta osaa itsestään palautettuna. Se osa, joka oli hänen matemaattinen luontonsa: matemaattinen Gracen tila.

Hän yritti muistaa kaiken, mitä hän kerran tiesi Pythagoraksesta. Hän tiesi ennen kaiken tämän elämästä ja matemaattisista teorioista. Nyt faktat ja numerot olivat kaikki sekaisin hänen mielessään. Hän yritti muistaa Fibonaccin lukuja, mutta nekään eivät enää olleet selviä hänen mielessään. Hän päätti mennä kirjastoon ja lukea näistä kahdesta sekä muista, kuten Einsteinista ja Galileosta. Hän opettaisi itselleen kaiken, mitä hän oli ennen tiennyt, ja siten hän toivoi avaavansa muistipankkinsa, pääsevänsä siihen käsiksi.

"Näin tämän elokuvan kauan sitten", Vincente sanoi. "Se kertoi avaruusolennoista, jotka tulivat Maahan ja hyökkäsivät avaruusaluksillaan."

Grace säikähti. Hän oli tottunut mukavaan hiljaisuuteen, jonka he jakoivat. Hän rohkaisi Vincenteä kertomaan lisää elokuvasta. "Kuulostaa kiehtovalta."

"Se oli juuri sitä. Mutta en ole vielä kertonut sinulle kaikkein kiehtovinta osaa."

"No, älä pidä minua jännityksessä."

"Elokuvassa oli jäljellä vain kaksi eloonjäänyttä, mies ja nainen."

"Ei voi olla totta!"

"Ja miksi avaruusolennot eivät tappaneet heitä?" Vincente kysyi? Grace kohautti olkapäitään. "Koska he halusivat tarkkailla heitä. Tutkiakseen heitä." Hän pysähtyi ja odotti katsellen Gracea silmäkulmastaan. "Ja sitten he laittoivat kaksi ihmistä häkkiin kuin eläintarhaan. Katsellakseen heidän lisääntymistään."

"Entä jos ne eivät halunneet lisääntyä?" Grace sanoi ääni väristen.

"He loivat heidät."

"Miten he saattoivat pakottaa ne tekemään niin?"

"Ne eivät halunneet kuolla, ja ne tarvitsivat ruokaa selviytyäkseen. Niinpä ne tekivät, mitä niiden oli pakko tehdä, ja avaruusolennot tarkkailivat niitä, havainnoiden, mikä sai ihmiset toimimaan."

"Inhottavaa."

"No, jos ajattelet asiaa, ihmiset ovat laittaneet eläimiä häkkeihin vuosisatojen ajan. Seuratessaan niiden lisääntymistä. Tutkivat niitä, jopa joskus käyttivät niitä kokeisiin, edistääkseen lääketiedettä ja muuta sellaista. Olisivatko ne siis oikeasti yhtään pahempia?"

"Ei kai, ei kai, ei kun sen niin ilmaisee. Mutta sinulla ja minulla, meillä on mahdollisuus muuttaa asioita. Emme voi muuttaa menneisyyttä."

"Totta. Jos olemme kaksi viimeistä eloonjäänyttä", Vincente arveli, "voimme elää niin kuin haluamme."

"Mitä tapahtui... Siis elokuvan lopussa?"

"En koskaan nähnyt loppua. Olin yökylässä ystäväni luona. Olimme lapsia, eikä meidän olisi pitänyt valvoa niin myöhään.

Kun hänen vanhempansa huomasivat meidät, juoksimme hänen makuuhuoneeseensa. En koskaan enää löytänyt sitä elokuvaa."

"Mitä avaruusolennot tekivät kaikille muille Maan asukkaille, jos he olivat ainoat jäljellä?"

"Sen minä tiedän. Ne räjäyttivät heidät! Oikeastaan aika ironista, kun ajattelee asiaa, koska elokuvassa muukalaiset ampuivat heidät kaikki vaiheistetuilla aseilla alas - pam! - ja sitten he vain katosivat. Mitään ei jäänyt jäljelle, ei minkäänlaisia jäänteitä. Tarkoitan, ei luita, ei ruumiita, eikä tuhkaa. Aivan kuin heitä ei olisi koskaan ollutkaan."

Grace kietoi kätensä ympärilleen ja tajusi liian myöhään, että se aiheutti hänelle karmivia tunteita. Hän toivoi, että mies oli lopettanut nyt, jotta hän voisi palata ihaniin ajatuksiinsa tulevaisuudesta, heidän yhteisestä tulevaisuudestaan.

Vincente keskeytti hänen autuutensa uusilla elokuvapuheilla. "Toinen, jonka muistan, kertoi avaruusolennoista, jotka tulivat maahan ja polttivat kaikki. Jäljelle jäi vain kasa pölyä jokaisen ihmisen tilalle. Se oli ainoa todiste niistä, jotka olivat eläneet. Todiste siitä, että joskus oli ollut ihmisiä." Hän piti tauon. Hän ei kommentoinut. Hän toivoi, että mies oli nyt lopettanut. "Sitten oli toinen, jossa he käyttivät kaikkia ihmismieliä istuttamalla sirun heidän aivoihinsa ja ohjaamalla heitä. Näistä elokuvista tuli yhä pelottavampia ja pelottavampia."

"Älä unohda E.T:tä." Grace sanoi.

"Mitä?" Vincente haukkoi henkeään kiehtovasti odottaen, että Grace tajuaisi tietämättään napauttaneensa muistin.

"Tiedäthän, 'E.T. puhelin kotiin?'"

"Joo, tiedän", Vincente sanoi ja hymyili niin leveästi, että Grace ihmetteli hetken aikaa, miksi hän hymyili.

Sitten hän tajusi sen. Hän oli avannut muiston. Totta, se ei ollut kaikkein kiehtovinta tietoa, mutta se oli kuitenkin muisto. Hän säteili takaisin miehelle.

Hän oli niin ylpeä, että ojensi kätensä ja otti tytön käden hetkeksi omaansa, sitten he olivat taas hiljaa.

✳✳✳

KUN VINCENTE JOUTUI KÄÄNTYMÄÄN liikenneympyrässä tai mutkassa, hän päästi Gracen käden irti. Heidän katseensa kohtasivat toisensa sekunnin ajan, sitten hän keskittyi jälleen tiehen.

Hän oli ylpeä Gracesta.

Grace tunsi itsensä valtavan ylpeäksi pienestä muistitauostaan. Hän kuvitteli mielensä sisälle kirjaston. Hän käveli käytävillä ylös ja alas etsien muistoja. Hän kurottautui hyllyille, poimi niitä ja tutki niitä yksitellen. Hän valitsi paksun, punakantisen kirjan, toivoen löytävänsä siitä jotain itsestään, mutta mitään ei tapahtunut. Hän ei aikonut luopua tästä tekniikasta. Hän aikoi jatkaa yrittämistä.

Vincente pohti tekniikan kehitystä vuosien varrella. Niin monia keksintöjä oli luotu, jotkut hyviä ja jotkut vähemmän hyviä. Kun hän katseli ympärilleen, kun he olivat vain kahdestaan, hän ihmetteli, mitä varten kaikki kova työ oli oikeastaan tehty.

Kaukaa kuului kellon ääni. Se voimistui ja voimistui, kun he pysähtyivät erään rakennuksen eteen. "Tunnistatko sen?" hän kysyi.

Grace luki kyltin: "Queen Victoria's High School, koulu, jossa teet unelmistasi totta." Hän ei muistanut.

"Se on meidän lukiomme", hän sanoi.

"Ajattelin, että se voisi olla, mutta en ollut varma", Grace sanoi. Hän katseli ympäri kampusta ja löysi lopulta krikettikentän takapihalla: Kentän, jossa hän oli loukkaantunut viimeisenä koulupäivänään. "Mitäköhän varten se kello oli?" Grace kysyi.

"Mietin sitä juuri itsekin. Luultavasti vain asetettu ajastimella. Automaattinen. Mutta on mahdollista, että joku on loukussa sisällä ja tarvitsee apua, joten haluaisin mennä tarkistamaan sen." Hän sanoi. Haluatko jäädä tänne?"

"En, haluan tulla mukaasi."

"Hyvä on, mutta pysy vain takanani. Emme tiedä, mitä on odotettavissa. Ei varmaan mitään, mutta eihän sitä koskaan tiedä", Vincente sanoi. Hän oli kuvitellut jonkun jääneen sisälle jumiin, joka ei uskaltanut tulla ulos.

Grace oli kuvitellut avaruusolentoja, kuten elokuvissa, jotka odottivat saavansa kiinni ja vangitakseen kaksi viimeistä ihmistä Maassa. Hän vapisi, kun Vincente heilautti ovet auki ja he astuivat pitkälle käytävälle. Oli hyvin hiljaista; ainoat äänet olivat heidän jalkojensa kolahdus viileää linoleumilattiaa pitkin.

Vincente muisti, miten hauskaa hänellä oli ollut näiden seinien sisällä. Kuinka hän oli aina ollut vähän urheilusankari - paremman sanan puutteessa - ja kuinka hän oli aina ollut urheilusankari. Hän saapui kaapilleen, avasi sen ja veti esiin jumppakassinsa. Hän puki mustien alusvaatteidensa päälle krikettishortsit ja heitti pelipaidan päälleen. Hänen mustat alushousunsa näkyivät yhä shortsien läpi. Grace nauroi.

"Ei ole niin kuin et olisi nähnyt niitä ennenkin", Vincente sanoi, vaikka hänkin nauroi.

Suurin osa kaappien ovista oli auki, ja sisältö oli hajallaan ympäriinsä. "Se oli varmaan maanjäristyksen jäljiltä", Vincente arveli.

Grace tärisi yhä.

"Vedä syvään henkeä", Vincente sanoi yrittäen rauhoittaa ja rauhoitella häntä.

Gracen sydän hakkasi yhä nopeammin. Hänellä oli huono aavistus tästä paikasta.

Vincente kysyi äänekkäästi: "Hei, onko täällä ketään?"

Hänen äänensä kaikui ylös ja alas käytävillä, mutta palasi ilman vastausta. Sitten koulun kello soi taas. Koska he olivat sisällä, ääni kaikui.

Kauempana käytävää pitkin Vincente työnsi ovet taaksepäin ja astui liikuntasaliin. Se oli jätetty koripallopelin valmisteluihin. Tyhjät katsomot ja kenttä tuntuivat jotenkin surullisilta.

"Olitko sinäkin hyvä koripallossa?" Grace kysyi.

"Olin yllättävän hyvä useimmissa urheilulajeissa. Rakastin jännitystä. Yleisön hurraamista. Sitä riemua, jonka sain, kun heitin korin tai kun voitimme pelin. Hyvin huumaavaa."

"Niin, ymmärrän sen. Se kuulostaa voimakkaalta huumeelta."

"Joskus se tuntui huumeelta, mutta tämä on vain lukiota, kun pääsee isoon peliin, tiedäthän? Ammattilaiseksi pääseminen - se oli vain unelma."

"Halusit ammattilaiseksi?"

"Joo, mutta nyt se tuntuu aika hölmöltä."

"Unelmat eivät ole koskaan typeriä", Grace sanoi vakavasti.

"Juuri noin äitini ja isäni olisivat sanoneet minulle."

"Olisinpa tavannut heidät", Grace sanoi. "Jonain päivänä vielä tapaat."

He hyppäsivät, kun kello soi vielä kerran.

"Lähdetään pois täältä, tämä karmii minua", Grace sanoi.

"Ei, katsotaan ensin toimistot, jotka ovat käytävän päässä. Varmistetaan, että ne ovat tyhjiä, ja sitten voimme lähteä."

Grace seurasi Vincenteä ulos salista. Paha olo Gracen vatsassa muuttui jyrinästä jyrinäksi.

*** *** ***

V OI EI, VOI EI, voi ei, kävi Gracen mielessä. Hän ei pystynyt hallitsemaan sitä, kun hän jatkoi kävelyä Vincenten perässä.

"Tämä on sihteerin toimisto. Tuolla on neuvonantajan toimisto." Hän vilkaisi sisälle, koska ovi oli auki, ja varmisti, että se oli tyhjä. "Tämä on vararehtorin toimisto. Ja tämä on rehtorin toimisto." Hän kokeili ovea. Se oli lukossa. "Haloo!" hän huusi.

He kuulivat jotain. Se oli naputusta. Vaimeaa, mutta jatkuvaa. Se kuului rehtorin toimiston sisältä.

Vincente koputti oveen. "Onko siellä ketään?"

Ei vastausta.

"Muukalaiset eivät varmaan osaa englantia", Grace sanoi.

Vincente painoi olkapäällään ovea vasten, mutta se ei liikkunut.

Koputtelu loppui. He odottivat, pidättivät hengitystään. Se alkoi taas.

Mikä se sitten olikin, sen energia oli loppumassa. Heidän oli päästävä sisään. Aika oli loppumassa.

✳✳✳

"AJATTELE! AJATTELE!" VINCENTE SANOI itsekseen kävellessään edestakaisin. Muutamaa sekuntia myöhemmin hän sanoi: "Okei, nyt keksin sen. Seuraa minua."

Grace teki niin kuin häntä käskettiin. Pian he olivat taas sisällä liikuntasalissa. Vincente käski Gracea seisomaan katsomon takana, kun hän työnsi yhden koripallokorista yli. He alkoivat raahata sitä pitkin käytävää.

Vincente selitti, että sen pohja oli täytetty hiekalla. Kun he saisivat sen takaisin toimistoon, he voisivat käyttää sitä oven rikkomiseen.

"Hieno suunnitelma!" Grace sanoi. "Luulen, että se saattaa toimia."

"Meidän on käytettävä mahdollisimman paljon voimaa. Siis antaa kaikkemme."

Juuri kun he olivat menossa naistenhuoneen ohi, Grace tajusi, että hänen oli pitänyt mennä jo jonkin aikaa, ja epäröi ennen kuin yritti avata ovea.

"Ei käy!" Vincente huusi: "Et mene sinne ilman, että minä tarkastan sen ensin."

"Kaikki on hyvin."

"Et varmaan muista, mutta suurin osa kauhuelokuvien pahoista asioista tapahtuu tyttöjen vessassa. Menen tarkistamaan sen, ja jos se on ok, voit mennä perässäni. Pysy sinä siis täällä. Siis älä liiku senttiäkään."

"Selvä, pomo", Grace sanoi.

Hämärä huuhtoutui, ja sitten Vincente palasi ja kertoi Gracelle, että kaikki oli selvää.

Grace meni sisään, mutta huomasi nyt, ettei voinutkaan mennä, vaikka tiesi, että hänen olisi pitänyt mennä. Hän alkoi juoksuttaa vettä yhdellä, kahdella ja sitten kolmella hanalla, kunnes hänen munuaisensa vastasivat. Kun hän oli helpottanut oloaan ja vetänyt huuhteluveden, hän poistui vessasta.

He jatkoivat matkaa urheilullinen ase mukanaan. Takaisin toimiston ulkopuolella he pysähtyivät ja arvioivat uudelleen sisäänpääsymenetelmää.

"Vaihdetaan ensin päätä", Vincente sanoi. Hän ajatteli, että olisi parasta, jos hänellä olisi aseen takapää, heidän aseensa raskaampi osa, jotta hän voisi välittää maksimaalisen tuloksen kohteeseen: toimiston oveen. Kun he olivat asemissa, Vincente jatkoi selittämistä, mitä hänellä oli mielessä.

"Kun lasken kolmeen, työnnä sitä eteenpäin kaikin voimin, jotka pystyt keräämään. Sitten pysähdy. Lasken taas kolmeen, ja työnnämme sen toisen kerran. Ja niin edelleen ja niin edelleen, kunnes murtaudumme läpi."

"Kuulostaa hyvältä suunnitelmalta", Grace sanoi ja sai hyvän otteen laitteen etuosasta.

Vincente laski, ja heidän ensimmäinen osumansa osui kohdalleen, mutta ei liikuttanut ovea. Toisella iskulla se siirtyi kehyksessä, ja he tunsivat, kuinka yksi yläosan saranoista pamahti. He yrittivät uudestaan, saivat voimaa, ja neljännellä kerralla ovi murtui sisäänpäin ja putosi rysähdellen rehtorin pöydän päälle. Nyt kaksikko joutui uuden ongelman eteen: ovi oli puoliksi auki ja puoliksi kiinni, pystysuorassa. He eivät päässeet yhtään pidemmälle päästäkseen sisälle.

"Onko siellä ketään?" Vincente kysyi.

Hiljaisuus oli ainoa vastaus.

***

OLEMMAT SEISOIVAT VIEREKKÄIN, KURKISTIVAT sisään raosta ja epäröivät kiivetä ovelle ja mennä sisään.

Eteisestä he näkivät puun oksan. Se oli murtautunut ikkunan läpi ja asettui rehtorin työpöydän päälle. He havaitsivat myös suuren määrän rikkinäisiä ja pirstoutuneita lasinpalasia, jotka olivat levällään lattialla.

Yksi ajatus tuli molemmille mieleen samanaikaisesti. Koska ikkuna oli rikottu auki, jos joku olisi jäänyt sinne loukkuun, hän olisi jo kiivennyt ulos. Paitsi jos he olisivat loukkaantuneet. Siellä ei näyttänyt olevan verta. Ehkä hän oli tajuttomana pöydän alla?

Vincente päätti käyttää ovea lankkuna. Olihan se ankkuroitu toiseen päähän, pöydän kohdalle.

"Tulen sisään", Vincente huusi. Hän astui ovelle ja eteni eteenpäin. "Ei voi olla totta!" hän huudahti johtaessaan Gracen toimistoon.

Se oli musta korppi. Se tuijotti heitä suoraan kasvoihin, kun se heilui edestakaisin oksan päässä. Sen nokka naksahti rajusti pöytää vasten.

"Kuinka outoa", Vincente sanoi. "Hyvin Edgar Allan Poe -henkistä."

Juuri silloin tuuli tuntui voimistuvan. Se sai oksan heilumaan. Linnun pää osui pöytään useita kertoja, ja koputusäänet voimistuivat entisestään.

Vincente ja Grace kauhistuivat ääntä.

Grace, joka halusi päästä pois, valmistautui kiipeämään takaisin ulos toimistosta. Kun hän liikkui taaksepäin, Vincente pysäytti hänet kädellään hänen selällään.

Hän kääntyi ympäri.

Oksa oli nostamassa itseään ylös tuulen avulla. Nosti? Kyllä, oudosti se nousi, yhä korkeammalle ja korkeammalle, lähes avoimen ikkunan tasalle.

Hän katseli, kuinka oksa kantoi lintua ylöspäin. Yhtäkkiä se vei oksan kokonaan ikkunan ulkopuolelle. Puuska jatkoi sen kantamista taivaalle.

"Tule tänne, Grace, sinun on nähtävä tämä!" hän kuiskasi.

Oksa hipaisi rikkinäistä ikkunaa matkallaan ulos. Se veti lintua yhä korkeammalle ja korkeammalle ja korkeammalle.

Molemmat tuijottivat ikkunasta ulos ja ihmettelivät, minne puu oli viemässä kuollutta korppia.

Grace ei voinut irrottaa katsettaan kuolleen linnun silmistä. Ne saivat auringonsäteet kiinni ja heijastivat ne takaisin. Se oli kuin naamio - kuoleman naamio.

"Meidän on päästävä pois täältä!" Grace sanoi.

"Ei, odota. Minä haluan..." Vincente alkoi sanoa, ja sitten tuuli pyyhkäisi oksan ympäri.

Muut oksat heräsivät yhtäkkiä eloon. Ne siirtyivät ylöspäin omasta tahdostaan. Ne seurasivat tiiviisti oksaa, johon oli kiinnitetty kuollut lintu.

Kaikkien yhdessä liikkuvien, tuulen mukana heiluvien ja ylöspäin nousevien oksien ääni loi kauhistuttavan kakofonian. Se kuulosti luiden murskautumiselta.

Grace kietoi kätensä ympärilleen, kun hänen paljaalle iholleen muodostui kananlihaa. Kun ääni kävi liian kovaksi, hän peitti korvansa. Siitä huolimatta hän ei voinut kääntää katsettaan pois korpin kuolleista silmistä.

Kuollut lintu jatkoi keinumista edestakaisin, eteen- ja taaksepäin tuutulaulua. Kaikki tämä samalla, kun se pysyi vartaassa oksan päässä kuin shish kebab.

Grace pidätti hengitystään. Hän halusi kaikin voimin päästä pois.

Silti hän ei voinut lakata katsomasta linnun silmiä. Hän oli lumoutunut. Hän oli uppoutunut.

Kuten Vincente oli.

He seisoivat jähmettyneinä ajassa.

Odottaen, mitä seuraavaksi tapahtuisi.

***

OKSAT JATKOIVAT NOUSUAAN. TOIMISTOSSA vallitsi pahaenteinen hiljaisuus, kun lintu jatkoi matkaansa. Sitä ympäröivät edelleen oksat, jotka ympäröivät sen ja kauhoivat sitä kuin se olisi ollut painoton. Sitten oksat alkoivat nivelrikkoisten, nivelten kaltaisten sormiensa avulla kehdata lintua ja keinutella sitä edestakaisin, edestakaisin, edestakaisin, edestakaisin.

Näky oli niin kauhea, että Grace halusi huutaa. Sen sijaan hän alkoi keinua edestakaisin, samoin Vincente. Se oli kauneutta liikkeessä, nousu. Keinuminen. Keinuminen ja nouseminen.

Heidän oli siirryttävä eteenpäin, lähemmäs ikkunaa nähdäkseen sen nyt. He varoivat astumasta lattiaa peittäviin lasinsirpaleisiin, kun he kurkkivat kaulaansa lasinsirpaleiden läpi ja ikkunasta ulos. Korkeammalle ja korkeammalle, lintu keinui yhä lempeästi, ja sitä kannettiin taivaaseen.

Sitten kaikki pysähtyi, keskelle ilmaa.

Hiljaisuus täytti maiseman.

Puun runko liikkui.

Se oli aluksi pieni liike.

Tuskin havaittavissa.

Se tärisi kuin joku olisi juuri herännyt.

Se yski. Se räiskyi.

Se heilui ja kouristeli.

Ja sitten se haukotteli irvokkaat kasvonsa. Kasvot, joilla oli valtava, aukkoinen suu, johon kuollut korppi putosi.

Kuului rapisevia ääniä. Kauhistuttavia ääniä, kuin luiden murtumista, jauhamista.

Se röyhtäisi. Muutama musta höyhen lensi sen suusta. Yksi niistä lensi alas ja laskeutui ikkunalaudalle, jossa Grace ja Vincente seisoivat auki.

Sitten oksat jatkoivat liikkumistaan. Muuttivat suuntaa. Osoittivat alaspäin.

✳✳✳

"J uokse!" Vincente huudahti.

Takanaan he kuulivat puun liikkuvan nopeasti. Kun oksat tunkcutuivat uudelleen ikkunan läpi, lisää lasinsiruja putosi lattialle.

Kädestä kiinni pitäen Vincente veti Gracea pitkin käytävää. He lensivät, melkein kuin korpin henki olisi astunut heidän kehoonsa.

Nivelrikkoiset, puiset sormet tunnustelivat tietään pitkin käytävää, seuraten, kolhiintuen, tuhoten ja raapien kaikkea, mitä käden ulottuvilla oli.

Kun Vincente ja Grace olivat poistuneet koulusta, Vincente otti avaimet taskustaan ja heitti ne Gracelle. Hän käski tätä avaamaan oven, käynnistämään auton ja että hän palaisi pian takaisin. Jos ei, hänen pitäisi ajaa pois.

"Minä en osaa ajaa."

"Opit kyllä nopeasti!"

Autoon päästyään hän katsoi, kun mies riisui paitansa. Hän katsoi, kuinka mies sitoi trikoot ovenkahvojen ympärille. Hän kietoi sen sisään ja ulos niin monta kertaa kuin pystyi, toivoen saavansa aikaa.

Kun oksat kiersivät kulman käytävän toisessa päässä, Vincente kääntyi ja juoksi. Hän hyppäsi autoon, paiskasi oven kiinni ja painoi kaasua.

Auto kuoriutui pois, kun oksat paiskautuivat ovien läpi.

"Vau, se oli vähän liian lähellä", Grace sanoi, kun he olivat korttelin päässä koulusta. Hän hengitti yhä äänekkäästi, ja hänen oli vaikea saada henkeä.

"Ihan totta! Kaikki tuossa, se oli ihan mieletön!"

"Millainen puu se muuten oli?" Grace kysyi.

"Se taisi olla oliivipuu. Kysymys kuuluu, miksi se söi lintuja? Miksi sillä oli melkein ihmisen kaltainen suu ja tarve syödä lihaa?"

"Olen kuullut lintujen pesivän puissa, mutta en koskaan puiden syövän lintuja!"

"Niin, no, nyt olemme aivan eri maailmassa Grace, ja ajattelen, että ehkä meidän pitäisi hankkia itsellemme aseita. Kuka tietää, mitä muuta siellä on? Meidän on ajateltava, miten voimme suojella itseämme. Mitä pikemmin, sen parempi."

"Mistä me saisimme aseita?"

"Tiedän yhden paikan kaupungissa. Sieltä saamme aseita, veitsiä, mitä vain tarvitsemme. Itse asiassa nyt on paras hetki. Olen tarpeeksi järkyttynyt, että menen hakemaan aseita nyt."

"Olen uupunut, mutta en usko, että nukahdan lähiaikoina", Grace sanoi ristittäessään kätensä rintansa poikki.

Kun he ajoivat pitkin puiden reunustamia katuja, heidän sydämessään oli nyt pelko, jota siellä ei ollut koskaan aiemmin ollut: puut! Lihaa syövät puut.

"Olen aina ajatellut, että oliivipuut ovat symbolisia, rauhan symboleja. Muistan tarinoita oliivipuista Raamatussa ja mytologiassa", Vincente sanoi.

"Ovatko ne kotoisin Australiasta?"

"Ei todellakaan. Mutta miksi sillä olisi väliä?"

Kumpikaan ei tiennyt varmasti. He eivät myöskään tienneet, miksi lihansyöjäpuu oli omaksunut niin epätyypillisen piirteen.

He yrittivät olla ajattelematta sitä, kun he suuntasivat kohti asekauppaa Sydneyn sydämessä.

KAPPALE 13

ULKONA VILKKUVA KYLTTI SYKKI Aseet! Aseet! Aseet! Sen alla: NSW:n osavaltion laki edellyttää lupaa. Se ei ollut enää maan laki.

Vincente Marinolla ja Grace Greenwaylla ei ollut lupaa. He eivät olleet 18-vuotiaita. Heillä ei ollut henkilöllisyystodistusta eikä rahaa. Mutta sillä ei ollut väliä. He olivat täällä suojellakseen itseään. Mikään ei estäisi heitä.

Vincente työnsi oven auki, ja he menivät sisään. Grace seisoi Vincenten takana ja tunsi olevansa häkeltynyt kaikista aseista. Hän katseli ympärilleen yrittäen päästä asioiden tunnelmaan, mutta se oli ylivoimaista.

"Tämä on hyvä", Vincente sanoi. "Voit täyttää sen monilla luodeilla, joten sinun ei tarvitse ladata niin usein uudelleen. Se olisi hyvä olla mukana taistelussa. Se lävistää helposti minkä tahansa puun rungon."

"Hmmm", Grace sanoi myöntymättömästi, koska hän ei keksinyt mitään muuta sanottavaa.

Sitten Vincente siirtyi eteenpäin ja otti toisen aseen. "Tämä on myös hyvä, koska se on pieni ja helppo piilottaa. Katsos, voin laittaa sen suoraan housujeni etuosaan, eikä kukaan edes huomaa, että minulla on se."

"Mutta eikö se ole vaarallista? Siis sinulle. Eikö se voisi räjähtää vahingossa?"

Vincente hymyili: "Minä jättäisin varmistimen päälle. En haluaisi ampua mitään."

Grace hymyili ja punastui. Hän ei voinut uskoa, että he kävivät tätä keskustelua, kun Vincente laittoi aseen hänen kämmenelleen. "Se on myös tarpeeksi pieni, jotta voit laittaa sen käsilaukkuusi."

Hän tunnusteli asetta. Se ei painanut lainkaan, ja se mahtui kyllä mukavasti hänen kämmenelleen. Hän oli yllättynyt, ettei se tuntunut vieraammalta, mutta se ei ollut liian pelottava, luultavasti siksi, että se tuntui lelulta.

"Se ei ole ladattu", Vincente sanoi. "Itse asiassa mikään aseista ei ole ladattu. Älä pelkää nostaa niitä ja katsoa tarkemmin."

"Kokeilla ennen kuin ostamme?"

"Joo, hyvin hauskaa. Jatketaan etsimistä."

Hän katsoi, kun Grace avasi mielensä ja hyväksyi sen tosiasian, että heidän uusi todellisuutensa vaati aseita.

Grace otti muovikorin ja alkoi tutkia veitsiä. Niitä oli kaikenkokoisia ja -muotoisia, ja oli myös miekkoja. Kiinnostuneena hän nappasi muutaman veitsen metallikoteloissa ja pisti ne koriin. Hän voisi aina käyttää niitä porkkanoiden ja sipulien pilkkomiseen, jos kävisi huonosti.

"Vau, tuo vauva", Vincente osoitti yhtä Gracen korissa olleista veitsistä, "voisi varmaan pilkkoa tukin kahtia. Loistava valinta."

Grace säteili. Vincente oli kasannut melkoisen määrän aseita armeijan näköiseen arkkuun. Hän kantoi kainalossaan useita suuria kannettavia maalitauluja.

"Opetan sinut käyttämään aseita, kunhan pääsemme pois kaupungista. Minunkin täytyy käydä kertauskurssi oikeilla aseilla, sillä kaikki asekokemukseni on peräisin tietokonepelien pelaamisesta."

"Voisimme ampua laukauksen suoraan George Streetille, eikä kukaan kuulisi sitä", Grace sanoi.

"Totta, totta, mutta se tuntuisi liian oudolta. Sivistymättömältä, jos ymmärrät, mitä tarkoitan."

"Niin tiedän", Grace sanoi. "Onhan Sydney kuitenkin meidän kotimme. Meidän on kohdeltava sitä sen ansaitsemalla kunnioituksella."

"Niin, se on meidän kaupunkimme, meidän Sydneymme, enkä voi kuvitella kauniimpaa kaupunkia, johon voisimme jäädä jumiin sinun kanssasi, Grace."

Hän punastui, kun mies tuli häntä kohti. Hän otti muovisen veitsiastian ja lähti kohti autoa. Hän ei ollut koskaan rakastanut miestä enemmän. Mitä enemmän hän otti ohjat käsiinsä, sitä enemmän hänestä huokui aistillisuutta ja testosteronia. Hän toivoi voivansa vain juosta miehen luo ja suudella häntä avoimesti. Mies luultavasti ajattelisi, että hän oli liian röyhkeä ja menettänyt järkensä - taas kerran.

Vincente ajatteli, miten seksikkäältä Grace näytti, kun hän piti asetta kämmenellään. Hän ajatteli, että Grace olisi vielä seksikkäämpi, jos hän opettaisi hänet ampumaan. Hän pysäytti itsensä. Grace ei ollut hänen tyyppiään. Hän oli ollut hyvin rohkea rehtorin luona. Hän pysyi viileänä, kun monet muut olisivat menettäneet täysin järkensä. Silti hän oli huolissaan, lähinnä siksi, että hän ajatteli Gracea liikaa. Miksi? He viettivät jo 24/7 yhdessä. Miksei hän kaipaisi omaa aikaa?

Missy Malonen kanssa hän kyllästyi parin tunnin jälkeen - jos he eivät olleet pussailemassa. Hän halusi urheilla tai mennä hengailemaan poikien kanssa. Missy oli hänen tyyppiään: kaunis ja suosittu. Missy ei ollut kaikkein älykkäin, mutta sillä ei ollut väliä, kunhan he sopivat yhteen.

Totuus oli, että Missy oli luultavasti poissa nyt, kuten kaikki muutkin. Hän kaipasi häntä ja mietti, olisivatko asiat toisin, jos he olisivat viimeiset jäljellä. Erilaiset kuin ne olivat nyt hänen ja Gracen välillä. Hän tunsi olonsa mukavaksi Gracen kanssa, eikä Grace ollut vaativa.

"Olemmeko valmiita lähtemään NYT?" Grace vaati, mikä sai hänet palaamaan todellisuuteen.

"Joo, anteeksi. Ajauduin vain hetkeksi uneen."

"Alkaa tulla pimeä. Ehkä meidän pitäisi etsiä jokin paikka, jossa yöpyä yön yli?"

"Joo. Tiedän juuri sopivan paikan. Mennään ja jäädään Sydneyn satamaan. Voimme rentoutua siellä ja teeskennellä olevamme turisteja."

"Kuulostaa täydelliseltä."

He ajoivat kohti The Quayta ja pysähtyivät aivan Marriottin eteen. He menivät sisälle, ja tehtyään itselleen ruokaa hotellin tyhjässä keittiössä he jatkoivat yläkertaan kattohuoneistoon, jossa oli useita makuuhuoneita.

Erillisissä huoneissaan he nukahtivat ja uneksivat lihaa syövistä puista.

Ja toistensa suutelemisesta.

KAPPALE 14

Seuraavana aamuna Vincente seisoi parvekkeellaan. Hän katseli Sydneyn satamasiltaa ja pyyhkäisi sitten horisonttiin, jossa näkyi oopperatalo. Kaikki näytti normaalilta, samalta kuin ennenkin. Useimmat sataman lautat olivat ankkuroituneet laituriin, ja aallot heiluttivat niitä edestakaisin. Odottamassa matkustajia. Läheltä katsottuna kaikki näytti siltä, miltä hän muisti sen olevan. Sitten hän laajensi näkökenttäänsä ja huomasi, että muutama lautta oli törmännyt rantaan. Ne olivat puoliksi vedessä ja puoliksi maalla.

Grace huusi häntä. Kun hän kutsui takaisin, Grace tuli sisään hänen huoneestaan ja liittyi hänen seuraansa parvekkeelle. Hän keitti heille molemmille kupin kahvia. He istuivat ulkona.

Grace oli jo käynyt suihkussa. "Luulen, että meidän on todella hankittava itsellemme uudet vaatteet tänään."

"Joo, olen samaa mieltä. Olisi pitänyt ajatella sitä eilen."

"Mennään kävelylle, haetaan muutama tavara, ja sitten voimme yrittää nauttia vähän päivästä ja auringonpaisteesta."

"Se on hyvä suunnitelma aamulle. Sitten iltapäivällä vien sinut takaisin tänne, ja voit ehkä hakea kirjan, tai voimme etsiä sinulle kannettavan tietokoneen."

"Taidan jäädä mieluummin sinun luoksesi."

"Ah, sitten sinulla on varmaan paljon parempi olo tänä aamuna", Vincente huomautti.

"Niin olen. Minusta tuntuu... No, minusta tuntuu todella todella onnelliselta tänään."

"Mennään hakemaan jotain aamiaiseksi ja sitten käydään vähän ostoksilla."

"Mennään!"

***

HE SOVITTIVAT PALJON VAATTEITA, sekä hienoja että käytännöllisempiä, mutta shoppailu ei ollut sama asia, kun sai mitä tahansa halusi. Jonkin ajan kuluttua he kyllästyivät siihen ja ottivat mukaansa vain sen, mitä tarvitsivat.

Takaisin huoneeseen palattuaan Grace sujautti päälleen kapeat siniset farkut, taivaansinisen halterin ja pari Nike-juoksulenkkareita. Hän löysi myös kirkkaanpunaiset mukavat varvassandaalit.

Vincente pukeutui mustiin Levi's-farkkuihin, valkoiseen t-paitaan ja Reebok-pumppareihin.

Autossa he olivat huomattavan hiljaa ajaessaan pitkin puiden reunustamia katuja. He huomasivat kaikenlaisia kuolleita puita, jotka tuntuivat pilkkaavan heitä matkallaan. Kuolevien tai jo kuolleiden puiden luurangot jättivät heille hieman vähemmän toiveikkaan olon. Oksien pitkät, luiset sormet kurottelivat, pilkkasivat heitä.

Näytti siltä, että luonto oli kääntymässä heitä vastaan. Lihaa syövä puu. Kuolleet tai kuolevat puut. Ei enää omenoita. Ei appelsiineja. Ei päärynöitä. Ei sitruunoita. Ei limejä. Ei oliiveja. Ei joulukuusia. Ei majesteettisia tammia, jotka huojuvat tuulessa.

Tien vierestä he löysivät vääntyneimmän ja vääntyneimmän puurakenteen, jonka olivat koskaan nähneet. Sen piinaavat, lahoavat raajat ojentuivat taivasta kohti, aivan kuin se olisi tavoitellut ikuisesti sitä, mitä se ei voinut saada.

Grace vapisi ja huomasi sitten kaukana yksittäisen puun. Tämä puu oli erilainen kuin muut. Sen rungon poikki pyyhkäisivät ristinmuotoiset käsivarret.

Vincente pysäytti auton. "Äitini on taiteilija", Vincente sanoi. "Muistaakseni muistan jonkun, ehkä Delacroix'n maalauksen, jossa oli samanlaisia puita ja Jaakob taistelemassa enkeliä vastaan."

"Luuletko, että se on merkki?"

"Jos se on, merkki, en osaa lukea sitä."

"Ehkä se on vain kasvanut maasta tuolla tavalla."

"Ehkä."

Grace huomasi jotain muutakin. Se oli puskaryhmä. Ruusupensaita. Yhden oksan päässä kasvoi yksittäinen punainen ruusu. Se oli viimeinen. Ehkä viimeinen kukka ikinä.

Grace kumartui sen viereen, kuin polvistuen sen edessä. Rukoillen sitä.

Vincente katseli, eikä tiennyt, mitä tehdä tai sanoa.

Grace haistoi sen tuoksuvan tuoksun ja piteli sitä. Suojaten sitä tuulelta. Grace ajatteli, että hän haluaisi mennä makuulle sen viereen, jäädä sinne, tämän kauniin, yksittäisen punaisen ruusun eteen.

"Tule, Grace", Vincente keskeytti hänen ajatuksensa. "Nyt tulee yhä pimeämpää."

"Minä haluan jäädä tänne."

"Emme voi jäädä tänne. Emme voi saada aikaa pysähtymään."

"Tiedän sen! En ole hullu. Haluan vain jäädä tänne, pitää kiinni tästä ruususta." Hän piteli sitä kehdossaan. "Haluan olla osa jotain todella kaunista. Haluan pitää käsissäni jotain, joka on kasvanut maasta; maasta, jonka kerran tunsimme. Haluan korvata tuon verenhimoisen puun muiston tämän ruusun muistolla. Kaunis asia..."

"-on ilo ikuisesti", Vincente sanoi. "Englannin tunti. John Keats."

Grace oli yhä lumoutunut ruusuun.

Vincente alkoi huolestua, sillä nyt oli niin pimeää, ja he olivat parhaillaan pellolla, jota ympäröivät kaikenlaiset puut ja pensaat.

Entä jos yksi oli kuin se toinen puu, jota he luulivat oliivipuuksi? Entä jos ne kaikki olivatkin sellaisia? Hän halusi päästä pois sieltä, saada heidät molemmat pois sieltä. Pois välittömästä vaarasta.

"Grace", hän sanoi ja kumartui tytön viereen, "tuo kukka putoaa, kun se on valmis siihen. Voit nyppiä sen nyt ja viedä sen mukanasi. Näin se pysyy luonasi. Kauneus säilyy sinussa muutaman päivän. Tai voit jättää sen kohtalon, sattuman, luonnon tai Jumalan, jos sellainen on olemassa, varaan ja vain kävellä pois."

Tuuli keräsi voimiaan, ja Grace alkoi vapista.

"Myrsky on nousemassa, Vincente. Katso tuonne ylös pilviin. Ne kasaantuvat yhteen, melkein kuin ne yrittäisivät työntää toisensa pois taivaalta."

Hän katsoi ylös, mutta näki vain pimeyttä.

"Etkö tunne sitä?" hän kysyi. Hän vapisi taas, ja hänen hampaansa alkoivat kolkutella. Hän kietoi kätensä ympärilleen ja päästi ruusun irti.

Yhdessä he seisoivat pellolla, kunnes yön kaltainen taivas alkoi velloa ja pyörimään ja kietoutua. Sitten sade alkoi sataa mustina tummina pisaroina, mikä sai heidät piilottamaan kasvonsa ja juoksemaan suojaan.

Valonsäteet sinkoutuivat tummalta taivaalta Z-kirjaimen muotoisina keihäinä kohti maata, osuen satunnaisina osumina sinne, minne ne suunnattiin.

Kaikkialla heidän ympärillään salamat iskeytyivät puihin ja taloihin, jotka leimahtivat liekkeihin. Sade satoi kovempaa, ja salamat iskivät jälleen.

"Sen oli opittava taistelemaan itsensä puolesta selviytyäkseen", Grace sanoi. Hän viittasi ruusuun, mutta hän tiesi, että niidenkin oli taisteltava ja että luonto itse aikoi käydä elämänsä taistelun.

"Se siitä uusista vaatteistamme", Vincente sanoi.

He pakenivat siitä paikasta leikkien koko ajan polttopalloa salamoiden kanssa.

KAPPALE 15

KUN YÖTAIVAS OLI VIHDOIN palanut salamoiden ja sateen jäljiltä, Grace ja Vincente pysähtyivät tien sivuun. Yhdessä he katselivat, kuinka aurinko nousi horisontissa.

"On aivan uusi päivä", Grace sanoi.

"Niin, ja tänään on se päivä, jolloin meidän pitäisi mielestäni tehdä retki äitisi luo - sinun kotiisi."

"Niinkö? Se on aika pelottavaa. Luuletko, että minun on ehkä liian aikaista palata sinne, kokea kotini uudelleen? Mitä jos...?"

"Ei mitään 'mitä jos' tänään. Mennään vain, ja katsotaan, mitä löydämme, kun pääsemme sinne, okei?"

"Kuinka kaukana se on?"

"Ei kaukana siitä, missä olimme aiemmin, koulun luona."

Grace ajatteli hetken kotiaan. Hän kuvitteli äitinsä ulko-ovella avaamassa sitä. Tervehtimään häntä isolla halauksella. Iloiten nähdessään hänet. Grace tunsi kyyneleen valuvan pitkin poskeaan, ja hän siveli sen pois kämmenellään toivoen, ettei Vincente ollut huomannut.

"On ihan okei, että ajattelet äitiäsi. Sinun ei pitäisi pelätä muistaa."

"Se on vain... Kuvittelen asioita, keksin niitä, sen sijaan että minulla olisi oikeita muistoja, joiden mukaan elää. Se tuntuu minusta valheelta."

"Hei, et ole ensimmäinen ihminen, joka valehtelee itselleen, etkä tule olemaan viimeinen! Kun olin lapsi, haaveilin taiteilijuudesta, kuten äitini, ja katso minua nyt: Olen urheilija. Ja jos olisin ollut taiteilija enkä urheilija, luuletko, että olisin ollut suosittu? Olisiko minut hyväksytty?"

"Miksi se on sinulle niin tärkeää? Tarkoitan sitä, että muut ihmiset hyväksyvät sinut, jotkut heistä eivät luultavasti edes tunne sinua?"

"En ole oikeastaan ajatellut sitä aiemmin", Vincente sanoi. Nyt hän valehteli itselleen ja valehteli myös Gracelle. Hän ei voinut kertoa Gracelle, että hän oli todellakin taiteilija omana itsenään, koska hän ei ollut koskaan kertonut kenellekään tai näyttänyt kenellekään töitään. Hän piti ne aina piilossa huoneessaan. Kukaan ei tiennyt, paitsi hänen vanhempansa ja isovanhempansa.

Hän katsoi tyttöä. Grace Greenway, tyttö, joka oli kerran tehnyt hänen matematiikan läksynsä. Grace Greenway, tyttö, jonka kyky muodostaa matemaattisia yhtälöitä oli paljon ikäistään parempi.

Ja tässä hän oli, Vincente Marino, urheilullinen kaveri, jota kunnioitettiin ja ihailtiin, joka turvautui tytön apuun pitääkseen arvosanansa riittävän korkealla, jotta hän voisi jatkaa pelaamista. Sillä jos hän ei urheillut, hän ei ollut mitään eikä hän ollut kukaan. Grace oli se, joka antoi hänen jatkaa pelaamista, eikä hän edes pyytänyt vastineeksi kiitosta tai arvostusta. Itse asiassa Grace ei kertaakaan kieltäytynyt häneltä, vaikka Grace joutui joukkoon eikä ollut aina se mukavin kaveri Gracelle. Toisin sanoen hän ei koskaan avoimesti tukenut häntä, vaikka muut kaverit pilkkasivat hänen painoaan ja ylivertaista laskelmoivaa mieltään.

Nyt hän kuitenkin arvosti naista enemmän kuin nainen tiesi, ja hän oli päättänyt olla lankeamatta samaan ansaan kuin ennen. Hän ei enää halunnut olla sellainen mies, joka piti Grace Greenwayta itsestäänselvyytenä.

"Tässä se on", Vincente sanoi, kun he ajoivat Wheat Field Lane 15:n pihatielle.

"Ennen kuin menemme sisään, minun on sanottava jotain." Grace epäröi ja jatkoi sitten: "Tuntuiko sinusta tuolla äsken, että jokin kärsii? Ne mustat sadepisarat, tarkoitan mustat sadepisarat!? Tunnen sen yhä, mutta se ei ole yhtä voimakas. Aivan kuin jokin kupliisi pinnan alla ja odottaisi kostoa - tosin en tiedä kenelle. On kuin luonto itse olisi tuskissaan ja huutaisi apua.

"Grace, saatat olla oikeassa, ja sitä meidän on mietittävä. Todella miettiä, ja ehkä jopa tehdä tutkimusta sadepisaroista. Ne olivat vain tilapäisiä ja peseytyivät suoraan vaatteistamme. Mutta nyt keskitytään nykyhetkeen. Olette kotona, ja mitä ikinä tuolla aiemmin tapahtuikin, on nyt rauhallista. Nautitaan uudesta päivästä."

"Minä yritän", Grace sanoi, "mutta mitä tahansa siellä onkaan, meidän on oltava valmiina."

"Me olemme valmiita. Meillä on aseita. Ennen kaikkea meillä on toisemme. Kumpikaan meistä ei ole yksin tässä. Olemme nyt tiimi."

"Joukkue", Grace toisti astuessaan ulos autosta ja katsellessaan ensimmäistä kertaa kotiaan. Hän kuljetti kättään pitkin punakeltaisia tiiliä aina ulko-ovelle asti.

Hän pysähtyi hetkeksi katselemaan sen kauneutta. Hän odotti muistavansa niin merkittävän ulko-oven, mutta mitään muistoja ei tullut.

"Se on..." Grace sanoi ihaillen lasimaalausta, joka oli saanut linnun muodon lennossa. Grace kuljetti sormiaan ulkoreunoja pitkin toivoen saavansa yhteyden siihen.

"Feeniks", Vincente totesi. "Legendan mukaan se leimahtaa liekkeihin ja syntyy sitten uudelleen."

"Palava lintu. Vanhemmillani on palava lintu ulko-ovessamme?"

"Siltä näyttää. Minusta se on ihan siistiä. Se on myös rauhan ja totuuden symboli. Se on kai toinen syy, miksi he ovat voineet valita sen."

"Joo, se kuulostaa kyllä kivalta linnulta, joka vartioi taloa." Grace asteli varovasti nurmikolle ja katseli asioita.

"Älä yritä ponnistaa liikaa, Grace. Avaa vain mielesi muistoille. Anna niiden tietää, että olet valmis ottamaan ne vastaan."

"Olen ollut valmis ottamaan ne vastaan siitä lähtien, kun heräsin!" "Olen ollut valmis ottamaan ne vastaan siitä lähtien, kun heräsin!" Grace huudahti, mutta ymmärsi täysin, mitä mies tarkoitti. Hän ei halunnut vahvistaa epäilyjä ja tarpeettomia esteitä. Hän halusi olla kuin joki, joki, johon hänen muistonsa voisivat virrata vapaasti takaisin.

"Anna tunteidesi ohjata sinua", Vincente sanoi. "Anna aistiesi hallita."

"Okei, okei", Grace sanoi. "Saat sen kuulostamaan niin helpolta, mutta se ei ole sitä. Tunnen itseni tyhjäksi kankaaksi, eikä minun pitäisi tuntea näin. Ei silloin, kun olen kotona."

"Anna sille aikaa. Ole kärsivällinen. Mennään nyt sisälle. Ehkä sisälle..." Grace tiesi tarkalleen, mitä hän ajatteli. Hän tarttui kahvaan. Se ei liikkunut. Hän koputti oveen ja soitti kelloa, mutta oli selvää, ettei kukaan ollut kotona.

"Ehkä täällä jossain on avain", Vincente ehdotti. "Yritä miettiä - mihin äitisi jättäisi avaimen?"

"Minulla ei ole aavistustakaan", Grace sanoi. Tosin hänellä oli ajatus, taipumus, että hänen äitinsä olisi voinut jättää sen postilaatikkoon. Hän seurasi impulssia, avasi luukun, mutta etsintä ei tuottanut tulosta.

"Sinä pärjäät hienosti!" Vincente sanoi.

Grace tiesi, että hän yritti rohkaista häntä. Hän vain tunsi olevansa niin pihalla, että hänen oli vaikea arvostaa tai hyväksyä hänen pieniä tukiviestejään tuntematta niitä alentaviksi.

Grace sulki silmänsä ja yritti kuvitella avaimen. Hän ajatteli sen olevan maton alla, mutta etuovella ei ollut mattoa.

"Vincente, luulen, että se on maton alla."

"Sinne äiti jättää aina avaimen minulle. Oletko varma, ettet naputtele muistojani?" Vincente vitsaili.

He nauroivat.

"Ehkä takapuolella?"

He löysivät maton ja avaimen. Grace Greenway oli vihdoin kotona.

KAPPALE 16

GRACE EPÄRÖI ENNEN KUIN laittoi avaimen lukkoon. Hän ajatteli, kuinka kiitollinen hän oli siitä, että avain löytyi. Hän oli pelännyt, mitä tapahtuisi, jos he eivät löytäisi sitä. Heidän olisi rikottava ikkuna tai murrettava ovi. Hän menisi omaan kotiinsa sisään kuin tunkeilija, ja ajatus siitä sai hänet vapisemaan, vielä nytkin.

"Melkein perillä", Vincente sanoi yrittäen kannustaa Gracea avaamaan oven. Hän tiesi hyvin, miten peloissaan Gracen täytyi olla. Se oli kokonainen maailma, hänen oma maailmansa, ja jos hänellä ei ollut siitä mitään muistoja? No, se olisi vaikeaa, mutta yhdessä he selviäisivät siitä.

"Oletko valmis?" hän kysyi kääntyen tyttöön päin.

"Ajattelen vain, kuinka kiitollinen olen siitä, että löysimme avaimen."

"Me emme löytäneet sitä, sinä löysit, ja se on hyvä merkki, mutta meillä ei ole kiire. Milloin vain olet valmis." Hän istuutui ylimmälle portaalle ja antoi tytölle tilaa avata ovi omalla ajallaan. Yksi asia, jota heillä oli nyt runsaasti, oli aika. Sitä ei todellakaan ollut ollut aiemmin, kun heillä oli ollut tunteja, joihin mennä, busseja, joihin ehtiä, ystäviä, joiden kanssa hengailla, läksyjä ja kokeita ja koulu-urheilua ja myös perheasioita. Päivät olivat aina täynnä tekemistä.

"Okei, nyt mennään", Grace sanoi. Hän käänsi avainta lukossa ja työnsi sitten oven auki. Hän kutsui Vincenteä seurakseen sisälle, ja hänen mielessään vilahti taas, että vampyyrit tarvitsivat kutsun, ennen kuin ne pääsivät mihinkään kotiin.

Hän hymyili ja ihmetteli, miksi vampyyriteema pyöri hänen mielessään mitä oudoimpina hetkinä. Jos hän oli sellainen, vampyyri, miten hän saattoi ruokailla? Kun he olivat ainoat lämpimät ruumiit, joita maailmassa oli jäljellä? Paitsi jos jokin oli muuttanut hänen elimistöään niin, ettei hän enää tarvinnut verta selviytyäkseen? Miksi hän muisti kaikki nämä vampyyrijutut eikä mitään muuta?

Grace pudisti päätään. Hän yritti saada oudot vampyyriajatukset katoamaan, jotta hän voisi palata hetkeen. Hetkeen, jolloin hän astui takaisin omaan kotiinsa. Toisaalta, ehkä hän yritti juuri välttää ajattelemasta sitä.

Talon päädyssä oli atrium, jossa oli paljon kasveja ja tyynyjä. Paikka, jossa saattoi istua, katsella ulos puutarhaan ja rentoutua. Grace kääntyi takaisin ja huomasi keinun ja liukumäen, jotka olivat piilossa puutarhavajan takana.

Hän kuvitteli hetken liukumäkeä ja keinumista pikkutyttönä. Hän yritti muistella, kuinka äiti tai isä työnsi häntä keinussa tai kuinka Daryl ja hän itse juoksentelivat puutarhassa. Hän pystyi kuvittelemaan kaiken, mutta se oli vain sitä: hänen mielikuvitustaan. Ei muistoja siitä, mitä todella tapahtui.

Vincente seisoi hänen vieressään, katseli häntä ja ei katsellut häntä samaan aikaan. Hän ajatteli, että Vincente tarvitsi tilaa, eikä halunnut olla tiellä tai aiheuttaa Vincenteelle epämukavaa oloa. Samaan aikaan hän halusi, että tyttö näytti tietä. Loppujen lopuksi, vaikka hän ei muistanutkaan, tämä oli hänen oma kotinsa, ja hän oli täällä vain vieras. Hän katseli hiljaa, ajatuksiinsa uppoutuneena, kun hänen katseensa kiersi puutarhaa.

"Minä en muista sitä", Grace sanoi lopulta.

"Se tulee vielä." Vincente sanoi. "Mennään sisälle ja yritetään rentoutua."

"Hyvä on", Grace sanoi ja lähti etenemään käytävää pitkin. Hän ohitti huoneen, jossa oli suljettu ovi. Uteliaana hän avasi sen ja löysi sieltä vain pesuhuoneen. Kauempana hän astui keittiöön. Tuntui kuin olisi kävellyt auringonsäteeseen. Keittiö oli kokonaan keltainen. Kanarinkeltainen, mukaan lukien kodinkoneet, verhot, tapetit, pöytäliina ja lautasliinat. Grace siirtyi lähemmäs ja huomasi pieniä auringonkukkien painaumia lähes kaikessa. Hänen äitinsä oli selvästi suuri keltaisen ja vielä suurempi auringonkukkien ystävä.

"Auringonkukkia", Grace sanoi hymyillen. Hän otti kuivat varret maljakosta, täytti sen lavuaarissa ja laittoi ne sitten takaisin raikkaaseen veteen. Ne piristyivät heti. Grace katsoi ulos ikkunasta ja huomasi, että talon kyljessä kulki rivi kuolleita auringonkukkia. Äiti oli juuri kosketellut niitä, joita hän oli poiminut. Ehkä hän itse. Ne oli tuotu keittiöön ja laitettu juuri tähän maljakkoon.

"Äitisi osasi tosiaan tuoda auringonpaisteen sisälle", Vincente sanoi yrittäen rauhoitella Gracea, joka oli jälleen kerran ajatuksissaan. Hän istuutui ruokapöydän ääreen varoen pitämästä ääntä työntäessään tuolia taaksepäin. Hän katseli ympärilleen ja ajatteli, että huone oli tavallaan kiva, mutta hänen makuunsa hieman liioiteltu. Vähän auringonpaistetta talossa oli hyvä, mutta tämä oli todella, no, kirkas. Tällä hetkellä hän kaipasi vakavasti aurinkolasejaan.

Grace juoksutti kättään pitkin työtasoa yrittäen saada yhteyttä uudelleen. Hän avasi joitakin kaappeja ja löysi kahvimukin, jossa oli hänen nimensä. Yhdessä luki: "Isä numero 1", toisessa: "Maailman paras äiti", ja sitten oli muki, jossa luki vain yksi sana: Daryl. Tämä oli hänen kotinsa. Siellä oli todisteita. Todisteita. Miksei hän voinut muistaa?

Pyydän, anna minun muistaa, hän ajatteli, Jotain, mitä tahansa. Ole kiltti.

Vincente ajatteli, että Grace oli ollut ajatuksissaan tarpeeksi kauan, ja päätti, että oli aika harhauttaa hänet. Hän siirsi tuolia taaksepäin, ei tällä kertaa hiljaa, ja teki raapivan äänen sanoessaan: "Hups, anteeksi, mutta vatsani kolisee niin paljon, että välipala olisi todella tarpeen."

Grace väläytti vampyyrin ajatuksia hetken, kääntyi sitten ja avasi jääkaapin. Siinä ei ollut paljon mitään, sillä hänen äitinsä oli viettänyt suurimman osan ajastaan sairaalassa. Hän avasi ylimmän kaapin, veti sieltä kahvipurkin ja keitti molemmille keittoa. Hän lusikoi joukkoon väärennettyä kermavaahtoa. He siemailivat hetken hiljaisuudessa.

"Jos saisit syödä mitä tahansa, ihan mitä tahansa, mitä söisit?" Grace kysyi. Jos hän vastaisi pullon verta, hän pyörtyisi kuoliaaksi.

"Söisin ison mehukkaan pihvin raakana, uuniperunan, jonka päälle olisi levitetty smetanaa ja voita, ja jälkiruoaksi Lamingtonin."

"Saisin ison mehukkaan pihvin raakana."

"Tehdään itsellemme juhla-ateria, kun seuraavan kerran yövymme hotellissa, jooko?" "Kyllä." Grace sanoi.

"Oletko hyvä kokki?"

"Minulla ei ole aavistustakaan! Mutta olen valmis kokeilemaan."

"En ole kokannut paljon. Yleensä äiti kokkaa, ja silloin tällöin, kun hän on poissa, käytän mikroaaltouunia tai haen ruokaa take awaysta."

He olivat taas hetken aikaa hiljaa. Grace katseli käytävää pitkin ja halusi katsella ympärilleen muualla talossa. Hän vilkaisi tiskialtaan yläpuolella olevaa kelloa, ja se kertoi, että kello oli hieman yli kuusi.

Pian he olisivat kuitenkin väsyneitä ja tarvitsisivat unta. Pian olisi pimeää. He voisivat kyllä sytyttää valot, mutta hän katseli taloa mieluummin nyt, kun heillä oli vielä kaikki tämä ihana luonnonvalo käytettävissään.

"Okei, olen valmis jatkamaan tutkimista", Grace sanoi. Hän nousi seisomaan ja huuhteli tyhjät kupit lavuaarissa. Sitten hän poistui keittiöstä ja jatkoi matkaa käytävää pitkin.

Vincente seurasi häntä hiljaa perässä antaen Gracelle jälleen kerran aikaa ja tilaa tutkia vapaasti. Hän antoi tytölle tilaisuuden rentouttaa mielensä avaraksi.

KAPPALE 17

G RACE EPÄRÖI ENNEN KUIN laittoi avaimen lukkoon. Hän ajatteli, kuinka kiitollinen hän oli siitä, että avain löytyi. Hän oli pelännyt, mitä tapahtuisi, jos he eivät löytäisi sitä. Heidän olisi rikottava ikkuna tai murrettava ovi. Hän menisi omaan kotiinsa sisään kuin tunkeilija, ja ajatus siitä sai hänet vapisemaan, vielä nytkin.

"Melkein perillä", Vincente sanoi yrittäen kannustaa Gracea avaamaan oven. Hän tiesi hyvin, miten peloissaan Gracen täytyi olla. Se oli kokonainen maailma, hänen oma maailmansa, ja jos hänellä ei ollut siitä mitään muistoja? No, se olisi vaikeaa, mutta yhdessä he selviäisivät siitä.

"Oletko valmis?" hän kysyi kääntyen tyttöön päin.

"Ajattelen vain, kuinka kiitollinen olen siitä, että löysimme avaimen."

"Me emme löytäneet sitä, sinä löysit, ja se on hyvä merkki, mutta meillä ei ole kiire. Milloin vain olet valmis." Hän istuutui ylimmälle portaalle ja antoi tytölle tilaa avata ovi omalla ajallaan. Yksi asia, jota heillä oli nyt runsaasti, oli aika. Sitä ei todellakaan ollut ollut aiemmin, kun heillä oli ollut tunteja, joihin mennä, busseja, joihin ehtiä, ystäviä, joiden kanssa hengailla, läksyjä ja kokeita ja koulu-urheilua ja myös perheasioita. Päivät olivat aina täynnä tekemistä.

"Okei, nyt mennään", Grace sanoi. Hän käänsi avainta lukossa ja työnsi sitten oven auki. Hän kutsui Vincenteä seurakseen sisälle, ja hänen mielessään vilahti taas, että vampyyrit tarvitsivat kutsun, ennen kuin ne pääsivät mihinkään kotiin.

Hän hymyili ja ihmetteli, miksi vampyyriteema pyöri hänen mielessään mitä oudoimpina hetkinä. Jos hän oli sellainen, vampyyri, miten hän saattoi ruokailla? Kun he olivat ainoat lämpimät ruumiit, joita maailmassa oli jäljellä? Paitsi jos jokin oli muuttanut hänen elimistöään niin, ettei hän enää tarvinnut verta selviytyäkseen? Miksi hän muisti kaikki nämä vampyyrijutut eikä mitään muuta?

Grace pudisti päätään. Hän yritti saada oudot vampyyriajatukset katoamaan, jotta hän voisi palata hetkeen. Hetkeen, jolloin hän astui takaisin omaan kotiinsa. Toisaalta, ehkä hän yritti juuri välttää ajattelemasta sitä.

Talon päädyssä oli atrium, jossa oli paljon kasveja ja tyynyjä. Paikka, jossa saattoi istua, katsella ulos puutarhaan ja rentoutua. Grace kääntyi takaisin ja huomasi keinun ja liukumäen, jotka olivat piilossa puutarhavajan takana.

Hän kuvitteli hetken liukumäkeä ja keinumista pikkutyttönä. Hän yritti muistella, kuinka äiti tai isä työnsi häntä keinussa tai kuinka Daryl ja hän itse juoksentelivat puutarhassa. Hän pystyi kuvittelemaan kaiken, mutta se oli vain sitä: hänen mielikuvitustaan. Ei muistoja siitä, mitä todella tapahtui.

Vincente seisoi hänen vieressään, katseli häntä ja ei katsellut häntä samaan aikaan. Hän ajatteli, että Vincente tarvitsi tilaa, eikä halunnut olla tiellä tai aiheuttaa Vincenteelle epämukavaa oloa. Samaan aikaan hän halusi, että tyttö näytti tietä. Loppujen lopuksi, vaikka hän ei muistanutkaan, tämä oli hänen oma kotinsa, ja hän oli täällä vain vieras. Hän katseli hiljaa, ajatuksiinsa uppoutuneena, kun hänen katseensa kiersi puutarhaa.

"Minä en muista sitä", Grace sanoi lopulta.

"Se tulee vielä." Vincente sanoi. "Mennään sisälle ja yritetään rentoutua."

"Hyvä on", Grace sanoi ja lähti etenemään käytävää pitkin. Hän ohitti huoneen, jossa oli suljettu ovi. Uteliaana hän avasi sen ja löysi sieltä vain pesuhuoneen. Kauempana hän astui keittiöön. Tuntui kuin olisi kävellyt auringonsäteeseen. Keittiö oli kokonaan keltainen. Kanarinkeltainen, mukaan lukien kodinkoneet, verhot, tapetit, pöytäliina ja lautasliinat. Grace siirtyi lähemmäs ja huomasi pieniä auringonkukkien painaumia lähes kaikessa. Hänen äitinsä oli selvästi suuri keltaisen ja vielä suurempi auringonkukkien ystävä.

"Auringonkukkia", Grace sanoi hymyillen. Hän otti kuivat varret maljakosta, täytti sen lavuaarissa ja laittoi ne sitten takaisin raikkaaseen veteen. Ne piristyivät heti. Grace katsoi ulos ikkunasta ja huomasi, että talon kyljessä kulki rivi kuolleita auringonkukkia. Äiti oli juuri kosketellut niitä, joita hän oli poiminut. Ehkä hän itse. Ne oli tuotu keittiöön ja laitettu juuri tähän maljakkoon.

"Äitisi osasi tosiaan tuoda auringonpaisteen sisälle", Vincente sanoi yrittäen rauhoitella Gracea, joka oli jälleen kerran ajatuksissaan. Hän istuutui ruokapöydän ääreen varoen pitämästä ääntä työntäessään tuolia taaksepäin. Hän katseli ympärilleen ja ajatteli, että huone oli tavallaan kiva, mutta hänen makuunsa hieman liioiteltu. Vähän auringonpaistetta talossa oli hyvä, mutta tämä oli todella, no, kirkas. Tällä hetkellä hän kaipasi vakavasti aurinkolasejaan.

Grace juoksutti kättään pitkin työtasoa yrittäen saada yhteyttä uudelleen. Hän avasi joitakin kaappeja ja löysi kahvimukin, jossa oli hänen nimensä. Yhdessä luki: "Isä numero 1", toisessa: "Maailman paras äiti", ja sitten oli muki, jossa luki vain yksi sana: Daryl. Tämä oli hänen kotinsa. Siellä oli todisteita. Todisteita. Miksei hän voinut muistaa?

Pyydän, anna minun muistaa, hän ajatteli, Jotain, mitä tahansa. Ole kiltti.

Vincente ajatteli, että Grace oli ollut ajatuksissaan tarpeeksi kauan, ja päätti, että oli aika harhauttaa hänet. Hän siirsi tuolia taaksepäin, ei tällä kertaa hiljaa, ja teki raapivan äänen sanoessaan: "Hups, anteeksi, mutta vatsani kolisee niin paljon, että välipala olisi todella tarpeen."

Grace väläytti vampyyrin ajatuksia hetken, kääntyi sitten ja avasi jääkaapin. Siinä ei ollut paljon mitään, sillä hänen äitinsä oli viettänyt suurimman osan ajastaan sairaalassa. Hän avasi ylimmän kaapin, veti sieltä kahvipurkin ja keitti molemmille keittoa. Hän lusikoi joukkoon väärennettyä kermavaahtoa. He siemailivat hetken hiljaisuudessa.

"Jos saisit syödä mitä tahansa, ihan mitä tahansa, mitä söisit?" Grace kysyi. Jos hän vastaisi pullon verta, hän pyörtyisi kuoliaaksi.

"Söisin ison mehukkaan pihvin raakana, uuniperunan, jonka päälle olisi levitetty smetanaa ja voita, ja jälkiruoaksi Lamingtonin."

"Saisin ison mehukkaan pihvin raakana."

"Tehdään itsellemme juhla-ateria, kun seuraavan kerran yövymme hotellissa, jooko?" "Kyllä." Grace sanoi.

"Oletko hyvä kokki?"

"Minulla ei ole aavistustakaan! Mutta olen valmis kokeilemaan."

"En ole kokannut paljon. Yleensä äiti kokkaa, ja silloin tällöin, kun hän on poissa, käytän mikroaaltouunia tai haen ruokaa take awaysta."

He olivat taas hetken aikaa hiljaa. Grace katseli käytävää pitkin ja halusi katsella ympärilleen muualla talossa. Hän vilkaisi tiskialtaan yläpuolella olevaa kelloa, ja se kertoi, että kello oli hieman yli kuusi.

Pian he olisivat kuitenkin väsyneitä ja tarvitsisivat unta. Pian olisi pimeää. He voisivat kyllä sytyttää valot, mutta hän katseli taloa mieluummin nyt, kun heillä oli vielä kaikki tämä ihana luonnonvalo käytettävissään.

"Okei, olen valmis jatkamaan tutkimista", Grace sanoi. Hän nousi seisomaan ja huuhteli tyhjät kupit lavuaarissa. Sitten hän poistui keittiöstä ja jatkoi matkaa käytävää pitkin.

Vincente seurasi häntä hiljaa perässä antaen Gracelle jälleen kerran aikaa ja tilaa tutkia vapaasti. Hän antoi tytölle tilaisuuden rentouttaa mielensä avaraksi.

✳✳✳

K̲ÄYTÄVÄ OLI PITKÄ, EIKÄ se ollut yhtä valoisa kuin keittiö. Tosin Gracen äidillä oli sivupöytiä, peilejä ja tauluja, jotka pitivät seuraa, kun eteni kohti olohuoneen ehdotonta pimeyttä. Grace astui matonpäällysteisen lattian poikki ja heitti verhot kerralla taakse. Hän kääntyi katsomaan, mitä hän oli missannut. Hän toivoi, että tekemällä tämän äkillisen liikkeen kaikki palaisi hänen mieleensä.

Vincente tarkkaili, mutta ei tehnyt sitä ilmeiseksi. Hän ei halunnut lisätä paineita tilanteeseen.

Grace laski kätensä lanteilleen, ja hetkeksi hänen sydämeensä ilmestyi toivo.

Hän pidätti hengitystään.

Vincente huomasi myös toivon pilkahduksen, ja hän teki liikkeen Gracea kohti.

Grace pysäytti hänet kämmenellään. Hän alkoi kävellä.

Grace oli kuin lintu, joka etsi ruokaa ylhäältä. Hän kiersi huoneen ympäri ja kiersi sen ympäri.

Pian toivon pilkahdus katosi hänen silmistään, ja hän lankesi kasaan.

Hän painoi kätensä kasvoilleen ja itki.

KAPPALE 18

Vincente polvistui Gracen eteen. Hän etsi oikeita sanoja. Hän ei löytänyt niitä, koska hänen mielensä pyöri, ja hänen sydämensä hakkasi kovaa. Hän oli hengästynyt pidättelemästä - pidättelemästä halua ottaa Grace syliinsä ja...

Vincente tarkisti itsensä. Hän kävi itsekseen keskustelua siitä, että tyttö ei ollut sellainen tyttö, josta hän tunsi vetoa. Miten ei ollut oikeastaan mitään väliä sillä, miten paljon hänen tunnekuohunsa heiluttivat häntä. Hän oli joskus empaattinen ihminen. Ei usein, mutta joskus. Kun hän näki uutisissa asioita, joissa ihmisiä satutettiin, ihmisiä pidettiin vankeina, tai sodan runtelemia maita, tai lapsia tai eläimiä pahoinpideltiin, hän itki.

Nyt Gracen katselemisesta hänen edessään tässä ja nyt oli tullut hänelle kuin uutisten katselemisesta. Hän halusi ojentaa kätensä ja lohduttaa Gracea samalla tavalla kuin lohduttaisi lasta. Miksi hän sitten tunsi myös jotain muuta? Jotain erilaista? Ja mitä se oli? Hän tutki tuntemustaan hetken aikaa ja tajusi tarkalleen, mikä se oli. Hän tunsi tarvetta huolehtia Gracesta. Suojella häntä. Kyllä, siitä sen täytyi johtua! Se ei voinut olla se toinen asia. Tunne, joka hänellä oli kupeissaan juuri silloin. Se ei voinut olla himoa. Ei, ei se.

Kun Vincente palasi nykyhetkeen, Grace seisoi. Hän juoksutti sormiaan pitkin takanreunaa ja kehystettyjä valokuvia. Kun Grace pysähtyi, Vincente meni hänen viereensä.

Kun hän näki valokuvan, hän hymyili ja otti sen käteensä. Yhdessä he tutkivat sitä tarkemmin. Se oli Grace. Hän oli luultavasti noin neljän tai viiden vuoden ikäinen, ja hän piteli sylissään abakusta.

"Se olet ehdottomasti sinä", Vincente sanoi. "Näen sinun silmäsi hänen silmissään."

Grace hymyili ja seuloi sumua mielessään.

"Tiedän, että hän on minä. Näen, että hän on minä. Mutta en muista häntä enkä abakusta."

Vincente otti Gracen suljetut kohtaukset käsiinsä ja avasi ne yksi kerrallaan, kuin avaisi kaksi ruusua. Hän veti tytön syliinsä.

Hän käpertyi sinne, kuunteli miehen sydäntä ja tunsi uudenlaisen yhteyden. Hän vetäytyi pois.

"Katso tänne!" hän huudahti. "Siinä on isäni ja veljeni." Valokuvan alla oli laatta, jossa luki: Benjamin Greenway, Helenin rakas aviomies, Gracen ja Darylin rakas isä. Menehtyi liian aikaisin, 55-vuotiaana.

Myös toisessa valokuvassa oli muistolaatta: Daryl Greenway, Helenin ja Benjamin Greenwayn rakas poika. Lepäämässä isänsä kanssa, 21-vuotiaana.

Grace veti syvään henkeä muistellessaan heitä sairaalassa. Hän pudisti päätään. He eivät olleet käyneet hänen luonaan, hän korjasi itseään, koska he olivat molemmat kuolleet. Hän varmaan kuvitteli sen.

"Se on niin surullista", Grace sanoi. "Kaksi ihmistä, jotka merkitsivät minulle maailmaa, enkä tunne mitään. Paitsi surua itseäni kohtaan, etten muista heitä. Olen niin itsekäs ihminen!"

"Et sinä ole itsekäs! Et vain pysty muistamaan juuri nyt, eikä se ole sinun vikasi."

"Haluan niin kovasti muistaa jotain. Mitä tahansa!"

"Ja muistatkin, ole vain kärsivällinen. Anna sille aikaa."

"En usko, että se tapahtuu, Vincente. En usko, että muistan koskaan."

Vincente pani kädet lanteilleen. "He tulivat käymään luonasi, sairaalassa, syystä. Ehkä he tulivat takaisin auttamaan sinua."

"Miten? Saamalla minut luulemaan, että olen menettämässä järkeni?"

"Ei, todistaakseen, että tunnet heidät yhä, vaikka he olivat siirtyneet toiselle puolelle. Puhuit heidän kanssaan. Keskustelit heidän kanssaan."

"Niin, mutta se oli merkityksetöntä."

"Koska minä keskeytin. Ehkä he eivät olleet vielä kertoneet sinulle, mitä heidän piti sanoa."

"Se olisi mielenkiintoista, jos se olisi totta, Vincente. Mutta minusta se ei kuulosta kovin uskottavalta. Kiitos kuitenkin", Grace sanoi. Hän ylitti huoneen ja seisoi portaiden juurella.

"Ehkä", Vincente sanoi. Grace kääntyi takaisin häntä kohti. "Ehkä he antoivat sinulle viestin. Viedä sinut takaisin aikaan elämässäsi, jolloin sinulla oli molemmat mukanasi:

onnellisempaan aikaan. Aikaan, jolloin sinulla oli menneisyys muistettavana, nykyisyys elettävänä ja tulevaisuus odotettavana."

"Kaksi kolmesta siis", Grace sanoi.

Vincente nauroi ja alkoi laulaa ja tanssia.

"Jatka vain", Grace kehotti.

Vincente liukui lattian poikki, käytti maljakkoa mikrofonina ja lauloi polvillaan serenadia Gracelle, joka taputti innokkaasti.

Hänen poskensa punoittivat syvänpunaisiksi, kun hän siirtyi Vincenteä kohti ja suuteli häntä tiukasti suulle.

Mies suuteli takaisin. Hänen kätensä vaelsivat ja naisen kädet vaelsivat, ja heidän kielensä tutkivat toisiaan.

Molemmat tajusivat samaan aikaan, mitä oli tapahtumassa, ja perääntyivät samanaikaisesti.

"Mitä sinä yrität tehdä minulle?" Grace kysyi. "Olen pahoillani, todella pahoillani", Vincente sanoi.

"Se oli meidän molempien -"

"Kyllä, se oli se hetki. Olen samaa mieltä, että me molemmat-"

"Unohdetaan, että sitä on koskaan tapahtunut", Grace sanoi.

"Hyvä ajatus", Vincente suostui. Hän katsoi, kun Grace nousi portaita.

Ylös päästyään hän kääntyi ympäri ja hymyili olkansa yli. "Nähdään pian. Menen vain etsimään huoneeni ja virkistäytymään hieman."

"Hienoa", Vincente sanoi kammatessaan sormillaan hiuksiaan. Kun tyttö oli poissa hänen näköpiiristään, hän palasi vessaan ja roiskutti vettä kasvoilleen. Hän katsoi itseään peilistä ja mietti, kuka oli se henkilö, joka katsoi häntä takaisin? Kuka hän oli?

Kenellä oli tunteita, todellisia tunteita, jotakuta kohtaan, joka vain muutama päivä sitten ei olisi merkinnyt hänelle mitään muuta kuin tyttöä, joka voisi auttaa häntä matematiikan läksyissä, jotta hän voisi pysyä joukkueessa? Nyt hän oli johdattanut tyttöä kunnolla, ja tyttö oli vastannut, avautunut hänelle. Hän häpesi itseään, että oli käyttänyt Gracea hyväkseen, varsinkin nyt, kun tämä oli niin haavoittuvainen.

Sitten hän ajatteli Gracen pehmeitä huulia, miten ne olivat epäröineet ja sitten avautuneet hänelle. Grace suuteli häntä niin kuin kukaan muu tyttö ei ollut suudellut häntä aiemmin. Hän oli rakastumassa Graceen entistäkin syvemmin, ja hän tiesi sen.

Ongelmana oli, että hänkin oli rakastumassa häneen.

KAPPALE 19

YLÄKERRASSA GRACE ROISKUTTI KYLMÄÄ vettä myös kasvoilleen. Hän hehkui sekä sisältä että ulkoa. hetken aikaa hän ei välittänyt siitä, muistiko hän menneisyyttään lainkaan, sillä hän piti tulevaisuuttaan tärkeämpänä. Vincente oli hänelle nyt tärkeämpi kuin mikään muisto voisi koskaan olla.

Hän käveli käytävää pitkin, ohi huoneiden, joiden ovet olivat kiinni. Hänen mielensä palasi suudelmaan ja kuumeeseen, joka oli syöksynyt hänen kehossaan kuin tulipalo, kunnes hän löysi makuuhuoneensa. Sen täytyi olla hänen, koska siellä oli tietokone, joka tikitti, ja kuvia Einsteinista ja Fibonaccista, oppikirjoja, abakus ja... no, sen täytyi olla hänen huoneensa.

Lipaston päällä hän löysi pienen korurasian. Kun hän avasi sen, alkoi soida laulu.

"Tarvitsetko apua?" Vincente kutsui.

Grace palasi portaiden yläpäähän pieni tyyny kädessään. Hän heitti sen Vincenzelle. Se oli sydämen muotoinen tyyny.

Takaisin huoneessaan hän käänteli korurasiaa, joka tunnisti kappaleen kuuluisaksi rakkauslauluksi. Hän jätti laatikon auki ja kuunteli, kun se soitti sävelmää yhä uudelleen, samalla kun hän suuntasi kohti suihkua.

Hän pysähtyi hetkeksi kuullessaan oudon äänen. Murinan. Kuiskauksen. Hän kuunteli. Hän sulki korurasian kannen. Kuunteli uudelleen. Ajatteli, että sen täytyy olla hänen päänsä sisällä. Otti uuden askeleen. Kuuli sen taas. Pysähtyi. Kuunteli.

Äänenvoimakkuus kasvoi, mutta vain hieman.

"Oletko kunnossa siellä ylhäällä?" Vincente kysyi nähdessään Gracen seisovan paikoillaan ja tuijottavan tyhjänä käytävään.

Grace nyökkäsi. Hän palasi huoneeseensa. Hän vaihtoi vaatteet juuri ajoissa, kun Vincente saapui portaikon yläpäähän.

"Olen kunnossa", Grace sanoi. "Minä vain..." hän epäröi. "Kuulitko mitään?" Hän käänsi päänsä poispäin odottaen, että kuulisi äänen uudelleen.

"Kuulin musiikkia", Vincente sanoi.

"Joo, se oli minun korurasiani, se soittaa musiikkia. Mutta mitään muuta?"

"Kuten mitä?" Vincente sanoi katsoen alas jalkoihinsa.

Grace luuli kuulleensa jotain, mutta hän ei halunnut sanoa sitä hänelle, jos hän ei olisi kuullut sitä. Hän oli kuitenkin huolissaan siitä, hän huomasi sen. "Kuin kuiskaus", Grace sanoi.

"Joo, kuulin jotain."

"Luulin, että se oli päässäni", Grace tunnusti. "Aluksi. Mutta nyt..."

"Ei, minäkin kuulen sen. Se on kuin..." Vincente pysähtyi ja seisoi patsastellen.

"Shhhh", Grace sanoi, kun se oli alkanut uudelleen. Vielä vähän kovempaa.

Melkein kuin voihkiminen.

Se kuiskasi hänen nimeään, Grace, toistuvasti kuin laulun kertosäettä. "Ehkä se on äitini?" Grace ehdotti.

"Ehkä."

"Ehkä hän on loukkaantunut."

"Ehkä."

"Shhhh."

Voimakas tuulenpuuska näytti puhaltavan sisään ulko-ovesta ja työntyvän portaita ylös kohti Gracea ja Vincenteä. Sen pelkkä voima oli niin suuri, että se pakotti heidät litteästi seinää vasten. Talon sisältö tärisi, ja perustukset huojuivat.

Taasko maanjäristys?

He päättivät, että ylimmässä kerroksessa oleminen ei ollut paras paikka olla. He tarttuivat toistensa kädestä kiinni ja lähtivät kohti portaikkoa.

"Lähdetään pois täältä!" Vincente huudahti.

Grace tiesi, että heidän oli tehtävä niin, ja heti. Hän oli kuitenkin huolissaan siitä, että hänen äitinsä oli jäänyt taloon loukkuun. Entä jos hän loukkaantui?

Kun he pääsivät portaisiin, he tarttuivat puisiin kaiteisiin, kun portaat keinuivat puolelta toiselle. Talo alkoi täristä ja vääntyä, melkein kuin se aikoisi lähteä lentoon. Portaat alkoivat soida kuin pianon koskettimet, hajota ja saada heidät hylkäämään suunnitelmansa palata alas Terra Firmalle.

Jälleen kerran ääni huusi: "Armo".

***

GRACE KOMPUROI PITKIN KÄYTÄVÄÄ ja näytti seuraavan äänen ääntä. Se kuului huoneesta, jonka ovi oli suljettu käytävän päässä.

"Luulen, että se on äitini", Grace sanoi, kun he ohittivat makuuhuoneen, jonka ovi oli hieman auki.

Se oli Darylin huone, jonka hän erotti soittimien ja CD-levyjen joukosta, petaamattomasta sängystä ja tyhjästä korituolista, jossa istui. Tuoli istui suoraan ikkunan alla, melkein kuin se odottaisi veljensä paluuta. Ikkuna oli auki, ja uusi tuulenpuuska puhalsi sisään. He estivät sitä työntämästä heitä kaiteen yli paiskaamalla makuuhuoneen oven kiinni juuri ajoissa.

He kuulivat äänen kuiskaavan jälleen: "Grace."

He vapisivat ja pitivät toisiaan kädestä kiinni. Yhdessä he kulkivat käytävää pitkin. Kohti käytävän päässä olevaa suljettua ovea, samalla kun talo huusi ja jyrähteli heidän ympärillään.

***

VIRNISTÄVÄ ÄÄNI KÄVI YHÄ kovemmaksi ja kovemmaksi.

Kuiskaus ei ollut enää kuiskaus.

Se oli selvästi naisen ääni.

Se oli Helen Greenwayn ääni, joka kutsui tytärtään.

"Ehkä sinun pitäisi vastata?" Vincente ehdotti.

"Äiti!"

"Grace!"

"Äiti!"

"Grace, Grace!"

He saapuivat juuri oven eteen. Se tuntui lämpimältä kosketeltaessa, ja se oli ehjä. Se oli yhä saranoillaan.

Talo oli lakannut tärisemästä ja jyrisemästä.

He työnsivät sen auki.

Jokin livahti heidän ohitseen ja astui huoneeseen heidän edessään.

Se oli kuin jäinen tuulahdus.

He vapisivat, kun ovi sulkeutui heidän takanaan, ja sitten lukitusmekanismi naksahti paikalleen aivan itsestään.

✳✳✳

HEIDÄN HAMPAANSA KOLISIVAT, KUN heidän silmänsä sopeutuivat valoon ja he pystyivät katsomaan ympärilleen. Grace oli varma, etteivät he olleet yksin, mutta hän ei nähnyt äitiään, eikä ääni enää kutsunut tai kuiskannut hänen nimeään.

Se tuntui kylmältä. Kylmältä kuin kuolema.

"Näetkö mitään, yhtään mitään?" Vincente kysyi.

"Näen kylmän hengityksen. Fibonacci-lumihiutaleiden muodossa."

"Mitä?"

"Näetkö, tuolla? Lumihiutaleita."

Lumihiutaleet putoilivat heidän ympärilleen. He vapisivat lisää ja kietoivat kätensä ympärilleen, kun heidän ihonsa tunsi, kuinka märät sulavat hiutaleet muuttuivat kristallinvalkoisista kyyneleiksi.

"Tunnen jotain, läsnäolon täällä kanssamme. Ehkä siksi muistin Fibonacci-jutut."

"Joo, hyvin tehty, mutta onko se vaarallista?" Vincente kysyi: "Tarkoitan, yrittääkö se vahingoittaa meitä?"

"Ei, minusta ei tunnu siltä, että se haluaisi satuttaa meitä. Mutta minusta tuntuu, että se haluaa tuntea minut."

"Mitä?"

"Se haluaa minun lohduttavan sitä."

"Pysy tässä, vierelläni. Älä liiku", Vincente sanoi.

"Se yrittää tavoittaa minut, mielessäni. Se ajatteli, että jos se toisi minut tänne, meidät tänne, se saisi meiltä haluamansa, mutta nyt kun olemme täällä, se ei tiedä, mitä tehdä." Grace lakkasi puhumasta, hänen kätensä lensivät päähänsä kivusta.

"Puhutko sinä sille? Se satuttaa sinua?" Vincente kysyi. Gracen koko keho tärisi vastaukseksi.

"Se käyttää eräänlaista ESP:tä kommunikoidakseen kanssani. Se skannaa aivojani, kehoani. Kuuntelee ajatuksiani ja tunteitani."

"Mene pois hänen luotaan!" Vincente huusi poimiessaan tuolin ja heittäessään sen seinää vasten.

Grace huusi kivusta, kun Vincente nostettiin ilmaan ja heitettiin rajusti alas sängylle.

KAPPALE 20

G RACE JATKOI KAUHUISSAAN KATSOMISTA, kun Vincenteä ravisteltiin edestakaisin kuin hän olisi ollut demonin riivaama. Hän ei voinut olla miettimättä kehoaan silloin tällöin niittaavan verhoutuneen kivun tason läpi, mikä tämän aiheutti. Oliko se olento toisesta ulottuvuudesta? Ihmissusi? Vampyyri? Aave? Demoni? Grace tutki huoneen etsien asetta. Hän ei nähnyt sellaista ja odotti, kun Vincenten keho rauhoittui. Sitten näkymätön, tuntematon olento sitoi hänen jalkansa ja kätensä.

Vincente pysyi nyt paikallaan. Grace yritti juosta hänen luokseen, mutta oli kuin hänen jalkansa olisi yhtäkkiä sementoitu lattiaan. Hänen ylävartalonsa siirtyi eteenpäin kuin sirkusfriikki, mutta hänen jalkansa olivat yksinkertaisesti liikkumattomat.

"Oletko kunnossa, Vincente?"

"Minulla ei ole enää kipuja."

"Se on hyvä."

"Entä sinä?

"Tunnen itseni taas normaaliksi, mutta minua pelottaa todella paljon, Vincente. En pysty liikuttamaan jalkojani."

"Puhumattakaan siitä, että täällä tulee pian pimeää. Pääsetkö sinä valon ääreen?"

Grace ponnisteli taivuttaakseen ylävartaloaan seinällä olevan kytkimen suuntaan. Hän venytteli ja venytteli kuvitellen olevansa itse asiassa kumista tehty sirkushirviö, kosketti sitä ja kuuli naksahduksen, mutta mitään ei tapahtunut. Virta oli katkaistu.

"Se ei toimi, Vincente. Täällä on pian pilkkopimeää!" Grace kietoi kätensä ympärilleen ja yritti pysäyttää vapinan.

"Tunnetko yhä sen, läsnäolon ympärilläsi?"

Grace yritti heittää tunteensa ulos ja kuvitteli ne lonkeroiksi, jotka etsivät jotain näkymätöntä ja tuntematonta.

"Nyt on hiljaista, Vincente. Ehkä se sai meiltä sen, mitä halusi, ja nyt se on siirtynyt eteenpäin. Tai ehkä me emme olleet sitä, mitä se toivoi meistä tulevan."

"Joo, ensimmäistä kertaa elämässäni minua ei haittaisi olla pettymys tälle oliolle. Mutta yritetäänpä ajatella. Mitä se voisi haluta meiltä? Mitä se voisi olla?"

"Ihmissusi?" Grace ehdotti.

"Ei ole täysikuu, ei ainakaan muutamaan päivään. Mutta hei, en usko, että ne voivat olla näkymättömiä."

"Entä vampyyri?"

"Niin, ne tulevat esiin vain öisin, eikö niin?" Vincente sanoi naureskellen hengityksensä alla. Köysi oli sidottu hyvin tiukasti hänen raajojensa ympärille, ja tarve liikkua oli ylivoimainen. Ongelmana oli, että kun hän liikkui, siteet kiristyivät entisestään, ja sitten ne viilsivät hänen ihonsa läpi. Hän näki veripisaroiden kerääntyvän lakanaan hänen nilkoistaan.

Grace huomasi, että verta tippui myös lakanoille. Hän katseli, kuinka punainen veri valui valkoiselle ja levisi. Hän hämmentyi liikkeistä, jotka tulivat häntä kohti maton alta. Ehdottomasti liikettä. Käärmeen kaltaista. Hitaasti. Luikertelua. Tulossa häntä kohti.

"Vincente!" hän huusi, kun otus eteni hänen luokseen.

Hänen ylävartalonsa perääntyi. Takaisin, takaisin, niin pitkälle kuin se pystyi.

Gracen epäonneksi se ei ollut tarpeeksi kaukana.

✳✳✳

"**V**INCENTE!" GRACE HUUSI.

Hän näki, että Grace oli kauhuissaan, mutta hänellä ei ollut aavistustakaan, miksi. Hän yritti löysätä köysiä, mutta hän ei voinut tehdä mitään. Kaikki kamppailu sai ne vain kiristymään ja pureutumaan entistä syvemmälle hänen lihaansa.

Olio jatkoi tien raivaamista kohti Gracea.

Vincente pystyi havaitsemaan liikkuvan olion olemassaolon maton alla. Hän näki Gracen jalkojen muuttuvan hyytelöksi, kun se sulki heidän välinsä.

Grace pysyi lujana ja yritti hillitä itseään. Hän olisi halunnut huutaa ja kiljua, mutta sen sijaan hän keskittyi hengittämiseen. Kun se lähestyi yhä lähemmäs ja lähemmäs, hän tunsi, kuinka se alkoi tunnustella häntä.

Rauhallisuuden tunne valtasi hänet, valtasi hänen aistinsa. Hän tunsi sisimmässään, ettei se halunnut satuttaa häntä.

"Grace!" Vincente huusi, ja köydet viilsivät hänen ihoaan. Hän taipui keskeltä ja muistutti nyt vastasyntynyttä vasikkaa. Sitten suukapula ilmestyi tyhjästä. Se kiinnittyi Vincenten suuhun.

Sen alta Grace näki, että hän huusi, huusi kovempaa kuin oli koskaan ennen huutanut. Mutta hänen suunnastaan kuului vain tuskallinen hiljaisuus. Hiljaiset huudot ovat kaikista pelottavimpia huutoja.

He pitivät toisiaan silmällä. Kurottautuen toisiinsa kaikin voimin, he lukitsivat silmänsä, kun olio saapui Gracen jalkojen juureen.

Se alkoi liikkua ylöspäin hänen varpaistaan alkaen ja eteni yhä ylemmäs ja ylemmäs.

Silloin Gracen ääni täytti talon sähköistävällä huudolla.

✳✳✳

Ä LÄ TAISTELE SITÄ VASTAAN, Grace sanoi itsekseen tietäen hyvin, että Vincente sanoisi hänelle täsmälleen samat sanat, jos vain voisi.

Rentoudu, hän ajatteli, anna sen tehdä, mitä sen täytyy tehdä, ja ehkä se sitten menee pois.

Hän yritti sulkea sen pois, sulkea pois kaiken muun paitsi Vincenten sängyllä, jonka silmät olivat auki enemmän kuin leveästi. Sieltä, missä hän oli, hän pystyi näkemään pienen verikertymän, joka valui hänen oikeasta nilkastaan. Hän katseli, kuinka miehen rinta kohosi ja laski.

Asia käänsi ja väänsi häntä, kunnes hänestä tuntui, ettei hän ollut enää oma itsensä.

Sen voima oli kasvanut. Aluksi kipu oli siedettävää kuin lievä polttava tunne. Melkein kuin kuuma suudelma. Se oli koukuttavaa; hän halusi toisen suudelman, ja sitten toisen, ja sitten toisen. Sitten se muuttui joksikin muuksi. Lopullisemmaksi kirvelyksi. Kuin leimaus. Kuuma. Kuumempi. Sihisevä.

Hänen kasvonsa punoittivat, ja hän piti nyrkkejään tiukasti kiinni. Hänen taistelutahtonsa ponnisti esiin, mutta kipu oli liian suuri siedettäväksi.

Kun se saavutti hänen lantionsa alueen, kuumotus kiihtyi ja lämpötila nousi korkeammaksi. Oli kuin hän olisi ollut tulessa. Palamassa roviolla. Hän ei pystynyt ajattelemaan. Hän oli kuin yksi suuri hermo - raaka hermo. Kipu oli sietämätöntä. Hän ei kestänyt sitä enää, ja silti se nousi. Hän pysyi tajuissaan, kun se eteni kohti hänen rintojaan. Myös ne olivat tulessa, kun kuumuus siirtyi eteenpäin synkronoiden kivun niin, että se sykki koko hänen kehossaan.

Kaikki hämärtyi mustaksi.

KAPPALE 21

K UN HÄN TULI TAJUIHINSA, Grace ei ollut enää hänen kehossaan. Hän ymmärsi hitaasti, mitä oli tapahtunut. Kipu oli saanut hänen mielensä hajoamaan.

Jostain yläpuolelta hän pystyi yhä näkemään itsensä kiemurtelemassa, pyörimässä kuvitteellisessa kotelomaisessa kotelossa, kun kivun pyörre heittelehti ja käänsi häntä ja väänsi hänen kehoaan, joka yhä liikkui hänen sisällään. Pitämällä häntä vangittuna polttavassa otteessaan.

Tuntien poltteen, haistaen oman lihansa käryävän, Grace ei enää kestänyt katsella itseään, joten hän käänsi huomionsa Vincenteen.

Hänkin kiemurteli. Hänen vartalonsa heilui puolelta toiselle, ja hän tärisi melkein kuin olisi ollut keskellä epileptistä kohtausta. Hän liikkui leijuen kohti miestä. Hän kosketti huulillaan miehen polttavaa otsaa.

Hänen silmänsä lensivät auki, melkein kuin hän olisi aistinut naisen läsnäolon. Hän huusi miehelle yrittäen murtautua esteiden läpi, mutta hänen vaimeat huutonsa eivät kuuluneet. Hänen huutojensa voimakkuus kehon läpi, jonka osa hän ei enää ollut, jäähdytti kuumaa huonetta ja aiheutti miehelle vielä enemmän ahdistusta.

Grace halusi murhata sen otuksen. Mikä se sitten olikaan, hän halusi ottaa sen ja kuristaa siitä elämän pois, katkaista hengen. Hän halusi sen loppuvan. Sitten hän tiesi, mitä hänen oli tehtävä. Hänen oli palattava ruumiiseensa ja kohdattava hirvittävä olento suoraan. Hänen oli palattava takaisin. Hänellä ei ollut muuta paikkaa minne mennä.

Kyllä, oliolla oli hänen ruumiinsa, mutta sillä ei ollut hänen mieltään, eikä sillä ollut hänen henkeään. Sama koski Vincenteä. Kyllä, heitä molempia kidutettiin tuntemattomasta syystä. Ehkä siksi, että he olivat kaksi viimeistä ihmistä maan päällä. Aivan kuten siinä vanhassa elokuvassa, jonka Vincente oli maininnut, jossa avaruusolennot yrittivät saada selville, mikä sai ihmiset toimimaan. Tai ehkä ne yrittivät tappaa heidät!

Oli syy mikä tahansa, Grace ei aikonut antaa heidän saada haluamaansa. Antaa niiden viedä heidän henkensä ilman taistelua.

Sekunnin murto-osan ajan hän kuvitteli lentävänsä ulos ikkunasta. Jättäen itsensä ja Vincenten taakseen. Mutta hän ei voinut tehdä sitä. Hän rakasti tuota vartaloa, vaikka siinä olikin puutteita. Vaikka niitä oli monia, se oli silti hänen ja vain hänen. Ja sitten oli Vincente. Hän rakasti häntä, siitä ei ollut epäilystäkään. Hänen oli palattava itseensä. Hänen oli pelastettava hänet. Ehkä pelastaa heidät molemmat.

Huoneen ulkopuolella korkeat puut puhalsivat eteenpäin ja taaksepäin, eteenpäin ja taaksepäin, tuulen magneettisessa voimassa. Hän ja Vincente olivat kuin nuo puut, ne liikkuivat tuskan mukana, kuten ne liikkuivat tuulen mukana.

Hän veti syvään henkeä ja astui sitten takaisin kehoonsa. Kipu viilsi häntä kuin veitsi. Hän halusi heti irrottautua, mutta tajusi pian, että se oli heikentänyt häntä, vähentänyt hänen hallintaa ja voimaa. Hänen olemuksensa oli muuttunut. Hän ymmärsi nyt, että pirstoutumalla hän oli antanut oliolle lisää valtaa hänen fyysiseen minäänsä. Hän oli nyt päättänyt ottaa vallan takaisin!

Kun hän oli sisälle kehoonsa, kotiinsa, hän kokosi kaikki positiiviset ajatuksensa ja energiansa sekä kaiken rakkauden, jonka hän pystyi löytämään sydämestään. Hän kutsui nämä asiat esiin muistipankista, joka oli tallennettu kauas hänen ulottumattomiinsa.

Työnnettyään takaisin tahdon irrottautua uudelleen hän keskittyi kaikella energiallaan ei enää tuohon kirskuvaan, armottomaan kipuun, vaan luomaan oman voimakkaan valonlähteensä.

Kun hän kuvitteli sen, hän liikutti sitä kuin aurinkopalloa. Hän piti sitä kämmenellään, kunnes valopallo oli kuin sydän: Gracen ja Vincenten yhdistetyt sydämet.

Hän heijasti kaiken pallon energian Vincenteä kohti. Se ajelehti huoneen poikki ja loisti uljaasti. Muutamaan sekuntiin Vincenten keho ei enää kiemurrellut. Hän veti sydämen takaisin, kun polttava kipu jälleen kerran valtasi hänet, ja piti sitä. Se antoi hänelle voimaa kantaa sen, mitä hän tarvitsi.

Ja jossain hänen sielunsa sisällä alkoi soida laulu, laulu, jota hän ei tunnistanut. Laulu, joka oli hänelle täysin vieras. Kun se soi ja kun hän lauloi sitä, hänen huulensa eivät enää palaneet, ja hänen katseensa kurottautui Vincenteen. Hänen sydämensä käski hänen liittyä lauluun, laulaa sitä hänen kanssaan.

Yhdessä he lauloivat mielessään ja sielussaan, ja valopallo vahvistui ja vahvistui ja vahvistui.

"En koskaan kutsunut sinua tänne, henki, tai mikä ikinä oletkaan. Sinulla ei ole oikeutta tunkeutua kehooni. Tunkeutua ystäväni ruumiiseen. Häivy nyt!"

Ja niin se tekikin. Se lähti.

Grace murtui lattialle.

KAPPALE 22

Tuntia myöhemmin Grace tunsi olonsa sekavaksi ja kysyi itseltään yhä uudestaan ja uudestaan: Missä minä olen?

Kun hän yritti liikkua, jokainen osa hänen kehostaan oli kipeä. Hänen kätensä ja jalkansa olivat vääntyneet epäluonnollisiin asentoihin kuin kuolleet tai hajanaiset puunrungot. Hän yritti koota kehoaan itseensä, mutta jokainen liike sai hänet kiemurtelemaan kivusta.

Hän yritti nousta seisomaan - ja sana oli "yritti" - mutta romahti jälleen kerran. Grace katsoi mattoa. Yritti ajatella, muistaa. Mikä siinä matossa oli? Hän vilkaisi ympäri huonetta. Löysi sängyn. Löysi Vincenten.

Kaikki heidän selkäpiitä karmivasta koettelemuksestaan palasi hänen mieleensä.

Hän käveli kuin pikkulapsi, kun hänen täytyi opettaa keholleen liikkeet uudestaan. Lopulta hän saavutti Vincenten ja katsoi tämän liikkumatonta ruumista. Veritahroja, jotka olivat nyt ruskeita. Ne eivät enää levinneet.

Hänen katseensa osui miehen huuliin. Hänen niin suudeltavat huulensa. Hän kumartui lähemmäs, mutta pysähtyi, kun miehen silmät avautuivat laajalle, sitten laajemmalle. Mies ei ollut iloinen nähdessään hänet. Hän oli kauhuissaan.

"Mikä hätänä, Vincente? Mitä se sitten olikin, se on nyt poissa. Olemme turvassa. Olemme kunnossa. Kaikki järjestyy."

Vaikka Grace jatkoi näiden myönteisten sanojen murinaa hänelle, Vincenten kauhistunut ilme näytti vain pahenevan. Hänen silmänsä vilkuilivat edestakaisin, edestakaisin. Hän kertoi Vincenteelle jotakin. Varoittamassa häntä?

Hän kuiskasi kysyen, oliko hänen takanaan jotain? Mies nyökkäsi.

Hän mietti hetken, ojensi kätensä ja tunnusteli sitä, mutta ei löytänyt sitä. Hän halusi juosta, paeta, mutta hän tiesi, että se oli siellä häntä varten. Se oli palannut häntä varten.

Vai oliko se jotain muuta? Eri asia? Hän pelkäsi ajatusta siitä, että tämä olio voisi olla vahvempi, voimakkaampi, voisi murtaa hänet. Tuhota hänet.

Vincenten silmät pysyivät jähmettyneinä ja tuijottivat hänen olkansa yli. Hänen pelkonsa oli tarttuvaa, ja hän vapisi ja tärisi. Sitten hän tajusi, että he voisivat voittaa tämän olion vain yhdessä.

Grace kumartui ja alkoi toisella kädellä irrottaa häntä pidelleitä köysiä, kun toinen käsi etsi yöpöydästä minkäänlaista asetta. Jotain, mitä hän voisi käyttää. Hän toivoi, että hänen äidillään olisi ollut siellä jotain, jokin väline, joka voisi auttaa häntä näissä vakavissa olosuhteissa.

Vincenten silmät huusivat. Hänen silmistään tuli hänen silmänsä.

Laatikosta löytyi ainoana käyttökelpoisena työkaluna pinsetit, ja Grace alkoi leikata köysiä irti. Vincenten vapauttaminen kestäisi tällä vauhdilla kuitenkin ikuisuuden. Hän kumartui ja alkoi purra köysiä hampaillaan ja pääsi mukavasti eteenpäin, kunnes Vincente alkoi jälleen kerran täristä ja kiemurrella. Hänen silmänsä kohtasivat hänen silmänsä, ja sitten hän sulki ne.

Hän pyörähti ympäri ja huusi: "Mikä sinä olet ja mitä sinä haluat minusta? Meiltä? Me emme tarkoita pahaa sinulle. Kertokaa meille, mitä haluatte, niin me annamme sen teille! Yritämme auttaa teitä, mutta pyydän, älkää satuttako meitä. Älkää satuttako minun Vincenteäni. Annan teille mitä tahansa!"

Vincente lakkasi kiemurtelemasta.

Hänen silmänsä loksahtivat auki, kun Grace nostettiin jaloistaan ilmaan.

Voima iski hänet kattoon. Sitten se löi hänet seiniin. Törmäsi. Kolahdus. Kolahti.

Lopulta se pudotti hänet lattialle, jossa hän jäi elottomaksi kuin räsynukke.

✳✳✳

L ASIN RIKKOMINEN. SÄRKYY. LENTÄÄ kaikkialle. Osuvat hänen ihoonsa. Lävistävät hänen ihonsa.

Grace suojasi itseään niin hyvin kuin pystyi käsivarsillaan ja käsillään.

Jokin tarttui häneen ja kantoi hänet ulos ikkunasta. Hän oli lentävän olennon selässä. Hän piti kiinni. Se tuntui pehmeältä. Ei höyhenpeitteinen, vaan karvainen, karvainen.

Oli hyvin pimeää, niin pimeää, että hän ei voinut erottaa mitään siitä olennosta, jonka päällä häntä kuljetettiin.

Ne liitelivät sisään ja ulos ja asioiden yli: mustien, muodottomien, varjoisten maallisten asumusten, tornien ja siltojen yli. Hän tunsi, että ne nousivat yhä korkeammalle ja korkeammalle, kunnes ei ollut mitään, mihin ne olisivat voineet törmätä. He olivat pilvissä.

Ehkä hän oli kuollut?

***

GRACE JA OLENTO LENSIVÄT yötaivaalla. Kun otus kääntyi yhtäkkiä oikealle, Grace melkein menetti otteensa. Olento päästeli rauhoittavan "Gwap-Gwap". Se heitti hänet takaisin turvaan. Hän heitti kätensä sen ympärille.

Liukui. Grace ajelehti tajuissaan, eikä ollut vieläkään varma, oliko hän kuollut vai näki unta. Ne jatkoivat matkaa, yhä syvemmälle ja syvemmälle yön pimeyteen.

Grace avasi silmänsä ja kuvitteli muutamaksi sekunniksi, että he olivat metallitunnelissa.

Hän haisteli ilmaa, haistoi meren tuoksun ja menetti sitten tajuntansa.

Tuntui kuin he olisivat matkustaneet elämänsä ajan, ja nyt aurinko oli alkanut nousta. Se heijasti valoa kuin peilattu avaruusalus, kun he alkoivat ajautua alaspäin.

Hänen vatsansa loksahti alas, kun he kimposivat oudon kiinteistä pilvistä. Pomppivat, putosivat. Grace ei kokenut pelkoa tällä hetkellä. Hän tunsi olonsa turvalliseksi. Hän oli kiitollinen siitä, että oli elossa.

Sitten olento pudotti hänet.

Hän taisteli tuulta vastaan matkalla alas.

*** *** ***

A URINKO OLI KORKEALLA TAIVAALLA, se oli normaalia.
Se, missä Grace oli, ei ollut.

Hän oli jättimäisen puun sylissä, ja pelkkä alas katsominen sai hänen vatsansa kääntymään. Hän oli iloinen voidessaan koskettaa jotain. Hän kuljetti kättään pitkin tukevaa oksaa, jolle hänet oli laskettu.

Aurinko heitti säteitään hänen olkapäilleen. Hän poimi lasinsiruja ihostaan ja vältti katsomasta alas.

Kun mikään ei häirinnyt häntä, hän seurasi puun rungon linjaa. Se jatkui ja jatkui ja jatkui. Puu oli hyvin korkea, ainakin noin 145 metriä.

Grace tutki ympäristöään ja juoksutti silmiään ympyrän ympäri. Puiden ympyrää. Hän tiesi vaistomaisesti ja ilman minkäänlaista loogista syytä, että hänen puunsa oli Kuningaspuu. Muut olivat ritareita. Hän etsi kuningatarpuuta, mutta ei löytänyt sitä.

Hän yritti muistaa, mitä hän osasi puista. Tiedon puu. Tekijäpuut. Binääripuut. Hyvän ja pahan puu. Toivomuspuu. Joulupuu. Viisauden puu.

Hän ihmetteli puiden jumalallisuutta. Hän kuvitteli, että jos hän olisi jälleen kerran pikkutyttö, tämä olisi puu, jota hän ihailisi. Se oli paljon enemmän kuin upea. Tämä puu oli niin korkea, että oli melkein kuin se yltäisi taivaaseen asti, jos se olisi olemassa.

Grace pudisti päätään. Sen mahtavuus häiritsi häntä, kun hän tarvitsi keinon päästä alas.

Puhumattakaan lihaa syövästä puusta. Millainen puu tämä oli?

Ajatus vaivasi häntä vain hetken, sillä hän nojasi taaksepäin ja katseli ohi vyöryviä pilviä. Hän tunsi niiden läsnäolon sisällään, aivan kuin hän olisi ajelehtinut taivaalla yhden niistä päällä. Hän unohti kaiken muun, mitä hänen piti muistaa, kun hän kuvitteli astuvansa vaahtokarkkimaisen, tyynymäisen muodon päälle.

Hän oli sellaisen sisällä leijumassa, kun hän taas vaipui uneen.

✱✱✱

Aurinko oli jo melkein kadonnut, ja horisontissa alkoi hämärtyä. Hän venytteli ja haukotteli lohduttautuneena. Hän unohti täysin, missä hän oli, mutta vain hetkeksi.

Hänen alapuolellaan puiden kehä - ritarit - seisoi raajat kyljellään. Ne olivat kaikki kuolleita puita. Puulla, jossa hän oli, oli kuitenkin lehtiä, ja se oli hyvin elävä.

Hän seurasi puunsa runkoa aina maahan asti. Hän huomasi, että maata oli ravisteltu sen pohjalla. Puusta lähti tuoreita polkuja. Polkuja, jotka johtivat muihin puihin, ritareihin. Vaikutti selvältä, että muut puut olivat kerran olleet elossa, mutta olivat ohjanneet ravinnon- ja energianlähteensä uudelleen pelastaakseen kuninkaan. Ne olivat kuolleet Kuningaspuun puolesta. He olivat tehneet äärimmäisen uhrauksen.

Mutta miksi?

Tähän kysymykseen Gracella ei ollut vastausta.

Hän katsoi ylös kuun kasvoihin. Albert Einsteinin kasvot heijastuivat häneen. Hän hymyili miehelle ja melkein odotti, että tämä pursuaisi esiin joitakin kaavamaisia tieteellisiä ja matemaattisia vastauksia.

Häntä ympäröi symmetria, oksissa ja kaikissa muissa elämänmuodoissa. Oli lohduttavaa tuntea symmetrian tuttuus.

Vaikka se ei tarjonnutkaan vastauksia, kuten ei Einsteinin kuu.

***

E INSTEINIA KEHYSTIVÄT TUIKKIVAT TÄHDET. Ne räpyttelivät tunnustuksena hänen neroudestaan. Hän tunsi lohdutusta siitä, että Einstein valvoi häntä.

Hän avasi mielensä kaikelle ja kaikelle kerralla.

Väsymättä hän etsi taivaalta vastauksia. Jos hän yrittäisi kiivetä alas, hän saattaisi pudota. Tai hän saattaisi päästä alas. Hän voisi päästä alaspäin. Hitaasti.

Hän katkaisisi epäilemättä niskansa, jos hän hyppäisi. Hän ei halunnut niinkään päästä takaisin maan pinnalle kuin olla siellä kuolleena.

Hän ajatteli huutaa apua, mutta kuka voisi auttaa häntä? Vincente? Ei, hän oli yhä sidottuna sänkyyn, sikäli kuin hän tiesi.

Tai hän voisi odottaa. Ehkä se, joka oli vienyt hänet puuhun, aikoi palata hakemaan häntä? Ehkä se lentäisi hänet takaisin Vincenten luo? Ehkä se sitten taas tappaisi hänet.

Hän tutki puun symmetriaa; se oli kaunis taideteos. Se veisi aikaa, mutta hän voisi käyttää sitä kuin tikkaita.

Hän hengitti puun tuoksua. Hän vapisi ajatellessaan, että se saattoi olla oliivipuu, joka voisi syödä kuolleen linnun. Puu, joka pystyi vartaisiin oksillaan elävää saalista. Hän päätti, että mieluummin hän putoaisi maahan ja kokisi loppunsa kuin joutuisi vartaaseen ja syödyksi.

Oli liian pimeää lähteä kiipeämään alas. Grace oli varma, että hänellä olisi parempi onni päivällä, vaikka hän arvostikin sitä ironiaa, että Einstein oli paikalla opastamassa häntä.

Hän nojasi oksan syliin ja ajatteli Vincenteä. Hän kaipasi häntä. He olivat viettäneet viimeisen viikon ajan jokaisen päivän jokaisen hetken yhdessä, ja hänestä oli tullut tärkeä osa hänen elämäänsä.

Hän lepuutti silmiään, käytti käsiään tyynynä ja keksi suunnitelman: Siihen kuului todella iso kirves.

KAPPALE 23

K UN UUSI PÄIVÄ KOITTI ja aurinko ilmestyi horisonttiin, Grace istui paikalleen jähmettyneenä. Kuin enkeli melkoisen valtavan kuusen päällä, joka ei ollut mitenkään jouluinen.

Hän oli ollut hereillä tuntikausia, väsynyt istumaan paikallaan ja odottamaan, että hänen mieleensä nousisi jokin kirkas ajatus tai uusi pakosuunnitelma. Koko yön hän oli lähettänyt telepaattisia viestejä jokaiselle matemaatikolle ja tiedemiehelle, joka oli siirtynyt maan tuolta puolen toiseen ulottuvuuteen. Hän kehotti heitä lähettämään tai välittämään hänelle idean, missä tahansa he olivatkin, mutta mitään ei tullut.

Masentuneena Grace tajusi olevansa täysin yksin. Vain häneen itseensä saattoi luottaa.

Hän katsoi alas, alas, alas. Hän keikahti niin pitkälle kuin pystyi oksalla, joka oli osoittanut kykenevänsä pitämään kaiken hänen painonsa. Hän vetäytyi taaksepäin.

Matka alas oli pitkä, hirvittävän pitkä. Hänen mielikuvituksensa karkasi häneltä sillä hetkellä. Hän kuvitteli Vincenten tulevan helikopterilla pelastamaan hänet. Hän kiipesi alas taivaalla olevia suuria tikkaita pitkin, ja yhdessä he nousivat takaisin surisevaan koneeseen. He suutelivat intohimoisesti, ja sitten he nousivat taivaaseen, jossa he voisivat elää onnellisina elämänsä loppuun asti.

Gracea harmitti, että hän oli keksinyt niin lapsellisia kuvitelmia. Vincente ei voinut pelastaa häntä. Hän ei ollut nyt vallassa! Se olio, mikä se sitten olikin, piti häntä sängyssä tuolla takana, kuin hän olisi seksiorja.

Hän raivostui yhä enemmän ja enemmän ja heilutti nyrkkejään ilmassa, mitä hyötyä siitä oli. Kukaan ei nähnyt hänen heiluttavan nyrkkejään.

Silti jossain hänen mielensä perimmäisessä kolkassa osa hänestä uskoi yhä, että Vincente voisi pelastaa hänet ja pelastaisi hänet. Hänen täytyi vain odottaa. Hän tiesi, että se oli idioottimaista, ja hän tiesi, että vain hänellä itsellään oli voimaa päästä takaisin maahan, mutta silti hän ei pystynyt motivoimaan itseään tarpeeksi aloittaakseen kiipeämisen alas.

Koko päivän hän katseli auringon leikkivän varjojen kanssa ja tanssivan oksilla. Lehdet nauroivat, melkein kuin niitä olisi kutiteltu, ja hän tuhlasi koko päivän tekemättä yhtään mitään auttaakseen itseään.

Tähdet tuikkivat hänen ympärillään, kun hän nukahti. Hänen mielessään soi laulu,

"Rock a bye Gracie, puun latvassa.

Kun tuuli puhaltaa, kehtoa keinuttaa,

Kun oksa katkeaa, kehto putoaa.

Ja alas tulee Gracie, kehtoineen kaikkineen."

Gracie heräsi säikähdyksellä ja huomasi, että hän oli siirtynyt sen turvallisen paikan reunalle, johon hänet oli sijoitettu. Hän tarttui kaikin voimin runkoon ja siirsi itsensä takaisin paikalleen, kun lehdet hänen ympärillään tuntuivat kuiskaavan kaikki puun juorut, jotka hän oli jäänyt paitsi.

Hän oli toivonut, että kaikki oli ollut pahaa unta. Hän yritti vakuutella itselleen, että Vincente ratsastaisi paikalle ja pelastaisi hänet.

KAPPALE 24

G RACE-PARKA ITKI, KUNNES OLI aivan poikki. Hän kuvitteli, millaista olisi, jos hänellä olisi siivet. Hän voisi lentää suoraan ulos puusta. Hän pääsisi turvallisesti pois. Hän voisi pelastaa Vincenten, ja yhdessä he voisivat paeta.

Kun aurinko teki jälleen kerran läsnäolonsa tunnetuksi, Grace teki päätöksen aloittaa kiipeäminen heti. Puu näytti kurkottelevan aurinkoa kohti jäntevillä oksillaan, ja hetken Grace kuvitteli, että puu todellakin kurotti häntä puisilla sormillaan.

Näkymä istuimelta, jolla hän istui, oli yhä henkeäsalpaava. Se ulottui niin kauas kuin silmä näki. Kaikki oli liikkumatta. Mikään ei liikkunut, paitsi tuulen tuiverruksen avulla.

Grace tunsi olonsa lämpimäksi ja turvalliseksi lepäillessään auringon turvaverkossa. Melkein niin kuin hän kuvitteli, miltä tuntuisi, jos palaisi kohtuun. Hän tunsi olevansa yhtä maailman kanssa: yhtä maailmankaikkeuden kanssa. Silti hän oli yksinäisempi kuin koskaan aikaisemmin koko elämänsä aikana. Miten se oli mahdollista?

Grace tunsi halvaantuneensa syvästä halustaan uskoa itseään suurempaan voimaan, ja yhtäkkiä hän tiesi miksi. Ennen kuin oli olemassa fysiikka, tiede ja symmetria, oli täytynyt olla tarve sielulle. Tarve sielun selviytymiseen: yhden sielun. Yksi.

Hän halasi polvensa syvälle rintaansa ja antoi sielunsa vallata kaikki aistit. Hän tiesi ilman epäilyksen häivääkään, että hän koskisi vielä kerran ruohoa tämän puun juurella, ja hän tiesi myös, että hän kävelisi pois tästä kaikesta.

Vielä yksi asia, jonka hän tiesi varmasti, oli se, että Vincente oli vain poika. Hänellä ei ollut mitään erityisiä voimia tai kykyjä, joita olisi, jos hän olisi kuolematon. Hän tunsi kipua. Häneen saattoi sattua. Ja ennen kaikkea Grace ymmärsi, että miehet tarvitsivat joskus apua. Kyllä, niinkin urheilullinen ja vahva mies kuin Vincente tarvitsi joskus jopa tytön apua.

Tytön apua tällaisena aikana.

Grace Greenwayn kaltaisen tytön apua.

***

HÄN ROHKAISI ITSEÄÄN. Hän laskeutui alaspäin ja tarkisti, että alla olevat oksat kestäisivät hänen painonsa. Oksat taipuivat hänen mukanaan ja jopa narisivat hieman, mutta ne kestivät lujasti.

Hän laskeutui sen varaan vielä hieman pidemmälle ja huomasi, miten vieraalta puun alas kiipeäminen tuntui hänestä. Hän oli varma, ettei hän pienenä tyttönä ollut koskaan ollut luonteeltaan puuhun kiipeilijä. Muistilista, ajatteli Grace, jos sinulla on joskus tytär, muista rakentaa hänelle puumaja, kun hän on pieni tyttö, jotta hän voi oppia kiipeilemään kunnolla.

Grace kuvitteli olevansa ammattimainen puuhun kiipeilijä. Joku, joka oli kiivennyt ylös ja alas monista puista ja teki sen helposti. Hän tajusi, että hän ei luultavasti kiipeillyt niin kuin ammattimainen puuhun kiipeilijä kiipeäisi. Ei, hän ajatteli, hän käyttäisi runkoa. Puun paksua osaa vakauden vuoksi.

Ja juuri niin hän teki. Hän laskeutui alaspäin pikkuhiljaa. Sentti sentiltä.

Hän oli keskittynyt. Hänen farkkuihinsa oli tarttunut siivuja, ja hänen kätensä vuotivat verta pitelemällä painoaan karhealla kuorella.

Kun hän oli liian väsynyt jatkamaan alaspäin, hän heitti kätensä ja jalkansa puunrungon ympärille ja lepäsi. Silloin kipu ja sykkivä veri soivat hänen aivoissaan, mutta hän oli liian väsynyt kuuntelemaan, ja niin hän nukkui.

✳✳✳

"PÄÄSTÄ VAIN IRTI", ÄÄNI sanoi, kun hän horjui unessa. "Sinun on aika, Grace, vain päästää irti."

Hän piti tiukasti kiinni, vielä tiukemmin kuin ennen. Hän käänsi päätään ja vaimensi äänen käsivarsillaan.

"Päästä irti, Grace", se sanoi.

Hän oli yhä väsyneempi pitämään kiinni. Hänen kätensä ja jalkansa sykkivät. Hän vältti katsomasta alas.

Hän liukastui. Ja hän kaatui.

Ja valtava siru upposi hänen käteensä, ja veri valui ulos ja valui alas puuta pitkin.

Hän katsoi vuotavaa verta ja siirtyi taas alaspäin, lannistumatta.

✳✳✳

JATKAMALLA ALASPÄIN HÄN PYYHKÄISI pitkin verta, jonka hänen vaatteensa pyyhkäisivät pois. Hän pysähtyi hengähtääkseen. Aloitti taas liikkumisen. Heti kun hän oli palannut tiputtavan punaiseen laskeutumiseensa, verta virtasi lisää, ja painovoima auttoi häntä kulkemaan alaspäin.

Gracen veripisarat kimaltelivat ja tanssivat auringonvalossa kuin safiirit.

Hän ei voinut enää laskeutua. Hän kaipasi turvaan yläpuolella olevaan tilaan, jossa hän voisi levätä. Hän tajusi, että hän oli edistynyt melkoisesti puun alaspäin siirtymisessä. Kyllä, alas oli vielä pitkä matka, mutta hänen sydämessään oli uutta toivoa.

Hän selviäisi.

Hän levittäytyi runkoa pitkin niin pitkälle kuin pystyi. Hän lepuutti jalkojaan kietomalla ne läheisten oksien ympärille. Hän näytti rinkulalta, mutta hän pärjäsi ja oli ylpeä edistymisestään.

Hänen ajatuksensa alkoivat harhailla, ja hän tajusi, kuinka janoinen ja nälkäinen hän oli. Hän piti kiinni elämästään ja yritti keskittää ajatuksensa muihin asioihin. Hän kuvitteli Vincenteä, miltä tämä näytti herätessään. Miten hän aina ajoi sormillaan hiuksiaan. Miten hänen kasvonsa syttyivät, kun hän hymyili. Kuinka hänen koboltinsiniset silmänsä näyttivät katsovan syvälle hänen sieluunsa.

"Vincente!" Hän huusi: "Vincente!" Hän huusi: "Vincente!"

Hän oli deliriumissa - tai melkein siinä vaiheessa - kun hän huusi kenellekään: "Kun pääsen pois tästä puusta, aion syödä vain puun kuorta - nam, nam!" "Nami, nam!" Hän nauroi kuin hullu nainen.

Jatkuva auringonpaiste oli kypsyttänyt hänen aivonsa. Hän sinnitteli ja nauroi holtittomasti, kunnes puun rungolle tapahtui jotain outoa: se hengitti.

Hän halusi päästää irti. Hän käveli hienolla linjalla. Hän oli varmasti menettämässä järkensä. Hän ajatteli, että ehkä hän oli tulkinnut puun toiminnan väärin. Hän arvioi asioita uudelleen ja päätti, että se oli pikemminkin huokaus. Puu oli huokaissut.

Puut, jotka palvelivat toisia puita. Puut, joilla oli lihansyöntivaatimuksia.

Puu aivasteli.

Se oli lyhyt ja nopea aivastelu, ei liian kova eikä liian pitkä. Grace mietti, pysähtyikö puun sydän aivastellessaan. Hän hillitsi itsensä ja tajusi, ettei puilla ole sydäntä.

Hän halasi puunrunkoa henkensä edestä ja pyörtyi.

✳✳✳

GRACE EI OLLUT VARMA, mitä tapahtui, kun hän heräsi. Hän tunsi puun sykkivän. Hän tunsi sen sydämen sykkivän ja sykkivän ja sykkivän paksun puun läpi. Hän ymmärsi tarpeen paikallistaa sen suu estääkseen itseään joutumasta puun välipalaksi.

Hän kuvitteli suun, johon kuollut lintu oli pudotettu. Se oli poikkeuksellisen suuri suu, kun ottaa huomioon tuon puun koon verrattuna tähän puuhun. Sen suun täytyi olla kraatteri.

Sitten hän sai idean. Pohtimatta seurauksia hän veti puusta ison siivun ja työnsi sen olkavarteensa. Veri virtasi, laskeutui pitkin puun runkoa. Aluksi se oli vain muutama yksittäinen tippa, mutta pian pisarat yhdistyivät suureksi hyytymäksi.

Hän katseli, kuinka se kulki alas, alas, alas, alas puuta pitkin, ja sitten tapahtui se, mitä hän oli toivonut - ja pelännyt - tapahtuvan.

Valtava, musta, kielimäinen olio työntyi ulos aukeavasta reiästä, ja se puhelias kuin haapan kieli. Se välkkyi ja vääntelehti, samalla kun se nuoli ja söi Gracen verta.

Kun verta ei enää ollut jäljellä, kieli kurottautui yhä korkeammalle ja korkeammalle rungossa etsien. Se oli yhä nälkäinen.

Grace piti kiinni kaikin voimin. Hän ei halunnut pudota nyt, ei niin kauan kuin se odotti häntä siellä.

Hän tarvitsi varasuunnitelman.

KAPPALE 25

H ÄN TARRASI HENKENSÄ EDESTÄ kiinni puunrunkoon ja kuunteli, hiljensi omaa hengitystään, kun sen hengitys kävi yhä pinnallisemmaksi. Hän halusi epätoivoisesti laskeutua. Päästäkseen pois vaarasta. Ja hän halusi epätoivoisesti helpottaa oloaan.

"Grace."

Tällä kertaa hän katsoi ylös, kun kuuli nimensä huudettavan.

Älä sano minulle, hän ajatteli, että puu osaa myös puhua ja että se tietää nimeni. Älkää sanoko sitä minulle!

Hän oli kuivunut. Hän oli nälkäinen ja uupunut. Vaikka hän oli nukkunut jonkin verran, se ei ollut sellaista unta, jota hän olisi tarvinnut.

"Olet aina ollut itsepäinen lapsi", ääni sanoi.

Se oli miehen ääni. Sen miehen ääni, joka oli tullut tapaamaan häntä sairaalaan. Sen miehen ääni, joka oli kuollut auto-onnettomuudessa vuosia sitten. Hänen isänsä ääni.

Hän oli menettämässä järkensä. Tällä kertaa siitä ei ollut epäilystäkään. Hän oli todellakin menettämässä järkensä.

"Grace", mies kuiskasi.

Kun Grace ei kuitannut hänen läsnäoloaan, mies kuiskasi hänen nimensä yhä uudelleen ja uudelleen. Tai ehkä se johtui tuulesta. Kutsuiko tuuli vain hänen nimeään?

"Päästä irti", isä sanoi. "Tämä ei sovi sinulle ja sille pojalle. Hän ei sovi sinullekaan."

Viittaus Vincenteen kiinnitti hänen huomionsa.

Hänen isänsä nauroi. "Grace, kuuntele minua. Sinua ja Vincenteä ei ole tarkoitettu toisillenne. Hän on toisella tiellä. Päästä irti. Päästä irti tässä ja nyt."

"Älä puhu Vincentestä. Et edes tunne häntä."

"Grace, en voi kertoa sinulle, mitä tiedän tai miten tiedän sen, mutta maksut on suoritettava, ja hinta on liian korkea sinulle. Kaiken lisäksi sinua manipuloidaan menneisyyden korjaamiseksi."

"Mitä?"

"En voi kertoa sinulle kaikkea, mitä tiedän. Saat sen selville aikanaan, mutta neuvon sinua luovuttamaan nyt. Pyydä anteeksi nyt. Päästä sitten irti. Olet vain lapsi, viaton. Menneisyyttä ei voi pyyhkiä pois. Hyvitys ei ole sinun tehtäväsi."

"En ymmärrä."

"Ymmärrät kyllä, ja silloin on liian myöhäistä. Ole kiltti ja päästä irti. Anna sen tapahtua nyt. Se on ainoa tapa vapauttaa itsesi kohtalosta."

Hän piti kiinni puunrungosta entistäkin tiukemmin. Siinä ei ollut mitään järkeä.

"Päästä vain irti", hän kuiskasi.

Nainen piti yhä kiinni. Antoi kaikkensa. Hän ei kestänyt enää kauan miehen pakottavia, manipuloivia sanoja.

Hän kokosi kaikki voimansa yhteen ja alkoi laskeutua hitaasti alaspäin, sentti sentiltä. Hänen selviytymisvaistonsa oli käynnistynyt, ja hän taisteli vastaan.

"Grace, etkö ole kuunnellut minua? Olet tyhmä, tyhmä tyttö!"

Jokin räjähti Gracen pään sisällä, ja hän käski henkisesti miehen olla hiljaa. Koko ajan hän keräsi voimiaan ja siirtyi yhä kauemmas ja kauemmas puunrunkoa pitkin.

Hän ei enää pelännyt. Hän ei ollut heikko. Eikä hän aikonut kaatua ilman taistelua.

Piittaamatta kaksinaamaisesta isästään Gracen mielessä alkoi muodostua suunnitelma. Hän veti koko kyynärvartensa pituudelta pitkin partaveitsenteräviä oksia, avasi haavan toisensa jälkeen ja päästi veren ulos.

Laskeutuva veri muodostui suureksi hyytymäksi, jonka hän tiesi herättävän nälkäisen suun uudelleen. Hän leijui juuri sen paikan yläpuolella, jossa hän oli nähnyt sen aiemmin, ja arvioi vaihtoehtojaan. Se oli riskialtista, mutta se ratkaisisi kaksi ongelmaa samaan aikaan. Hänellä ei ollut muuta vaihtoehtoa.

Kun suolaiset pisarat lähestyivät mustunutta kieltä, se nuoli ne ahnaasti ylös. Sitten se alkoi etsiä lisää ylöspäin. Se oli hyvin ahne kieli, joka ahnehti Gracen verta.

Hän antoi uuden pisararyhmän valua haavasta, katsellen ja odottaen täydellistä hetkeä, jolloin kieli asettui odottamaan uutta pisaraa - ja sitten hän aikoi lähettää pommin sen päälle.

Hänen isänsä nuhteli häntä yhä. Grace jatkoi hänen huomiotta jättämistään. "Hän pitää verestäsi, Grace", ääni kaukana hänen yläpuolellaan kuiskasi.

Se ei ollut hänen isänsä. Se oli pikkutytön ääni.

Grace katsoi ylöspäin ja tunnisti tytön. Hän oli se, joka oli seisonut keskellä tietä toissa päivänä. Grace oli väistänyt häntä autollaan. Tyttö istui turvallisesti oksapesässä, josta Grace oli aloittanut tämän matkan, ja väänsi valkoisen yöpaitansa punaista nauhaa sormiensa ympäri.

Grace räpäytti silmiään, jotta pikkutyttö katoaisi taas, mutta tällä kertaa hän jäi.

"Auta minua, Grace", hän sanoi.

"Kuka sinä olet? Mikä sinun nimesi on?"

Hän nauroi. "Sinä tunnet minut, Grace. Etkö muista?"

Grace pudisti päätään. Yritti etsiä muistia.

Sitten pikkutyttö puhui hyvin hiljaa. "Minä olen sointu."

Grace tunsi välitöntä katumusta ja surua ja jotenkin rakkautta lasta kohtaan.

Pikkutyttö keinui oksan reunalla kuin marionetti ja lauloi,

"Minä olen naisen vetäjä,

Minä olen huuto;

Minä olen salainen ääni,

Minä olen huokaus;

Minä olen se, joka kuullaan

matalassa hämärässä;

Linnut vastaavat äänellä,

Kukat myskissä;

Minä olen tuo surullinen kasvi,

joka huutaa siellä, missä kutsuu

Yksinäinen lintu vaeltaa

Hämärissä vesiputouksissa;

Minä olen naisen laatikko,

Älkää ohittako minua;

Minä olen salainen ääni,

Kuulkaa huutoni;

Minä olen voima, joka yöllä

Menettää ulkomailla;

Minä olen elämän juuri;

Minä olen sointu." *

Grace, lumoutuneena pienen tytön äänen suloisuudesta ja sävyn kauneudesta, kurottautui hänen luokseen.

Pikkutyttö päätti laulun. "Muista, Grace, jotkut annetaan ja jotkut otetaan. Muista." Pikkutyttö hyppäsi alas puun oksan päästä.

Gracen huuto oli ainoa ääni, joka kuului.

Paitsi siipien räpyttely, kun pikkutyttö muuttui korpiksi ja lensi pois.

KAPPALE 26

Koska Grace ei pystynyt erottamaan faktaa fiktiosta, hän löysi lohtua unesta. Kunnes hän heräsi, jolloin kaikki palasi mieleen.

Hän oli tuskin pysynyt kiinni puussa ja mielentilassaan.

Oikealla jotain pientä ja vihreää roikkui ja heilui. Se oli oliivi, joka oli melkein käden ulottuvilla.

Hänen tarvitsi vain siirtää painoaan ja siirtyä hiukan sivuun ja kurottautua sitten kuin kuminainen sirkuksessa. Hänen vatsansa murisi. Hän kaipasi epätoivoisesti ravintoa.

Kun hän siirtyi sitä kohti, hän pysähtyi hetkeksi. Jokin syvällä hänen sisimmässään epäili sitä. Oliko se ilmestynyt yhtäkkiä, vai oliko hän jättänyt sen huomaamatta aiemmin? Miten absurdia! Hänen oli vaikea käsittää sitä. Jälleen kerran Grace mietti, oliko hän menettämässä järkensä.

Minun, hän ajatteli.

Hän työnsi itseään sitä kohti, kurottautui yhä kauemmas vaarantamatta turvallisuuttaan, kunnes oliivi oli hänen ulottuvillaan.

Hän veti siitä.

Se melkein antoi periksi, ja sitten puu alkoi täristä, melkein kuin se olisi saanut kohtauksen. Hän katsoi suoraan alapuolelleen ja huomasi piikkisen oksan, joka osoitti suoraan häntä kohti. Jos hän nyt laskeutuisi alas, hän joutuisi oksan varteen, aivan kuten se korppiparka oli joutunut.

Grace taisteli pitääkseen kiinni. Hän tarrasi kiinni kouristelevaan puuhun kaikella voimalla, jonka hän pystyi keräämään käsiinsä ja jalkoihinsa. Hän oli nyt puun päällä.

Yhtäkkiä kouristukset muuttuivat joksikin muuksi. Puu sai kohtauksen. Se oli keskellä jättimäistä raivoa. Vai oliko se tuskissaan? Grace tunsi kivun. Hän muisti, miten se sai hänet menettämään kaiken hallinnan, jopa oman ihmisyytensä.

Puu pysähtyi hetkeksi ja alkoi sitten kouristella entistäkin voimakkaammin.

Grace ajatteli viittä aistia. Hän pohti, että koska tällä puulla oli suu syödä ja kieli maistaa, mitä muita inhimillisiä ominaisuuksia sillä oli? Oliko sillä sykkivä sydän? Tunsiko se?

Hän kallisteli päätään eteenpäin ja veti syvään henkeä ja päästi sen ulos puun rungon päälle. Se näytti auttavan, vaikkakin vain hetkeksi.

Hän kokeili jotain muuta. Hän hyväili lähimpänä olevaa oksaa. Sitä, jossa oliivipuu oli. Samalla kun hän hyväili oksaa, hän ajatteli, kuinka kiitollinen hän oli siitä, että oli elossa.

Silloin Grace tiesi, että puu oli kääntänyt hänen huomionsa pois hedelmiensä, lapsensa poimimisesta. Se oli ainoa asia, jota varten se eli.

Se ei ollutkaan kuningaspuu. Kuningas oli lähettänyt torninsa pelastamaan tämän puun, kuningattaren. Hän oli toivo. Hän oli tulevaisuus.

Ja nyt hänkin oli kuolemassa.

Grace siirtyi varovasti alaspäin, eikä ollut enää kiinnostunut oliivipuusta. "Olen niin pahoillani", Grace sanoi kuuluvasti. "Niin pahoillani."

Kun kyyneleet vierivät hänen poskiaan pitkin, alas hänen kasvoiltaan, ne putosivat alla odottaville oksille. Ja pian oksa kääntyi alaspäin, eikä ollut enää uhka hänelle. Sitten kaikki oli hiljaa. Kaikki oli rauhallista. Ja Grace tiesi varmasti, että hän olisi taas Vincenten kanssa, hyvin pian.

Grace palasi puun rungon luo ja lepäsi. Hän oli uupunut ja epämukava ja nälkäisempi kuin koskaan ennen, mutta hän ei katunut mitään.

Puu alkoi yskiä. Sitten puu alkoi räiskiä. Grace alkoi pudota alaspäin. Oli kuin hänen sormensa olisi kastettu voihin. Hän ei pystynyt pitämään kiinni.

Hän katsoi ylös yön tähtiin, Einsteinin kuumeisiin kasvoihin, ja hän oli sinut sen kanssa, mitä tapahtuisi. Hän tyytyi siihen, koska hän oli tehnyt kaiken mahdollisen selviytymisensä varmistamiseksi.

Hän liukui hieman lähemmäs maata.

Hän huomasi, että oksat hänen ympärillään pyörivät. Pyörivät. Oksat, jotka olivat ennen osoittaneet kohti taivasta, kumartuivat nyt alaspäin ja elehtivät hänen suuntaansa.

Hän laskeutui alemmas tietäen hyvin, että myös puu oli kuolemassa.

Puun kiemurrellessa kouristellen Grace liukui ja liukui ja liukui, samalla kun hän katseli loputonta taivasta ja yläpuolella pyöriviä pilviä, jotka liikkuivat eteenpäin välittämättä mistään.

Hermoheikot oksat huokailivat ja kipeytyivät loppua kohden.

Pian aurinko alkoi nousta horisontissa ja levitti säteitään kohti kiemurtelevaa puuta, täyttäen sen hennolla, harmonisella valolla, kunnes oksat lämpenivät ja pysähtyivät.

Kun auringonvalo suuteli puuta, ehkä viimeistä kertaa, oksat taipuivat, kumartuivat ja taittuivat muodostaen portaikon. Portaat, jotka veisivät Gracen takaisin maahan.

Hän irrotti hyytyneet kätensä puun rungosta ja astui varovasti ensimmäiselle askelmalle. Se kesti helposti hänen painonsa. Hän siirtyi niitä pitkin nopeasti, yksi toisensa jälkeen, ja vakautti itseään tarpeen mukaan tarttumalla puun runkoon.

Hänen alapuolellaan hän näki ruohon. Hän oli melkein perillä. Se oli kilpajuoksua auringonsäteitä vastaan: ehtisikö Grace perille ennen kuin ne koskettavat maata? Kumpi laskeutuisi ensin?

Kun Grace astui alas, hän ja auringonvalo suutelivat maata samanaikaisesti. Hän nauroi, kun ruoho kutitti hänen jalkojaan, ja hän nautti maanläheisestä, myskisestä tuoksusta.

Hän seisoi paikallaan jättimäisen puun alla ja osoitti kohti taivasta.

Aluksi hän oli ollut tuon puun epätoivottu vieras, ja nyt oli kuin hän olisi jättämässä kauan kadoksissa olleen ystävän. Sen oksat olivat taipuneet ja vääntyneet, ja sen selkäranka osoitti, ettei se enää kauan seisoisi pystyssä.

Kuului äänekäs narina, ja sitten maata järisyttävä murtuma, kun portaat alkoivat vyöryä alaspäin. Ne iskeytyivät maahan pomppien kuin lapsi trampoliinilla, jota seurasi puurakeita, joiden sirpaleet roiskuivat kaikkialle kuin sirpaleet.

Grace seisoi paikoillaan, liian peloissaan liikkumatta, kun kuningatar putosi lopulliselle leposijalleen hänen jalkojensa juureen.

Yksi pieni asia oli yhä liikkeessä. Laskeutumassa.

Hän nappasi oliivin käteensä, työnsi sen taskuunsa ja lähti etsimään Vincenteä.

***

K UN HÄN KULKI KOHTI kotia, hän tunsi itsensä sekavaksi ja uupuneeksi, mutta oli onnekas, että oli elossa.

Ei kestänyt kauan, ennen kuin hän tajusi, ettei hän ollut lainkaan kaukana talosta. Kun hän sai kotinsa näkyviin, hän purskahti itkuun. Hän ei pystynyt pysähtymään, kun hän veti ulko-oven auki ja kiipesi ylöspäin sitä, mitä rikkinäisestä portaikosta oli jäljellä. Ylhäällä hän nuuhkaisi ja tajusi haisevansa pahalle. Hän kävi nopeasti suihkussa ja vaihtoi vaatteet, puhdistaen haavansa.

Sitten hän heitti makuuhuoneen oven auki (se ei ollut enää lukossa) ja näki Vincenten yhä sidottuna sänkyyn. Hän oli täsmälleen samassa asennossa, johon hän oli jättänyt hänet. Ensin hän pelkäsi, että mies oli kuollut.

Kun hän nojasi päänsä miehen rintaan, hän tunsi miehen hengityksen niskassaan. Hän pystyi kuulemaan miehen sydämen lyönnit.

Hän suuteli miehen silmiä, poskia, otsaa ja suuta. Hän oli herättämässä komeaa prinssiään. Hän toi hänet takaisin hereillä olevaan maailmaan. Kyyneleet vierivät hänen poskiaan pitkin.

Vincente avasi silmänsä. "Näenkö minä unta?"

Grace ei vastannut. Hän vain suuteli miestä tämän suloisille huulille, toistuvasti. Sitten hän kiipesi hänen kanssaan sänkyyn, kietoi kätensä hänen kaulansa ympärille ja nukahti.

KAPPALE 27

GRACE HERÄSI YHÄ PUUNRUNKOA halaten. Oli pilkkopimeää. Hän pelkäsi liikkua ja roikkui vielä tiukemmin kiinni. Sitten hän tunsi kuuman hengityksen otsallaan. Hän säpsähti. Läiskäisi.

Runko liikkui.

Hän kuuli sen sydämen sykkeen.

"Voisin tottua tähän."

Grace huusi.

"Oletko kunnossa, Grace? Herää!" Vincente sanoi.

Hän vetäytyi taaksepäin ja katsoi suoraan miehen parrakkaisiin kasvoihin. Vaikka oli pimeää, hän näki, että hän oli Vincenten kanssa. Hän oli palannut kotiin, ja he olivat jälleen kerran yhdessä.

Hän oli nähnyt unta unen sisällä - mutta tämä oli todellisuutta. Hän halasi Vincenteä tiukasti.

"Näytän varmaan melkoiselta tilalta", Vincente sanoi.

"Sinä näytät minusta kauniilta."

"Ah, sanot varmaan noin kaikille miehille, jotka löydät sänkyyn sidottuna."

"Niin, sanon heille aina, että he ovat hyvin kauniita, joten he antavat minun tehdä mitä haluan." Hän nauroi.

"Meidän on puhuttava, siitä, mitä täällä tapahtui, ja siitä, mitä tapahtui, kun olit... poissa."

"En halua puhua siitä nyt, Vincente. Ehkä en koskaan halua puhua siitä."

"Se on sinusta kiinni, Grace, mutta toivon, että pystyt joskus kertomaan minulle."

"Se oli kamalaa ja upeaa samaan aikaan."

"Jos irrotat minut, voin ehkä käydä suihkussa ja vaihtaa vaatteet. Sitten voimme vaihtaa kuulumisia."

Hän etsi keittiöstä sakset ja leikkasi Vincenten irti. Siellä, missä köydet olivat sitoneet hänet, oli kuivunutta verta, mutta viillot näyttivät paranevan.

Hän auttoi Vincenteä ylös, kun tämä oli päässyt vapaaksi, mutta hänen jalkansa olivat levällään hänen allaan.

"Sain sen", Vincente sanoi siirtyessään hitaasti ulos huoneesta. Hän seurasi häntä, avasi kylpyhuoneen oven miehelle ja alkoi sitten kiivetä raunioiden läpi päästäkseen jälleen pohjakerrokseen.

"Äiti säilytti kaikki veljeni vaatteet. Katso, löydätkö mitään sinulle sopivaa." Vincente nyökkäsi ja sulki sitten kylpyhuoneen oven takanaan. Hän kuuli suihkun käynnistyvän ja oli valmis tekemään aamiaista.

Keittiössä Grace päätti valmistella piknikin. Hän valitsi alueen puutarhasta. Sitten hän keitti kahvipannun ja otti mukeja ja sokeria. Hän laittoi leipää pakastimesta leivänpaahtimeen, nappasi jääkaapista marmeladia, vegemiteä, mansikkahilloa ja voita. Sitten hän teki munakokkelia ja kantoi kaiken ulos.

Se oli piknik, mutta puuttuivat vain lautasliinat ja pöytäliina. Hän kävi läpi laatikoita ja löysi molemmat. Hän kattoi kaiken niin, että se näytti kauniilta, ja laittoi jopa maljakon kuivakukkia pöydän keskelle.

Kun hän näki liikettä keittiössä, hän huusi Vincenteä: "Olen täällä ulkona!" Hän huusi. Ja kun Vincente käveli ulos, hän huusi: "Yllätys!"

He söivät aluksi yhdessä hiljaa.

Vincente vilkaisi Gracea, ja ensimmäistä kertaa hän näki tämän aivan eri valossa. Viime aikoihin asti hän oli nähnyt hänet kaukaa, vaikka hän oli ollut aivan hänen vieressään. Mahdollisesti siksi, että hän oli aiemmin ollut sokeutunut hänelle. Sittemmin hän oli osoittanut voimaa ja rohkeutta ja intohimoa elämää kohtaan, jota hän ei ollut koskaan aiemmin tuntenut. Hän suuteli syvästi, aivan kuin hän suutelisi sydämellään, ja mies tiesi - hän oli aina tiennyt - että nainen rakasti häntä. Silti hän ei ollut ajatellut tuntevansa samoin. Kunnes nyt.

"En tiennyt, että kahvi voi maistua näin hyvältä", Vincente sanoi yrittäen vaihtaa ajatuksenjuoksuaan. Mutta hänen syvät tunteensa paljastivat itsensä, ja hän kumartui peiton yli ja suuteli Gracea hellästi huulille.

Gracen vartalo antautui miehelle, ja yhdessä he suutelivat syvästi ja järkähtämättömästi. Vincente siveli hiukset pois Gracen kasvoilta ja piti Gracea tiukasti vasten. Hän kuunteli, kuinka hänen sydämensä hakkasi synkronoidusti hänen omansa kanssa, ja hänet valtasi sellainen rakkaus, jota hän ei ollut koskaan ennen tuntenut.

Vincente katsoi Gracea silmiin puhuessaan. "Kun olit poissa..."

Hän yritti keskeyttää miehen, haluten sanoa jotain. Vincente tiesi, mitä hän ajatteli, ettei hän halunnut puhua siitä, mitä tapahtui, kun he olivat erossa, mutta siihen hän ei ollut menossa.

Hän laittoi etusormensa tytön huulille ja käski häntä "Shhhh". Hänen oli kerrottava nyt, ennen kuin hän menetti hermonsa. "Kun olit poissa, tajusin muutamia asioita, tärkeimpänä kaikista se, että olen rakastunut sinuun." Hän sanoi: "Kun olit poissa, tajusin muutamia asioita, joista tärkein oli se, että olen rakastunut sinuun."

Hän haukkoi henkeään. Se oli hallitsematonta.

Mies viittasi häntä olemaan taas hiljaa.

"Vähän aikaa sitten löin sinua päähän krikettipallolla, ja sinä pyörryit tajuttomaksi. Olin huolissani sinusta, mutta ajattelin sekunnin murto-osan ajan, 'kuka nyt auttaa minua matematiikan läksyjen kanssa?'. Olin itsekäs, tiedän. Täysin."

Taas hän halusi keskeyttää miehen. "Sitten katselin sinua, sitä hölmöä pientä tyttöä, joka katsoi minua aina oudolla tavalla, joka joskus seurasi minua katseellaan. Joka oli selvästi ihastunut minuun -"

Tyttö teki naaman tästä huomautuksesta, ja hän tunsi itsensä noloksi. Hän ihmetteli, miksei hän ollut vain pysähtynyt siihen, että "olen rakastunut sinuun". Se olisi ollut niin täydellistä.

Hän jatkoi: "Autoit minua matematiikassa. Olit avainasemassa siinä, että pysyin joukkueessa, mutta en ollut sinulle kiitollinen. En oikeastaan. Tunsin, että olit sen minulle jotenkin velkaa. Minusta tuntui, että kaikki olivat minulle velkaa. Olin silloin erilainen. Mutta olen muuttunut. Sinä olet muuttanut minua. Nyt, kun katson peiliin, näen miehen, joka tekisi mitä tahansa vuoksesi. Miehen, joka haluaa olla kanssasi, enkä tarkoita vain tänään tai huomenna, vaan aina ja ikuisesti. Ja saatat ajatella, etten ole sinun tyyppiäsi, ja saatat ajatella, ettet ole tarpeeksi hyvä minulle, mutta rehellisesti sanottuna, en ole tarpeeksi hyvä sinulle! Aiemmin olen vain noudattanut sitä, mitä minulta odotettiin, kyseenalaistamatta sitä. Tapailin tyttöä, jota minun odotettiin tapailevan. Olen ollut stereotyyppinen urheilija, enkä ole ylpeä voidessani sanoa sitä. Sinä, Grace, olet saanut minut ajattelemaan huomista, meidän huomista, meidän tulevaisuuttamme, enkä malta odottaa, että voin jakaa kaiken kanssasi."

Grace tunsi kyynelten valuvan pitkin kasvojaan. Hän oli odottanut vuosia, että Vincente puhuisi hänelle nämä sanat, ja nyt kun hän kuuli ne, hän epäili Vincenteä ja sanoi: "Mutta Vincente, ehkä sinä tunnet näin vain siksi, että olemme ainoat jäljellä olevat ihmiset? Tiedäthän, kuin olisimme jääneet loukkuun autiolle saarelle, ja tavallisimmatkin tytöt näyttävät hetken kuluttua hyvältä."

Hänen vastauksensa hänen rakkaudentunnustukseensa oli kuin läimäys kasvoihin. Hän halusi ottaa sanat takaisin, mutta oli liian myöhäistä. Vahinko oli jo tapahtunut.

"Kuule Grace, tiedän, että olet peloissasi, ja nyt työnnät minut pois. Minua pelottaa myös, joten älä yritä työntää minua pois luotasi tuolla 'tavallisin tyttö'-jutulla. Se halventaa täysin kaikkea, mitä juuri sanoin sinulle, ja sanoitpa tai teitpä mitä tahansa, tulen aina rakastamaan sinua. Minä rakastan sinua, Grace."

"Minäkin rakastan sinua, Vincente."

He lankesivat toistensa syliin, ja tällä kertaa suudelmat olivat tulessa. He joivat toisensa sisäänsä kuin kaksi alkoholistia, jotka eivät olleet juoneet viinaa kuukausiin. Heidän intohimonsa täytti ilman.

Vincente vetäytyi ensin pois. Hänellä ei ollut vaihtoehtoa, hänen oli pakko vetäytyä, tai he menisivät liian pitkälle, liian nopeasti.

"Missä sinä olet oppinut suutelemaan noin?" hän kysyi hyväillessään naisen selkää ja tuntien naisen kuuman ihon polttavan hänen sormiaan.

Grace kohautti olkapäitään. Hän vain reagoi miehen tulisuuteen. He yrittivät palata ruokaan, mutta heidän huulillaan oleva maku, toistensa maku, sai kaiken muun tuntumaan mauttomalta siihen verrattuna.

Kun yö tuli, he makasivat peiton päällä ja katselivat tähtien tuikkimista yläpuolellaan, pitivät toisiaan kädestä kiinni ja suutelivat. Se oli täydellinen maailma, maailma, joka oli tehty vain kahdelle.

✳✳✳

G RACE KATSOI VINCENTEÄ, JOKA nukkui vieressä. Heidän jalkansa olivat kietoutuneet toisiinsa, eikä hän pystynyt irrottautumaan herättämättä Vincenteä. Hän tiesi, että hänellä täytyi olla pahanhajuinen hengitys, mutta hän ei voinut tehdä asialle mitään, joten hän vain katseli miehen unta. Hänen rintakehänsä nousi ja laski, ja hän oli rauhallinen. Hän näytti tyytyväiseltä.

Hänestä tuntui euforiselta. Hän ei ollut koskaan villeimmissäkään unelmissaan kuvitellut, että asiat menisivät niin kuin ne olivat menneet. Vincente Marino oli rakastunut häneen, ja hän oli rakastunut häneen.

Vincente heräsi ja haukotteli. Hänen hengityksensä kosketti Gracea. Se oli makea, ja hän toivoi, että myös hänen omansa oli makea, koska hän tiesi maistuvansa mieheltä.

"Kauanko olet ollut hereillä?" Vincente kysyi.

"En kauan. Yö oli kaunis, ja nyt meillä on edessämme upea päivä. Mitä meidän pitäisi tehdä?"

"Ensin meidän on mielestäni puhuttava meistä", Vincente aloitti. "Siitä, minne haluamme mennä ja kuinka nopeasti. Viime yönä halusin sinua, kovasti, mutta en ollut varma, kuinka nopeasti halusit liikkua. Ajattelin meitä paljon, kun olit poissa. Olen kaivannut saada pidellä sinua sylissäni. Se piti minut hengissä, rehellisesti sanottuna. Unelmoimme meistä, yhdistymisestä."

"Minusta meidän pitäisi edetä hitaasti."

"Kannatan sitä, kunhan lupaat kertoa minulle, kun olet valmis."

"Kun olen valmis, saat tietää ensimmäisenä." Grace sanoi hymyillen, ja he halasivat ja suutelivat suloisesti.

He siivosivat piknikin ja siirtyivät sisätiloihin.

"Minusta meidän pitäisi lähteä täältä tänään", Vincente sanoi. "Kyllä, mielestäni tarvitsemme uuden alun. Mutta missä?"

"Jonnekin erityiseen paikkaan, ja luulen tietäväni tarkalleen paikan."

"Missä? Kerro minulle!"

"Ei, sinun on odotettava, kunnes pääsemme sinne. Sillä välin aion pakata muutaman tavaran. Ellet sitten halua, tiedäthän..." Hän hymyili, kun hänen katseensa vilkaisi portaita ylöspäin.

Hän käveli häntä kohti, laittoi kätensä miehen olkapäille ja katsoi suoraan miehen silmiin. "Tehdään yksi asia täysin selväksi, Vincente Marino, olen valmis, halukas ja kykenevä. Mutta en halua, että se tapahtuu tässä tai nyt. En tässä paikassa. Mutta jonain päivänä, pian."

Hän suuteli häntä ja alkoi kulkea raunioiden läpi talon yläkertaan. Hän kääntyi tytön puoleen ja sanoi: "Kun olet pakkaamassa, katso, löydätkö ison kirveen, siltä varalta, että kohtaamme vielä lisää hulluja puita."

"Selvä."

KAPPALE 28

"**M**ILLOIN TIESIT ENSIMMÄISEN KERRAN rakastavasi minua?" Vincente kysyi, kun he kulkivat Parramatta Roadia pitkin kohti Sydneyn keskustan liikealuetta.

"Rakastin sinua, kun näin sinut ensimmäisen kerran", hän myönsi.

"Se ei kuitenkaan ollut oikeaa rakkautta, vai oliko? Se oli ihastumista. Ihastuminen. Tarkoitan, milloin tiesit, että todella rakastit minua ihmisenä? Oikeana ihmisenä?"

Hän ei voinut kuvitella rakkautta ensisilmäyksellä todelliseksi. Hän ei ollut koskaan tuntenut sitä. Ei tiennyt ketään, joka ei olisi ollut elokuvassa tai näytelmässä, joka olisi ilmaissut, että rakkaus voisi olla välitöntä.

Hän laittoi kätensä miehen kädelle, joka lepäsi vaihdelaatikon päällä.

Mies katsoi häntä oudosti. Nainen vaikutti epämukavalta, mutta hänellä oli ihastuttavan valkoinen, melkein norsunluun värinen kaula.

"Minulle ei ole ketään muuta, Vincente. Ei ole koskaan ollutkaan. Sydämeni on niin täynnä sinua; siinä ei vain voisi koskaan olla ketään muuta. Minä jumaloin sinua."

Hän pysäytti auton ja siirtyi tämän paljaan valkoisen kaulan luo. Hänen hampaansa olivat viileät, kun ne koskettivat häntä, ja sitten ne alkoivat polttaa. Hänen sydämensä hakkasi niin lujaa, että hän luuli sen hyppäävän ulos rinnasta, ja hän tunsi itsensä kuumaksi joka puolella, kun hänen teki mieli ahmia mies.

Muutaman hetken kuluttua he saivat takaisin malttinsa ja alkoivat ajaa pois. Kadut olivat täynnä nyt palaneita ajoneuvoja, yhtä Land Roveria lukuun ottamatta. Vincente pysähtyi sen viereen, ja he katsoivat sitä tarkemmin. Se oli lähes uudessa kunnossa, siinä oli valkoiset nahkapenkit, ja takana oli runsaasti tilaa heidän aseilleen ja tarvikkeilleen.

Vincente käänsi avainta virtalukossa, ja se käynnistyi heti. "Minusta tämä on parempi kuin meidän automme, paljon tilavampi ja luotettavampi, ja meidän pitäisi... ottaa se."

Grace ei pitänyt ajatuksesta varastaa ajoneuvoa, mutta oli järkevää, että he hankkisivat jotain isompaa ja paremmin heidän tarpeisiinsa sopivaa. "Miksiköhän tämä ei palanut loppuun kuten muut?" hän kysyi. Vincente kohautti olkapäitään, ja he alkoivat siirtää tavaroitaan toisesta autosta ja sijoittaa ne Land Roveriin.

Bensiiniä oli jäljellä, mutta ei paljon. Vincente päätti pysähtyä seuraavalle asemalle ja tankata.

Grace meni Vincenten kanssa sisälle, ja he ottivat mukaansa laatikollisen vettä ja muutaman muun pikkutavaran.

"Minne olemme menossa?" Grace kysyi uudelleen, kun he kulkivat Sydneyn satamasillan yli.

Vincente virnisti. Hän oli niin tyytyväinen itseensä jostain asiasta. Grace oli hyvin utelias ja innoissaan.

Vincente vaihtoi puheenaihetta. "Olimme onnekkaita, kun löysimme tämän ajoneuvon. Se on todella hyvässä kunnossa, ja sen pitäisi viedä meidät minne tahansa."

"Olemme vielä onnekkaampia, että sinulla on ajokortti."

"No, teknisesti minulla ei ole", Vincente totesi katsoessaan Gracea vastapäätä. "Mutta kuka minua estää?"

Grace mietti heidän tilannettaan. Hänen oli vaikea uskoa, ettei jossain päin maata tai jossain muualla maailmassa olisi muitakin ihmisiä. Hän ei voinut uskoa, että he olivat todella ainoat kaksi ihmistä, jotka olivat jäljellä maapallolla.

"Etkö usko, että siellä jossain on oltava muitakin?" Grace kysyi.

"Luulen, että me olemme ne", Vincente sanoi.

"Mutta jos on muitakin?"

"Sitten me löydämme heidät, tai he löytävät meidät. Sillä välin ei kannata murehtia sitä, eikö? Olemme melkein perillä", Vincente sanoi, kun he kääntyivät kulman takaa tielle, joka oli rantaviivan suuntainen. Maisemat olivat henkeäsalpaavat. Grace kaipasi päästä ulos autosta ja juosta paljain jaloin valkoista hiekkaa pitkin.

Vincente pysähtyi aivan rannalla sijaitsevan Manly-hotellin edustalla. Pienten lasten tavoin pariskunta ei malttanut odottaa, että saisi riisua kenkänsä ja juosta kuumalla valkoisella hiekalla. Se suuteli heidän jalkojaan ja sekoittui kuin sokeri kahvikupin pohjalla, ja kun heidän jalkansa koskettivat kylmää vettä, he vapisivat ja nauroivat.

"Luuletko, että se on turvallista?" Grace kysyi.

"Turvallinen? Miltä?"

"Tiedäthän, kuten haita ja meduusoja vastaan."

"Emme ole nähneet mitään elävää olentoa päiväkausiin, emme muurahaisia tai hämähäkkejä, emme mozzieita, emme yhtään lintua... Ja sinä olet huolissasi haista ja meduusoista?"

"Joo, no, puut olivat nälkäisiä, joten kuka tietää niistä..."

Vincente suuteli hänen huolensa pois. Yhdessä he leikkivät vedessä kuin kaksi lasta, roiskivat ja jahtasivat toisiaan, kunnes nukahtivat vierekkäin hiekkaan.

✷✷✷

AAMULLA GRACE JA VINCENTE heräsivät hiekan peittäminä ja hyvin, hyvin nälkäisinä.

"Olen valmis", Vincennes sanoi hyökätessään Vincenteen kimppuun, suuteli häntä voimakkaasti huulille ja työnsi Vincenteen takaisin heidän hiekkaan jättämäänsä jälkeen.

"Minä... luulen, että se on liian aikaista", mies sanoi työntäen naisen varovasti syrjään, nousten ylös ja ravistellen hiekkaa vaatteistaan.

Nainen syöksyi jälleen häntä kohti. "Luulin, että sanoit, että minun pitäisi kertoa sinulle, kun olen valmis. Olen valmis, niin valmis", hän sanoi haparoidessaan miehen paidan nappeja.

Mies astui taaksepäin. Hän hymyili tytölle. Grace syöksyi taas häntä kohti. Grace astui syrjään.

"Olet oikea kiusaaja", Grace huusi turhautuneena, kun mies kääntyi ja juoksi vastakkaiseen suuntaan. "Pelkuri!" Grace huusi ja seurasi häntä. Hän huohotti. Sydän hakkasi. Hän ei halunnut mitään muuta kuin repiä miehen vaatteet pois, tehdä mitä tahtoi, tuntea miehen vartalon omaa vartaloaan vasten. Tulla yhdeksi hänen kanssaan.

"Kun on oikea aika, me molemmat tiedämme sen", Vincente sanoi avatessaan auton tavaratilan ja ottaessaan sieltä vesipullot. Hän astui hotellin aulaan, ja Grace seurasi häntä. Hänellä ei ollut muuta vaihtoehtoa kuin seurata miestä hissiin, käytävää pitkin ja jättimäiseen kattohuoneistoon.

Sisällä Vincente veti verhot kokonaan taakse. Heidän näköalapaikaltaan hän saattoi miettiä kaikkea sitä, mikä oli muuttunut sen jälkeen, kun hän oli viimeksi käynyt Manlyssä äitinsä ja isänsä kanssa. Niin paljon oli muuttunut.

Ennen oli ollut ihmisjoukkoja, jotka olivat kävelleet pitkin rantakatua, nauraneet ja pitäneet hauskaa. Siellä oli ollut veneitä, joiden purjeet puhalsivat tuulessa kuin pilkut horisontissa. Oli naurettu ja juotu. Lapset uivat, leikkivät ja rakensivat hiekkalinnoja. Siellä oli ollut surffaajia, paljon surffaajia, jotka tarttuivat suuriin aaltoihin.

Siellä oli ollut delfiinejä ja lintuja, lähinnä lokkeja, jotka lentelivät ympäriinsä, sukelsivat veteen, söivät ja huusivat.

Puhumattakaan grillaamisesta, kahviloista ja ravintoloista, jotka olivat täynnä ihmisiä syömässä, juomassa, tanssimassa, puhumassa ja rakastelemassa. Silloin kaikki oli ollut niin erilaista, niin elävää ja niin huomattavan vilkasta. Vincente muisti, että joihinkin Manlyn hienoimpiin ravintoloihin oli pitänyt odottaa pitkään. Nyt hänellä ja Gracella oli koko paikka itsellään.

Hän kertoi Gracelle Manlysta ja siitä, miten hänen perheensä oli vuokrannut talon rannalta. He olivat kokeneet valaiden katselun omakohtaisesti. Miten valaat heiluttivat pyrstöään. Sellaista mahtavuutta. Sellaista voimaa.

Hän kertoi myös, että he olivat joskus yöpyneet Oceanside-hotellissa ennen kuin he ostivat talon. Se oli kuin pieni loma. He pakkasivat tavaransa ja lähtivät lautalle. Kuinka innostunut hän olikaan ja kuinka he aina söivät ulkona ja uivat katolla olevassa uima-altaassa ja menivät sitten rannalle ja söivät kalaa ja ranskalaisia ja istuivat hiekassa ja puhuivat paljon.

"Sinulla on todella ikävä heitä, vanhempiasi, eikö niin?" Grace sanoi ja otti miehen käden omaansa. Grace rakasti miestä vielä enemmän, jos se oli mahdollista, kun tämä puhui perheestään ja muistoista. Kun hän jakoi muistojaan ja kokemuksiaan hänen kanssaan, hänestä tuntui, että ne olivat myös hänen.

"Nyt", mies sanoi, "meillä on tämä paikka kokonaan itsellämme, Grace. Voimme jäädä tänne, asua täällä ja tehdä täällä mitä haluamme."

"Kyllä", Grace suostui, "haluaisin sen."

Kun he olivat viilenneet hieman, he päättivät lähteä kävelylle rantakadulle. Täällä ei ollut merkkejä maanjäristysten aiheuttamista traumoista. He kävelivät käsi kädessä ja juttelivat. Lähestyivät toisiaan hetki hetkeltä.

Muistelu oli synnyttänyt hieman sumua. Yhdessä he tunsivat olevansa hyvin yksin.

"Mennään uimaan." Vincente ehdotti juostessaan kohti vettä ja pyyhkäisten hiekkaa kaikkialle samalla kun hän riisui paitansa, shortsinsa, alusvaatteensa, kenkänsä ja sukkansa.

Grace näki hänet paljain päin juoksemassa veteen kuin joku, joka ei ollut koskaan ennen käynyt rannalla. Hänkin alkoi riisua vaatteitaan, ja kun hän oli riisunut kaiken, hän alkoi kahlailla veteen.

He tapasivat ja liittyivät toisiinsa kädestä pitäen, kun he olivat vyötärön syvyydessä viileässä vedessä. Aallot syöksyivät heidän ylitseen ja työnsivät heitä yhteen ja erilleen, yhteen ja erilleen. He suutelivat ja pitivät tiukasti kiinni, kun meren suihku kastoi heidät virallisesti rakastuneiksi.

Jos joku kala oli vielä elossa kuullakseen heidän huutonsa, ne olivat liian kohteliaita ilmoittautuakseen.

KAPPALE 29

NYT VIEREKKÄIN HOTELLIN KATTOHUONEISTOSSA nukuttuaan sellaista unta, jota vain rakastavaiset voivat tuntea. Grace oli painanut päänsä Vincenten rintaan.

Mies katseli häntä alaspäin, kun tämä nukkui. Ajatteli, kuinka nainen oli tänään vielä kauniimpi hänelle kuin vasta eilen. Hän työnsi Gracen hiukset pois hänen kasvoiltaan ja pujotti ne hänen korvansa taakse. Tyttö liikahti.

"Hyvää huomenta, unikeko", hän sanoi. Hän suuteli häntä otsalle.

"Hyvää huomenta." Grace kaikui, kun hän venytteli ja haukotteli peittäen suunsa kädellään ja mietti samalla, oliko hänellä aamuhenkeä - päivän pahinta hengitystä. Hän ihmetteli, miten he olivat päässeet hotelliin.

Hän mietti hetken, yritti muistaa, miten hän pääsi sinne, mutta ei muistanut edes astuneensa hotelliin. Aivan kuin hän olisi ollut humalassa ja nyt hän oli täysin menettänyt muistinsa tapahtumasta, kaikkien muiden menneisyydestä unohtuneiden tapahtumien lisäksi. Häntä harmitti, koska hän halusi muistaa jokaisen hetken Vincenten kanssa.

"Jos ihmettelet, miten päädyit tänne", Vincente sanoi. "Olit äänekkäästi nukkumassa rannalla, ja vuorovesi oli tulossa, joten nostin sinut ylös ja kannoin tänne ja peittelin sinut sitten sisälle."

"Kiitos", tyttö sanoi nuuskiessaan Vincenteä. Sitten hän poistui ja kävi suihkussa. Kylpyhuoneen ulkopuolella oveen koputettiin. Hän puki hotellin aamutakin päälleen ja kysyi: "Kuka siellä on?"

"Minä täällä, hassu!" "Minä täällä, hassu!" Vincente vastasi, kun Grace veti oven auki ja löysi hänet pukeutuneena kokin univormuun - hattu mukaan lukien - ja työntämässä juhlapöytää kärryissä.

"Sinulla on ollut kiire." Grace huomautti, kun hän otti palan marmeladipaahtoleipää ja kastoi palan rapeaa pekonia pehmeästi keitettyyn kananmunaan.

He söivät ja söivät, kunnes eivät enää jaksaneet, ja sitten Vincente nousi ylös ja ojensi Gracelle laatikon.

"Lahja? Minulleko?"

"Kenelle muulle? Toivottavasti pidät siitä", Vincente sanoi ja katsoi, kun Grace repäisi nauhan irti ja työnsi paperin takaisin paljastaakseen lahjan.

Grace piteli kädessään kauneinta olkaimetonta aurinkomekkoa, jonka hän oli koskaan nähnyt, ja painoi sen sitten vartaloaan vasten. Se oli silkkiä, vihreä ja hyvin seksikäs. Hän lensi Vincenteä kohti ja suuteli häntä huulille, heitti sitten aamutakin pois ja puki uuden mekon päälleen. Se istui täydellisesti.

"Kiitos", hän sanoi.

"Katsotaanpa nyt, miltä näytät ilman sitä!" Vincente huudahti ennen kuin hän työnsi naisen sängylle, ja he rakastelivat jälleen kerran.

Kun he heräsivät ja tunsivat taas hieman nälkää, Vincente laittoi esille aiemmin löytämänsä suklaafonduen, ja he kastoivat siihen sulatettuja mansikoita. Ne olivat herkullisen makeita, ja he syöttivät niitä toisilleen. Kun he olivat kyllästyneet ja keränneet tarpeeksi energiaa, he rakastelivat uudestaan.

✱✱✱

MYÖHEMMIN SAMANA PÄIVÄNÄ HE kävelivät käsi kädessä pitkin kävelykatua, kun aallot syöksyivät rantaan heidän vieressään. Vuorovesi oli tullut, ja sen voima vyöryi heidän ympärillään.

"Me voisimme olla täällä hyvin onnellisia", Vincente sanoi. "Meillä on hotellissa ruokaa kuukausiksi. Yhdistettynä muihin hotelleihin ja ravintoloihin meillä on täällä luultavasti tarpeeksi ruokaa vuosiksi. Ja voisimme elää ylellisyydessä, liikkua hotellissa, eikä meidän tarvitsisi koskaan siivota! Voimme vain siirtyä toiseen huoneeseen, kun meidän huoneemme likaantuu!"

Grace ajatteli kaikkea sitä, mitä Manlyllä oli tarjota. Hänestäkin tuntui, että paikasta voisi tulla mukava koti. Heillä oli kaikki maailman aika, eikä mitään menetettävää. Mikseivät he voisi kokeilla sitä?

"Taidat olla oikeassa, meidän pitäisi jäädä tänne, tehdä siitä kotimme. Katsotaan, mitä tapahtuu. Mutta..." Hän pysähtyi tuijottaen taivaalle. Sitten hän kääntyi ja katsoi miestä suoraan silmiin. "Entä jos emme olekaan ainoita? Entä jos siellä on muitakin, eri puolilla maata? Koko maailmassa? Pitäisikö meidän olla niin onnellisia, kun ajattelemme vain itseämme, kun muut tuolla ulkona saattavat tarvita apua? Kun me voisimme olla siellä etsimässä heitä?"

Vincente ei vastannut heti. Hänkin katsoi taivaalle. Hän kaipasi kookaburran ja lokkien ääniä. Hän kaipasi jopa lentävien lentokoneiden ääntä ja autojen torvea. "Ymmärrän, mitä tarkoitat, kulta. Mutta velvollisuutemme on meitä itseämme kohtaan. Varsinkin kun emme tiedä, kuinka kauan meillä on täällä aikaa."

"Luuletko, että aikamme on rajallinen?"

"Kuka tietää? Eikö se ole aina? Haluan viettää jokaisen hetken kanssasi, tehdä sinut onnelliseksi. Rakastaa sinua. Rakastelu kanssasi on nyt etusijalla."

Hän laittoi kätensä miehen vyötärön ympärille, ja he jatkoivat kävelyä, kääntyivät sitten kulman taakse, kyykistyivät sillan alle ja juoksivat kuin kaksi lasta. Kun he saapuivat piilotetulle leikkikentälle, Grace kiipesi liukumäkeen ja liukui alas ja hyppäsi sitten keinuun. Vincente nousi hänen viereensä keinuun, ja he kiipesivät yhä korkeammalle ja korkeammalle ja korkeammalle samalla, kun heidän keskustelunsa jatkui.

"Sinä olet minullekin ensisijainen. Sinun rakastamisesi, sinun kanssasi oleminen. Mutta ehkä, jos yrittäisimme löytää muita, olisimme onnellisempia. Siis tietäen, että olimme ainakin yrittäneet", Grace sanoi.

"Annoit minulle juuri idean, Grace. Ehkä meidän pitäisi yrittää soittaa ulkomaille, kaukosuhteeseen. Katsotaan, saammeko yhteyden sillä tavalla. Voisimme yrittää soittaa maasta toiseen, ja sitten voisimme kokeilla Uutta-Seelantia, ehkä Eurooppaa,

Englantia, sitten Kanadaa ja Yhdysvaltoja. Voimme viettää aikaa täällä, nauttia päivistä ja etsiä ensin sitä kautta. Sopiiko se sinulle?"

"Minusta se on hyvä alku. Mutta nyt mennään uimaan", Grace sanoi, kun hän hyppäsi keinusta ja lähti juoksemaan. Vincente lensi hänen perässään seuraten vaatteiden jälkiä, joita Grace jätti jälkeensä. Hän keräsi kaiken ja katseli, kun Grace kahlasi veteen. Hän kellui ylös ja alas ja sukelsi sitten veden alle. Hän nousi taas ylös hiukset märkinä, aivan kuin hän valmistautuisi lehden kuvauksiin.

Vincente repi omia vaatteitaan, kun hän alkoi kävellä Gracea kohti.

He sukelsivat yhdessä, kun aallot syöksyivät heidän vartaloihinsa.

✳✳✳

"**L**uuletko, että kaipaamme sitä koskaan?" Grace kysyi haukotellessaan leveästi ja istuessaan kädet polvillaan. Hän oli nyt taas täysin pukeutunut, ja he olivat katselleet tähtiä jo jonkin aikaa ja levänneet jälkivalossa.

"Kaipaatko mitä?" Vincente kysyi, kun hän nousi istumaan ja lepäsi ristissä naisen vieressä.

"Oppimista, urheilua, kaikkea, mitä koulunkäyntiin kuului. Luuletko, että kaipaamme sitä koskaan?"

"Minä en ainakaan kaipaa epäonnistumista matematiikassa, ja juuri sitä tein ennen kuin valmentaja Anderson ehdotti, että saisin apua sinulta. Olin kai onnekas, mutta en kaipaa oppimista. Kaipaan pelaamista, yleisön hurraamista, kun keilaan täydellisen keilan."

"Kaipaatko mahdollisuutta päästä ammattilaiseksi?"

"Tavallaan. Pääsin yliopistoon vain stipendillä. Äidillä ja isällä ei ollut varaa lähettää minua. Ei sillä, että olisimme olleet köyhiä tai mitään - meillä oli rahaa - mutta se olisi aiheuttanut vaikeuksia, tiedäthän? Halusin pärjätä, päästä sisään omin voimin."

"Ymmärrän kyllä, että halusit ansaita sen. Olet sanonut aiemmin, että minusta tulisi matemaatikko. Ehkä se tekee taas mieli, kun muistini palaa."

"Taivas oli sinulle rajana." Hän pysähtyi hetkeksi, näki pilven kulkevan naisen piirteiden yli sanan 'oli' kohdalla, ja jatkoi sitten: "Se on sitä yhä!"

"En muista siitä nyt mitään. Kun olin tuolla ylhäällä, tuossa puussa, minusta tuntui usein, että..." hän epäröi, peläten myöntää sitä. "Ei, sinä naurat."

"Mitä sitten, jos minä nauran? Kerro minulle, anna tulla! Sinun on pakko kertoa minulle!" Sitten mies kumartui ja alkoi kutittaa ja kutittaa häntä. "Aiotko kertoa minulle nyt?" hän kysyi ja kutitti häntä taas, kunnes hän suostui kertomaan.

"Albert Einstein", hän sanoi, "luulin näkeväni hänen kasvonsa kuussa".

Mies ei nauranut. Hän katsoi ylös kuun kasvoihin. Hän pystyi erottamaan viikset, nyt kun nainen mainitsi sen, ja silmät. Hän ajatteli Mark Twainia, tai kyllä, se voisi olla Albert Einstein. "Näen sen", hän vahvisti. "Se voisi olla joko Albert Einstein tai Mark Twain tuolla ylhäällä."

"Näet siis viikset?"

"Ehdottomasti, mutta en ole koskaan ennen nähnyt kasvoja näin selvästi. Olen kuullut miehestä kuussa, mutta miksi näen sen vasta nyt?"

"En tiedä varmasti", Grace sanoi. Hiljaa he tuijottivat kuuta yhdessä, kunnes Grace sanoi: "Tiedän vain, että kun olin tuossa puussa ja kun tarvitsin toivoa, löysin sen Albert Einsteinin kasvoista. Se teki minusta vahvemman. Se antoi minulle toivoa. Se sai minut tuntemaan varmaksi, epäilemättä, että pääsisin sieltä alas ja että näkisin sinut vielä. Itse asiassa tiesin, että olet kunnossa ja että aioin pelastaa sinut."

"Ja kaikki tämä Albert Einsteinin yhteyden takia, vai? Puhuiko hän... puhuiko hän sinulle? Siis tuolta ylhäältä?"

"Ei niinkään sanoin", Grace sanoi, "mutta yhteys oli ehdottomasti olemassa. Aivan kuin hän olisi ollut maailmankaikkeuden toisella puolella kurottautumassa luokseni. Lainaten minulle voimaa. Tiedän, että se kuulostaa nyt hölmöltä, mutta silloin, kun olin niin korkealla puun katveessa, tuntui täysin normaalilta, että Albert Einstein piti minusta huolta."

"No, kiitos, Albert Einstein!" Vincente julisti huutaen ylös kuuhun: "Kiitos, että toit tyttöni turvallisesti takaisin maahan ja takaisin luokseni!"

"Niin, kiitos, Albert Einstein!" Grace lisäsi.

"Sinä olet nyt varmaan jo hänen etunimensä, vai mitä?" "Kyllä." Vincente sanoi ja lähti sitten juoksemaan rantaa pitkin. Grace juoksi hänen perässään, ja he nauroivat ja loiskivat vedessä.

Kumpikaan ei huomannut professori Einsteinin silmäniskua.

✳✳✳

PARISKUNTA PALASI HOTELLIIN PÄÄTTÄEN soittaa muutaman puhelun. "Olen varma, että jos Australiassa on joku, joka vastaa, tämä tavoittaa hänet", Vincente sanoi.

He istuivat yhdessä toimistossa ja antoivat puhelimen soida ja soida ja soida. Kukaan ei vastannut.

"Kokeillaan jotain muuta", Vincente ehdotti. Vincente löysi työpöydältä käsikirjan, jota hän selaili ja löysi koodin, jolla sai yhteyden Uuteen-Seelantiin. Sama juttu: ei vastausta.

"Mihin meidän pitäisi yrittää seuraavaksi?" hän kysyi.

"Kokeillaan..." Hän seisoi maailmankartta edessään, sulki silmänsä, nollasi Ranskan, ja Vincente näppäili koodin. He antoivat sen soida ja soida, mutta taaskaan ei vastattu.

"Minne nyt?" Vincente kysyi.

"Etelä-Amerikkaan!" Grace huusi, ja Vincente näppäili numerot. Tämä oli lähimpänä hauskanpitoa pitkään aikaan, ja toivo heräsi uudestaan jokaisen maan kohdalla, johon he yrittivät soittaa: Kiina, Venäjä, Norja, Irlanti ja Englanti. Heidän toiveensa kuitenkin hiipui, kun he olivat kokeilleet Kanadaa ja Yhdysvaltoja.

"Me olemme ainoat", he totesivat ja palasivat uupuneina huoneeseensa. Kummallakaan ei ollut nälkä eikä jano.

Ensimmäistä kertaa he eivät halunneet rakastella eivätkä puhua. He istuivat kahdestaan ja joivat viiniä. Se oli nyt heidän maailmansa. Ikä ei merkinnyt mitään. He saattoivat saada tai tehdä mitä tahansa. Se oli unelmien täyttymys.

✳✳✳

V INCENTE HERÄSI SÄIKÄHDYKSELLÄ. GRACE puhui unissaan:

"E on yhtä kuin MC neliö, kaksi kertaa kaksi on neljä, neljä vuodenaikaa, tasapainoinen asteikko, kolme kertaa kaksi on kuusi, on naisluku, kolme on miesluku, siis kuusi on avioliitto. Kuusi, kymmenen, viisitoista ovat kolmiolukuja, neljä, yhdeksän, kuusitoista ovat neliölukuja, psykogeeninen kuutio on kuusi kuutiota tai kuusi kertaa kuusi kertaa kuusi kertaa kuusi, mikä vastaa kaksisataa kuusitoista, Pythagoras uskoi, että me kaikki jälleensyntymme joka kaksisataa kuusitoista vuosi, siis sykli. Paluu."

Hän pysähtyi, kuorsasi hieman, ja Vincente käpertyi häneen. Hän ajatteli tätä hänen lahjaansa, joka nyt teki taikojaan hänen alitajunnassaan. Hänen neroutensa oli tunkeutumassa hänen iltaisiin ajatuksiinsa ja ryntäämässä takaisin hänen lepotuntinsa aikana. Tämä oli ensimmäinen kerta, kun hänet oli herätetty tällaisiin höpinöihin. Oli kuin Grace olisi puhunut toisella kielellä. Hän mietti, pitäisikö hänen mainita siitä Gracelle. Mutta jos hän tekisi niin, viivästyttäisikö parantumisprosessia pikemminkin suggestion voima kuin Gracen oma itsetuntemus?

Kun aamu valkeni, Vincente oli yhä hereillä ja kuunteli häntä ympäröivää hiljaisuutta. Grace ei ollut taaskaan puhunut, mutta hän tuli pari kertaa levottomaksi, ja hänen oli pakko siirtyä pois hänen luotaan. Hän huiteli unissaan, mutta kun hän oli puhunut matematiikasta, hän oli ollut hyvin liikkumatta ja keskittynyt. Hänen äänensä oli ollut täynnä sellaista intohimoa. Se oli suorastaan tihkunut toivoa ja mahtavaa ihmettelyä, vaikka hän ei ymmärtänyt yhtään mitään, mitä nainen oli sanonut. Hän muodosti ajatuksen siitä, mitä hän aikoi tehdä, kun nainen heräisi. Hän ei aikonut kertoa hänelle unessa puhumisesta. Ei ainakaan tänään. Mutta hänellä oli suunnitelma, ja hän toivoi, että siitä olisi apua tytölle. Samalla hänellä oli ajatus siitä, miten hän voisi yllättää hänet. Hän oli optimistinen, että tästä päivästä tulisi heidän paras päivänsä ikinä.

KAPPALE 30

"**A**JATTELIN, GRACE, ETTÄ OLISI hyvä lähteä tänään Sydneyyn. Voisimme käydä kirjastossa. Meidän ei tarvitse lopettaa oppimista. Meillä on kokonainen kirjasto ja tuhansia kirjoja ihan itsellämme. Voimme viettää siellä melkein koko päivän!"

"Niin, pidän ajattelutavastasi. Täydellistä!" Grace pysähtyi hetkeksi, vilkaisi itseään peilistä. "Haluaisin myös hankkia muutaman tavaran, ehkä jopa uusia vaatteita. Ehkä minun pitäisi värjätä hiukseni? Kuvittelisin itseni blondiksi?"

"Ehdottomasti ei vaalealle, mutta minäkin tarvitsisin uusia vaatteita. Voisimme tehdä ostoskierroksen! Ja toinen asia, joka voisi olla kätevä, on se, jos löytäisimme CB-radion. Se on alkeellisempi viestintämuoto, mutta..."

"Ajatteletko yhä, että tuolla voisi olla muitakin?"

"Taidamme olla ainoat, kulta. Mutta jos meillä on CB-radio ja voimme käyttää sitä aktiivisesti, ja jos on olemassa mahdollisuus, pienikin mahdollisuus, että muut voisivat ottaa meihin yhteyttä sillä tavalla, niin se tie on avoinna meille. Heille."

"Rakastan sinua, Vincente", hän sanoi heittäytyessään syliinsä miehen ympärille ja suudellessaan häntä syvästi. Sitten hän lähti kohti ovea. "Nyt on paras hetki. Voisimme yhtä hyvin lähteä sinne!"

"Olen täysin samaa mieltä!" Vincente huudahti. Hän pani kätensä Vincenteen vyötärön ympärille, ja yhdessä he lähtivät ulos rakennuksesta ja menivät autoonsa. He olivat pysäköineet autonsa pysyvästi hotellin edustalle, jonne tavallisesti vain taksit ja limusiinit saivat lastata matkustajia. Oli joitakin etuja, kun elettiin maailmassa, jossa ei ollut sääntöjä.

"Vincente", Grace aloitti, "olen miettinyt. Vaikka hotelli on mukava ja kaikkea muuta, se ei voisi koskaan olla kotini. Ymmärrätkö, mitä tarkoitan?"

"Joo, tiedän mitä tarkoitat. Sinulla on tarve asettua aloillesi, tehdä pesä. Ja hotelli ei psykologisesti sovi siihen."

"Se sopii nyt, mutta ei, tiedäthän, meidän kokonaiskuvassamme." "Se sopii." Vincente pysäytti auton ja heitti oven auki. Hän katsoi, kuinka mies juoksi kohti Salvos-kaupan ikkunaa. Hän astui ulos autosta nähdäkseen, mikä oli herättänyt miehen huomion, ja näki, että se oli CB-radio!

Vincente meni kauppaan ja katsoi radiota tarkkaan. Sitten hän löysi pistorasian ja kytki sen pistorasiaan. Hän skannasi radioaaltoja. Yhdessä he kuuntelivat tarkkaan, mutta kuului vain kohinaa ja palautetta. Vincente nosti radion ja laittoi sen auton tavaratilaan, ja he ajoivat pois. He molemmat tiesivät, että radio oli kaukaa haettu, mutta he eivät puhuneet siitä.

He ajoivat Manlyn kaduilla tottuneina siihen, että he olivat nyt ainoat kaksi ihmistä maailmassaan. Heillä oli kaikki, mitä he halusivat tai tarvitsivat, käden ulottuvilla: kaikki turistinähtävyydet sekä Sydneyn luonnon lupaukset ja kauneus. Kaupunki oli heidän pieni palanen paratiisiaan, ja se, että Manly oli kokonaan heidän omansa, oli jonkinlainen bonus.

Kun Land Rover liikkui Sydneyn satamasillan yli, oopperatalo näytti tunnustavan heidän läsnäolonsa, ja Grace käytti tilaisuutta hyväkseen ja jatkoi heidän aiempaa keskusteluaan. "Olisi ihanaa valita haluamamme koti. Tehdä oma koti", hän sanoi optimistisesti.

"Olen täysin samaa mieltä, ja voisimme valita minkä tahansa talon, minkä kartanon tahansa. Mutta nyt meidän on mielestäni puhuttava jostain vielä, no, henkilökohtaisemmasta. Jotain, mistä emme ole puhuneet aiemmin."

Vincenten ilme oli muuttunut. Hänestä oli tullut syvästi vakava, vakavampi kuin Grace oli koskaan ennen nähnyt häntä, ja hän oli huolissaan. Hän odotti, että mies jatkaisi, eikä halunnut keskeyttää hänen ajatuksenjuoksuaan. Hän tajusi, että mies yritti löytää oikeat sanat. Kun mies ei puhunut muutamaan minuuttiin, Grace alkoi huolestua lisää. Kun mies pysäytti auton George Streetillä ja katsoi Gracea silmiin, mutta oli edelleen hiljaa, Grace huolestui todella paljon.

"Kerro minulle, Vincente! Sinä pelotat minua!"

"Emme ole käyttäneet ehkäisyä, ja voisit olla raskaana juuri nyt. Voisin katsoa sinua tuoreena äitinä, ja minä voisin olla isä. Ajattelin vain, millainen elämä meille syntyvällä lapsella olisi?

Kyllä, rakastaisimme häntä ja huolehtisimme hänestä, mutta entä hänen tulevaisuutensa? Hänen tulevaisuutensa?"

"Mitä sinä tarkalleen ottaen tarkoitat? Me jumaloisimme lastamme!"

"Niin, mutta ketä lapsemme ihailisi? Ketä hän koskaan rakastaisi meidän lisäksenne?"

"Ai, tarkoitat jotakuta, jonka kanssa hän voisi mennä naimisiin. Jonka kanssa viettää tulevaisuutensa, kun me olemme poissa?" Hän veti miehen vahvaan syleilyyn ja taputti miehen päälaelta kuin tämä olisi lapsi. "Kultaseni, olet ajatellut hyvin syvällisiä ajatuksia. Sinun olisi pitänyt jakaa ne kanssani. Sinun ei pitäisi murehtia mitään näin suurta yksin. Mitä ikinä eteen tuleekaan, me iskemme siihen pää edellä, yhdessä."

"Mutta pieni ihminen, jolla ei ole muuta tulevaisuutta kuin olla kanssamme? Se olisi julmaa. Se ei olisi oikein!"

"Ehkä meidän pitäisi sitten vain lopettaa rakastelu? Kyllä, ryhdytään selibaattiin!" hän huudahti ja silitteli koko ajan miehen päätä ja suuteli häntä kuin pikkupoikaa. "Jos sen on tarkoitus olla, se tapahtuu. Emme voi murehtia nyt jostain, mitä ei ehkä koskaan tapahdu. Me rakastamme toisiamme. Antaisin mitä tahansa puolestasi. Antaisin elämäni puolestasi, Vincente, enkä voisi olla selibaatissa, paitsi jos eroaisimme. Ellemme olisi erossa. Silloin ehkä."

"Niin ei tule koskaan tapahtumaan! En koskaan jätä sinua! En tahallani", Vincente vannoi.

"Siinä se sitten on. Ja jos meillä on lapsia, teemme, mikä on heille parasta. Mitä ikinä meidän täytyykin tehdä. Mutta nyt mennään ensin ostoksille ja sitten kirjastoon. Sitten myöhemmin haetaan jotain herkullista syötävää! Meidän rakkaudestamme ei voi koskaan tulla mitään pahaa, Grace sanoi.

"Minä jumaloin sinua, Grace."

He kävelivät käsi kädessä David Jonesin tavarataloon, jossa he shoppailivat aamupäivän. Sitten he söivät lounasta italialaisessa ravintolassa ja kokkailivat yhdessä spagetti bolognesea.

Lounaan jälkeen he tutustuivat kirjastoon ja ottivat sieltä muutaman romaanin. Grace ei mennyt lähellekään matematiikkaosastoa, eikä Vincente painostanut häntä siihen.

Sen jälkeen he nousivat autoon ja ajoivat pitkin George Streetiä. Yllättäen Vincente pysähtyi, otti Gracen kädestä kiinni ja sanoi, että hän halusi näyttää Gracelle jotakin. Jotain tärkeää.

Grace katsoi oven yläpuolella olevaa kylttiä: Antique Jeweller of Fine Quality Bought and Sold Here.

Kiinnostuneena Grace seurasi Vincenteä sisälle.

✳✳✳

Kun hän astui sisään kauppaan, oli kuin hän olisi astunut kimaltelevaan kattokruunuun. Kaikki hänen ympärillään oli täynnä valoa. Liikkeessä oli esillä kaikenlaisia koruja, tiaroista rannekoruista kelloihin ja timanttikoteloituun salkkuun. Hän oli niin häkeltynyt, ettei pystynyt hetkeen liikkumaan. Raha ei ollut heille nyt mikään esine. Ennen nämä korut olisivat olleet heille aivan liian kalliita.

"Tule", Vincente sanoi, "Pidä hauskaa, katso ympärillesi! Näetkö mitään, mistä pidät?"

Grace siirtyi eteenpäin, kumartui ja katsoi paksujen lasivitriinien sisään. Hän ei käyttänyt nyt mitään koruja. Itse asiassa hän ei ollut varma, millaisista koruista hän piti.

Hän käveli vitriinirivejä ylös ja alas, silmäili muutamia esineitä, mutta hämmentyi sitten ja jatkoi matkaa. Siellä oli liian paljon kauniita esineitä, jotta niitä olisi voinut ihastella kerralla. Kun hän pääsi liikkeen päähän ja kääntyi ympäri, aivan kuin aikoisi lähteä ulos ovesta, Vincente pysäytti hänet.

"Täällä on varmasti jotain, mistä pidät!"

"Se on minulle vain vähän ylivoimainen. En tiedä paljon koruista. Ehkä voisit ensin jutella minulle vähän siitä. Kerro minulle sormuksestasi. Mistä sait sen?" Grace kysyi.

"Okei, joo, ymmärrän, että olet häkeltynyt, mutta sinun täytyy tietää, mistä pidät. Voimme siis katsoa yhdessä. Sillä välin sormukseni on periytynyt monta vuotta perheessäni. Se on perhekalleus. Se on aina annettu ensimmäisen pojan ensimmäiselle pojalle. En tajunnut, että edes huomasit sen."

"Toki, se muuttaa väriä auringonvalossa, aivan kuten silmäsi tekevät joskus. Hei, minä pidän tästä. Se on aivan upea!" Grace poimi sormuksen, ja kun hän aikoi asettaa sen sormeensa, Vincente ojensi kätensä pysäyttääkseen hänet. Hän otti sormuksen käteensä ja laskeutui sitten yhdelle polvelle.

"Grace Greenway, rakastan sinua enemmän kuin mitään muuta maailmassa. Tuletko vaimokseni?"

Tyttö huusi kuin pikkutyttö ja juoksi miehen kimppuun työntäen hänet takaperin lattialle. Tyttö vastasi myöntävästi, ja mies asetti sormuksen hänen sormeensa. Se sopi täydellisesti, kuin se olisi tehty häntä varten. Suuri timantti oli sydämen muotoinen, ja reunan ympärillä oli pieniä timantteja. Se kimalteli, kun se osui valoon.

"Nyt olemme virallisia!" Vincente julisti. "Siis virallisesti kihloissa."

"Kiitos, rakastan sitä!"

He pyörähtivät ympäri huonetta, koko ajan syleillen. Sitten huimaus valtasi Gracen, ja hän kompuroi eteenpäin ja tutki lasivitriiniä aivan oven vasemmalla puolella. Pieni vitriini oli aiemmin ollut avoimen oven peitossa. Hänen katseensa kiinnittyi heti kultasormukseen, jossa oli sydän ja pieniä timantteja sen ympärillä. Timantteja, jotka oli upotettu kuin pienet tähdet. Se oli upea sormus, ja Grace tiesi heti, että se oli tarkoitettu hänelle.

Vincente oli samaa mieltä, ja ennen kuin Vincente ehti asettaa sormuksen sormeensa, Vincente otti sen hänen kädestään ja laittoi sen varovasti laatikkoon. Hän laittoi rasian shortsiensa taskuun ja taputti sitä varovasti. "Säilytettäväksi", hän sanoi, "kunnes menemme joskus naimisiin."

"Enkö voisi vain pitää sitä?" hän kysyi kurkottaen miehen taskuun, "Siis kuka sen tietäisi?" hän kysyi. Sitä paitsi, täällä ei ole kuitenkaan ketään, joka voisi mennä kanssamme naimisiin!"

"Eihän se nyt ole se pointti, eihän? Se säilyy kyllä."

"Kiusoittelen."

***

"Entä sinä?" Grace kysyi etsiessään Vincenteä varten vihkisormusta. Hän ihmetteli, käyttivätkö miehet kihlasormuksia, vai oliko se vain naisten juttu, naisten juttu, jolla osoitettiin, että nainen oli kihlattu? "Haluan ostaa sinulle kihlasormuksen!" Grace sanoi innoissaan, mutta Vincente näytti olevan hieman vastahakoinen. "Hyvä on, sitten ainakin vihkisormus", hän sanoi. Hän hätisti miehen pois, jotta voisi katsoa paremmin.

"Uh hum, voinko auttaa teitä, rouva?" Vincente kysyi esittäen mahtipontisen antiikkijalokivikauppiaan vaikutelmaa.

"Ei kiitos, hyvä herra", Grace sanoi. "Olen jo varastanut haluamani sormuksen!" Hän oli juuri laittanut sormuksen laatikkoon ja taskuunsa.

"Kiitos, että varastit meiltä. Tulkaa toki uudelleen", Vincente nauroi, kun he poistuivat putiikista.

Ulkona Vincente lähti kävelemään yhä suurempia askelia. Grace pysyi tuskin hänen perässään. Hän juoksi hänen perässään hengästyneenä.

Yhtäkkiä mies kääntyi ympäri ja otti hänet syliinsä. Sitten hän vapautti hänet hengästyneenä ja kiihottuneena.

"Minulla on ollut uskomaton ajatus", hän sanoi.

"Jaa se!"

"Sinä tarvitset hääpuvun ja muuta sellaista, ja niin tarvitsen minäkin. No, en hääpukua minulle, mutta tiedätkö, minäkin tarvitsen hääasun. Meillä on täällä parhaat kaupat käytössämme, joten hankitaan kaikki tarvittava heti!"

"Mutta kaupat eivät kai katoa? Miksemme vain odota?"

"Ei, sanon aina, että nyt on paras hetki, ja minusta tuntuu, että meidän pitäisi hankkia ne tänne tänään", Vincente sanoi.

Tosiasiassa Grace tunsi samoin, mutta voimakkaampi halu valtasi hänet. Ylivoimainen hänen halunsa häihin. Hän halusi riisua Vincenten vaatteet, ja sitten hän halusi rakastella intohimoisesti Vincenteä.

Hän veti miehen lähemmäs, tiukkaan syleilyyn. Hän suuteli häntä antaen hänelle kaiken, minkä pystyi, mutta hänen ajatuksensa olivat selvästi muualla.

"Sinä katsot täältä, minä menen katsomaan tuolta, ja tapaamme täällä takaisin, sanotaanko tunnin kuluttua, okei? Juuri tässä paikassa." Hän piti tauon, antoi tytölle suukon ja sanoi: "Pidä hauskaa."

"Oletko varma, ettemme voi tehdä tätä häävaateostoksia yhdessä?" nainen huusi miehen perään.

Mies pysähtyi, pudisti päätään ja kääntyi takaisin hänen suuntaansa. "Ei käy! Sulhasen on huonoa onnea nähdä hääpuku ennen häitä. Olet siinä omillasi, kulta."

"Mutta varmasti tarvitset apua?" Grace ehdotti, toivoen muuttavansa hänen mielensä. Hän vain hymyili, meni pukuliikkeeseen ja sulki oven takanaan. Hän syleili itseään. Hän kaipasi miestä jo nyt.

KAPPALE 31

OLI OUTOA OLLA EROSSA Vincentestä. Aluksi hän ei pitänyt erossa olemisesta. Sitten hän innostui ja alkoi sovittaa hääpukua toisensa jälkeen. Monet niistä olivat liian pitsisiä, teennäisiä. Jotkut oli tehty nollakokoisille, eivätkä ne sopineet hänen isommalle vartalolleen. Toiset olivat vain liian monimutkaisia pukea itse päälleen.

Kun hän löysi hyllystä antiikkisen valkoisen mekon, jossa oli poikkeuksellisen pitkä hina, hän ei ollut varma, sopisiko se hänelle, saati sitten, että se sopisi hänelle. Puvussa oli korkea pitsikaulus, ja sen mukana tuli sopiva tiara. Puvun napit olivat helmiä, ja niiden päälle oli kirjailtu pitsinen röyhelö. Hintalapussa luki 10 000 dollaria, ja Grace oli uskomattoman varovainen liu'uttaessaan varovasti vartaloaan pukuun.

Hän pidätteli henkeään ja käveli sitten ulos pukuhuoneesta katsomaan itseään kokopitkästä peilistä. Kyyneleet täyttivät hänen silmänsä ja valuivat pitkin hänen poskiaan. Hän ei voinut uskoa, että hän voisi tai voisi koskaan näyttää näin kauniilta. Hän näytti aivan prinsessalta, joka odotti vain prinssiä, joka tulisi naimisiin hänen kanssaan.

Hän ajatteli Vincenteä ja sitä, miltä hänestä tuntuisi, kun hän näkisi hänet tässä upeassa mekossa. Hän säteili hymyä. Hän katsoi kelloa ja tajusi, että hänen oli vielä löydettävä joitakin asusteita, kuten kengät ja hiuspinnejä, hieman meikkiä ja helmikorvakorut.

Tehtävä suoritettu! Hän oli ajatellut kaikkea, mitä hän saattoi tarvita, ja vielä hetki aikaa oli jäljellä. Grace käveli kaikessa rauhassa takaisin paikalle, jossa heidän oli määrä tavata.

Vincente ei ollut vielä saapunut. Kummallista kyllä, heidän autonsa oli siirtynyt.

Hän istuutui jalkakäytävälle, laukut valuvat jalkakäytävälle hänen ympärillään. Sitten hän nousi ylös ja otti vesipullon läheisen kulmakaupan jääkaapista. Lopuksi hän istuutui alas, unelmoi heidän hääpäivästään ja odotti.

***

Kun ilta alkoi laskeutua, Grace ei enää odottanut kärsivällisesti. Hän oli väsynyt ja kaipasi Vincenteä kovasti.

Tuuli oli voimistunut, ja Grace tunsi kylmyyden kulkevan kehossaan.

Hän meni läheiseen kauppaan ja sovitti mustaa hupparia.

Hän veti sen vetoketjun kiinni, laittoi hupun päänsä päälle ja istuutui taas alas.

Grace odotti Vincenteä.

Ja hän odotti. Ja odotti.

KAPPALE 32

Grace jatkoi Vincenten odottamista, kun tähdet tulivat esiin. Kun Albert Einsteinin kuva katsoi häntä. Hän toivoi, että hän olisi pitänyt kirjastosta jonkun romaanin luettavana, mutta toisaalta valo ei riittänyt lukemiseen tässä paikassa.

Hän katseli kadulle, niin paljon kauppoja, mutta hän ei vain ollut sillä tuulella. Toki hän saattaisi löytää jotain, joka häiritsisi häntä, mutta se ei lievittäisi hänen alati kasvavaa huoltaan Vincenten poissaolosta.

Oliko joku noista puista tehnyt hänestä Vincenten shish kebabin? Ja miksi hän oli ottanut auton? Oli sovittu, että haemme tavaramme ja tapaamme tunnin päästä. Mitä oli tapahtunut? Missä ihmeessä Vincente Marino oli?

Tuntia kului.

Grace alkoi epäillä Vincenten rakkautta häntä kohtaan.

Hän alkoi miettiä, oliko Vincente muuttanut mielensä heidän suhteestaan.

Tämä ajatus sai hänet ensin vihaiseksi, mutta sitten se tunkeutui yhä syvemmälle hänen alitajuntaansa.

Jostain hän löysi osan itsestään, joka oli odottanut miehen jättävän hänet, muuttavan mielensä. Osa hänestä näytti odottavan, että mies satuttaisi häntä, repisi hänet sisältäpäin kappaleiksi.

Hän päätti, että koska miehen lähteminen oli ollut väistämätöntä koko tämän ajan, hän voisi yhtä hyvin jatkaa matkaa paikasta, jossa he olivat sopineet tapaavansa. Hän menisi sinne, minne hänen sydämensä halusi, ja tällä hetkellä hänen sydämensä halusi olla Sydneyn oopperatalossa.

Hetken hän harkitsi laukkujen jättämistä tien varteen. Mutta hän oli löytänyt maailman kauneimman hääpuvun, ja hän aikoi ottaa sen mukaansa. Hän aikoi pitää sen.

Hetken hän harkitsi puvun pukemista takaisin päälleen, mutta juna vain hidastaisi hänen kulkuaan.

Kun hän saapui oopperatalolle, sen puhtaus ja valkoisuus tervehtivät häntä kuun valon hohtaessa.

Hän löysi sen kyljessä tikkaat, joita hän ei ollut koskaan aiemmin huomannut, ja kiipesi ylös, yhä korkeammalle ja korkeammalle, kunnes hän istui Sydneyn oopperatalon huipulla.

Vaikka se ei tuntunutkaan pehmeältä hänen allaan, hän tunsi istuvansa jättimäisen marengin päällä.

***

Kierrellen kihlasormustaan sormessaan Grace mietti, millaista hänen elämänsä olisi ilman Vincenteä. Grace ei todellakaan halunnut elää ilman häntä.

Hän huomasi Sydneyn satamasillan päällä olevan yksittäisen valon. Se näytti vilkuttavan hänelle toistuvasti.

Se oli merkki hänelle. Se sanoi, että jos Vincente ei palaisi hakemaan häntä, hän ei enää halunnut elää.

Hän ei halunnut olla ainoa eloonjäänyt.

Hän kiipesi mieluummin Sydneyn Harbour Bridgen huipulle ja putosi mereen. Jos niin kävisi, hän pukisi hääpuvun takaisin päälleen...

Sitten hän löytäisi Vincenten toisesta paikasta ja toisesta ajasta.

Juuri kun aurinko oli nousemassa, hän kuuli nimensä laulavan tuulessa: "Grace! Grace!"

***

Kun Vincente vihdoin löysi Gracen, hän kieltäytyi ensin tulemasta alas oopperatalosta. Hän kiipesi tikkaita ylös ja halusi epätoivoisesti selittää kaiken. Vincennes ei halunnut selitystä.

Hän ei halunnut kuulla häntä. Hän kiipesi alas ja kieltäytyi auttamasta laukkujen kanssa.

Hän kompastui jalkakäytävälle. Käveli pois miehen luota.

Mies yritti koko ajan selittää. Yritti kertoa, miksi hän oli myöhässä.

Hän kiipesi autoon. Paiskasi oven kiinni takanaan.

Mies nousi kuljettajan istuimelle.

Nainen käski hänen puhua kädelle.

Mies ajoi pois jalkakäytävältä. Hän oli niin vihainen, että olisi voinut sylkeä.

Hän oli vihainen ja iloinen ja surullinen ja helpottunut.

Hän oli melkoisessa tilassa.

***

"Tiedätkö, kuinka kauan aiot olla vihainen minulle?" Vincente kysyi.

"En ole vihainen sinulle!" hän huusi. Hän rakasti Vincenteä niin paljon, niin paljon, ettei hän halunnut mitään muuta kuin että Vincente ottaisi hänet syliinsä ja pitelisi häntä. Että mies kertoisi hänelle, kuinka paljon hän rakasti häntä. Että hän ei koskaan päästäisi häntä menemään.

Silti osa hänestä halusi olla vihainen miehelle.

Satuttaa häntä. Saada hänet maksamaan.

Hänen tuntemansa tuska valtasi hänen sydämensä tällä hetkellä, ja hän itki hiljaa itsekseen.

Vincente kirosi itseään.

Hän oli vain halunnut yllättää hänet!

KAPPALE 33

KUN HE SAAPUIVAT TAKAISIN hotellille, Vincente astui ulos autosta ja juoksi Gracen viereen. Hänen oli pidettävä Grace autossa. Heidän oli puhuttava.

"Sinä kuuntelet minua, ja sinä kuuntelet minua nyt."

"Minä en..."

"Olet minulle velkaa. Sinä kuuntelet."

Nainen katsoi häntä niin epäluuloisesti silmissään; niin loukkaantuneena ja tuskallisena, ettei hän enää kestänyt sitä.

"Kuule, jos voit, luota minuun. Luota minuun ja mene yläkertaan heti. Käy suihkussa. Jäähdyttele. Vietä muutama minuutti miettien meitä, sitä, kuinka paljon rakastan sinua. Ja sitten kun olet valmis, pue ostamasi häävaatteet päällesi ja tule takaisin tänne alas, mutta älä heti. Tule takaisin tänne tasan kello 18.00."

"Aiot siis taas jättää minut yksin koko päiväksi", Grace murjotti.

"Minusta kahdenkeskinen aika tekee hyvää meille molemmille. Se antaa meille tilaa. Aikaa arvostaa toisiamme. Aikaa ajatella. Ja tasan kello 18.00, tule alas ja etsi minut, niin jutellaan." Hän suuteli tyttöä hellästi poskelle ja otti tämän käden omaansa. Hän katsoi syvälle tämän silmiin ja sanoi: "Luota minuun."

Hän suostui hieman vastahakoisesti ja suuntasi hissille, jossa hän ripusti hääpukunsa ja levitti sitten kaiken muun sängylle.

Hän tutki itseään peilistä. Hän näytti aivan helvetin hyvältä. Hän oli valvonut koko yön ja ollut niin huolissaan Vincentestä. Se oli ollut kauhea yö täynnä hyvin synkkiä ajatuksia. Hän häpesi itseään, ja hän oli niin kovin uupunut.

Hän makasi selin pehmeällä sängyllä ja katsoi kelloa. Kello oli vasta keskipäivä, ja hän tarvitsi kipeästi päiväunet. Hän asetti herätyskellon kello neljäksi, ja sitten hän alkoi itkeä kaiken edellisen päivän kivun ja tuskan ulos. Kun itkettäviä kyyneleitä ei enää ollut, Grace vaipui uneen.

KAPPALE 34

HÄLYTYS LAUKESI, JA SE säikäytti Gracen. Hän hyppäsi ylös unohtaen ensin, missä hän oli. Hän juoksi ympäri huonetta ja näytti vähän kuin hanhi, joka yrittää opetella lentämään.

Kun hän asettui paikalleen ja painoi pois päältä -nappia, hänen muistikuvansa lensi taaksepäin viimeisen vuorokauden aikana, mitä oli tapahtunut, miten hänet oli unohdettu, hylätty.

Kuinka hän oli tuntenut itsensä yksinäisemmäksi kuin koskaan ennen, ja kuinka Vincente oli palannut hänen luokseen anoen anteeksiantoa.

Hän oli niin varma, että nainen ymmärtäisi. Niin varma ja niin varma itsestään.

Hän katsoi huoneen poikki ja huomasi kauniin hääpukunsa odottavan häntä. Hän tunnusteli sen kangasta, ja se tuntui edelleen yhtä kauniilta kuin miltä se näytti.

Hetkeä myöhemmin hän oli jo suihkussa, kuivattanut itsensä ja laittanut hiuksensa ylös ja kiinnittänyt ne paikoilleen. Hän valmistautui siihen hetkeen, jolloin hän vetäisi hääpuvun päähänsä. Hän vain toivoi, että hänellä oli tarpeeksi nuppineuloja pitääkseen hiuksensa paikoillaan, kunnes tiara oli lisätty - viimeinen silaus.

Kun hän oli valmistellut meikkinsä ja kaiken, mitä hänestä sanottiin morsiameksi, hän arvioi ulkonäköään ja kertoi itselleen, mitä halusi kuulla: että hän oli maailman kaunein nainen. Hän oli sinut tämän tittelin kanssa, koska hänen tietääkseen hän oli maailman ainoa nainen, joten siinä ei ollut mitään kilpailua, eikä tuntunut turhalta ajatella itseään sillä tavalla.

Hän ajatteli Vincenteä, joka näki hänet tällaisena, ja mietti, oliko Vincente sanonut totta, että sulhasen oli huonoa tuuria nähdä morsiuspuku ennen häitä.

Kun hän vilkaisi itseään vielä kerran kokopitkästä peilistä, hän veti junaa eteenpäin ja alkoi kulkea ulos huoneesta pitkää käytävää pitkin. Hän ihastui pukunsa suhisevaan ja suhisevaan ääneen, kun se seurasi häntä pitkin mattoa. Hän kuvitteli, että yksi hänen parhaista ystävistään oli hänen takanaan pitelemässä sitä. Mutta sitten hän harhautti ajatuksensa. Eiväthän nämä olleet varsinaiset häät; ne olivat vain eräänlainen muotinäytös Vincenteä varten.

Kun hissikello soi ja ilmoitti hänen saapumisestaan pohjakerrokseen, Grace pyyhkäisi sisääntuloaulan poikki, ohi tyhjien pöytien ja hylättyjen tietokonepäätteiden, ohi tyhjän ravintolan ja aution baarin. Kun hän navigoi junan sisään ja ulos pyöröovesta - mikä ei muuten ollut mikään helppo tehtävä - hän kompastui puoliympyrän muotoiselle taksikaistalle ja näki Land Roverin istuvan siellä tavanomaisella paikallaan. Hän katseli ympärilleen etsien Vincenteä, mutta häntä ei näkynyt missään. Jälleen kerran. Siitä alkoi tulla tapa.

Aurinko oli juuri hyvästelemässä päivän ja laskemassa horisonttiin. Taivas oli värjäytynyt oranssinpunaiseksi. Se oli sellainen, jonka Gracen mielestä lupasi turkkilaista herkkua seuraavana päivänä. Vai oliko se kalastajan herkku? Hänellä ei ollut aavistustakaan lauseen merkityksestä, kun se pälkähti hänen mieleensä. Hän ylitti tien ja saapui kivimuurin luo etsien yhä Vincenteä.

Sitten hänen katseensa kiinnittyi hiekkaan. Siellä oli yksi kuivunut punainen ruusu. Hän poimi sen ja kantoi sitä mukanaan kulkiessaan kohti portaita. Sitten hän huomasi kuivuneita ruusun terälehtiä. Ne olivat hajallaan. Ne näyttivät hänelle tietä. Toinen kuivunut ruusu kohtasi hänen jalkansa, tällä kertaa keltainen. Hän poimi sen ja jatkoi matkaa portaita alas, hiekalle.

Polun varrelle oli jätetty kynttilöitä, jotka tuoksuivat ruusulle ja laventelille. Hänen korvansa havaitsivat pehmeän musiikin soivan kaukaisuudessa.

Hän käänsi päätään etsiäkseen sen lähteen, ja se, mitä hän näki, oli häkellyttävää. Hän seisoi siinä paikalleen liimautuneena, ja tuuli heilutti hänen hääpukuaan ja junaansa sisään ja ulos, sisään ja ulos. Kuva oli kuin harmonikkahääpuku, ja sieltä, missä Vincente seisoi, hän ei ollut koskaan nähnyt näin kaunista näkyä.

KAPPALE 35

Ryhdistäydyttyään Grace siirtyi häntä kohti. Hänen edessään oli useita askelia, ja hän otti jokaisen niistä hitaasti, kaivoi tarkoituksella antiikkivalkoisten kenkiensä uusia korkoja ja astui varovasti. Mies tarkkaili häntä. Odotti häntä siellä.

Hän tunsi itsensä kauniiksi tavalla, jolla hän ei ollut koskaan ennen tuntenut itseään, kun mies säteili hymyn hänen suuntaansa. Hänen kasvonsa sanoivat: "Katso! Ja kun aurinko vetäytyi kokonaan pois päivästä, jäljelle jäi vain mies kuussa - Albert Einstein, kuten näytti - todistajaksi siitä, mitä oli tapahtumassa.

Kun hän pääsi alimmalle portaalle ja näki hiekkaa ympärillään, hän mietti, kuinka vaikeaa olisi kävellä hiekan yli korkokengät jalassa, mutta hän ei silti halunnut rikkoa hetkeä, joten hän epäröi hetken ennen kuin astui alas.

Hän pysähtyi hetkeksi ja näytti kaukaa katsottuna säätävän tiaraansa, mutta molemmat tiesivät, että hän nautti kaikesta ja nautti hetkestä. Hänen sydämensä oli niin täynnä, että hän luuli sen tulvivan yli kaikesta rakkaudesta ja kauneudesta ympärillään.

Ei ihme, että mies oli niin myöhässä, hän ajatteli.

Hän näki Vincenten liikkuvan hetken. Hän laittoi musiikin kovemmalle. Hän säteili taas hymyn hänen suuntaansa.

Hän astui hiekkaan kohtaamaan sulhasensa.

KAPPALE 36

VINCENTE OLI LUONUT HÄNELLE käytävän, jota pitkin hän saattoi kävellä ripustamalla yhteen keijuvaloja ja kynttilöitä, jotka sitten kietoutuivat kuivattujen ruusupensaiden ympärille. Se oli henkeäsalpaavan kaunis. Hän otti kaiken vastaan ja käveli kohti miestä, sulki kuilun.

Vincente oli pukeutunut valkoiseen smokkitakkiin, jonka alla ei ollut paitaa, ja Levin mustiin farkkuihin. Hän väänsi hermostuneesti käsiään ja veteli sormiaan hiustensa läpi, samalla hymyillen naisen suuntaan.

Hän oli niin upea, että nainen halusi syödä hänet.

Mutta hän oli kiinni hetkessä ja halusi nauttia ja nauttia kuvasta, kun keijuvalot, kynttilät ja tähdet tuikkivat synkronisesti: luonto oli liittynyt heidän rakkautensa juhlaan.

Grace asteli varovasti, yrittäen säilyttää sen kauniin ja tyylikkään ja arvokkaan ulkonäön, jota morsiamelta odotettiin erityisenä päivänään. Mutta lopulta hän ei voinut enää odottaa, että pääsisi Vincenten luo, ja niinpä hän potkaisi molemmat kenkänsä pois, tarttui junaansa ja juoksi Vincenten luo. Kaukaa katsottuna hän näytti lentävän, mutta itse asiassa hän ei oikeastaan noussut maasta.

Heidän katseensa kiinnittyivät toisiinsa, kun ero heidän välillään pieneni ja pieneni, ja pian he seisoivat vierekkäin, kädestä pitäen, toisiinsa uppoutuneina. Hukassa hetkeen. Menetettyinä rakkauteensa.

Vincente puhui ensin: "Minun on aika mennä naimisiin maailman kauneimman naisen kanssa."

"Kiitos", Grace sanoi, "Se on enemmän kuin olisin koskaan voinut kuvitella! Se on täydellinen!"

"Voi, mutta vielä yksi asia ennen kuin aloitamme. Uh, ole hyvä ja vedä mekkosi ylös", Vincente sanoi nihkeästi.

"Anteeksi?"

"Tarkoitan, että minulla on sinulle jotain", Vincente selvensi. Kun Grace nosti mekkoa, Vincente sanoi: "Ylemmäs, ylemmäs", kunnes Gracen reidet olivat täysin esillä, ja luultavasti jopa Albert Einstein punastui.

Sitten Vincente otti farkkujensa taskusta sinisen sukkanauhan ja ratsasti sillä Gracen jalkaa pitkin, kunnes saavutti tämän reiden. Hänen kosketuksensa sai aikaan väristyksiä hänen jalkaansa pitkin, ja kun hän sitten suuteli hänen sisäreittä, hän sai väristykset kulkemaan myös koko hänen vartalossaan.

Mies astui taaksepäin, ja laulu alkoi soida. Laulu, joka oli Gracelle huomattavan tuttu.

Se oli se rakkauslaulu, ja se soi hänen korurasiastaan.

Hän oli palannut taloon hakemaan sitä. Siksi...

Morsian ja sulhanen olivat eksyneet toisiinsa.

He liittyivät toisiinsa kädestä pitäen.

KAPPALE 37

"**S**inä muistit!" Grace huudahti.

"Totta kai muistin."

Laulu toisti kertosäkeen sanat rakkaudesta, joka jatkuu ikuisesti.

Kun kaikki oli hiljaa tai vain rannalla rantaan murskautuvien aaltojen luonnollinen ääni kuului, Vincente katsoi syvälle Gracen silmiin.

"Grace, olet kaunein nainen, jonka olen koskaan tavannut. Olet kaunis sekä sisältä että ulkoa, mutta tänään olet kauniimpi kuin olet koskaan ollut minulle. Olen oppinut rakastamaan sinua päivä päivältä enemmän, ja haluan, että elämme loppuelämämme yhdessä. Haluan tehdä sinut onnelliseksi. Haluan, että rakkautemme on ikuista."

Kyyneleet valuivat Gracen poskia pitkin, kun hän sanoi: "Vincente, olen rakastanut sinua ensimmäisestä hetkestä lähtien, kun näin sinut, mutta silloin se oli vain kaukaa. Olit tarpeeksi lähellä puhuaksesi, mutta liian kaukana tavoittaaksesi. Etäisyys välillämme oli liian suuri. Mutta jokin toi sinut luokseni, jokin, joka on enemmän kuin olisin koskaan voinut uneksia, ja siitä olen ikuisesti kiitollinen. Vannon rakastavani sinua, kunnes viimeinen henkäys poistuu ruumiistani, ja silloinkin muistoni rakastaa sinua vielä enemmän."

Vincente siirtyi ja asetti sormuksen Gracen sormeen. Hän suuteli hellästi hänen sormeaan liu'uttaessaan sormusta alaspäin, mikä sai Gracen jälleen vapisemaan, mutta heidän katseensa eivät koskaan irrottautuneet toisistaan.

Grace työnsi toisen sormuksen Vincenten sormeen ja seurasi Vincenten esimerkkiä suutelemalla hellästi tämän sormea. Mies tarjosi hänelle muitakin sormia, ja Grace suuteli niitäkin hellästi, samalla kun hän katseli, kuinka miehen käsien ja käsivarsien hiukset nousivat pystyyn.

Hetkeen lukittuneina he siirtyivät niin lähelle kuin kaksi saattoi olla, ja he suutelivat mitä syvimmän ja intohimoisimman suudelman: aviosuudelman, joka sinetöi sopimuksen.

"Sano juusto!" Vincente sanoi. Hän oli asettanut kameran jalustalle, ja hän ja Grace hymyilivät. Hän siirsi kameraa, jotta he saivat kuvan, jossa ranta oli heidän takanaan. Sitten hän otti yhden kuvan Gracesta yksinään, ruusujaan kädessään, ja Grace otti myös yhden hänestä.

Seuraavaksi Vincente meni stereoiden ääreen, ja niistä alkoi soida uusi kappale. Se oli hyvin romanttinen kappale. Yhdessä he alkoivat keinua. Se oli heidän ensimmäinen tanssinsa avioparina. Se oli heidän ensimmäinen yhteinen tanssinsa ja hänen ensimmäinen tanssinsa ikinä. Yhdessä he liikkuivat kuin yksi ja pitivät toisiaan niin lähellä kuin kaksi ihmistä voi olla.

Vincente ojensi kätensä ja poisti Gracen tiaran, ja he alkoivat riisua toisiaan pala palalta. Kun he olivat molemmat täysin vapaita vaatteista, ja ainoa asia, joka heillä oli yllään, olivat heidän uudet vihkisormuksensa, he suutelivat, kunnes he painuivat hiekkaan ja jättivät siihen avioliittojäljen.

Kun aallot jatkoivat rantaan iskemistä, he rakastelivat ensimmäistä kertaa avioparina, ja sitten uupuneina he vaipuivat syvään, syvään uneen.

Grace näki unta, että hän syöksyi taivaalta, mutta hän ei pudonnut. Hän leijui ilmassa, kädet levällään.

KAPPALE 38

"**G**RACE! GRACE! GRACE!" VINCENTE huusi.

Kun hän heräsi, puolet hänen kehostaan oli veden peitossa. Kaikki heidän häistään oli kadonnut.

"GRACE!" Vincente huusi jälleen kerran, kun aallot työnsivät ja heittelivät häntä kuin hän olisi kevyt kuin poiju.

Myös Grace alkoi siirtyä veteen, kun hän tajusi, että Vincente yritti pelastaa heidän tavaroitaan. Hän näki miehen uppoavan, huusi miehen nimen ja odotti miehen nousevan pintaan.

"Unohda tavarat!" Grace huusi. "Tule vain takaisin; kaikki voidaan korvata!"

Mies ei kuullut häntä, tai sitten hän ei kuunnellut, joten Grace alkoi tehdä tietä hänen luokseen. Kun hän taisteli aaltoja vastaan, virtauksen aaltoileva voima veti hänet veden alle, ja pian suolaveden polttava tunne tunkeutui hänen keuhkoihinsa.

Gracen mieli palasi hänen hääpäiväänsä, elämänsä ihanimpaan päivään. Takaisin valoihin, jotka hän ja Vincente olivat vaihtaneet, kun hän taisteli kaikin voimin selviytyäkseen.

"Grace, olet kaunein nainen, jonka olen koskaan tavannut. Olet kaunis sekä sisältä että ulkoa, mutta tänään olet kauniimpi kuin olet koskaan ollut minulle. Olen oppinut rakastamaan sinua päivä päivältä enemmän, ja haluan, että elämme loppuelämämme yhdessä. Haluan tehdä sinut onnelliseksi. Haluan, että rakkautemme on ikuista, hän sanoi.

Kyyneleet valuivat Gracen poskia pitkin, kun hän sanoi: "Vincente, olen rakastanut sinua ensimmäisestä hetkestä lähtien, kun näin sinut, mutta silloin se oli vain kaukaa. Olit tarpeeksi lähellä puhuaksesi, mutta liian kaukana tavoittaaksesi. Etäisyys välillämme oli liian suuri. Mutta jokin toi sinut luokseni, jokin, joka on enemmän kuin olisin koskaan voinut uneksia, ja siitä olen ikuisesti kiitollinen. Vannon rakastavani sinua, kunnes viimeinen henkäys poistuu ruumiistani, ja silloinkin muistoni rakastaa sinua vielä enemmän."

Vincente siirtyi ja asetti sormuksen Gracen sormeen. Hän suuteli hellästi hänen sormeaan liu'uttaessaan sormusta alaspäin, mikä sai Gracen jälleen vapisemaan, mutta heidän katseensa eivät koskaan irrottautuneet toisistaan.

KAPPALE 39

GRACE KÄVELI KOHTI VETTÄ. Hän ei katsonut taakseen. Kun hän oli veden äärellä, hän riisui vihkisormuksensa ja kihlasormuksensa ja kahlasi veteen. Kun hän oli vyötärön syvyydessä, hän suuteli sormuksia hyvästiksi ja valmistautui heittämään ne unohduksiin.

Vincente katseli ja odotti epävarmana hänen takanaan. Kun hän tajusi, mitä nainen aikoi tehdä, hän laukesi kuin raketti ja huusi: "Grace EI!".

Hän jähmettyi ja kirosi itseään epäröinnistä sormukset yhä tiukasti nyrkissään.

"Tule takaisin", hän sanoi. "Älä tee sitä!"

Hän halusi olla paljas, paljas kaikesta, aivan kuten Vincente oli. Hän ei tarvinnut sormuksiaan, jos hänellä ei ollut omiaan.

"Mennään takaisin antiikkikauppaan; minä haen toisen sormuksen!" hän huusi. "Tule nyt takaisin, ole kiltti!"

Hän harkitsi vielä sormuksista luopumista, mutta sitten kirkkaat auringonsäteet saavuttivat heidät. Se oli kuin merkki luontoäidiltä, ja hän sulki kätensä niiden ympärille suojaavasti.

Grace asteli ulos vedestä ja oli hieman vihainen Vincenteä kohtaan, koska hän oli ylipäätään ottanut sormukset pois. Hän ei ollut koskaan ennen nähnyt miehen poistavan perhekalleutta, joten miksi hän oli tehnyt niin nyt?

Kun hän pääsi Vincenten luo, tämä palautti sormukset hänen sormeensa ja suuteli sitä. "Siinäpä ainutlaatuinen alku häämatkallemme!"

"Joo, todellinen vartija - tarkoitan jotain, josta voimme kertoa lapsillemme ja lapsenlapsillemme!" "Niin, todellinen vartija - tarkoitan jotain, josta voimme kertoa lapsillemme ja lapsenlapsillemme!"

He hymyilivät toisilleen, panivat kätensä toistensa vyötärön ympärille ja lähtivät takaisin hotellille.

Ja matkalla sinne he päättivät, että heidän oli aika jatkaa matkaa.

KAPPALE 40

"Ensin pysähdymme kaupungissa ja hankimme sinulle uuden sormuksen. Ja sitten..."

"Tiedätkö kulta, odottaisin mieluummin, jos se sopii sinulle, ja katselisin vielä vähän ympärilleni. En halua ostaa toista sormustani samasta liikkeestä - se tuntuisi oudolta ja jopa epäonniselta. Etsitään jotain ihan muuta. Ja mitä tulee perhesormukseeni, niin se on jo sovittu."

Yhdessä he pakkasivat niukat tavaransa hotellihuoneeseen.

"Tulkaa, rouva Marino", Vincente sanoi hymyillen Gracelle, "meidän on aika aloittaa häämatka!"

"Sano se uudestaan", hän sanoi.

"Rouva Marino, rouva Vincente Marino, herra ja rouva Vincente Marino, Grace ja Vincente Marino", hän lauloi. Hän pyörtyi kuin otsikot olisivat soitettua musiikkia, ja he keräsivät laukkunsa ja poistuivat. He sulkivat oven tiukasti takanaan ja suuntasivat hissistä alas aulaan, sitten ulos pyöröovien läpi ja odottavaan autoonsa.

Yhtäkkiä Grace kysyi yllättäen: "Mitä sukunimesi tarkoittaa?"

Hän kysyi: "Mitä sukunimesi tarkoittaa?"

"Öh, jos et pidä siitä, aiotko pyytää Greenwayn takaisin?" hän kysyi koko ajan röyhkeästi virnistäen.

"En todellakaan! Greenway on tylsä. Se tarkoittaa 'vihreää tietä' - iso yllätys. Mutta Marino, kuulostaa vieraalta, eksoottiselta - mielenkiintoiselta."

"Kiitos, rouva Marino", Vincente sanoi. "Se tarkoittaa 'merenrantaa'. Luulen, että siksi olen aina rakastanut tulla tänne. Meri kuulostaa minusta musiikilta. Se on veressäni."

"Sen jälkeen, mitä juuri tapahtui, minua ei haittaa olla hetken aikaa poissa veden ääreltä", Grace tunnusti.

"Ihanko totta!" Vincente sanoi: "Mutta me palaamme takaisin."

KAPPALE 41

KUN HE AJOIVAT RANNIKKOA pitkin uusien ja käytettyjen autojen kauppojen ohi, Vincente pohdiskeli: "Tiedätkö mitä, olen aina haaveillut kaksipaikkaisesta karkkiomenanpunaisesta Ferrarista."

Kun hän huomasi eräässä autokaupassa täsmälleen saman ajoneuvon, jonka Vincente oli kuvannut, hän sanoi: "Häälahja? Minusta se olisi hienoa, paitsi että tässä autossa on enemmän säilytystilaa tarpeellisille tavaroille, kuten aseille ja veitsille ja muulle sellaiselle."

"Joo, olet oikeassa", Vincente sanoi; hän ei kuitenkaan voinut jättää tilaisuutta kokonaan käyttämättä, ja niinpä hän ajoi Ferrarin autojen parkkipaikalle. "Ihan kuin olisin kuollut ja päässyt Ferrarin taivaaseen!"

"Rauhallisesti, herra Marino", Grace varoitti ja teeskenteli pidättelevänsä häntä.

"Tämä", hän sanoi sitä hyväillen, "tämä on se vauva, jonka haluan!"

Grace katseli, kun hän juoksutti sormiaan pitkin kaarevia puskureita, kosketteli ja katseli rakastavasti pehmeää valkoista nahkasisustusta, silitti hellästi ohjauspyörää, avasi sitten konepellin ja melkein nousi sisään ja rakasteli sitä.

"Pitäisikö minun olla mustasukkainen?" hän kysyi virnistäen.

Hän nauroi, mutta jatkoi ajovalojen hyväilyä.

"Vakavasti puhuen", Grace sanoi, "eikö meidän olisi parasta mennä etsimään kunnon ajoneuvoa, jossa olisi tarpeeksi tilaa kuljettaa maallisia tavaroitamme?" Hän sanoi.

"Ei", hän pilkkasi. "Elämä on liian lyhyt. Tule, hyppää kyytiin!"

Kun he olivat jyränneet ylös ja alas Prinsessatietä muutaman kerran, Grace palasi Land Roveriin. Hän hymyili katsoessaan, kun Vincente hyvästeli punaisen Ferrarin.

Muutaman hetken kuluttua hän teki tiensä takaisin Gracen luo ja vaati tätä "avaamaan ikkunan".

"Miksi?" Grace kysyi.

"Tee se vain!"

"Ei, mene sinä sisään."

"Avaa se, Grace."

"Kerro minulle miksi!"

"Anna tulla!"

Hän laski ikkunan alas, ja Vincente työnsi päänsä avoimeen tilaan ja tarttui hänen kasvoihinsa molemmilla käsillään ja suuteli häntä kovaa, pyörittäen kieltään hänen huulillaan ja pyöritellen sitä hänen suussaan, kunnes Grace unohti täysin hengittää.

"Sen sinä saat, kun luulit, että aioin suudella Ferraria!" "Sen sinä saat, kun luulit, että aioin suudella Ferraria!" Vincente sanoi, kun hän hyppäsi Land Roveriin ja sai renkaat kirskumaan.

Grace istui hiljaa yrittäen yhä hengähtää, kun punainen Ferrari pieneni ja pieneni hänen sivupeilissään, ja muisti koko ajan Vincenten suun hänen suullaan.

✳✳✳

"MUISTATKO, KUN KERROIN SINULLE, että äitini oli taiteilija?" Grace nyökkäsi, ja Vincente jatkoi. "Äitini oli taidemaalari, ja vieläpä melko hyvä sellainen. Isäni työskenteli tietoliikenneyhtiössä, ja hänet lähetettiin ympäri maata töihin. Siksi muutimme paljon, kun olin lapsi. Äiti piti siitä, että muutimme, koska se oli hyväksi hänelle - taiteellisesti, tarkoitan. Hänellä oli aina uusia maisemia, tuoreita maisemia, uusia puita -"

Hän pysäytti auton äkillisesti ja jarrutti. Sitten hän teki suuren U-käännöksen.

"Mitä nyt? On ihana kuulla perheestäsi. Kerro lisää."

"En aio vain kertoa", Vincente sanoi hieman hengästyneenä. "Aion näyttää sinulle! Tarkoitan, että olin täysin unohtanut sen, vasta nyt. Luulen, että olin ehkä jopa estänyt sen."

"Kerro minulle", Grace keskeytti, mutta Vincente vain jatkoi puhumista.

"Sen jälkeen, mitä tapahtui isovanhempieni luona ja sitten sinun vanhempiesi luona, no se on liian suuri sattuma."

"Mikä on? Mikä on sattuma?"

"Se on vain liian outoa minulle selitettäväksi, mutta näytän sinulle ja pian", hän täräytti ja kiristi otettaan ratista. "Pidä kiinni, okei? Kun näet sen, tiedät miksi."

"Hyvä on", Grace sanoi ja käpertyi takaisin istuimelle. Hän olisi halunnut kysyä lisää, mutta tiesi, ettei Vincente vastaisi niihin tällä hetkellä. Hän vaihtoi puheenaihetta. "Oliko sinulla ongelmia, kun liikuit niin paljon lapsena?"

"Minulla ei ollut mitään ongelmia", Vincente sanoi, "Luultavasti siksi, että olin aika hyvä urheilussa. Kokeilin asioita, pääsin joukkueeseen ja 'voila'- heti ystäviä."

"Veikkaanpa, että tytöt ovat aina ihastuneet sinuun!"

"Ooh, katso, kuka kuulostaa vähän mustasukkaiselta? Oletteko te mustasukkainen, rouva Marino?"

Gracen ainoa vastaus oli hiljainen virne.

KAPPALE 42

"S E ON VAIN MUUTAMAN minuutin päässä", Vincente sanoi.

"Näyttää siltä, että tänään saattaa sataa", Grace huomautti, kun koko hänen kehoaan kävi näkyvä värinä.

"Arvostaisin oikean ukkosen ääntä", Vincente sanoi. "Kaipaan kaikkien lintujen, erityisesti kookaburran, kuulemista."

Grace tuijotti ulos sivuikkunasta ja katsoi sitten takaisin tuulilasin läpi.

Vincente laittoi pyyhkijät päälle, kun taivaalta laskeutui muutama pisara. Tällä kertaa ne olivat tavallisia pisaroita, eivät mustia kuten aiemmin.

"Muistan, että koulussa sanottiin aina, että ydinsodan jälkeen jotkut asiat jäisivät henkiin, kuten korppikotkat, torakat ja hait", Vincente sanoi.

"Mitään niistä ei tarvita meidän maailmassamme."

"Ei, mutta jos tämä otus vei myös ne, mitä se tarkoittaa meille?" "Ei, mutta jos se vei myös ne, mitä se tarkoittaa meille? Haaskalinnut ja hait syövät ihmisten raatoja tai muiden raatoja. Joten koska ruumiita ei ole, nekin olisivat nääntyneet nälkään. Torakat syövät mitä tahansa - eläimiä, vihanneksia, paperia, mitä tahansa. Näistä kolmesta, ja koska ne lentävät täällä vanhassa kunnon OZ:ssa, meidän olisi pitänyt jo nähdä ainakin yksi niistä."

Grace vapisi taas: "Miksi torakat syövät paperia?"

"Eivät ne varsinaisesti paperin perään ole. Se on liimaa, joka on valmistettu eläimistä saatavista sivutuotteista."

"Voin kertoa, että yhtä asiaa en kaipaa, ovat ötökät", Grace sanoi ja koko hänen kehonsa tärisi taas. Tällä kertaa jopa Vincente huomasi sen.

"Haluatko hakea hupparin seuraavasta ostoskeskuksesta, jonka näemme, vai laitanko lämmityksen päälle?", hän kysyi. Sinä tunnut tärisevän paljon viime aikoina. Toivottavasti et ole sairastumassa johonkin."

"Ei minulla oikeastaan ole kylmä. Minulla on vain vähän outo olo. En osaa selittää sitä", Grace sanoi.

"Kerro, miltä sinusta tuntuu", Vincente pyysi. "Tuntuuko siltä, että joku tarkkailee sinua? Tai kuin jotain pahaa tapahtuisi?"

"Ehkä molempia, ehkä vain yhtä. En todellakaan tiedä. Siksi sitä on vaikea selittää", Grace sanoi, kun hänen kyynärvarsiinsa ilmestyi hanhikyhmyjä.

"Olemme melkein perillä", hän sanoi. "Pidä kiinni, ja ehkä kuuma suihku auttaa."

"Niin, tai mukava, pitkä kylpy", Grace sanoi. "Voit hieroa minua."

"Minä hieron sinua, jos sinä hierot minua", Vincente sanoi poikamaisesti virnistäen.

Grace värähti taas tahtomattaan, kun auto kääntyi mutkaan. Vincente pysähtyi kaksikerroksisen talon eteen, ajoi sitten pihatielle ja pysäköi.

"Tervetuloa vaatimattomaan asuintalooni", Vincente sanoi, heilutti kättään ja kumartui kuin herrasmies.

Grace hihkaisi ja tutki sitten puutarhaa. Kaikki siinä oli kuollutta, mutta jotkut kukat säilyttivät vielä värinsä. Vincente avasi hänelle oven, ja Grace käveli häntä kohti.

"Tämä puutarha oli ennen äitini ylpeys", hän sanoi, "katsokaa nyt vain."

"Se oli silloin varmasti henkeäsalpaava", Grace sanoi. "Tarkoitan, että vielä nytkin, sellaisena kuin se on, näkee, että sitä rakastettiin ja siitä pidettiin huolta vielä vähän aikaa sitten."

"Kun menin kouluun", Vincente sanoi, "äiti alkoi istuttaa. Hän oli huolissaan siitä, miten hän täyttäisi päivänsä ilman minua. Maalaaminen on hänen intohimonsa, mutta joskus hän tarvitsi pientä ajanvietettä, inspiraatiota. Sitten hän löysi lahjakkuutensa kasvattamiseen, ja siitä tuli hänelle hyvin terapeuttista. Äiti oli taiteilija monella tapaa", hän sanoi, otti Gracea kädestä ja johdatti tämän etukuistille. Tyttö seurasi häntä, kunnes he seisoivat kaatuneen maalaustelineen juurella.

"Kun lähdin kouluun sinä viimeisenä päivänä, äiti oli täällä maalaamassa. Nyt..." hän pysäytti itsensä ja laittoi kätensä suunsa eteen.

"Mitä nyt?"

"Hänen maalauksensa", hän huudahti. "Se on yhä täällä! Ja katso, hän jätti kannet pois maaleistaan, ja hänen siveltimensä on luukuiva." Hän ei pystynyt hillitsemään itseään ja kaatui tuoliin pamahtaen. "Äiti ei olisi jättänyt näitä tavaroita tänne näin. Nyt tiedän sen varmasti, ja minun on kohdattava tosiasia, että äiti on kuollut."

Grace otti miehen käden omaan käteensä ja siirtyi miehen viereen, josta hänkin näki maalauksen. "Äitisi on todella jotain."

"Oli. Hän oli todella jotain."

Grace tutki maalausta, kumartui Vincenten olkapään yli ja sanoi: "Upea."

"Mutta hän ei koskaan ehtinyt viimeistellä sitä!" Vincente kumartui. Hän laittoi korkit varovasti takaisin avoinna oleviin maalipurkkeihin. Sitten hän kaatoi tärpättiä pullosta ja pudotti pensselin siihen puhdistettavaksi. Hän nosti keskeneräisen maalauksen maasta, ojensi pullot Gracelle ja tämä seurasi häntä taloon.

Ensimmäinen asia, jonka Grace huomasi ulkona, oli puutarhan jäänteet. Sisällä hän huomasi ensimmäisenä kukat - kaikenlaisia kukkia, jotka oli aseteltu maljakoihin. Sinisiä. Punaisia. Purppuranpunaisia, mitä tahansa. Kukkia oli kahvipannuissa ja tyhjissä purkeissa. Kukkia oli kaikkialla. Ne olivat kaikki kuivuneet, aivan kuten ulkona, mutta monet olivat säilyttäneet värinsä ja tuoksunsa.

Vincenten äiti oli täyttänyt talonsa luonnolla ja rakkaudella. Joka paikassa, jonka hän löysi, Grace tiesi sen varmasti. Nyt kun hän ajatteli sitä, hän toivoi vielä enemmän, että olisi tavannut hänet. Hän pahoitteli, ettei hän voisi tavata häntä nyt. Kyynel valui pitkin hänen poskeaan, kun hän poimi sivupöydältä akvaasin siniset puutarhahanskat. Grace piti niitä kädessään, melkein kuin hän olisi pitänyt Vincenten äidin kättä, ja hän kantoi niitä mukanaan seuratessaan Vincenten jalanjälkiä.

"Odota tässä, Grace", hän sanoi. "Minä menen hakemaan ne. Se asia, se asia, jonka haluan sinun näkevän."

Hän istuutui tuoliin ja ihaili koko ajan suurta maalausta, joka oli esillä takan yläpuolella. Siinä oli jotain hirvittävän tuttua, melkein lohduttavaa. Hän nousi ylös ja siirtyi lähemmäs sitä.

***

"E N VOI USKOA SITÄ! Se on poissa!" Vincente huudahti lähestyessään Gracea, joka ei tunnustanut hänen läsnäoloaan. Itse asiassa hän ei liikkunut lainkaan - aivan kuin hän ei olisi kuullut häntä.

Grace ei tunnustanut hänen läsnäoloaan eikä liikkunut. Hän katsoi vaimoaan, joka seisoi siinä pitäen vapisevassa kädessään äidin hanskoja, ja seurasi sitten Gracen näköyhteyttä.

Kun hän tajusi, mitä vaimo katsoi, hän laittoi kätensä suunsa eteen. Takan yläpuolella oli maalaus, jota hän oli etsinyt. Juuri se maalaus, jota hän oli tuonut Gracen taloon katsomaan.

"Tuo se on!" hän huusi ja kosketti Gracea käsivarteen.

Grace hätkähti äkillisestä kosketuksesta, mutta hän ei voinut irrottaa katsettaan maalauksesta. Se näytti jähmettyvän häneen.

Päässään Grace ihaili sen realistisia piirteitä. Hän pystyi haistamaan ruohon tuoksun ja kuulemaan lehmän muhinan. Hän tunsi olevansa osa sitä. Jotenkin.

Vincente yritti kääntää Gracea itseään kohti, mutta Grace vastusti. Mies seisoi hänen edessään, ja Grace työnsi hänet pois.

"Katso minua!" hän huudahti.

"En voi. Se on aivan liian kaunis! Minusta tuntuu, että olen ollut siellä."

"Katso minua!" mies käski.

Grace katsoi miestään, joka seisoi hänen vieressään kätensä vääntyneinä ja hiki valui pitkin hänen kasvojaan.

"Mikä hätänä, Vincente?" Grace kysyi yrittäessään olla katsomatta maalausta.

"Tuo maalaus", mies sanoi kääntäen hänet ympäri ja peittäen kaiken näkymän maalaukseen, "on se. Se, jonka takia toin sinut tänne katsomaan."

"Okei", Grace sanoi, "ja ymmärrän täysin miksi. Se on upein maalaus, jonka olen koskaan nähnyt."

"Ei, Grace", Vincente sanoi, "katso puuta. Katso puuta, Grace!" Ja sitten hän vapisi työntäessään vapisevat nyrkkinsä taskuihinsa ja vetäessään ne sitten taas esiin. Hän ajoi sormillaan hiuksiaan, eikä pystynyt pysymään paikallaan.

Hän katsoi kuvaa vielä kerran ja täyttyi selittämättömästä sisäisestä rauhasta. Hän hymyili.

"Etkö näe sitä, Grace? Etkö sinä näe sitä?"

"Totta kai minä näen sen. Siinä on kauneutta ja rauhaa ja tyyneyttä. Näen äitisi sydämen tässä maalauksessa. Se on kuin... olisin tavannut hänet ennenkin. Kuin olisin tuntenut hänet."

"Okei, ehkä sinä et näe sitä. Ehkä minun täytyy osoittaa se. Katso tuohon", hän meni maalauksen luo, ja hänkin tuli lähemmäs. "Näetkö tuolla, puun päällä? Tuolla."

"Kerro minulle, mitä näet Vincente", Grace pyysi.

"Se on kasvot."

Hän siirtyi lähemmäs, mutta hän ei nähnyt sitä, mitä mies näki.

"Näen vain pellon täynnä auringonkukkia ja tavallisen puun, jonka alla laiduntaa lehmä", Grace sanoi.

"Ei!" hän huudahti raivostuneena. "Katso tarkemmin. Katso puuta!" Hän kääntyi häntä kohti ja pyysi häntä silmillään näkemään sen, minkä hän näki, mutta hän ei pystynyt siihen.

Hän kääntyi hänen puoleensa. "Siellä ei ole kasvoja, Vincente. Kultaseni, sinä näet jotain, mitä ei ole."

Vincente heitti kätensä ylös raivostuneena, kääntyi hännäksi ja juoksi.

Aluksi Grace halusi seurata häntä, mutta jälleen kerran häntä veti puoleensa maalaus. Hän astui lähemmäs, hymyili, uppoutui siihen.

Hetkinen, Grace ajatteli, Vincente oli kivettynyt, eikä hän pelästy helposti.

Hän sulki silmänsä ja avasi ne sitten uudelleen. Hän ei vieläkään nähnyt kasvoja. Itse asiassa tällä kertaa auringonvalon säteet näyttivät kurottuvan häntä kohti. Vetää häntä puoleensa. Hänen oli lähes mahdotonta katsoa poispäin.

Huoneesta tuli jotenkin lämpimämpi, kun hän katsoi kuvaa. Hänestä tuntui kuin taiteilija olisi vanginnut palan aurinkoa ja tarjoutuisi nyt hänelle. Hän halusi kävellä kuvaan ja tulla osaksi sitä - haluta syleillä valoa. Ja kun hän käveli eteenpäin, hän tuntui voivan hengittää pellon tuoretta heinää ja kuulla lehmän muhinan. Hänen sydämensä syke kiihtyi, hänen hengityksensä muuttui pinnalliseksi.

Hän antoi sen vallata itsensä hetkeksi, unohti hengittää. Pian hän haukkoi henkeä ja oli enemmän kuin hieman peloissaan.

Grace otti nopean askeleen taaksepäin. Hän juoksi huutaen Vincenten nimeä.

KAPPALE 43

GRACE LÖYSI VINCENTEN HUONEESTAAN sängyltä. Vaikka aikaa oli kulunut jo muutama minuutti, hän vapisi yhä kädet kasvojensa edessä. Hän kuvitteli, miltä hänen oli täytynyt näyttää pikkupoikana.

"Kerro minulle siitä. Maalauksesta", hän pyysi kävellessään edestakaisin ja yrittäen samalla hälventää tunteita ja energiaa, jotka olivat hetkellisesti vallanneet hänet. Hän ei halunnut mainita, mitä hän oli tuntenut, tai ainakaan ennen kuin Vincente kertoi, mikä häntä oli pelottanut.

"Näitkö sinä sen lopulta? Siis kasvot?" hän kysyi, ja sillä hetkellä, kun hänen odotuksensa olivat korkealla, hänen vapinansa lakkasi.

Grace ei yrittänyt valehdella pudistaessaan päätään kieltävästi. Hän yritti vain arvioida tilannetta.

Välittömästi Vincenten vartalo tärisi.

"Kerro minulle Vincente. Sillä ei ole väliä, mitä näen, mutta näen, että olet peloissasi, kultaseni. Kerro minulle kaikki, ole kiltti. Kai tiedät, että voit kertoa minulle mitä tahansa?"

Hänen hampaansa kolisivat, kun hän epäröi hetken, sitten hän veti syvään henkeä ja alkoi kertoa.

"Kun olin lapsi, äiti maalasi tuon maiseman ja paljasti sen minulle hyvin ylpeänä. Hän veti verhon takaisin odottaen, että rakastaisin sitä, mutta sen sijaan olin aivan kauhuissani, eikä minulla lapsena ollut sanoja ilmaista sitä. Äiti ei ymmärtänyt, eikä myöskään isäni. Yritimme uudelleen, ja aina kävi minulle samoin. Pieni vilkaisu siihen, ja heräsin huutamaan yöllä. Painajaiset puhuivat puolestani. Joten vanhempani panivat sen pois, enkä nähnyt sitä enää koskaan. Itse asiassa olin unohtanut sen kokonaan - kunnes tänä aamuna. Kuten sanoin, taisin blokata sen pois."

"Miksi sitten toit minut, toit meidät takaisin tänne? Halusitko todistaa jotain minulle vai itsellesi? Halusitko kohdata pelkosi?" Grace kysyi.

"Ajattelin, että ehkä se sisälsi vihjeen minulle - meille. Mutta sinä näit, miten minä muutuin, kun sinäkään et voinut nähdä sitä. Olin taas lapsi ja minun oli pakko juosta huoneesta! Mitä ajattelet nyt vahvasta miehestäsi?" Hän kauhisteli sitä, mitä hän piti epäinhimillisenä pelkuruuden osoituksena.

"Rakastan häntä yhtä paljon - ei, jopa enemmän!" Grace sanoi halatessaan miestä vasten.

Muutaman hetken hiljaiselon jälkeen Grace paljasti: "En nähnyt kasvoja, mutta tunsin jotain maalauksessa, Vincente. Jotain tuonpuoleista ja selittämätöntä."

Vincente nousi istumaan, otti kätensä pois kasvoiltaan ja sanoi: "Kun lapsena katsoin sitä syvälle, minusta tuntui kuin olisin halunnut kävellä kuvaan. Kuin olisin halunnut paeta tästä elämästä. Haistoin heinän tuoksun ja kuulin lehmän äänen. Oli kuin valo olisi vetänyt minua sisään ja tuudittanut minua. Tiesin, että jos antaisin itseni mennä sen mukana, kävellä maalaukseen, silloin nuo kasvot puussa satuttaisivat, satuttaisivat, satuttaisivat minua - minun oli pakko päästä pois, minun oli pakko paeta sitä!"

"Minäkin tunsin, että jokin outo asia veti minua siihen, Vincente, mutta en nähnyt kasvoja. Ne eivät olleet mitenkään samanlaiset kuin ne, jotka näimme. Se, joka söi korpin."

He halailivat sängyllä, lohduttivat toisiaan ja ajattelivat kuvaa, samalla kun he yrittivät epätoivoisesti olla ajattelematta sitä.

Jonkin ajan kuluttua he rakastelivat.

Kun Grace heräsi ensin myöhemmin, hän mietti, miltä hänestä tuntui kuvan suhteen. Se oli upea maisema - siitä ei ollut epäilystäkään. Sen valo ja vetovoima olivat kuitenkin jotain ainutlaatuista ja ehkä jopa, uskaltaako hän sanoa, pahaa. Kyllä, siinä se oli. Se oli rauhallisen ja seesteisen kontrasti, jossa maistui jotain mustaa, tuntematonta, ehkä jopa vaarallista.

Hän vilkaisi Vincenteä, joka nukkui yhä rauhallisesti. Hän liikahti silloin tällöin ja mutisi. Hän ihmetteli, näkikö hän unta puusta, puusta, jolla oli kasvot ja jonka hän oli kuvitellut olevan osa täsmälleen samaa maisemaa. Grace nousi hiljaa sängystä, ja Vincente siirtyi hänen luokseen ja täytti vielä lämpimän aukon.

Hän nukkui yhä syvää unta ja oli rauhassa.

Hän katseli ympärilleen miehen huoneessa ja ihaili hänen hämmästyttäviä saavutuksiaan, joista hänellä oli pokaaleja näytettävänä: Paras urheilija, paras lyöjä ja vuoden pelaaja - hän oli voittanut tämän kategorian useita vuosia peräkkäin.

Sitten hänen katseensa kiinnittyi useisiin hyllyihin, jotka olivat täynnä puuveistoksia. Kiinnostuneena hän siirtyi niitä kohti ihaillen niiden monimutkaisia yksityiskohtia. Jokaisella oli oma persoonallisuutensa. Siinä oli balerina, joka pyöri tasapainoisesti ja teknisesti, siinä oli kriketinpelaaja mailanlyönnissä, cowboy, jolla oli asevyö vyötäröllään ja joka oli juuri valmistautumassa piirtämään, vuorikiipeilijä, joka ilmeestään päätellen oli juuri saavuttanut lopullisen määränpäänsä, sekä lukuisia muita.

Grace kuljetti katseensa koko kokoelman läpi ja pysähtyi aboriginaalimiehen veistoksen kohdalle. Hän tuijotti eteenpäin eksynein silmin. Hän nosti hänet käteensä ja piti häntä kädessään. Hänen ihonsa kosketti puuhahmoa, mikä sai sen sykkimään, aina vain hellästi. Vai oliko hän kuvitellut sen?

Hän astui taaksepäin ja käänsi katseensa vasemmalle. Hän oli kohdannut puukehyksisen peilin, ja hänen heijastuksensa säikäytti hänet niin, että puuhahmo hänen kädessään putosi lattialle ja pomppi matolle. Hän kumartui, nosti sen ylös ja tutki sitä tarkemmin, juuri ajoissa nähdäkseen kyyneleen putoavan puuhahmon silmistä. Hän pyyhki sen sormenpäällään ja maistoi sitä. Se oli suolaista, aivan kuin ihmisen kyynel. Hän seisoi siinä ja tuijotti sen silmiin. Hän tunsi itsensä pelokkaaksi ja hieman enemmän kuin uteliaaksi. Hän mietti, oliko tämä puhe maalauksesta vaikuttanut häneen aiheettomasti.

"Mitä mieltä olet niistä?" Vincente kysyi, kun hän haukotteli, venytteli ja ylitti sitten huoneen hänen luokseen.

Grace säikähti ja hyppäsi ensin hieman. Hän painoi aboriginaalimiehen rintaansa vasten. "Minun oli pakko katsoa tarkemmin, koska heidän ilmeensä ovat niin elävän näköisiä! Mistä sinä löysit ne?"

"Minä tein ne", hän myönsi ujosti. "Jokainen niistä on veistetty, päästä varpaisiin näillä kahdella kädellä."

"Sinä olet todellinen taiteilija Vincente! Mikset kertonut minulle?"

"En ole kertonut näistä kenellekään muulle kuin äidille, isälle ja isovanhemmilleni. Pidätkö sinä todella niistä?"

"Minusta ne ovat uskomattomia!"

"Haluaisin veistää yhden sinusta, Grace."

"Se olisi ihanaa, Vincente", hän pyörähti teeskennellen olevansa ballerina. "Huomasin, että jokainen on erilainen, ei vain hahmot vaan myös puulaji. Miten sinä valitset?"

"Jokainen veistos vaatii tietynlaisen puulajin, jotta kaikki tulisi yhteen. Kävelen puiden seassa, päätän, mitä luon, ja odotan, mikä puulaji puhuttelee minua henkisesti. Sitten luon veistoksen tarkoituksenani tehdä siitä mahdollisimman elävä ja ennen kaikkea totuudenmukainen."

"Kuinka kauan kukin kestää?"

"Kun löydän puun - mikä vie pisimmän aikaa - voin veistää aiheen kahdessa tai kolmessa päivässä. Kasvot vievät aina pisimmän aikaa, ja teen ne viimeisenä. Jos kasvot eivät ole oikeat, heitän kaiken pois ja aloitan alusta. Joskus se johtuu siitä, että puu ei tunnu oikealta, ja silloin palaan takaisin puiden luo etsimään oikeaa puuta. Useimmiten puu on oikea, en vain ole vielä tavoittanut kohteen olemusta."

"Onko sinulla erityisiä työkaluja tätä varten? Koska jos sinulla on, sinun pitäisi tuoda ne mukaamme. Ja minusta sinun pitäisi tuoda myös äitisi maalaus mukanamme. Vaikka meidän täytyykin peittää se."

"Ah, taas se maalaus. Haluan mennä takaisin alas ja katsoa sitä vielä kerran. Haluan kohdata pelkoni suoraan. Tuletko mukaani?"

"Totta kai tulen, Vincente." Hän seurasi miehen perässä ja kurottautui laittamaan aboriginaalimiehen takaisin hyllylle, mutta se sykähti taas. Hän laittoi sen taskuunsa ja sanoi sitten: "Mutta minun on muistutettava sinua siitä, että tunsin maalauksen vetävän minua puoleensa - ja veto oli poikkeuksellisen voimakas. Pelottavan voimakas."

"Pitäkäämme kädestä kiinni ja kohtaamme sen yhdessä."

"Hyvä on, mennään."

"Voisimmeko ensin juoda kupin kahvia, Vincente?"

"Sovittu."

KAPPALE 44

Kun Grace ja Vincente olivat juoneet kahvinsa loppuun ja palanneet olohuoneeseen, he pitivät toisiaan kädestä ja kävelivät kohti maalausta.

Vincente vakuutti itselleen, ettei hän oikeasti nähnyt kasvoja puun rungossa, ja Grace vakuutti itselleen, ettei hän tuntenut maalauksen voimaa, joka veti häntä eteenpäin.

Heidän jalkansa pysyivät tukevasti samassa paikassa, kun he kiristivät otettaan toisen kädestä.

Grace työnsi toisen kätensä taskuunsa, jossa hän piti Vincenten veistosta aboriginaalimiehestä. Kun se sykähti uudelleen, hän otti sen pois ja piti sitä ylhäällä, niin että sen silmätkin olivat maalaukseen päin.

Aboriginaalimies alkoi kouristella hänen kämmenellään. Sitten hän pyöri kyljeltä toiselle. Hän katsoi alaspäin, ja miehen suu vääntyi huudoksi, ja mies nostettiin hänen kädestään maalaukseen.

Seisomassa samassa paikassa, yhä kädestä kiinni pitäen, Grace näki nyt veistoksen aboriginaalimiehestä istumassa puussa. Hänen yläpuolellaan oksalla istui korppi.

Vincente tuijotti edelleen maalausta, mutta hän ei enää vapissut kuten aiemmin. Hän puristi Gracen kättä rauhoitukseksi.

"Huomaatko mitään erilaista?" Grace kysyi.

"Erilaista? Miten?"

"Jotain uutta tai epätavallista?"

"Ei, kaikki näyttää samalta, mutta suu ei pelota minua tänään yhtä paljon. Ehkä se johtuu siitä, että pidämme kädestä kiinni."

Yhdessä he astuivat pois maalauksen luota ja sulkivat oven takanaan.

Välittömästi aboriginaalimies sykähti. Hän oli palannut Gracen taskuun. Hän avasi suunsa kertoakseen Vincenteille, mitä oli tapahtunut, mutta mies näytti olevan vähemmän peloissaan, eikä Grace löytänyt sanoja selittää.

"Menen pakkaamaan muutaman tavaran", Vincente sanoi.

"Taidan jäädä tänne, jos se sopii sinulle?" Grace kysyi. Hän katsoi, kun Vincente katosi nurkan taakse, ja sitten hän kurottautui ylös ja irrotti taulun seinältä. Hän kääri sen huopaan ja säilytti sitä auton tavaratilassa. Sitten hän palasi taloon ja haki sieltä muutamia peittoja ja tyynyjä ja asetti ne turvallisesti maalauksen päälle. Koko sen ajan, kun hän lastasi tavaroita, veistos jatkoi läsnäolonsa ilmaisemista sykkimällä hänen taskussaan. Nyt hän suuntasi ylös Vincenten huoneeseen. Aboriginaalimies hiljeni.

Vincente pakkasi veistoksensa suureen laukkuun. Mukaan hän otti myös työkalunsa. Lastattuna he lähtivät yhdessä takaisin alakertaan. Sitten Vincente pakkasi äitinsä taiteilijapakkauksen, johon kuului maalaustaulu ja kangas, ja he lastasivat auton.

"Okei, lähdetään", hän sanoi.

"Oletko varma, että sinulla on kaikki?" Grace kysyi.

"Minä, minä en halua ottaa sitä mukaan. Olen nyt rauhassa sen kanssa, ja haluan vain päästä pois täältä. Juuri nyt en usko, että haluan koskaan palata tänne."

He siirtyivät eteiseen, ja Vincente veti ulko-oven auki ja viittasi Gracea poistumaan ensin. Sitten hän sulki oven tiukasti takanaan ja lukitsi sen.

Kun he olivat palanneet Land Roveriin ja taas tiellä, Grace rikkoi hiljaisuuden. "Meidän pitäisi todella puhua siitä."

"Sanoin", hän huusi ja vaimensi sitten ääntään, "sanoin, etten halua puhua siitä. En nyt, en koskaan. Jos puhun siitä, minun on pakko miettiä, miten äitini, aivan oma äitini, olisi voinut luoda tällaisen maalauksen. Äiti oli suloisin ja ystävällisin nainen, joka on kulkenut maan päällä, eikä hän olisi koskaan luonut mitään niin kauhistuttavaa kuin tuo."

Grace katseli hiljaa maailmaa ohitseen. Myrsky oli tulossa. Hän tunsi sen. Kaikki hänen ympärillään värisi ja sykki ja sykki, myös aboriginaalimies hänen taskussaan. Hän kietoi kätensä ympärilleen ja päätti olla jatkamatta keskustelua Vincenten kanssa tällä kertaa. Hän puhuisi hänelle, kun olisi valmis. Sillä välin maalaus oli turvassa, eikä se voinut vahingoittaa heitä.

He jatkoivat hiljaisuudessa.

KAPPALE 45

V INCENTE TUIJOTTI ETEENPÄIN JA keskittyi tielle. Hän yritti unohtaa maalauksen ja äitinsä, mutta teki hän mitä tahansa, hän ei pystynyt erottamaan näitä kahta asiaa mielessään.

Hän katsoi auton toisella puolella hänen ihanaa vaimoaan. Hän istui hiljaa, ajatuksiinsa uppoutuneena, käsivartensa itseään syleillen. Hän ei näyttänyt tietävän, että mies katsoi häntä. Hän palautti keskittymisensä tielle.

Grace ajatteli myös toista rouva Marinoa ja maalausta. Tuntui oudolta, että Vincente saattoi olla niin murtunut jostakin, jonka hänen äitinsä oli luonut. Hänelle tuli ajatus: he voisivat polttaa sen. Tehdä siitä parantava rituaali.

Hän antoi ajatustensa vaeltaa etsiessään omasta mielestään merkkejä alkuperäisestä muistosta, mutta mitään ei tullut esiin. Hän uskoi Vincenten tavoin, että hän yhä säilytti kaiken jossain aivojensa sisällä ja että jonain päivänä kaikki kelluisi takaisin pintaan ja hän nauraisi tälle kuilulle. Tuon kuvan polttaminen loisi aukon Vincenten muistoihin. Oliko parempi, ettei muistoja olisi lainkaan kuin huonoja muistoja?

Sillä välin Vincente mietti, kuinka onnekkaita hän ja Grace olivat, kun he pystyivät pakenemaan menneisyyttä ja elämään vain nykyhetkessä. Jättää kaikki taakseen ja aloittaa kaikki alusta. Luoda uusia muistoja - yhdessä. Luodakseen uuden jäljen kaikesta näkemästään. Jokaisesta uudesta paikasta, jossa he vierailivat, tulisi osa heitä. Elämä olisi aina täynnä uutta.

Harkittuaan maalauksen polttamista Grace päätti, että Vincenten muistojen tuhoaminen olisi pahinta, mitä hän voisi Vincenteä kohtaan tehdä. Hän halusi hänen saavan sen, mitä hänellä ei enää ollut.

Nämä ajatukset ja muistot olivat liian arvokkaita menetettäväksi - ei niin, että Vincente menettäisi ne tuhoamalla pelkäämänsä esineen, vaan niin, että hän unohtaisi ne ajan myötä. Hän halusi, että hänellä olisi parhaat mahdollisuudet pitää menneisyytensä ikuisesti mukanaan. Hyvät, pahat ja rumat asiat.

Grace katkaisi lopulta hiljaisuuden sanomalla: "Minusta meidän pitäisi palata Manlyyn." Hän tiesi, että Vincentellä oli siellä monia muistoja, vanhoja ja uusia. Manlyssä he voisivat aloittaa alusta, tuoreeltaan, mutta siteet menneisyyteen säilyttäen.

"Olkoon niin", Vincente sanoi kääntäessään auton ympäri, "Voimme valita minkä tahansa talon, jonka haluamme, ja sitten voimme tehdä siitä ikiomamme."

"Emme halua taloa", Grace sanoi, "Haluamme kodin."

Vastanaineet hymyilivät onnellisina päätöksestään ja yhteisestä tulevaisuudestaan.

KIRJA KAKSI:
FINALE FUSION

PROLOGI

G RACEN MIELESSÄ PALAPELI OLI epätäydellinen. Oli kuin valtava tuulenpuuska olisi puhaltanut hänen lävitseen ja kääntänyt kaiken ylösalaisin ja nurinpäin.

Hän ei pystynyt keskittymään mihinkään asiaan: mihinkään ei voinut keskittyä.

Värit pyörivät: punaiset ja mustat ja siniset juoksivat yhteen, kääntyivät ja heittelehtivät, hyökkäsivät auringonkukan keltaisen kimppuun, pyörivät, oksentuivat syvään ruohonvihreään.

Sitten kaikki värit kuperkeikkasivat hänen vatsansa ilmaan ja palauttivat sen takaisin sinne, missä se oli ollutkin, kun hän kuivin jaloin heittäytyi kohti pelkoa, joka jätti hänet liikuntakyvyttömäksi. Kaikki tapahtui hänen päässään, mutta välillä hänen kehonsa nykäisi sen virrassa.

Hän tarttui keskipisteeseensä ja yritti ryhmittyä uudelleen, pysäyttää pyörimisen ja pyörimisen. Mutta salamoiden välähdykset sykkivät hänen päänsä sisällä ja repivät hänet syreeniin, orvokkiin ja sinikelloihin.

Oranssi roiskui hänen mielensä kankaalle.

Grace menetti kaiken.

✳✳✳

"**H**ÄNET ON SAATAVA LEIKKAUKSEEN, heti!" huudahti pitkä, valkoiseen takkiin pukeutunut mies. Hän seisoi muiden valkotakkisten henkilöiden joukossa, jotka olivat hajallaan sairaalan käytävällä.

Kaikki juoksivat kuin paikka olisi ollut tulessa. Muutamat heistä raivasivat tietä. Jotkut työnsivät. Jotkut pitivät kiinni tiputuksesta. Jotkut pitivät kiinni muista koneista. Muutamat seisoivat suu auki, kädet tyhjinä ja nyrkit puristettuina. Toiset rukoilivat, kun Grace Greenway ajoi ohi paareilla.

Hän oli tajuton.

Kuollut maailmalle.

Mutta ei täysin kuollut.

Ei ainakaan vielä.

***

GRACEN SAIRAALAHUONEESSA ISTUI NAINEN, joka itki ja väänsi käsiään. Se oli Helen Greenway, Gracen äiti. Hän ei voinut uskoa tapahtunutta.

Hänen tyttärensä oli voinut niin hyvin. Hän oli toipunut jo muutaman viikon ajan. Sitten Grace alkoi vapista, täristä ja kouristella, kunnes hän menetti tajuntansa.

Lääkintäryhmä oli tuonut hänet takaisin kuoleman kynnykseltä. Kun hän palasi, hän ei ollut enää Grace Greenway. Sen sijaan hän kuolasi ja puhui kielillä. Hän repi itseään kappaleiksi ulkopuolelta.

Kukaan ei tiennyt, mitä tehdä, miten pysäyttää se. Edes neulat hänen kädessään eivät rauhoittaneet häntä. Mikään ei toiminut. Hänet sidottiin kiinni.

Helen nyyhkytti, kun hän muisti kaiken. Erityisesti sen, miten avuttomalta hänestä tuntui silloin ja vielä enemmän nyt. Hän heittäytyi tyttärensä tyhjälle sängylle.

Helenin tuskalliset nyyhkytykset kaikuivat käytävillä.

***

Kun hoitaja Burns palasi Gracen huoneeseen, hän löysi Helenin sikiöasentoon käpertyneenä sängystä.

Hän näytti nukkuvan siinä rauhallisesti. Hoitaja katsoi parhaaksi olla häiritsemättä häntä. Sitä paitsi ei ollut mitään uutisia jaettavaksi, ja jos joku tarvitsi lepoa, se oli Grace Greenwayn äiti.

Hoitaja Burns siisti Gracen yöpöydän ja laittoi hänen oppikirjansa uudelleen pinoon. Kun hän katsoi niitä läpi, hänestä tuntui uskomattoman surulliselta. Grace Greenway ei ollut vielä löytänyt edes askeleitaan. Hän oli vasta kuusitoista-vuotias.

Hoitaja Burns katsoi Gracen nukkuvaa äitiä.

Hän laittoi peiton Helenin päälle ja sammutti sitten valon.

***

Useita tunteja myöhemmin hoitaja Burns valmistautui päättämään työvuoronsa. Hän katsoi ovessa olevasta pyöreästä ikkunasta ja huomasi, ettei Helen ollut enää sängyssä. Hän painoi ovea, mutta mitään ei tapahtunut. Hän painoi sitä uudelleen voimakkaammin, jolloin Helen Greenway kaatui eteenpäin.

Helen kompastui ja alkoi vääntää käsiään. Hän nyyhkytti hiljaa itsekseen.

Sairaanhoitaja Burns lähestyi häntä ja kysyi uskomattoman pehmeällä ja lempeällä äänellä, haluaisiko hän kupin teetä.

"Tyttäreni!" Helen huudahti. "Onko mitään uutisia? Minun on saatava tietää, miten hän voi! Kukaan ei ole kertonut minulle mitään!"

"Sinä nukuit", hoitaja Burns sanoi taputtaessaan Helenin kättä. "Jos lupaatte istua alas, menen katsomaan, mitä voin selvittää teille."

Helen istuutui ja odotti uutisia.

KAPPALE 1

Käytävän päässä hoitaja Burns törmäsi tohtori Christianssoniin, joka riisui kirurgisen naamarinsa, kun hän ryntäsi leikkausovista sisään.

"Tarvitsen raitista ilmaa", hän sanoi. Hän käveli käytävän päähän ja paiskasi kattokäytävän oven auki.

Sairaanhoitaja Burns seurasi häntä.

Hän sytytti savukkeen. Kysyi, haluaisiko nainen tupakan. Nainen kieltäytyi.

Vedettyään hän sanoi: "Grace, Greenwayn tyttö, oli voinut niin hyvin. Mutta nyt kun hyytymät ovat puhjenneet, siellä on vaikeaa."

"Olen varma, että hän on parhaan hoidon piirissä."

"Nyt hän on!" Christiansson sanoi. "Nyt kun asiantuntijaryhmä on saapunut ja ottanut tilanteen haltuunsa! Olen ollut siellä siitä lähtien, kun se tapahtui. Se on ollut armoton ilta. Me luulimme, tarkoitan, että melkein menetimme hänet tuolla."

Hoitaja Burns haukkoi henkeään. "Otan yhden noista", hän sanoi. Hän päätti sittenkin ottaa savukkeen vastaan. Hän sytytti sen ja nielaisi pitkän vedon ja yskäisi sitten.

"Mutta emme ole vielä luovuttaneet. Hän menetti taas tajuntansa. Se on luultavasti hyvä asia. Meidän on pysäytettävä verenvuoto. Toivomme, että hänen mielensä säilyy ehjänä."

Sairaanhoitaja Burns ja tohtori Christiansson alkoivat kulkea pitkin kattoa. Heidän alapuolellaan sireenit jyrisivät ja valot välähtelivät.

"Hänen äitinsä, Helen, ei suhtaudu asioihin hyvin."

"Voin vain sanoa, että", hän astui tupakantumppinsa päälle ja avasi sitten oven. "Hänen tyttärensä on parhaissa käsissä."

"Eikö muuta?"

"Ei tällä hetkellä, hoitaja Burns. En haluaisi teidän liioittelevan."

"Eipä tuossa ole kuitenkaan paljon kerrottavaa. Ei ole paljon kerrottavaa."

"Käske hänen rukoilla sitä, johon hän uskoo, jos hän noudattaa sellaista uskomusjärjestelmää. Ja jos hän ei usko, niin käske hänen lähettää ulos kaikki se positiivinen energia, mitä hänellä on sydämessään. Lähettäköön sitä universumiin. Ajattelemaan positiivisesti ja epäilemättä. Uskoa, että hänen tyttärensä selviää tästä, Christiansson sanoi.

He lähtivät takaisin alas portaita.

"Kiitos, tohtori."

"Nyt minun on mentävä takaisin sinne." Leikkaussalin ovet heilahtivat hänen takanaan kiinni.

KAPPALE 2

Sairaanhoitaja Burns palasi Gracen huoneeseen ja löysi Helenin istumasta samalta paikalta, jonne hän oli jättänyt hänet. Hän täytti vesilasinsa uudelleen ja polvistui sitten Helenin viereen.

"Näin juuri tohtori Christianssonin, ja hän sanoi, että Grace voi hyvin. Hän pärjää siellä hyvin."

"Tyttäreni, pärjääkö hän?" "Tyttäreni, pärjääkö hän?"

"Kyllä."

"Kertoiko hän, mitä tapahtui?"

"Kyllä, se oli niin kuin he ennustivat. Hyytymät ovat puhjenneet."

Helen laittoi kätensä suunsa eteen. Hän nyyhkytti.

"Tohtori Christiansson sanoi, että parasta, mitä voit tehdä tyttäresi hyväksi, on rukoilla, jos uskot rukoukseen. Myös pitää huolta itsestään. Lepää vähän. Yö on ollut kauhean pitkä. Mikset nyt kiipeäisi takaisin tänne Gracen sänkyyn ja ottaisi pieniä päiväunia? Herätän sinut, jos jokin muuttuu, lupaan sen."

"Olen uupunut", Helen myönsi.

Helen käpertyi tyttärensä sänkyyn. Hän kuvitteli voivansa yhä tuntea lämpimän jäljen, jonka hänen tyttärensä oli niin äskettäin jättänyt sinne. Hän kietoi kätensä ympärilleen ja nyyhkytti. Aluksi kyyneleet tulivat hitaasti, mutta sitten ne moninkertaistuivat kyyneliksi. Nyyhkytykset ja kyyneleet, yhä nopeammin ja nopeammin ja nopeammin - melkein kuin supistukset.

Vain kuusitoista vuotta sitten Helenin tytär oli syntynyt juuri tässä sairaalassa. Grace oli hänen toinen lapsensa, hänen ainoa tyttönsä. Grace oli hänen ylpeytensä ja ilonsa.

Hänen ensimmäinen lapsensa, Daryl, oli pitänyt hänet synnyttämässä neljäkymmentäkuusi tuntia. Välillä hän luuli, ettei poika koskaan tulisi ulos. Ei Grace. Hän oli ponnahtanut ulos ja astunut maailmaan ensimmäistä kertaa kuin ei olisi halunnut jäädä hetkeksikään paitsi.

Helen muisti, että Grace ei nukkunut paljon, ei edes pienenä lapsena. Hänen tyttärensä pelkäsi jäävänsä elämästä paitsi. Hän oli alusta asti ihastunut kaikkeen, valoon ja väreihin. Grace löysi kuitenkin todellisen kohtalonsa vasta, kun hän alkoi oppia numeroita. Kun hän huomasi symmetrian ympäröivässä luonnossa, Gracen intohimo lähti toden teolla lentoon.

Helen ajatteli perhettään, joka hänellä kerran oli. Rakastava aviomies Benjamin. Rohkea ja rohkea poika, Daryl. Erittäin kallisarvoinen tytär, Grace. Hän muisti heidän yhteiset hyvät hetkensä Tarongan eläintarhassa. Powerhouse-museossa käyntiä. Elokuvien katsominen popcornin kera. He söivät ilta-ateriansa yhdessä. Yksinkertaisia mutta onnellisia päiviä. Miten Helen kaipasi niitä.

Hän hyräili itsekseen ja yritti nukahtaa uudelleen, mutta muistot olivat liian tuoreita, eläviä ja raakoja.

Hän nousi istumaan ja muisti, kuinka hän oli aiemmin samana päivänä nauranut ja jutellut tyttärensä kanssa.

Oli kuin jokin olisi sammunut Gracen mielessä. Kuin sulake olisi lauennut. Yhtenä hetkenä hän oli eloisa, täynnä elämää, ja sitten hän oli katatoninen, ja sitten oli kuin hän ei olisi enää Grace. Kaikki oli tapahtunut niin nopeasti.

Elämä oli kuitenkin sellaista. Yhtenä hetkenä sinulla oli perhe. Sitten saapui kaksi sinipukuista miestä. He sanoivat, että rattijuoppo oli tappanut mieheni ja poikani.

Sinä kauheana yönä Helen muisteli kysyneensä miehiltä, mikä oli vitsi. Hän oli varma, että sellainen oli pakko olla. Sen täytyi olla vitsi. Se ei ollut vitsi. Se vahvistui, kun kaksi arkkua kannettiin kirkon käytävää pitkin. Sitten ne haudattiin maan alle. Ei todellakaan mikään vitsi.

Se oli silloin ja tämä on nyt. Hänen tyttärensä taisteli henkensä edestä, ja missä hän oli? Sängyssä yrittäen nukkua!

Helen heitti peiton takaisin ja alkoi kävellä ylös ja alas huoneessa. Hän mietti, kuka oli syyllinen: Vincente Marino.

Helen pohti hänen itsekkyyttään ja ylimielisyyttään. Se oli hänen vikansa ja vain hänen vikansa, ja jos hänen tyttärensä kuolisi tähän, hän saisi jonain päivänä miehen maksamaan siitä.

✳✳✳

Aamu koitti, ja hoitaja Burns oli jälleen paikalla. Hän hoiti ensin potilaat, jotka tarvitsivat välitöntä apua. Sitten hän meni Grace Greenwayn huoneeseen katsomaan Gracen äitiä Heleniä.

Huone pysyi hyvin hiljaisena, vaikka kaihtimet oli vedetty auki. Hän astui sisään ja huomasi Helenin polvistuvan tuolilla ja tuijottavan ulos ikkunasta.

Kun hän kääntyi hoitajaa kohti, hänen musta ripsivärinsä valui jälkiä pitkin hänen kasvojaan. Hän näytti Marilyn Mansonilta.

Helen käänsi heti huomionsa takaisin siihen, mitä ikkunan ulkopuolella tapahtui. Hän tuijotti kaukana olevaa puuta. Erityisesti mustaa korppia, joka istui oksalla ja avasi ja sulki nokkansa kuin puhuisi mielikuvitusystävälleen.

Helen tunsi olevansa kateellinen linnulle. Lintu, joka oli vapaa lentämään pois. Lentää halutessaan, mutta jäi vapaaehtoisesti. Hän kadehti myös sen tunnesiteen puutetta. Kiintymys merkitsi lopulta tuskaa. Aina menetti ne, joita rakasti eniten.

Hän kääntyi jälleen hoitajan Burnsin puoleen. Hän kysyi pehmeällä kaukaisella äänellä: "Onko uutisia?"

✱✱✱

"E ikö tohtori Ackerman käynyt aamulla luonanne?" Hoitaja Burns kysyi. Tohtori Ackerman, Gracen tapauksen uusi erikoislääkäri, oli luvannut käydä heti aamusta Helen Greenwayn luona päivittämässä tietoja.

Helenin tyhjä ilme kertoi kaiken.

"Olen varma, että erikoislääkäri Ackerman piipahtaa pian. Mitä jos menisin tarkistamaan asian hänen kanssaan?"

"Se olisi hyvin ystävällistä", Helen sanoi taittaessaan kätensä ympärilleen. Hän käänsi huomionsa takaisin korppiin. Se hyppäsi muutaman oksan korkeammalle puuhun.

Hoitaja Burns kääntyi kävelemään pois. Hän pysähtyi ja kysyi Heleniltä, haluaisiko hän soittaa jollekulle - jollekulle, joka voisi istua hänen kanssaan. Ehkä ystävä, kappalainen tai ministeri. Helen pudisti päätään ja jatkoi sitten ikkunasta korpin liikkeiden tuijottamista.

Kun ovi sulkeutui hänen takanaan, hoitaja Burns kuuli Helen Greenwayn itkevän hiljaa.

Helen ajatteli aviomiestä ja poikaa, jonka hän oli menettänyt. Ja myös tytärtä, jonka hän pelkäsi menettävänsä. Hän nyyhkytti ja peitti kätensä kasvoilleen kuin lapsi tekisi nyt näet minut nyt et näe -leikissä.

Vain korppi huomasi hänen leikkivän.

 ✳✳✳

Kun hoitaja Burns saapui leikkaussalin ovelle ja yritti päästä sisään, hänen tiensä oli tukossa. Päällikirurgien tohtoreiden Ashin ja Ackermanin erityiset määräykset osoittivat, että Gracen tilanne saattoi kääntyä huonompaan suuntaan.

Hän palasi Helen Greenwaylle ilman erityistä viestiä. Hän yritti vakuuttaa hänelle, että kaikki järjestyisi. Sitten hän vaihtoi puheenaihetta.

"Haluaisitko jotain syötävää?" Sairaanhoitaja Burns kysyi, kun hän kaatoi Helenille kupin kuumaa teetä äskettäin saapuneelta tarjottimelta. Tee oli lähetetty Gracen aamiaista varten. Lääkärit eivät selvästikään olleet vielä päivittäneet hänen potilaskorttejaan. Sairaanhoitaja Burnsin olisi tarkistettava, kuka oli tehnyt tuon virheen, budjetointia varten, mutta nyt se toimi pienenä rohkaisuna siihen, että Helen Greenwaylle saataisiin hieman ravintoa.

"Minulla ei ole nälkä eikä jano", hän vaati. "Haluan nähdä tyttäreni. Haluan nähdä Gracen." Hän päästi kiljuvan nyyhkytyksen.

Sairaanhoitaja Burns oli siivoamassa huonetta, kun tohtori Smith, sairaalan uusin kirurgi, astui sisään hämmentynyt ilme kasvoillaan. Hän oli pitkä, tumma ja komea, niin komea, että jopa hämmentynyt ilme sai hänet näyttämään yhä viehättävämmältä useimpien naisten silmissä; Helen Greenway ei kuitenkaan huomannut sitä.

Helen muisteli Gracea. Kuinka hän kerran istui suuren sateenvarjopuun alla ja luki Einsteinin suhteellisuusteoriasta tai Fibonaccin Liber Abaci -kirjasta. Hän kuvitteli tyttärensä muhkean ruohon pehmeällä sängyllä, varjossa ja suojassa puun sylissä.

Tohtori Smith lähestyi häntä varovasti, katsoi ensin hoitaja Burnsiin ja sitten takaisin Helen Greenwayhin. Helen ei liikahtanut eikä edes tunnustanut miehen läsnäoloa.

"Saanko tavata teidät ulkona hetken?" Tohtori Smith kysyi.

"Kyllä, tohtori", hän vastasi.

He perääntyivät ulos huoneesta. Helen Greenway ei edes huomannut.

***

"Mikä häntä vaivaa?" Tohtori Smith kysyi. Sairaanhoitaja Burns laittoi hänet kuvaan.

"Hänen on hillittävä itseään", hän sanoi, "koska hän häiritsee muita potilaita. Tulin juuri työvuoroon, ja siitä on tehty useita valituksia. Tämän on loputtava. Joko saamme jonkun lääkäreistä hyväksymään rauhoittamisen, tai kehotamme häntä siirtymään pois osastolta vähäksi aikaa." Hän sanoi.

"Teen parhaani", hoitaja Burns sanoi hieman liian puolustautuvasti.

Tohtori Smith tarttui hänen käteensä ja katsoi häntä silmiin. Hän oli oppinut tämän liikkeen katsomalla uusittuja E.R.-jaksoja. Sekä henkilökunnan jäsenet että potilaiden sydämet sulivat aina sarjassa, mikä varmisti George Clooneyn suosion.

"Tiedän, että olet", hän nuhteli, "ja arvostan kaikkea, mitä olet tehnyt. Kaikkea, mitä aiotte tehdä auttaaksenne sekä minua että muita osastolla olevia potilaita."

Hän hymyili takaisin, mutta sisäisesti hän piti miestä yhtä valheellisena kuin kahden dollarin seteliä.

Hän kääntyi ja lähti takaisin Helen Greenwayn huoneeseen.

Valitettavasti Helen ei ollut enää siellä.

KAPPALE 3

"**M**INUN ON PÄÄSTÄVÄ ULOS tästä huoneesta, ulos raittiiseen ilmaan", Helen kuiskasi itsekseen hiipien lääkäreiden ja hoitajien ohi. Hän eteni hissille; hän oli varma, ettei kukaan kaipaisi häntä.

Kun ovet sulkeutuivat, Helen katseli, kuinka paareja työnnettiin, vedettiin tai saatettiin pitkin käytäviä. Hän peitti korvansa, kun kuuli niiden vinkuvien tai raapivien pyörien keräävän vetoa. Hän hyppäsi, kun yksi niistä ohjattiin väärin ja raapaisi seinää. Sairaalan henkilökunta ei näyttänyt huomaavan hälinää.

Hän tunsi olonsa rentoutuneeksi, kun ovet sulkeutuivat tiukasti hänen takanaan. Häntä häiritsi vain hissimusiikki. Musikaalista tuttu sävelmä toi mieleen muistoja hänen ja Gracen yhteydestä äitinä ja tyttärenä. Varhaisista ajoista, ennen kuin matemaattinen kuilu ja teini-ikä erottivat heidät toisistaan.

Saavuttuaan pohjakerrokseen Helen astui ulos aistien tarkkaa tarkoitusta ja kohtaloa. Hän halusi tuntea tuulen tuiverruksen kasvoillaan. Hän halusi olla ulkona rauhallisessa, raikkaassa eukalyptuksen tuoksuisessa ilmassa.

Kukaan ei pysäyttänyt tai kyseenalaistanut häntä tai edes näyttänyt huomaavan häntä. Hän astui sisään pyöröovista ja virtasi virran mukana ulos.

Täsmälleen samalla hetkellä hänen vieressään pysähtyi kiljuva ambulanssi, jonka sireenit ulvoivat ja valot vilkkuivat.

Meteli oli korviahuumaava, eikä se ollut lainkaan sellaista rauhaa ja yksinäisyyttä, jota Helen oli kuvitellut. Hän halusi päästä pois, paeta sitä. Mutta ääni tuntui vääntelevän häntä ja vievän hänen energiansa. Hänen jalkansa tuntuivat olevan tiukasti kiinni betonissa.

Koska hän ei pystynyt liikkumaan tai juoksemaan, hän painautui seinää vasten ja peitti korvansa. Hänen ympärillään oli kaaos, työntelyä, vetoa ja raapimista sen rauhan ja tyyneyden sijaan, jota hän niin kaipasi.

Hukkuneena Helen pyörtyi kylmiltään ja kaatui maahan.

KAPPALE 4

"Vincente?" Grace nyyhkytti. "Vincente, oletko siellä?"

Gracen silmät olivat aivan auki, ja hän etsi miestä ympäri kylmää metallihuonetta, mutta häntä ei ollut missään.

Naamioituneet miehet ja naiset tuijottivat häntä.

Kirkas valo hänen yläpuolellaan sykki lämpöä ja energiaa, mikä pakotti hänen silmänsä jälleen kerran kiinni.

"Vincente?" hän kuiskasi toistuvasti.

Yksinäinen tähti paloi kirkkaasti. Se tanssi hänen silmiensä edessä. Aluksi pehmeä ja lempeän lämmin, se poltti pian hänen ihoonsa.

Sitten kaikki muuttui taas mustaksi.

KAPPALE 5

"Saavuimme sairaalaan yhden potilaan kanssa ja löysimme toisen jalkakäytävältä!" ambulanssinkuljettaja huusi, kun tiimi arvioi tilannetta.

"Kaksi yhtä hätätilannetta vastaan", hänen työtoverinsa sanoi virnistäen.

"Ensimmäisenä vuorossa on miehemme ambulanssissa", ensimmäinen mies sanoi. Hän ja hänen työtoverinsa nykäisivät paareja pitkin jalkakäytävää. "Tulossa", he sanoivat työntäessään tiensä ovista sisään.

"Tuolla on toinenkin", toinen mies sanoi vastaanottovirkailijalle.

Siihen mennessä Helen oli jo tullut tajuihinsa ja yritti nousta seisomaan. Pienet valkoiset tähdet välkkyivät ja tuikkivat ympäriinsä hänen päässään. Oli kuin hän olisi ollut jossakin niistä Wile E. Coyote -piirretyistä. Sen jälkeen, kun Roadrunner oli lyönyt moukarilla karvaisen pedon päähän. Hän yritti vakauttaa itseään, mutta hänen jalkansa heikkenivät, ja hän putosi jälleen kerran maahan.

"Tietääkö kukaan, kuka hän on?" eräs nainen tiedusteli. Helenin ympärille oli kerääntynyt vierailijoita ja sairaalan henkilökuntaa, jotka olivat juuri tulleet töihin. Yksi henkilökunnan jäsen puhui radioon ja pyysi paareja ja traumakirurgia ilmoittautumaan välittömästi hätäkeskukseen.

Helen avasi silmänsä ja katsoi ylös. Joukko tuntemattomia ihmisiä tuijotti häntä. Hän yritti nousta uudelleen ylös, mutta tuntemattomat kehottivat häntä pysymään maassa.

"Voitko kertoa meille, kuka olet? Muistatko nimesi?" radioon puhunut nainen kysyi.

"Kyllä, nimeni on Helen, Helen Greenway."

Nainen puhui jälleen radioon. "Maassa täällä ulkona sisääntuloväylällä on valkoihoinen nainen. Noin kuusikymmenvuotias, nimi: Helen, Helen Greenway. Tunteeko kukaan häntä? Onko hän potilas? Karkasi psykiatriselta osastolta? Hänellä on katupuvut, toistan, hänellä on katupuvut."

Nuori lääkäri saapui paikalle lääkintälaukku mukanaan. Hän polvistui Helenin viereen ja kysyi, oliko hän loukkaantunut. Kun tämä pudisti päätään, mies jatkoi hänen elintoimintojensa tarkistamista.

"Olen kunnossa", Helen sanoi. "Minun tyttäreni on sairas!" "Tyttäreni on sairas!" Vielä kerran hän yritti nousta ylös.

"Helen", lääkäri sanoi, "sinun on pysyttävä alhaalla, kunnes olen varma, että elintoimintosi ovat normaalit."

Helen nyökkäsi nöyrästi kuin nuhjuinen lapsi.

Kun Helenin elintoiminnot oli todettu hyväksyttäviksi, häntä rohkaistiin nousemaan ylös. Pyörätuoli tuotiin esiin.

"Nyt", lääkäri sanoi, "sinä istut alas, ja lähdetään etsimään tytärtäsi."

"Minä osaan kävellä", Helen tylytti.

"Minä työnnän", mies vaati.

***

Kun he saapuivat Gracen kerrokseen, hoitaja Burns juoksi heitä kohti. "Luojan kiitos, että olet kunnossa, Helen!"

"Tunnetko hänet?" lääkäri kysyi.

"Kyllä, olemme tavallaan vanhoja ystäviä", hoitaja Burns hymyili.

"No, hän pyörtyi rakennuksen ulkopuolella, siksi hän on pyörätuolissa. Olen tarkistanut hänen elintoimintonsa. Hän vaikuttaa e hyvältä, vaikka ehkä hieman univajeessa onkin. Lisäksi nälkäinen ja kuivunut."

"Niin, hän on ollut niin keskittynyt tyttärensä terveyteen, että hänen on ollut vaikea saada mitään sisäänsä." "Niin, hän on ollut niin keskittynyt tyttärensä terveyteen, että hänen on ollut vaikea saada mitään sisäänsä."

"Puhu sitten hänen lääkärinsä kanssa. Laita hänet tarvittaessa tiputukseen, mutta emme voi antaa hänen kuljeskella ympäriinsä tässä tilassa. Hän tarvitsee ruokaa ja vettä, ja hän tarvitsee sitä välittömästi. Kuka on hänen tyttärensä lääkäri?"

"Hänen tyttärellään on lääkäreistä koostuva tiimi - Christiansson, Ash ja Ackerman."

Lääkäri epäröi. Hän oli kuullut meneillään olevasta operaatiosta, siitä, että kirurgit oli kutsuttu paikalle hätätilanteessa. Yksi oli lennätetty paikalle yön yli. Tilanne oli todellakin vakava. Hän tunsi nyt vielä enemmän myötätuntoa pyörätuolissa istuvaa naista kohtaan.

"Siinä tapauksessa katsokaa, mitä voitte tehdä", hän sanoi hoitaja Burnsille. Sitten Helenille: "Teidän on syötävä, juotava ja levättävä, kun tyttärenne herää. Sinun täytyy olla poikkeuksellisen vahva hänen vuokseen."

Hänen sanansa eivät tavoittaneet Heleniä, koska tämä oli jo nukkumassa pyörätuolissa.

KAPPALE 6

H ELEN HERÄSI VIISITOISTA MINUUTTIA myöhemmin, takaisin Gracen sängyssä. Hän ei muistanut, miten oli joutunut sinne. Hän painoi sängyn nappia. Hetkeä myöhemmin hoitaja Burns saapui tarjotin täynnä kuumaa ruokaa ja tuoretta kahvia.

"Pelkäänpä, etten voi syödä mitään", Helen sanoi.

"Se on joko näin tai suonensisäisesti. Päätä sinä, Helen. Olen lähdössä pian pois töistä, ja lupasin traumalääkärille, että varmistan, että syöt ennen kuin lähden yöksi. Jos et suostu, hän järjestää lääkärisi kanssa, että sinut laitetaan tiputukseen ja ruokitaan ja juotetaan sillä tavalla."

"Kieltäydyn molemmista tavoista. Itse asiassa minulla on fobia sairaalaruokaa kohtaan. Haluan pois täältä ja saada jotain muuta syötävää. Pois täältä."

"Niin, ymmärrettävää. Luulen, että voimme tehdä sen", hoitaja Burns sanoi kääntyessään ja poistuessaan.

Hetken kuluttua hän palasi takki yllään, ja yhdessä hän ja Helen poistuivat sairaalasta. He olivat menossa pieneen kahvilaan aivan kadun varrella.

Se olisi tervetullut tauko molemmille.

KAPPALE 7

"Hänen verenpaineensa laskee. Se on pudonnut ennätyksellisen alas! Jos emme tee jotain nyt, jos emme saa verenvuotoa pysäytettyä, menetämme hänet", tohtori Ash sanoi.

Kaikki leikkaussalissa läsnäolijat sekoittuivat ja siirtyivät lähemmäs.

"Tahratkaa se, perkele!" "Tahratkaa se, perkele!" Tohtori Ackerman määräsi.

Verta virtasi niin paljon. Vaikka kaikki olivat käsillä kannella, he eivät pystyneet tekemään sitä tarpeeksi nopeasti. Sydänkone pysähtyi.

Se huusi.

"Meidän on saatava hänet takaisin! Meidän on pakko!" Tohtori Christiansson huudahti.

KAPPALE 8

Kahvilassa Helen Greenway kaivoi haarukkaa perunamuusikasaan. Hän viipaloi pihvin ja työnsi sen hampaidensa väliin. Hän pureskeli ja pureskeli ja yritti niellä, mutta se ei tahtonut mennä alas.

"Juuri noin", hoitaja Burns sanoi, "olosi paranee hetkessä."

Helen tunsi kylmyyden kulkevan kehossaan, aivan kuin joku olisi avannut oven kylmänä talvipäivänä. Ovi pysyi kiinni, mutta hänen käsivarsilleen muodostui hanhikyhmyjä. Hän painautui itseensä yrittäen pysyä lämpimänä. Jostain tuntemattomasta paikasta hän kuuli Gracen huutavan hänen nimeään. Sekuntia myöhemmin sairaanhoitajan puhelin soi.

"Täällä on tohtori Christiansson. Soitan, koska käsittääkseni olette siellä Grace Greenwayn äidin Helenin kanssa. Pitääkö se paikkansa?"

Sairaanhoitaja Burns nyökkäsi, mutta ei sanonut mitään pitäessään yllä pokerinaamaa.

"Grace on juuri menettänyt tajuntansa, taas kerran. Olen epävarma..." Hän keskeytti, jättäen karmean lausunnon kesken. Hän oli uupunut.

"Ymmärrän", hän sanoi. "Tulemme heti takaisin."

Helen Greenway pudotti haarukkansa ja kyyneleet virtasivat hänen silmistään. Helen juoksi kohti sairaalaa tyttärensä äänen soidessa hänen korvissaan.

KAPPALE 9

"**G**RACE, SINUN ON PIDETTÄVÄ kiinni!" ääni sanoi.

Se oli ääni, jonka Grace tunnisti Vincenten ääneksi. Hän oli lähtenyt pois. Hän oli jättänyt Gracen rinnalle, ja nyt hän oli palannut. Hän oli palannut.

"Missä olet ollut?" Grace kysyi ja etsi koko ajan miestä huoneesta. Etsien hänen koboltinsinisiä silmiään.

"Olen täällä", mies sanoi tarttuen hänen käteensä. "Olen aina ollut täällä."

"Mutta miksi en voi nähdä sinua? Olin niin peloissani." Hän pysähtyi tuntemaan, kuinka hänen kätensä sulkeutui hänen kätensä ympärille. "Ja sitten valot sammuivat." Hän piti tauon. "En usko, että pystyn pitämään kiinni Vincente. En usko, että selviän."

"Kyllä sinä selviät", hän sanoi, kun kyyneleet valuivat hänen poskiaan pitkin heidän kietoutuneisiin käsiinsä. "Löysin sinut vasta äsken! Olemme vastanaineita, ja sinä lupasit rakastaa minua ikuisesti."

"Tulen aina rakastamaan sinua Vincente. Ikuisesti."

"Sitten sinun on löydettävä keino jäädä", hän sanoi. "En ole mitään, en mitään, ilman sinua!" Hän kaatui polvilleen, aivan kuin salama olisi iskenyt häntä sydämeen.

"Minä yritän, Love", hän sanoi. "Mutta täällä on niin pimeää, niin pimeää. Minun täytyy nähdä sinut!"

"Olen tässä", Vincente sanoi ja puristi tiukasti hänen kättään.

"Minä kuulen sinut. Voin tuntea sinut. Mutta missä sinä olet?"

Hän astui valoon.

"En näe sinua! Miksi en näe sinua?"

"On yö, rakas", hän sanoi. "Ja valot saattavat vahingoittaa silmiäsi. Mutta luota minuun, minä olen täällä. Olen ollut täällä koko ajan. Lupasin, etten koskaan jättäisi sinua, ja pidän aina lupaukseni."

"Laula minulle jotain."

Hän lauloi laulun hänen korurasiastaan, laulun, josta oli tullut heidän laulunsa.

Leikkaussali oli täynnä kaikenlaisia lääkinnällisiä laitteita ja hoitohenkilökuntaa, jotka juoksentelivat ympäriinsä ja törmäilivät toisiinsa. Kun tasaisen viivan ääni loppui ja hänen sydämensä sykkeen normaali ääni jatkui, leikkaussalissa kajahti pieni hurraaääni.

"Me teimme sen!" Tohtori Ash huudahti.

"Meillä on vielä paljon työtä tehtävänä", tohtori Ackerman muistutti. "Grace on menettänyt paljon verta. Hän saattaa tarvita useita verensiirtoja, ja hyytymisen kanssa kilpailemme yhä kelloa vastaan."

"Puhun hänen äitinsä kanssa", tohtori Christiansson sanoi. "Hän voi ehkä luovuttaa lisää verta. On aina parempi, kun perheenjäsen luovuttaa verta."

Hän läpsäytti molempia johtavia kirurgeja hellästi selkään ja katsoi Gracea. Hän katseli sydänmonitoria muutaman sekunnin ajan ja otti kaiken huomioon. Kaikki näytti olevan normaalisti, tai niin normaalisti kuin se saattoi olla nuorelle tytölle, jonka sydän oli juuri mennyt kahdesti vajaan vuorokauden sisällä lamaan.

***

"P ÄRJÄÄT LOISTAVASTI", VINCENTE SANOI hyväillessään Vincenten otsaa.

"Haluaisin jäädä, mutta olen vain niin kauhean väsynyt."

"Muistatko hääpäivämme? Muistatko talomme Manlyssä? Miten sisustimme sen yhdessä? Muistatko, kuinka lupasit minulle ikuisesti, rouva Marino?"

"Muistan kyllä", hän sanoi. Sitten hän katsoi ylös, ja valo, joka oli kerran ollut kaukana hänen yläpuolellaan, näytti siirtyneen lähemmäs häntä. Se oli kuin tähti, joka veti häntä puoleensa ja taisteli samalla omasta elämästään. Grace oli hyvin väsynyt, ja hän kaipasi lepoa, rauhaa. Hän kaipasi mennä tähtien loisteeseen.

Se oli tähtipallo, ja se kiertyi ja kääntyi, työntyen sisäänpäin ja ulospäin, samalla kun se kutsui Gracea tulemaan ja liittymään siihen. Se oli Fibonacci-tähti; osa Linnunrataa, ja ainoa asia, joka pidätteli häntä, oli hänen ikioma kultainen keskitiensä, Vincente.

"Grace", Vincente sanoi.

Hänen äänensä tuntui olevan niin äärimmäisen kaukana, ja Grace tunsi itsensä hyvin kylmäksi ja hyvin yksinäiseksi. Tähden ytimessä oleva polttava kuumuus hengitti hänen päälleen ja lämmitti häntä kaukaa. Liittyminen siihen olisi vain hengenvedon päässä. Se olisi niin helppoa.

"Voi ei!" Tohtori Ash huusi. "Ei taas! Ei niin pian! Menetämme hänet!"

"Hän on menettänyt liikaa verta!" Tohtori Ackerman huudahti. "Missä on tohtori Christiansson, joka on kertonut uutiset verensiirrosta?", kysyi hän. Meidän on annettava hänelle lisää verta heti! Emme voi odottaa hänen äitiään. Aloittakaa verensiirto heti."

Sekuntia myöhemmin Gracen velttoon vartaloon pumpattiin vierasta verta.

Aluksi hänen kehonsa näytti hyväksyvän sen. Juoda sitä ahnaasti. Ei kuitenkaan kestänyt kauan, ennen kuin uusi veri hylkäsi vanhan veren.

Silloin taistelu todella alkoi.

"Vincente?"

"Kyllä, rakkaani."

"Pelkään kuolevani."

"Ei ole sinun aikasi", hän sanoi. "Ei voi olla sinun aikasi."

"Mistä sinä sen tiedät?" hän kysyi kuumuuden raivotessa hänen kehossaan. Hän oli palava ja sitten jääkylmä. Koko ajan tähdenlento kutsui.

"Koska elän vain sinua varten."

"Mutta tämä tuntuu pahalta, hyvin pahalta, Vincente."

"Miltä se tuntuu, rakkaani? Kerro minulle."

"Tuntuu kuin olisin maanpinnan yläpuolella ja katselisin alas itseäni paareilla leikkaussalissa. Näen, miten ne tökkii, tökkii ja rimpuilee ympäriinsä."

"Ne auttavat sinua, rakkaani."

"Niin, mutta se sattuu minuun niin paljon." "Niin, mutta se sattuu minuun niin paljon."

"Voitko jäädä? Sinun täytyy jäädä. Ole kiltti. Tee se minun vuokseni. Miehesi vuoksi."

"En kestä kipua. Haluan... haluan..."

"Tiedän, mitä haluat, Grace", hän sanoi. "Haluaisit varmaan nähdä äitisi."

"Mutta Vincente, äitini on kuollut."

"Ei, hän elää ja on nyt matkalla. Odota hetki."

"Miten hän voi olla? Yhtenä hetkenä olimme Manlyssä, eikä maailmassa ollut ketään muuta kuin sinä ja minä - ja nyt tämä. Paljon ihmisiä kaikkialla. Ja äärimmäistä kipua, armotonta kipua."

"Muistatko ne hyytymät, Grace?"

"Kyllä, ne hyytymät."

"Niitä oli enemmän kuin yksi. Ne puhkesivat. Me kaikki taistelemme puolestasi. Älä päästä irti, Grace. Sinunkin on taisteltava. Minä rakastan sinua. En voi päästää sinua. Ole kiltti, älä päästä irti!"

"Vincente, olen niinoooo väsynyt! Ehkä sinun on aika päästää minut menemään."

"En koskaan!" hän huusi. Hän katsoi, kuinka tytön silmäluomet lepattavat ja sulkeutuvat. Lopulta hän kuiskasi tytön korvaan: "Lepää sitten, rakkaani. Kyllä, sulje silmäsi ja lepää. Laulan sinulle tuutulaulun, mutta älä jätä minua."

Hän jatkoi hengittämistä sisään ja ulos. Vincente lauloi lisää heidän erityistä lauluaan kyyneleet valuivat hänen poskiaan pitkin.

KAPPALE 10

Helen ja hoitaja Burns palasivat sairaalaan, jossa tohtori Christiansson odotti. "Millainen olo sinulla on, Helen?" hän kysyi ja ohjasi Heleniä kohti leikkaussalia.

"Voin hyvin, olen huolissani tyttärestäni!"

"Ymmärtääkseni sinulla oli huono olo aiemmin, ja pyörryit? Pitääkö se paikkansa?" Hän katsoi hoitaja Burnsiin ja tämä nyökkäsi.

"Minä kyllä pyörryin, mutta mitä tekemistä sillä on minkään kanssa? Mitä tyttärelleni tapahtuu?"

"Olen huolissani siitä, että meidän on ehkä otettava teiltä verta verensiirtoa varten. Se on aina parasta, kun se tulee joltakulta, joka on suorassa sukulaisuussuhteessa potilaaseen."

Helen nyökkäsi ja peitti sitten kädet kasvoillaan. Hän tunsi itsensä uskomattoman uupuneeksi, mutta hän halusi pystyä auttamaan. Hänen täytyi pystyä auttamaan.

"Viedään sinut yläkertaan verihuoneeseen tarkkailtavaksi." Sitten hoitaja Burnsille: "Onko Helen syönyt mitään viime aikoina?"

Hoitaja Burns nyökkäsi ja näytti hänelle, kuinka paljon. Se ei riittänyt edes linnun elossa pitämiseen.

"No niin, no niin", hoitaja Burns sanoi Helenille, kun he kulkivat käytävää pitkin.

Tohtori Christianssonin hakulaite soi. "Hetki vain", hän sanoi. Hän siirtyi kauemmas heistä. "Muutos suunnitelmiin. Minun täytyy viedä sinut tapaamaan tytärtäsi - nyt. Tule mukaan ja peseydy."

Hoitaja Burns teki liikkeen palatakseen paikalleen, mutta tohtori Christiansson pyysi häntä jäämään.

"Ennen kuin menemme sisään", hän varoitti, "minun on kerrottava teille, rouva Greenway-Helen, että menetimme tyttärenne jo pari kertaa tuolla."

"Kadotitte hänet?"

"Niin. Tarkoittaen, että hän menetti henkensä. Hänen sydämensä pysähtyi, mutta vain hetkeksi."

Helen pidätti nyyhkytyksen.

He astuivat leikkaussaliin.

Grace oli tajuttomana leikkauspöydällä.

"Äiti!" Grace huudahti.

Helen meni hänen luokseen ja otti Gracen käden omaan käteensä. Hän katsoi tytärtään silmiin.

"Tässä on Gracen äiti Helen", tohtori Ackerman selitti muille lääkäriryhmän jäsenille.

"Kiitos, että tulitte ja näin nopeasti", tohtori Ash sanoi. "Mukava tavata teidät. Grace on todellakin hyvin rohkea tyttö."

"Miten hän voi, tarkoitan oikeasti?" Helen kysyi.

"Siellä oli vaikeaa, mutta hänen elintoimintonsa ovat vakiintuneet. Pidämme häntä silmällä, ja hän pärjää hyvin."

"Kiitos", Helen sanoi. "Kiitos teille kaikille!" Hän tunsi suuren möykyn kurkussaan.

"Anteeksi, tohtori Ash", yksi Gracen elintoimintoja silmällä pitäneistä sairaanhoitajista puhui. "Voisitteko tulla tänne hetkeksi, kiitos?"

Hän meni hänen luokseen, ja heti hänen katseensa kohdistui näyttöön.

"Äiti, minä tässä, Grace, äiti!" "Äiti!"

"Hän ei kuule sinua", Vincente sanoi.

"Mitä? Miten niin hän ei kuule minua? Hän seisoo tuossa! Totta kai hän kuulee minut! Äiti, se olen minä, Grace... Vincente ja minä. Olemme nyt naimisissa ja rakastamme toisiamme, äiti. Äiti!"

"Rakkaus, hän ei kuule sinua", Vincente toisti ja hyväili koko ajan hänen kättään. Hän ojensi kätensä ja suuteli häntä otsalle.

"Hän ei kuule minua, mutta hän näkee minut. Siinä - hän pitää kädestäni kiinni. Hetkinen - hän ei voi nähdä sinua, eihän? Miksei hän näe tai kuule sinua, Vincente?"

"En tiedä."

"Vincente, oletko kuollut?"

Vincente nauroi ja ajoi sormillaan hiuksiaan: "En tietenkään ole kuollut. Olen tässä vierelläsi, pidän kädestäsi kiinni."

"Mutta muut eivät voi nähdä sinua, eivät lääkärit eivätkä äitini. He liikkuvat ympärilläsi, sinun kauttasi. Mikseivät he voi nähdä tai kuulla sinua? Miksi minä olen ainoa, joka tietää, että olet täällä? Olenko minä kuollut? Olemmeko me molemmat kuolleita?"

"Olemme aina yhdessä, koska rakastamme toisiamme. Rakkautemme on vahvempi kuin kaikki ja kaikki."

Gracen henki oli jo aiemmin ajelehtinut huoneessa, mutta nyt hän palasi takaisin ruumiiseensa.

Sisällä ollessaan hän yritti aluksi taistella kipua vastaan. Sitten hän yritti elää kipua, mennä sen mukana, mutta se oli hänelle liikaa. Hän ei pystynyt pitämään kiinni. Hän pirstoutui.

"Hänen elintoimintonsa laskevat! Menetämme hänet taas!" Tohtori Ash huusi. Kaikki siirtyivät lähemmäs Gracen vierelle ja työnsivät Helenin pois tieltä.

"Verenvuoto oli täysin tyrehtynyt", tohtori Ackerman vahvisti. "Hän voi niin hyvin. En löydä mitään muuta syytä tälle äkilliselle uusiutumiselle kuin...". Hän epäröi ja katsoi Helen Greenwayta, joka seisoi pöydän vieressä ja väänsi maitaan kuin Lady Macbeth.

"Viekää hänet pois täältä!" Tohtori Ash huusi.

"Mitä he nyt sanovat, Vincente?" Grace kysyi.

"He syyttävät äitiäsi uusiutumisestasi. Kun palasit kehoosi ja tulit taas ulos, jotain tapahtui. He luulevat, että olet kuolemassa."

"Mutta minä en ole kuolemassa! Minä haluan elää!"

"Me menetämme hänet!" Tohtori Ackerman huusi. "Tyhjentäkää kannet!" hän huudahti siirtyessään sisään ja aloittaessaan sydämen elvytyksen.

"Ei, en jätä häntä!" "Ei, en jätä häntä!" Helen huusi, kun hänet työnnettiin heiluvien ovien läpi käytävälle.

"Äiti", Grace huusi, "äiti!" "Äiti!"

"Hän vuotaa taas verta", tohtori Ash vahvisti. "Täällä on lisää hyytymiä. En osaa laskea, kuinka monta. En tiedä, kuinka kauan hän jaksaa!"

"Teemme kaiken voitavamme hänen puolestaan."

Gracen henki liukui takaisin hänen kehoonsa. Hän yritti saada itsensä nousemaan ylös. Hänen päässään värikaleidoskooppi alkoi pyörimään ja pyörimään, kunnes hän ei enää nähnyt eikä kuullut Vincenteä. Hän huusi: "Vincente, älä jätä minua!" Sitten hän ei sanonut mitään.

✱✱✱

"Vincente?" Tohtori Ash kysyi. "Kuka on Vincente?"

"Hän on se poika, joka vei hänet sairaalaan", tohtori Christiansson vastasi.

"Ehkä meidän pitäisi ottaa häneen yhteyttä ja pyytää häntä tulemaan sairaalaan?"

"Nyt on keskellä yötä? Ei ehkä ole mahdollista saada häntä tänne."

"Tehkää se vain!" Tohtori Ash huusi. "Tarvitsemme kaiken mahdollisen avun!"

"Grace, kuuntele minua", tohtori Ash sanoi kumartuessaan lähemmäs häntä. "Teemme kaikkemme vuoksesi. Toivon, että kuulet minua. Me kuulimme sinut. Kutsumme Vincenteä. Hän on pian täällä ja vierelläsi. Odottakaa siis hetki. Ole vahva."

Grace ei kuullut häntä. Hän oli jossain pimeässä aivan yksin.

KAPPALE 11

Ulkona aulassa Helen Greenway kuiskasi puhelimeen: "Hei, Vincente, anteeksi, että häiritsen näin myöhään".

"Kuka siellä on?"

"Anteeksi", hän epäröi ja jatkoi sitten tunnistauduttuaan. "Täällä on Grace. Grace on syy siihen, että soitan sinulle näin myöhään. Täällä puhuu hänen äitinsä, Helen Greenway."

"Onko hän kunnossa? Eikö hän ole...?" hän pysäytti itsensä ja hänen äänensä hiljeni. Hän pelkäsi kuulla, mitä seuraavaksi oli tulossa. Oliko hän tappanut hänet? Hän ei voinut sietää sitä, jos näin oli, vaikka hän tiesi, ettei se ollut hänen syytään. Hän ei olisi voinut tietää. Hänen mielensä palasi nykyhetkeen. Hän oli melko varma, että Helen Greenway oli jo vastannut. Puhelimen toisessa päässä vallitsi täydellinen hiljaisuus.

"Oletko siellä, Vincente?" hän kysyi odottaessaan miehen vastausta. Hän oli selittänyt kaiken, kertonut asiansa. Mies oli vaiti. Epäröikö hän tulla sairaalaan? Ei todellakaan. Ei, hän ei ollut luultavasti vain vielä täysin herännyt. Kun hän ei vieläkään vastannut, hän tuuppasi: "Grace, Grace tarvitsee sinua, Vincente." Hän sanoi: "Grace, Grace tarvitsee sinua, Vincente."

Hänen päänsä napsahti taaksepäin helpotuksesta, kun hän tiesi, että tyttö oli yhä elossa ja hengitti: "Tulen sinne heti aamulla." "Tulen heti aamulla."

"Ei, tulkaa heti. Grace tarvitsee sinua nyt. Hän kutsuu sinua. Lääkärit sanovat, että sinun on tultava sairaalaan nyt, ennen kuin on liian myöhäistä."

Vincenten pää oli sekaisin siitä, että hänet oli herätetty keskellä yötä, ja ajatuksista, miten hän pääsisi sairaalaan. Hänen täytyisi herättää äitinsä ja pyytää häntä ajamaan hänet sinne, ja sitten äiti olisi täynnä kaikenlaisia kysymyksiä. Puhumattakaan siitä, miten hän pääsisi kotiin?

"Ole kiltti ja sano kyllä, niin lähetän sinulle taksin. Hetki vain", Helen piti kättään puhelimen päällä. Sairaanhoitaja vahvisti, että Vincenten luokse lähetettäisiin auto hakemaan hänet ja palauttamaan kotiin. "Auto lähetetään hakemaan sinut Vincente. Vahvistakaa, että tulette sairaalaan tapaamaan tytärtäni. Hän kysyy sinua. Ole kiltti."

"Hyvä on, mutta anna minulle muutama minuutti aikaa pukeutua ja jättää viesti äidilleni." "Hyvä on."

"Minun on vahvistettava osoitteenne", Helenin puhelimen päässä oleva vastaanottovirkailija kysyi tarkistettuaan sairaalan tiedot.

"Kyllä, se on oikein", Vincente sanoi.

"Auto on tulossa, olkaa hyvä ja odottakaa."

"Odotan", Vincente sanoi kuittaillessaan ja ryhtyessään vetämään päälleen mustia farkkuja ja valkoista t-paitaa. Hän kampasi hiuksensa ja heitti sitten punaisen hupparin päähänsä, joka sotki ne jälleen.

Seuraavaksi hän otti kaksi askelta kerrallaan portaita alas. Hän kirjoitti äidilleen lyhyen viestin ja liimasi sen jääkaappiin. Sekuntia myöhemmin auto saapui.

Hän oli autossa, turvavyöt kiinni ja matkalla sairaalaan. Hän lepuutti päätään käsivarteensa ja katseli pimeyden lentävän ohi.

Aina silloin tällöin kuun kasvot tuntuivat kutsuvan. Mies kuussa näytti oudon tutulta, jonkinlaiselta Mark Twainin ja Albert Einsteinin risteytykseltä.

Hän keskittyi mielessään kuuhun ja tähtiin ja yritti estää itseään nukahtamasta.

Hän halusi olla hereillä. Hän halusi...

$$\ast\ast\ast$$

H ELEN OLI YLPEÄ ITSESTÄÄN, sillä hän oli saanut Vincenten tulemaan sairaalaan.

Tosin Helen oli hieman ymmällään siitä, miksi hänen tyttärensä oli huutanut hänen nimeään. Millainen ote Vincenteellä oli hänen sydämeensä, että hän kutsui häntä näin? Ehkä hän oli aliarvioinut miehen. Tai ehkä hän merkitsi tyttärelleen enemmän kuin Helen tajusi? Hän oli vain lukiolaispoika, luokkatoveri, ihastus. Toisaalta, eikö hän itse ollut mennyt naimisiin oman lukiolaisrakastettunsa kanssa?

Helen käveli ylös ja alas käytävällä. Kun hoitaja Burns tuli ulos, hän sanoi: "En kestä tätä! En tiedä, mitä tyttäreni kanssa tapahtuu! Se on aivan liikaa!"

Hoitaja Burns ymmärsi Helen Greenwayn rasituksen, mutta hänen ylireagoinnillaan ja yleisellä paniikkitaipumuksellaan oli heijastusvaikutuksia muihin potilaisiin ja perheenjäseniin, jotka odottivat uutisia omista läheisistään.

Sairaanhoitaja Burns ohjasi Helenin selän tukevasta paikasta pois hiljaiseen nurkkaan, jossa hän puhui hänelle kuiskaillen:

"Tyttärenne on parhaissa käsissä. Tiedän, että se on vaikeaa, mutta teidän on yritettävä pysyä rauhallisena."

"Kunpa olisin voinut jäädä hänen luokseen ja tarjota tukeni", Helen sanoi.

"Grace pärjää siellä hyvin, ja lääkärit ajattelevat vain häntä - ja sitä, mitä hän haluaa ja mitä hän tarvitsee. Tyttäresi selviytyminen on sairaalalle ykkösasia."

"Niin, mutta minä olen hänen äitinsä! Eikö minulle kuulu mitään selityksiä? Eikö minulla ole täällä mitään oikeuksia?"

"Todellakin, sinulla on oikeuksia, mutta sinulle on annettu tärkeä tehtävä, tuoda Vincente tänne. Ymmärtääkseni hän on jo matkalla?"

"Niin on. Mutta olisin ehkä voinut auttaa tytärtäni, ellette olisi työntänyt minua ulos huoneesta."

"Helen", hoitaja Burns sanoi hieman vihaisesti, "tyttäresi tila muuttui, kun olit hänen kanssaan. Näytit aiheuttavan hänelle noina hetkinä pelkkää ahdistusta." Hän epäröi. "Lääkärit huomasivat tämän muutoksen tyttäresi vakaudessa. Siksi he poistivat sinut leikkaussalista. Se oli Gracen vuoksi."

"Mutta Gracen ei ole mitään syytä rappeutua - minun takiani. Minä rakastan häntä. Hän on elämäni."

"No, todisteet puhuivat puolestaan."

"Jos minua ei tarvita täällä", hän sanoi murjottaen. "Voin yhtä hyvin mennä alakertaan odottamaan Marinon poikaa. Minun täytyy tehdä jotain."

"Kuulostaa oikein hyvältä idealta", hoitaja Burns sanoi. Hän taputti Heleniä kämmenselälle, mutta tällä kertaa Helen veti kätensä pois. Hän tunki molemmat kätensä taskuihinsa ja käveli käytävää pitkin. Kengänkorkojen ääni kaikui hänen mennessään.

"Pyytäkää vastaanottoa soittamaan meille tänne ylös, kun hän saapuu", hoitaja Burns huusi, kun hissin ovet sulkeutuivat.

"Selvä", Helen vastasi.

* * *

KUN HISSIN OVET AVAUTUIVAT pohjakerroksessa, Helen astui ulos vastaanottoalueelle. Hän huomasi heti Vincenten. Hän liikkui pyöröovien sisällä, kädet farkkujen taskuissa ja hartiat kyyryssä.

Helen seisoi hetken paikallaan ja tutki poikaa, jonka takia hänen tyttärensä oli joutunut sairaalaan. Hän näytti sekavalta ja poissaolevalta. Silti hän oli hyvin komea punaisessa hupparissaan, joka sai hänen siniset silmänsä näyttämään vielä sinisemmiltä. Hän näytti James Deanin ja Robert Redfordin risteytykseltä.

Hän käveli miestä kohti. Mies ei ollut vielä huomannut häntä.

Kun mies vilautti silmiään hänen suuntaansa, nainen yllättyi. Hetken ajan hän ei saanut henkeä. Hän ei ollut tavallinen poika. Hänessä oli jotain, jotain aivan erilaista.

"Hei, Vincente", Helen sanoi ja ojensi kätensä kättelemään Vincenteä. Hän oli hieman häkeltynyt, ja niinpä hän esittäytyi miehelle kuin he eivät olisi tavanneet aiemmin.

Vincente piti esittäytymistä jotenkin outona, koska he olivat tavanneet aivan hiljattain. Hän antoi tytölle anteeksi, koska hänellä oli suuret silmäpussit silmiensä alla ja hän näytti siltä kuin olisi nukkunut vaatteissaan.

Hän otti vastaan hänen tarjoamansa käden ja puristi sitä lujasti. Hän antoi naisen laittaa kätensä hänen kätensä alle ja johdattaa hänet vastaanottotiskille. Helen pyysi vastaanottovirkailijaa vahvistamaan hänen saapumisensa ja välittämään sen kahdeksanteen kerrokseen.

Sitten Helen johdatti hänet hissin luo. He seisoivat vierekkäin ovien edessä, toisiinsa kietoutuneina mutta silti lähes tuntemattomina, kun he lähtivät ylöspäin.

Parin kerroksen jälkeen Vincente tunsi tarvetta kysyä Gracesta, miten hänellä meni, ja niin hän tekikin. Helen selitti, kuinka hän ei ollut saanut tietoa tyttärensä tilasta. Hän saattoi kuitenkin vahvistaa, että Grace oli kysellyt Vincenteä.

"Autan häntä mielelläni kaikin tavoin", Vincente sanoi. Se oli totta - hän auttoi häntä mielellään - mutta hän ei vieläkään ymmärtänyt, miksi tyttö soitti hänelle takaisin sairaalaan keskellä yötä. Hän tavallaan sääli tätä, jos tämän elämä oli niin surullista ja yksinäistä, ettei hän voinut pyytää apua keneltäkään muulta.

Vincente katsoi suoraan eteenpäin peilikuvaansa hissin ovissa. Hän ajoi sormillaan sotkuisia hiuksiaan toivoen taltuttavansa ne, mutta yritys ei onnistunut.

"Onko sinulla mitään käsitystä, Vincente, miksi tyttäreni kyselee sinua näin?"

"Rehellisesti sanottuna se on minulle mysteeri. Ehkä hän on harhautunut..."

"Harhautunut mihin?"

"En tiedä. Me tuskin tunnemme toisiamme. Sitä paitsi hän ei ole minun tyyppiäni."

"Tarkoitatko, että tyttäreni ei ole tarpeeksi suosittu tai kaunis sinulle?" Helen kysyi ilkeällä äänensävyllä, joka ei mennyt Vincenten ohi.

Hän oli jumissa hississä naisen kanssa, joka oli kietonut kätensä hänen kätensä ympärille. Naisen kynnet tarttuivat nyt hänen hihaansa kuin karvat.

"Auts. Äh, ei, en tarkoittanut sitä", Vincente sanoi, kun kello, joka osoitti, että he olivat saapuneet kahdeksanteen kerrokseen, soi. Ovet räpsähtivät auki. Vincente irrottautui Helenistä, astui ulos ja siirtyi kohti vastaanottotilaa. Siellä oli muitakin ihmisiä ja ennen kaikkea todistajia - siltä varalta, että Helen Greenway sekoaisi täysin.

Helen pysyi jähmettyneenä hissin ulkopuolella, mutta Vincente oli silti tuijottanut Vincenteä paikalleen.

Vincente katsoi Heleniin ja tajusi, ettei hän ollut tehnyt kovin hyvää vaikutusta. Mutta toisaalta oli keskellä yötä, ja hän oli vielä puoliunessa, eikä hänellä ollut aavistustakaan, miksi hän oli täällä. Toki hän tiesi, että Grace Greenway oli ihastunut häneen, mutta niin oli puolet koulun tytöistäkin. Kun sinua kehuttiin urheilutähdeksi, se oli tavallista.

Hetkeä myöhemmin eräs tohtoreista johdatti Vincenteä pitkin käytävää. Helen seurasi perässä silmät tiukasti Vincenten takaraivossa.

Ackerman esitteli itsensä. Hän kertoi Vincentelle yksityiskohdat, sitten he peseytyivät ja pukeutuivat tarvittaviin lääkintävaatteisiin.

"Ymmärtääkseni olet Gracen hyvä ystävä?" "Kyllä."

"Tavallaan, tavallaan, tavallaan."

Tohtori Ackerman ei välittänyt sitoutumattomasta vastauksesta. "Grace on kysellyt teitä jo jonkin aikaa. Hän tulee olemaan uskomattoman onnellinen, kun tietää, että olet täällä häntä varten."

"Öh, olen iloinen, että voin olla avuksi."

"Poika", tohtori Ackerman jatkoi, "Gracen tila on nyt vakaa. Hänellä oli rankkaa siellä, hyvin rankkaa aikaa. Ja, no..."

"Kuinka vaikeaa?"

"Se on luottamuksellista, mutta sanotaan vain, että se oli vaikeaa."

"Tarkoitatko, että hän melkein kuoli?"

"Tarkoitan, että asiat eivät ole olleet hyvin. Äläkä sano tai tee mitään, mikä järkyttää tai ahdistaa häntä. Iloisia ajatuksia vain tänään, okei?"

"Iloisia ajatuksia?"

"Kyllä", tohtori Ackerman sanoi. "Seuratkaa minua.

✳✳✳

HE ASTUIVAT LEIKKAUSSALIIN VIEREKKÄIN heiluvista ovista. Lääkäriryhmä avasi tien Vincenteä varten kuin hän olisi ollut rocktähti.

Hän tähtäsi heti Graceen. Hän oli keskellä pöytää, ja useita koneita oli kiinnitetty häneen kuin lonkeroita.

Hän hengitti syvään ja siirtyi lähemmäs pöytää. Hän pelkäsi, vaikkei tiennytkään tarkalleen, miksi. Ehkä se johtui siitä, että häntä tarkkailivat pistävät silmäparit. Mitä he odottivat hänen tekevän - ihmettä?

Hän katsoi Gracen makaavaa ruumista. Hän näki Gracen rintakehän liikkuvan ylös ja alas.

Grace hengitti. Hän oli elossa. Hän näki Gracen kastanjanruskeat hiukset putoilevan hartioille. Hän näki Gracen silmäluomien räpyttelevän kuin hermostunut punkki. Grace oli elossa jossain ikkunaluukkujen takana.

Hän astui lähemmäs, ja hänen vartalonsa törmäsi Gracen käteen. Se oli hänen vierellään, ja se oli auki.

Vincente tarttui Gracen käteen.

Hän sanoi Gracen nimen.

Hänen kätensä oli viileä eikä vastannut hänen kosketukseensa. Hän sulki kätensä hänen kätensä ympärille ja sanoi: "Grace." Hän odotti, mutta mitään ei tapahtunut. Grace oli tajuton. Hän ei tuntenut eikä kuullut häntä, joten mitä hän teki täällä? Mitä hänen olisi pitänyt tehdä nyt? Hän katseli ympärilleen huoneessa, tyhjiin kasvoihin. Niistä ei ollut apua. Ei mitään apua.

Silti kaikki katseet olivat yhä häneen. Mitä hänen pitäisi sanoa? Mitä hänen pitäisi tehdä? Hän halusi juosta ulos huoneesta.

Vincente halusi vain palata oman sänkynsä lämpöön.

KAPPALE 12

GRACE OLI PALANNUT HÄNEN kehoonsa, mutta hänen aistinsa olivat tukahtuneet. Hän ei tuntenut, että Vincente piti häntä kädestä kiinni, vaikka hän näki, että Vincente piti häntä kädestä kiinni.

"Grace, minä tässä, Vincente", hän sanoi toivoen, että Grace tunnustaisi hänen läsnäolonsa jollakin tavalla.

Grace kuuli hänet, mutta hänen äänensä kuulosti erilaiselta. Kaukaiselta.

"Puhu hänelle", tohtori Ash kehotti. "Puhu hänelle mistä tahansa!"

Lääkäriryhmä siirtyi lähemmäs. Ainoat äänet, jotka kuuluivat, olivat koneiden äänet.

Vincenten otsalle alkoi muodostua hikihelmiä. Hän sanoi: "Meillä on ikävä sinua, Grace. Kaipaamme sinua koulussa. Olet ollut poissa liian kauan." Vincente tajusi, että tämä vuoropuhelu oli ontuvaa, mutta hän vain kulki virran mukana. Hän yritti saada aikaan normaalia keskustelua; valitettavasti se oli yksipuolista.

Grace kyseenalaisti hänen henkilöllisyytensä. Kuka oli tämä outo poika, jolla oli lyhyet vaaleat hiukset, tummat silmät ja punainen collegepaita? Jos hän olisi hänen Vincente, hän ei puhuisi hänelle koulusta. Koulusta? Siellä he kohtasivat korpisyöjäpuun!

"Voitimme krikettiottelun yhtenä päivänä!" Vincente sanoi innostuneena. Hän ajoi taas sormillaan hiuksiaan. Hän yritti tunkea nyrkkinsä taskuihinsa, mutta kirurgiset vaatteet päällä se ei ollut mahdollista. Pelkkä yritys tavalliseen selviytymiskeinoonsa sai hänet kuitenkin rentoutumaan.

Grace mietti, oliko joku tehnyt hänelle kepposen. Hän katseli kaikkia tuntemattomia kasvoja, tuijottavia silmiä. Hän ei tuntenut suurinta osaa heistä, mutta he pystyivät näkemään tämän Vincenten. He tarkkailivat häntä.

Grace irrottautui kehostaan ja alkoi leijua ympäri huonetta.

Ylhäältä käsin hän katseli tätä Vincenteä. Hän ei näyttänyt lainkaan omalta itseltään. Hän oli kylmä. Hän ei voinut tuntea hänen kosketustaan, vaikka olisi niin halunnut. Kun hän huomasi, että mies piti kiinni hänen kädestään, hänen sydämensä alkoi jyskyttää ja hakata. Liian nopeasti hän hyppäsi takaisin kehoonsa.

Sydänkone vastasi jälleen tasaisella viivalla.

***

Grace katsoi kohti valoa, kun kyyneleet valuivat hänen kasvoillaan. Hänen alapuolellaan sairaalahoitajat juoksentelivat ympäri leikkaussalia kuin maailmanloppu olisi tulossa. Hän tiesi, että ainoa päättyvä asia oli hänen oma elämänsä.

Hän oli taistellut tähtien valoa vastaan, joka oli kutsunut häntä. Kutsui häntä.

Nyt se vilkkui ja nyökkäsi, ja hän tajusi, että hänen oli aika lähteä. Aika siirtyä sitä kohti. Oli vihdoin aika palaa Fibonacci-tähden kanssa.

"Sano hänelle, että rakastat häntä!" joku huusi.

"Mutta enhän minä rakasta!" Vincente vastasi nöyrästi.

Pian tähden valo kävi yhä kuumemmaksi ja kuumemmaksi ja kuumemmaksi. Se ei enää odottanut, että hän tulisi luoksensa. Se tuli hänen luokseen.

"Minä rakastan sinua, Grace!" hän huusi.

Liian myöhään.

***

Kun Vincente vietiin ulos huoneesta, hän huusi yhä sanoja. Totta, hänelle ne olivat merkityksettömiä, epätosia tunteita. Sanoja, jotka hän sanoi vain ollakseen ystävällinen, pelastaakseen Vincennesin kuilun partaalta.

Hän huusi ne uudelleen. Tällä kertaa hänen äänensä kaikui pitkin käytäviä ja ulos maailmankaikkeuteen: "Rakastan sinua, Grace Greenway!" "Rakastan sinua, Grace Greenway!"

"Minäkin rakastan sinua, Vincente!" hän huusi takaisin. Kaiken sen sekasorron ja hälinän keskellä, kun häntä yritettiin pelastaa, hän ei kuullut häntä.

Yhtäkkiä kuuma tähti alkoi pyöriä ja pyöriä. Pian se ei enää lähestynyt häntä eikä polttanut häntä kuumuudellaan. Sen sijaan se heitti sykkiviä aaltoja ja muuttui neutronitähdeksi.

Tartu kiinni menneeseen: "Haluan elää", Grace Greenway julisti itselleen. "Haluan elää."

KAPPALE 13

K AKSI PÄIVÄÄ MYÖHEMMIN GRACE Greenway heräsi ilman hyytymiä eikä ollut enää vaarassa. Häntä oli seurattava tarkoin seuraavan pienen hetken ajan, mutta pian hän pääsisi kotiin.

"Vincente; äiti", hän sanoi torkahtaen, kun kyyneleet valuivat hänen poskiaan pitkin. Ne olivat puhtaan onnen kyyneleitä siitä, että hän oli elossa. Kiitollisuuden kyyneleitä siitä, että hän sai jakaa tämän hetken niiden kahden ihmisen kanssa, joita hän rakasti eniten maailmassa.

Hän ojensi kätensä syleilemään molempia yhdessä. He taittuivat häneen, häntä vasten. Hän tunsi heidän kehojensa lämmön ja voiman, melkein kuin hän olisi saanut voimaa heidän yhdistetyistä energioistaan.

Vincente ja Helen katsoivat toisiaan odottaen, että Grace päästäisi heidät irti.

"Onko sinulla minkäänlaisia kipuja?" Helen kysyi.

"Minua väsyttää, siinä kaikki, äiti."

"Olen iloinen, että voit paremmin", Vincente sanoi. "Käyn hakemassa lääkärit - ilmoitan heille, että olet hereillä."

Hän kääntyi ja peruutti ulos huoneesta. Hän seisoi siinä hetken ja tunsi kiitollisuutta siitä, että äiti oli toipunut täysin. Hän ajatteli, että nyt hän oli ehkä tehnyt velvollisuutensa ja saattoi lähteä kotiin. Hän toivoi, että nainen oli unohtanut tai ei ollut kuullut, mitä hän oli joutunut sanomaan hänelle leikkaussalissa. Hän oli iloinen, ettei Helen Greenway ollut ollut paikalla kuulemassa hänen pakotettua ja väärää julistustaan.

Hän hyväksyi sen tosiasian, että hän oli tehnyt oikein auttaakseen naista. Hänen ainoa toiveensa oli nyt, että tämä olisi asian loppu. Hän halusi vanhan elämänsä takaisin. Ja siihen elämään ei kuulunut Grace Greenway.

***

"No, äiti, pidätkö sinä hänestä?" Grace kysyi.

"Hän on mukava poika", Helen sanoi. "Ymmärrän, miksi olet ihastunut häneen."

"Ihastun häneen?" Grace huudahti. "Olen enemmän kuin ihastunut häneen, äiti. Me olemme naimisissa! Katso!" Grace sanoi työntäessään sormussormeaan äitiään kohti. Sormuksia ei ollut.

"Ei hätää, Grace", Helen huokaili huomattuaan tyttärensä ahdistuksen. "Ei haittaa, jos olet vähän poissa tolaltasi. Olet kokenut paljon viime päivinä."

"Äiti, se on totta! Et kai sinä usko minua?"

"Äh, älä nyt hermostu, kultaseni", Helen sanoi taputtaessaan tytärtään kädelle.

"Me olemme naimisissa, äiti. Naimisissa!" Grace sanoi taas. Ovet heilahtivat auki, ja Helen pakeni käytävään jättäen tyttärensä ahdistuneena ja aivan yksin.

Outoa, Grace ajatteli. Hyvin outoa. Missä sormukseni ovat?

***

Käytävällä Helen Greenway törmäsi pää edellä tohtori Ackermaniin. Hän oli matkalla kuultuaan Vincenteiltä hyvät uutiset siitä, että Greenway oli hereillä ja selväjärkinen.

"Tohtori Ackerman!" Helen huudahti.

"Voi hyvänen aika, mitä on tapahtunut? Pitäisikö minun mennä suoraan sisään? Onko hän sairastunut uudelleen? Vincente sanoi, että hän voi hyvin. Hän on hereillä ja puhuu. Täysin valppaana."

"Niin hän onkin, tohtori Ackerman. Hän on hereillä ja puhuu, mutta hän näyttää olevan siinä harhakuvitelmassa, että hän on naimisissa Vincente Marinon kanssa!"

"Voi sentään, miten se voi olla mahdollista?"

"Hän kertoi minulle, että he ovat naimisissa. Hän ja Vincente. Lisäksi hän yritti näyttää minulle sormuksiaan. Hän oli hyvin järkyttynyt niiden katoamisesta."

Silloin Vincente astui ulos avoimesta hissistä kantaen tarjottimella cappuccinoa. Hän lähti heitä kohti.

Tohtori Ackerman katsoi Vincenteä ja pysäytti hänet käden heilautuksella. Sitten hän johdatti Vincenten kohti istuinaluetta, jonne hän pyysi häntä jäämään. Ackerman palasi Helenin luo.

Vincente istuutui ja alkoi siemailla yhdestä kupista.

"Haluaisin puhua Gracen kanssa - yksin - hetken aikaa", tohtori Ackerman sanoi. "Odottakaa tässä Vincenten kanssa, Helen, juttelen teidän molempien kanssa sen jälkeen."

Helen istuutui Vincenten viereen. Mies tarjosi hänelle kupin. Hän kieltäytyi kohteliaasti siitä ja kietoi sitten kätensä ympärilleen.

Vincente tiesi, että jotain oli tekeillä, mutta hänellä ei ollut aavistustakaan, mitä. Hän joi vielä yhden kulauksen kahvia ja toivoi, että hänet päästettäisiin pian kotiin. Hän oli uupunut ja melko varma, että Helen halusi tyttärensä kokonaan itselleen.

Olihan tämä hänen mielestään perheasia.

***

Kun tohtori Ackerman astui ulos Gracen huoneesta, hänen huolestunut ilmeensä kertoi kaiken.

Helen nousi heti ylös ja meni hänen luokseen.

Myös Vincente huomasi heti lääkärin synkän ilmeen. Mitä Gracen huoneessa tapahtuikin, se ei todellakaan ollut hyvä uutinen. Hän mietti, palaisiko hän koskaan kotiin.

"Helen", tohtori Ackerman sanoi, "meidän on puhuttava - kahden kesken. Tule toimistooni."

"Mistä?" Helen käänsi katseensa pois sieltä, missä Vincente istui.

"Hän voi hyvin siellä, missä on, kunnes palaamme", tohtori Ackerman sanoi. Sitten hän sanoi Vincentelle: "Jos voisit odottaa, laitamme sinut pian kuvaan."

Vincente nyökkäsi ja alkoi sitten siemailla toista cappuccinoa - Helenin juomaa. Eihän hän sitä halunnut, ja hän oli maksanut sen. Miksi antaa sen jäähtyä? Sitä paitsi hän tarvitsi kofeiinia pitääkseen itsensä hereillä. Hän otti puhelimensa esiin ja pelasi Bejeweled Blitz -peliä ja selasi sitten Facebookia. Hänellä oli yksi viesti Missy Malonelta. Hän halusi tavata myöhemmin. Hän toivoi, ettei hän olisi liian väsynyt tästä Grace Greenwayn jutusta.

Uteliaana hän meni Gracen ovelle ja katsoi sisään lasin läpi. Grace nukkui syvään. Outoa, hän ajatteli, sillä Grace oli juuri herännyt. Vincente palasi istumaan. Gracea miettiessään hän otti toisen kulauksen Helenin kahvia. Hän joi myös Gracen kupin, ennen kuin he tulivat hakemaan häntä.

KAPPALE 14

"Helen, toivoimme, että Gracen muistinmenetys olisi korjaantunut. Näyttää kuitenkin siltä, että meillä on nyt lisähuolia."

"Hän siis kertoi sinullekin? Että hän on naimisissa Vincenten kanssa?"

"Kyllä, ja hän ei vain kertonut minulle, että he olivat naimisissa, vaan kuvaili kaiken hyvin yksityiskohtaisesti. Se oli melkein kuin hän olisi elänyt sen uudelleen läpi. Se oli niin todellista, niin täydellinen kuva. Kuulin melkein sen romanttisen laulun soivan taustalla."

"Mikä romanttinen laulu?" Helen kysyi.

"Hän sanoi, että se oli laulu vanhasta korurasiasta."

"Niin, minä muistan sen. Gracen isä ja minä annoimme sen hänelle joululahjaksi, kun hän oli pieni tyttö."

"Ah, lapsuuden lahja, jonka hän on nyt kuvitellut olevan hänen häälaulunsa. Tyttärellänne on varmasti hyvin vilkas mielikuvitus", tohtori Ackerman sanoi.

"No, mitä me teemme, tohtori? Kerrotaan hänelle totuus? Meidän on kerrottava hänelle totuus."

"Mieli on hyvin hauras asia. Ehkä kun Grace taisteli hengestään, hän loi tämän tilanteen selviytymismekanismina. Antaakseen itselleen jotain, minkä vuoksi elää ja taistella. Se on alkukantainen tekniikka. Kun olemme kuoleman kynnyksellä, luomme tai keksimme joskus vaihtoehtoisen todellisuuden."

"Mutta tyttärelläni oli jo niin paljon elettävää!" Helen sanoi.

"Kyllä, sinä ajattelet niin ja minä ajattelen niin, mutta olisiko Grace samaa mieltä?"

"Mitä siis tarkoitat, tohtori? Mitä me teemme?"

Oveen koputettiin. Tohtori Christiansson tunki päänsä sisään. "Anteeksi, että keskeytän. Tohtori Ackerman, haluaisitteko jutella?"

"Kyllä, jos voisitte antaa meille hetken aikaa, Helen", Ackerman sanoi. Hän viittoi naista istumaan, ja sitten hän ja tohtori Christiansson lähtivät.

Helen selaili mielettömästi lehteä tai kahta. Lääkärit keskustelivat kahden kesken Gracen epävarmasta tilanteesta.

"Pelkäänpä, ettei meillä ole tässä asiassa vaihtoehtoja", tohtori Christiansson sanoi. "Meidän on suostuttava Gracen fantasiaan. Hän ei ole tarpeeksi vahva voidakseen kohdata totuutta tällä hetkellä. Jos häntä painostetaan liikaa, seuraukset voivat olla varsin vahingolliset."

"Olen samaa mieltä", tohtori Ackerman yhtyi. "Parasta, mitä voimme tehdä Gracen hyväksi, kunnes hän on valmis kuulemaan totuuden, on pakottaa hänet omiin harhoihinsa. Meidän on kuitenkin varmistettava, että Vincente on mukana tässä. Meidän on kerrottava hänelle kaikki, mitä Grace on kertonut meille.

Meidän on saatava hänet suostumaan siihen, että hän on mukana juonessa, kunnes Grace on valmis, tarkoitan tarpeeksi vahva sekä henkisesti että fyysisesti voidakseen käsitellä totuutta."

"Kyllä, Marinon poika pystyi auttamaan Gracea ennenkin, ja toivon, että hän pystyy auttamaan Gracea uudelleen", Christiansson sanoi.

"Ja kun hän voi tarpeeksi hyvin ja on tarpeeksi vahva, silloin kerromme hänelle totuuden", tohtori Ackerman vahvisti.

"En pidä siitä", Helen sanoi, kun lääkärit olivat kertoneet hänelle suunnitelmastaan. "Ruokimme hänen mielikuvitustaan ja edistämme valheita ja lisää valheita."

"Mutta ne eivät ole valheita Gracelle. Hän uskoo joka ikisen sanan, ja hän on se, joka meidän on asetettava täällä etusijalle", tohtori Ackerman sanoi.

"No, entä jos poika ei suostu mukaan?" Helen kysyi.

"Hänen on pakko", Ackerman sanoi. "Ei ole muuta vaihtoehtoa. Grace on päässyt niin pitkälle, ja hän on matkalla takaisin terveeksi, fyysisesti. Hänen kehonsa ei ehkä kestä toista uusiutumista. Gracen henkinen vakaus on tällä hetkellä ratkaisevan tärkeää."

"Grace on luonut tämän unelman, ja Vincente on iso osa sitä. Hänen on suostuttava auttamaan häntä. Meidän on saatava hänet vakuuttuneeksi siitä, että hän on hänelle tärkeä", tohtori Christiansson sanoi.

"Kuinka kauan meidän kaikkien on pelattava tätä peliä?" Helen kysyi.

"Leikimme, kunnes hän on valmis", tohtori Christiansson sanoi, "emmekä hetkeäkään pidempään."

"Mitä minä sitten sanon pojalle?" Helen kysyi. "Miten saan hänet ymmärtämään, kun en voi edes itse ymmärtää tätä täysin? En pidä ajatuksesta pettää omaa tytärtäni."

"Hänen on luotettava meihin, luotettava Graceen. Kun hän on valmis kohtaamaan todellisuuden - kuulemaan totuuden - silloin ja vain silloin asiat palaavat entiselleen", Ackerman sanoi.

"Teen parhaani vakuuttaakseni hänet."

"Onnea matkaan", tohtori Ackerman sanoi.

"Jos tarvitset minun apuani..." Tohtori Christiansson puuttui asiaan, "...jos haluatte minun puhuvan hänen kanssaan, selventääkseni jotain, niin lähettäkää poika luokseni."

"Kiitos", Helen sanoi.

KAPPALE 15

H ELEN MENI NAISTENHUONEESEEN JA pesi kätensä. Sairaalassa oleminen ympäri vuorokauden näytti edellyttävän vainoharhaisuutta pöpöjä kohtaan.

Hän ojensi oikean kätensä ja huomasi, että se tärisi. Hänellä ei ollut aavistustakaan, miten hän aikoi vakuuttaa pojan suostumaan tällaiseen outoon valhepakettiin. Kuka tahansa elämänkokemusta omaava tajusi varmasti, että totuus oli aina paras. Silti tässä hänen oli pakko vakuuttaa Vincente siitä, että hän oli rikoskumppani Gracen harhojen tukemisessa.

Hän kurottautui käsilaukkuunsa, tunnusteli ja löysi sieltä kaksi huulirasvaa. Hän levitti toisen, ja jotenkin se sai hänet tuntemaan olonsa hieman paremmaksi. Hän kurottautui taas käsilaukkuunsa ja löysi parfyymin ja suihkutteli sitä pienen määrän korviensa taakse. Nyt hän oli valmis menemään ulos puhumaan Vincenten kanssa ja toivottavasti saamaan hänet mukaan.

Helen sulki oven takanaan ja astui vilkkaalle käytävälle. Hänet työnnettiin muutamaksi sekunniksi seinää vasten, kun sairaalan henkilökunta puskutti paareja läpi. Hän hengitti syvään, rauhoittui ja lähti sitten kävelemään kohti odotushuonetta.

Hän huomasi Vincenten ja Vincente huomasi hänet. Hän vilkutti ja mietti sitten, oliko hän hieman liian tuttavallinen. Hän hillitsi sen asettamalla kätensä laukkunsa nahkahihnalle. Nyt hän näytti joltain, joka pelkäsi joutuvansa ryöstetyksi.

Vincente näki Helen Greenwayn tekevän nopeita liikkeitä häntä kohti. Hän katsoi häntä hetken ja katsoi sitten jalkoihinsa. Hän huomasi heti, että nainen oli pukenut itsensä ja ihmetteli, miksi. Ehkä hän oli iskenyt silmänsä johonkin lääkäreistä? Eikö se ollut vähän liian pian hänen miehensä kuoleman jälkeen? Hän ei ollut varma, mutta hän ei ollut sellainen, joka tuomitsisi sen enempää ihmisten puheita kuin ihmisten tekemisiäkään.

Helen istuutui Vincenteä vastapäätä ja sanoi hänen nimensä. Mies katsoi ylös ja odotti, että Vincente sanoisi jotain muuta, mutta hän ei sanonut. Hän katsoi taas alas jalkoihinsa. Hän oli niin väsynyt, kuolemanväsynyt, mutta kolme isoa kahvia oli saanut hänen mielensä sekaisin.

Nainen sanoi hänen nimensä uudelleen ja kumartui eteenpäin, kyynärpäät polvillaan.

Vincente istuutui takaisin tuoliinsa ja teeskenteli, että hänen täytyi venytellä ja haukotella. Hiljaisuus alkoi käydä yhä epämiellyttävämmäksi.

Helen odotti, että mies oli lopettanut liikkumisen, ja meni sitten suoraan asiaan. "Vincente, tarvitsen apuasi eräässä asiassa, jossain melko henkilökohtaisessa."

Hän epäröi ja kumartui nyt uteliaana.

"Saanko puhua vapaasti ja avoimesti kanssasi?" hän kuiskasi.

Vincente oli nyt aidosti utelias. Vanhemmat naiset olivat iskenyt häntä ennenkin, mutta eivät yleensä näin vanhat naiset eivätkä naiset, jotka olivat hänen koulutovereidensa äitejä.

Hän tunsi itsensä yhtäkkiä epämukavaksi. Hänen ensireaktionsa oli katkaista naisen puhelu heti ja olla täysin suorapuheinen. Toisaalta, vaikka hän ei ollutkaan vähääkään kiinnostunut, hän oli utelias, mitä nainen aikoi sanoa. Miten hän aikoi tehdä sen. Ja hän mietti, oliko Gracen kokema järkytys ehkä ottanut veronsa myös hänestä. Sen sijaan, että hän olisi sanonut mitään, hän istui paikallaan ja odotti.

Helen kumartui lähemmäs: "Se, mitä minun on kysyttävä sinulta, on melko kiusallista", hän epäröi ja kikatti hermostuneesti. "Tarkoitan, että se on naurettavaa! Mutta toivon, että sanot kyllä ja suostut kuitenkin auttamaan minua."

Helen räpäytti silmäripsit ja epäröi. Hän suoristui ja nojautui sitten taas taaksepäin. Tällä kertaa vielä lähemmäs Vincenteä, niin että heidän polvensa melkein koskettivat toisiaan. Sitten hän ikään kuin heilautti kättään, loi välin heidän välilleen ja antoi kätensä sivellä yhä kevyesti miehen polvea.

Hän oli niin lähellä, että Vincente tunsi hänen hengityksensä kasvoillaan.

Vincente siirtyi kömpelösti takaisin tuolissaan. Hän veti jalkansa istuimen alle. Risti kätensä rintaansa vasten. Hän kiinnitti huomionsa lattiaan. Hän torjui halun ottaa puhelimensa esiin, jotta saisi harhautettua itsensä pois tästä hullusta skenaariosta.

"Se on Grace, Vincente. Hänellä näyttää olevan. No, tätä on vaikea sanoa. Etenkin noin nuorelle, jolla on varmaan jo tyttöystävä. Tai ehkä jopa useampi kuin yksi tyttöystävä?" Helen epäröi ennen kuin pudotti pommin ja katsoi häntä suoraan silmiin. Hän yritti samaistua mieheen, luoda yhteyden hänen ehdoillaan. Jos hän pystyisi kuromaan umpeen heidän välisen ikäeron, ehkä mies ymmärtäisi. Ehkä hän suostuisi.

Vincente ajatteli, että tämä alkoi käydä kiusalliseksi. Hän halusi pelastaa hänet kärsimyksistään: "Minulla on tyttöystävä, rouva Greenway. Meillä ei ole yksinoikeutta, vaikka meillä on yhteisymmärrys, jos ymmärrät, mitä tarkoitan."

Vinkkasiko hän juuri silmää? Helen oli varma, että hän oli nähnyt hänen iskevän silmää! Eikä hän pitänyt siitä yhtään.

Vincente toivoi, että hän oli saanut Vincenten pois päältä. Hän oli todella väsynyt ja halusi vain mennä kotiin. Kärsimättömänä ja inhoissaan hän nousi ylös.

"Kyllä, minä... ymmärrän, mitä tarkoitat, Vincente", Helen sanoi kömpelösti, "Ole hyvä ja istu alas."

Vincente istui. Hän risti jälleen kätensä luoden fyysisen esteen heidän välilleen.

"Vincente, tyttäreni on ihastunut sinuun. Kai sinä tiedät sen?"

"Kyllä, tiedän, että hän pitää minusta. Grace on mahtava! Hän on pelastanut elämäni auttamalla minua matematiikassa. Ilman häntä minut olisi jo heitetty ulos joukkueesta."

"Onko hän nyt? En tiennyt sitä. Tunsit siis tavallaan hänet, yksi yhteen sitten?"

"Ei niin kuin poikaystävä ja tyttöystävä, ei. Mutta olimme kavereita. Ystäviä."

"Mutta sinä olet kriketinpelaaja ja komea. Ymmärrän, miksi hän oli ihastunut sinuun. Mutta minun on kysyttävä sinulta, että", hän pysähtyi ja änkytti, koska hänen oli vaikea päästä asiaan.

"Anteeksi, rouva Greenway, mutta minun on mentävä suoraan asiaan. Yö on ollut erittäin pitkä ja olen väsynyt. Minun on kerrottava teille, että olen imarreltu siitä huomiostanne, jota osoitatte minulle, mutta kuten sanoin aiemmin, tyttöystäväni Missy ja minä olemme tavallaan sopineet toisistamme."

"Olen varma, ettei häntä haittaa, näissä olosuhteissa, koska autat jotakuta - jotakuta hädässä olevaa. Loppujen lopuksi kyse on elämästä tai kuolemasta", Helen sanoi.

"Olette nyt hieman melodramaattinen, eikö totta, rouva Greenway?" Vincente avasi kätensä ja siirtyi lähemmäs häntä. "Olen imarreltu ja kaikkea muuta, mutta, tarkoitan, ettekö voisi löytää jotakuta, joka olisi lähempänä ikäänne? Kuten ehkä jonkun lääkärin?"

"Mitä?" Helen huudahti ja siirsi koko vartalonsa niin kauas Vincente Marinon vartalosta kuin mahdollista istuen silti Vincente Marinoa vastapäätä. Sitten hän nousi seisomaan ja siirtyi vielä kauemmas selkä mieheen päin. Hän hengitti syvään ja sai rauhoittua juuri, kun Vincente taputti häntä hellästi takapuoleen. Hän hyppäsi ja taisteli vastaan halua läpsäistä miestä typerästi.

"Tiedoksesi", hän korjasi nyt raivostuneena, "en pidä sinua yhtään viehättävänä, senkin hassu, hassu poika!" "En pidä sinua yhtään viehättävänä, senkin hassu poika!"

"Totta kai, totta kai, hylkään sinut, ja sitten alat ilkeillä - ymmärrän nyt, mitä peliäsi pelaat. Mutta älä leiki kanssani liikaa, saatan pitää siitä", mies siirtyi vielä lähemmäs tyttöä.

"Nyt sinä lopetat tuon!" Helen sanoi vapisevalla äänellä, kun Vincente Marino siirtyi yhä lähemmäs häntä. Hänet oli nyt tukevasti selkä tuolin etuosaa vasten - ja hänet pakotettiin istumaan. Hänen kasvonsa punoittivat, ja koko hänen ruumiinsa tärisi.

"Olen saanut tarpeekseni tästä hölynpölystä", Vincente sanoi. "Tulin tänne keskellä yötä auttamaan tytärtänne... Hyvä on. Mutta nyt hän on taas osastolla, ja minä roikun täällä mitä varten? En minä tiedä. Ettei hänen äitinsä iske minua!"

Helenin kasvot muistuttivat punajuuren väriä. "Vincente, tarvitsen sinulta palveluksen, joten jätän tämän väärinkäsityksen huomiotta ja sanon sen suoraan. Puskista kiertely ei ollut fiksu ajatus!"

Vincente nyökkäsi kärsimättömästi mutta jatkoi kuuntelemista.

"Grace on siinä harhakuvitelmassa, että sinä ja hän olette naimisissa."

"Mitä?"

"Se on totta. Hän heräsi ja on juuttunut tähän ajatukseen teistä kahdesta. Hän on luonut mielessään kuvitelman."

"Naimisissa? Grace Greenway ja minä, naimisissa?"

"Kyllä, niin hän uskoo."

"Kerro hänelle siis totuus. Miksi kerrot minulle tämän?"

"Koska lääkärit ovat sitä mieltä, että meidän on toistaiseksi suostuttava siihen."

"Tarkoitat kai minua 'meillä'? Odotatko minun leikkivän miestä ja vaimoa Gracen kanssa?"

"Tiedän, että se on paljon pyydetty sinulta, Vincente. Mutta jos löytäisit jostain sydämestäsi sen, että auttaisit häntä, se voisi olla hänelle elämän ja kuoleman kysymys."

"Tämä on liikaa pyydetty", Vincente sanoi, nousi ylös ja lähti ulos odotushuoneesta, "aivan liikaa pyydetty".

Helen sai hänet kiinni ja tarttui hänen käsivarteensa.

"Se on vähintä, mitä voit tehdä! Sinä laitoit hänet tänne, tuon iskun päähän. Sinä teit sen! Sinulla on varmasti jossain sisälläsi moraalinen kompassi, omatunto. Grace ei olisi täällä ilman sinua! Ja kuten sanoit, Grace auttoi sinua varmistamaan paikkasi krikettijoukkueessa."

Vincente tiesi, että tämä kaikki oli totta, vaikka osuma olikin ollut vahinko. "Mitä tarkalleen ottaen haluat minun tekevän?"

"Käyttäydy kuten aviomies käyttäytyisi. Ole hänen tukenaan. Puhu hänen kanssaan. Pidä häntä kädestä. Tyttäreni on älykäs tyttö, hän kertoo sinulle, mitä hän tarvitsee."

"Mutta entä jos hän haluaa meidän tekevän asioita, joita naimisissa olevat ihmiset tekevät. " Hän virnisti. "Mitä sitten?"

"Olen varma, että ennen kuin pääsemme siihen pisteeseen, hän joko alkaa muistaa totuuden tai minä kerron hänelle."

"Mikset säästä tätä draamaa ja kerro hänelle totuutta nyt?"

"Niin minä tietysti haluaisin tehdä, mutta lääkärit ovat neuvoneet olemaan tekemättä niin", Helen sanoi. "Heidän mielestään Grace on liian herkässä tilassa järkyttääkseen häntä tällä hetkellä niin paljon todellisuudella."

Vincente tunsi, ettei hänellä ollut muuta vaihtoehtoa, hänen oli suostuttava tähän. Vaikka hän oli täysin eri mieltä lääkäreiden kanssa, hän suostuisi leikkimään mukana. "Entä koulu?" hän kysyi. "Minulla on peli huomenna - tarkoitan tänään."

"Grace muistaa, että olet koulussa. Sillä välin voit ehkä kutsua joitakin muita koulun oppilaita käymään hänen luonaan. Tutut kasvot saattavat virkistää hänen muistiaan."

"En keksi ketään, jonka kanssa hän olisi ystävä, mutta yritän. Voinko nyt mennä kotiin?"

"Et ennen kuin olet puhunut hänen kanssaan. Ja muista, että hän kertoi minulle juuri uutiset - te kaksi olitte juuri menneet naimisiin - enkä minä uskonut häntä. Juoksin ulos huoneesta ja etsin hänen lääkärinsä. Odotan siis, että tyttäreni on hyvin iloinen nähdessään teidät ja varsin vihainen nähdessään minut. Hän saattaa myös haluta esitellä sinut minulle aviomiehenään."

"Teen parhaani, mutta en ole kovin hyvä näyttelijä, enkä ole koskaan ollut hyvä valehtelija."

"No, tehdään sitten tästä palkittu esitys!" Helen valmensi, kun he kävelivät kohti hänen Gracensa huonetta.

"No niin!" Vincente sanoi työntäessään oven auki ja piteli sitä uudelle kuvitteelliselle anopilleen.

KAPPALE 16

GRACE KATSOI YLÖS JA näki äitinsä astuvan huoneeseensa, jota seurasi - Vincente! Hän nousi istumaan, hymyili korvasta korvaan ja avasi sylinsä miehelle. Mies lähestyi häntä niin hitaasti, että Grace tiesi intuitiivisesti, että jokin oli vialla.

"Kultaseni", Helen sanoi pirteällä äänellä, joka säikäytti Vincenten. "Puhuin Vincenten kanssa, ja hän kertoi minulle kaiken. Kaiken häistäsi. Eikö niin, Vincente?"

Vincente katsoi ensin Gracea ja sitten Heleniä. Vincennes oli heittämässä häntä susien eteen ja pakottamassa hänet valehtelemaan. Hänellä ei ollut muuta vaihtoehtoa. "Kyllä, kerroin äidillesi kaiken meistä", hän sanoi. Hän siirtyi hieman lähemmäs Gracea, joka sulki hänet sydämelliseen syleilyynsä.

Kun Grace piti häntä sylissään, hän tunsi siinä etäisyyttä, jota hän ei ollut koskaan aiemmin tuntenut. Hänestä tuntui kuin hän olisi pitänyt kiinni puulankusta.

He erosivat, ja Grace katsoi syvälle Vincenten silmiin. Hän piilotteli jotain. Tai ehkä hän vain häpeili? Ehkä se johtui vain siitä, että hän oli liian hellä toisen ihmisen edessä. He olivat ennenkin olleet yksin, joten tähän heidän oli totuttava, kun muut ihmiset olivat heidän rakkautensa todistajina.

Grace ojensi kätensä ja otti miehen kädestä kiinni ja sanoi: "Ymmärrän täysin, miltä sinusta tuntuu, ottaen huomioon olosuhteet. Emme ole tottuneet olemaan hellästi näin - muiden seurassa."

Vincente tunsi olonsa karseaksi. Hänet oli pakotettu tähän, ja hän sääli Gracea, jolla ei ollut aavistustakaan siitä, että hän vain näytteli. Mutta äänestä päätellen hänen esityksensä jätti paljon toivomisen varaa. "Kyllä, se on siinä", Vincente sanoi. "Olet aina ollut hyvin tarkka minun, öh, tunteistani."

Grace jatkoi hänen epämukavuutensa tarkkailua. Vincente, joka tunsi Gracen tarkkailevan häntä hyvin tarkasti ja pelkäsi, että Grace voisi ahdistua, nosti kätensä hänen huulilleen ja suuteli sitä. Kun hän katsoi ylös, hän tuijotti syvälle väitetyn vaimonsa silmiin. Hän näki vain Grace Greenwayn - tavallisen naisen, jolla oli keskimääräistä paremmat, lähes nerokkaat matemaattiset kyvyt. He olivat täydellisiä vastakohtia. Hän ei koskaan menisi naimisiin Gracen kanssa, ei vaikka hän ja Grace olisivat viimeiset kaksi ihmistä, jotka olivat jäljellä planeetalla.

Grace käänsi huomionsa äitiinsä, joka seisoi taustalla ja katseli heitä kahta. Niin, se oli se. Hänen äitinsä oli nyt saanut kaiken varmistettua, mutta hän ei ollut samaa mieltä heidän valinnastaan. Olivathan he vasta kuusitoistavuotiaita, ja ilman vanhemman lupaa heidän avioliittonsa ei ehkä hänen mielestään ollut laillinen. Puhumattakaan siitä, ettei ministeri, pappi tai edes rauhantuomari ollut tehnyt siitä virallista. He olivat vaihtaneet valat ja sormukset.

Ne eivät olleet oikeat häät, ja hänen äitinsä tarvitsisi vain mitätöidä ne. Ehkä Vincente näytti siksi niin säikähtäneeltä?

Grace katsoi Heleniin, joka seisoi siinä kyyneleet silmissään.

"Etkö ole onnellinen puolestamme, äiti?" Grace kysyi.

"Totta kai, olen hyvin onnellinen teidän molempien puolesta, kultaseni", Helen sanoi, kun hän otti molemmat kiinni ryhmähaliin.

Nyt niin lähellä, Grace katsoi Vincenteä silmiin ja tämä katsoi poispäin. Hän sanoi: "Tiedän, että näytän varmaan kamalalta", kun kyynel valui hänen poskelleen. "Tämä on ollut niin pitkä koettelemus leikkauksen ja kaiken muun kanssa." Hän hengitti syvään ja ryhdistäytyi. Vincente yritti rohkaista häntä hymyilemällä, ja sitten hän jatkoi: "En malta odottaa, että pääsemme takaisin normaaliin elämään. Kunnes voimme palata kotiimme ja uida rannalla kuten ennen."

Vincente katsoi taas muualle. Kuin häkkirotta, hänen silmänsä vilkuilivat hermostuneesti puolelta toiselle.

"Olen varma, että Vincente ei malta odottaa sitä hetkeä, kultaseni", Helen tönäisi.

Vincente päästi "hm", jonka hän oli tarkoittanut olevan vain kaiku omassa päässään. Valitettavasti kaikki läsnäolijat kuulivat äänen ja panivat sen merkille. Helen tuijotti Vincenteä kuin tämä olisi juuri tehnyt murhan. Grace näytti niin loukkaantuneelta, että hänen silmistään valui lisää kyyneleitä.

"Etkö halua palata sinne? Manlyyn? Ollaksesi taas onnellinen?" Grace oli varma, että Vincente oli muuttunut. Jokin hänessä oli muuttanut hänen rakkauttaan häntä kohtaan, ja tämä oivallus murskasi hänen sydämensä kahtia.

Helen kaivoi kyynärpäänsä Vincenten kylkeen. Hän naurahti ja haukkoi henkeä ennen kuin sanoi: "Ei ennen kuin olet taas terve, Gracie."

"Tiedät, miten vihaan sitä!"

"Mitä? Mitä sinä vihaat?" Vincente kysyi. Hän oli täysin hämmentynyt, eikä todellakaan tehnyt kunnolla töitä tässä näyttelemisessä. Hän oli varoittanut Heleniä siitä, ettei hän ollut hyvä valehtelija, ja nyt hän oli tekemässä tästä sotkua. Gracen sotkeminen. Tyttöparka.

"Tiedät, mitä tarkoitan!" Grace huusi. "Tiedät, mitä vihaan. Miten se saa ihoni ryömimään."

"Ai", Vincente sanoi muistellen vihdoin. Kyllä, hän oli kerran aiemmin kutsunut häntä "Gracieksi", ja Gracie oli tullut hulluksi häneen. Nyt hän oli mennyt ja tehnyt saman uudelleen. Mikä idiootti hän olikaan! "Olen niin pahoillani Grace, se unohtui täysin. Olen niin väsynyt, en ole nukkunut yhtään. Minun mokani - se oli vain aivopieru."

Kolmikko nauroi ja nauru jatkui, kunnes Grace katkaisi sen: "Jos olet väsynyt, kulta, mene kotiin. Voimme vaihtaa kuulumisia huomenna."

Vincente harkitsi asiaa. Hänen pakonsa oli niin lähellä, että hän saattoi maistaa sen. Hän halusi epätoivoisesti päästä pois sieltä, lopettaa tämän säälittävän farssin. "Minulla on peli tänään iltapäivällä, joten en pääse käymään täällä ennen iltaa."

"Ei se mitään. Sinun täytyy levätä isoa peliä varten", Grace sanoi.

"Vincente", Helen sanoi, "Grace ja minä arvostamme sitä, että teet kaiken, mitä olet tehnyt auttaaksesi. Ymmärrämme, jos sinun täytyy mennä nyt kotiin. Järjestän sinulle taksin."

"Ei tarvitse", Vincente sanoi, "äiti soitti hetki sitten ja sanoi odottavansa minua ulkona. Hän näki jättämäni viestin ja oli huolissaan."

"Haluaisin tavata hänet jonain päivänä", Helen sanoi.

"Niin minäkin!" Grace oli samaa mieltä. "Minusta tuntuu, että tunnen hänet jo, koska näytit minulle hänen maalauksiaan. Erityisesti tuosta maisemasta, jossa on puu ja lehmiä, tuli meille molemmille keskustelunaihe."

"Se, jossa on... mitä?" Vincente änkytti. Hän oli täysin hämmentynyt siitä, mitä Grace oli juuri sanonut. Hän ei ollut näyttänyt tuota maalausta Gracelle - eikä kenellekään muullekaan kuin vanhemmilleen ja isovanhemmilleen. Itse asiassa se oli ollut varastossa siitä asti, kun hän oli ollut lapsi. "Milloin olen näyttänyt sinulle äidin maalauksen?" hän kysyi.

"Se oli vanhempiesi talossa takanreunan päällä."

Vincente kompastui taaksepäin. Helen sai hänet kiinni. Hänellä ei ollut aavistustakaan, mistä tässä sananvaihdossa oli kyse, mutta Vincente näytti olevan siitä ahdistuneempi kuin Grace.

"Oletko kunnossa?" Helen kysyi oikeutetusti huolestuneena.

"Olen kunnossa", Vincente sanoi, mutta hän ei todellakaan ollut kunnossa. Hän halusi paeta, mutta samalla hänen oli oltava varma, että he puhuivat samasta maalauksesta. Ehkä Grace oli vain hämmentynyt: "Entä oliko maalauksessa jotain erityistä? Jotain erityistä, että kerroin siitä sinulle?"

"Kyllä", Grace sanoi asiallisesti. "Kerroit minulle, että pelkäsit maalausta lapsena, koska luulit, että puulla oli kasvot. Siksi vanhempasi laittoivat sen varastoon. Mutta kun kävimme vanhempiesi luona, se oli siellä - roikkui takan päällä."

Vincente oli enemmän kuin hämmästynyt. Se oli totta, maalauksesta, mutta ei siitä, että se roikkui takan päällä. Sitä ei olisi koskaan tapahtunut. Hän ihmetteli, miten nainen olisi voinut tietää maalauksesta.

Hän jatkoi: "Mutta nyt maalaus on talossamme, meidän talossamme Manlyssä. Se on yhä varastossa. Me molemmat ajattelimme, että olisi parasta laittaa se pois. Sinun täytyy kysyä äidiltäsi, haluaisiko hän saada sen takaisin."

Vincente kompuroi huoneen poikki Gracen luo ja mutisi jotain siitä, että kyllä hän tekisi niin. Hämmentyneenä hän kuiskasi jotain itselleen ja sitten Helenille. Hänellä ei ollut aavistustakaan siitä, miten Grace saattoi tietää asioita, jotka hän näytti tietävän.

"Äiti", Grace sanoi, "luulen, että tulisit hyvin toimeen Vincenten äidin kanssa, koska te molemmat rakastatte joitakin samoja asioita, kuten auringonkukkia. Vincenten äidillä on auringonkukkia useimmissa maalauksissaan, ja teillä on auringonkukkia joka puolella taloa." Hän jatkoi.

"Se on ihanaa, kultaseni", Helen sanoi.

"Ja sinun pitäisi nähdä Vincenten veistämät upeat hahmot!"

Vincente istuutui tiukasti tuoliin. Hänen kasvonsa olivat nyt aavemaisen valkoiset.

Grace jatkoi: "Hän on paljon lahjakkaampi kuin hän antaa ymmärtää muussa kuin urheilussa. Hän on uskomaton taiteilija omana itsenään. Sen täytyy olla hänen veressään."

"Miten, miten sinä voit tietää niistä?" Vincente kysyi: "Ne ovat makuuhuoneessani."

"Sinun makuuhuoneessasi!" Helen kiljui.

"Eikä kukaan ole nähnyt niitä - ei kukaan - paitsi äitini ja isäni ja isovanhempani."

"Sinä näytit ne minulle, hölmö, ja me otimme ne mukaamme kotiimme Manlyyn. Vau! Sinun täytyy olla todella, todella väsynyt, kun olet unohtanut niin paljon. Sinun pitäisi todellakin mennä kotiin nukkumaan, Vincente."

Vincente tunsi, että hänen verensä oli valunut ulos hänen kehostaan, ja hän näytti siltä myös.

"Haluatko, että saatan sinut äitisi autolle?" Helen kysyi. Hän oli aidosti huolissaan, koska Vincente näytti siltä, että hän saattaisi pyörtyä. "Tarvitsetko lääkärin apua?" "Tarvitsetko lääkärin apua?"

Vincente halusi kääntyä ja juosta, mutta osa hänestä halusi myös ojentaa kätensä ja suudella Grace Greenwayta.

Suudella Grace Greenwayta!?

Se oli tarve, halu, jota vastaan hän oli taistellut viime hetket. Hän pidätteli itseään tunteellisesti. Hän ajatteli, että ehkä hän tunsi vetovoimaa, tarvetta. Ehkä siksi, että Grace halusi hänen suutelevan häntä?

Vincente nousi ylös ja käveli kohti sänkyä. Grace katsoi häntä, mutta hänen silmänsä olivat rauhalliset, täynnä rakkautta. Rakkautta häntä kohtaan.

Vincente kumartui ja suuteli rauhallisesti Vincenteen otsaa.

Mutta Gracella oli muita suunnitelmia.

Hän liikutti päätään, aisti miehen hämmennyksen äitinsä edessä, niin että mies suuteli häntä kokonaan huulille. Sitten hän veti miehen puoleensa, takertui häneen, ja mies rentoutui syleilyyn. Nainen piteli häntä niin tiukasti, ettei hän voinut päästää irti, ja melko pian hän ei halunnutkaan.

Jotenkin nainen pääsi syvälle hänen sisimpäänsä. Hän oli hukassa, eksyksissä häneen. Kun hän sai henkeä ja perääntyi, hän seisoi tuijottaen, aivan kuin hänen sydämessään olisi juuri avattu ikkuna.

Hän ei tiennyt, mistä nainen tiesi ne asiat, jotka hän tiesi. Hän ei ollut kertonut hänelle mitään, ja silti hän tiesi sen jotenkin. Hän oli yhtä aikaa kiihottunut ja pelästynyt. Hän halusi ja tarvitsi päästä pois sieltä.

Ja silti osa hänestä halusi suudella häntä yhä uudelleen ja uudelleen. Vielä toinen osa halusi juosta ja jatkaa juoksemista ja juoksemista ja juoksemista.

"Kultaseni", Helen sanoi, "minusta Vincenten pitäisi nyt todella lähteä." Hän huomasi miehen robottimaisen käytöksen. Oli kuin hän olisi ollut lumottu.

"Hyvää yötä, herra Marino", Grace soitti.

"Öh, hyvää yötä, rouva Marino", Vincente sanoi hetken mielijohteesta. Hän hymyili suurinta hymyä, aivan kuin taivas olisi auennut ja valaisi kultaista auringonpaistetta hänen päälleen. Hän ajoi sormet hiustensa läpi ja peruutti sitten ulos.

Ovesta ulos päästyään hän alkoi juosta.

Hän juoksi alas kahdeksan kerrosta portaita.

Ja ulos kadulle.

Hän olisi jatkanut juoksemista kotiin asti, ellei hänen äitinsä olisi ensin pysäyttänyt häntä.

KAPPALE 17

"O NKO KAIKKI HYVIN, VINCENTE?" Ellen Marino kysyi pojaltaan. Vincenten posket punoittivat, ja hän mutisi henkeään pidätellen, kun Marino eteni häntä kohti. Hän avasi pojalle sylinsä, ja poika lankesi syliin huokaisten. Hän taputti miehen päätä, kuten hänellä oli tapana tehdä, kun poika oli pieni. Tämä tunneside sai hänet nyyhkyttämään hallitsemattomasti.

"No niin, no niin", hän sanoi.

Vaikka Vincente tunsi olonsa lämpimäksi ja turvalliseksi, hän ei voinut lakata ajattelemasta Gracea. Hän yritti olla hetkessä, mutta edes äidin rauhoittavat sanat eivät pystyneet rauhoittamaan hänen mieltään.

Samalla kun hän halasi äitinsä syliin, hänen aivonsa soittivat mielessään yhä uudelleen ja uudelleen lastenlaulua: "Vincente ja Gracie, istuvat puussa k-i-s-s-i-n-g."

Hän ei osannut selittää äidilleen, miltä hänestä tuntui. Hän ei ymmärtänyt sitä edes itse.

Silti hän ei saanut tuota suudelmaa pois mielestään. Ja se oli kaunis suudelma. Syvempi, mieleenpainuvampi suudelma kuin yksikään suudelma, jonka hän oli koskaan kokenut, ja silti - miksi hän itki kuin vauva?

Vincente väistyi äidin luota. Hän yritti ryhdistäytyä.

Ellen katsoi poikaansa silmiin ja piteli tämän leukaa sormiensa välissä. Hän suuteli poikaa otsalle. Hän menetti malttinsa ja alkoi nyyhkyttää uudestaan!

"Kerro minulle, Vincente, mikä hätänä? Kuoliko tyttö, ystäväsi... Kuoliko hän?"

"Ei!" Vincente huusi "Ei!" kovempaa kuin hän oli odottanut. Hän astui poispäin ja laskeutui tukevasti selkä seinää vasten. Hänen nyrkkinsä olivat puristuksissa, ja hän tunsi itsensä vihaiseksi, surulliseksi ja onnelliseksi, aivan kuin kaikki mahdolliset tunteet olisivat syöksyneet hänen päälleen kuin tsunami.

"Puhu minulle!" Ellen kehotti.

"Haluan mennä kotiin, äiti. Haluan vain mennä kotiin." Vincente sanoi tukahduttaessaan kyyneleitään. Hän tunsi itsensä niin hölmöksi.

Ellen taittoi poikansa käden omaan käteensä, kuten hän oli aina tehnyt, kun poika oli ollut pieni. Kunnes eräänä päivänä, kun poika oli yhdeksän, hän ei enää antanut hänen pitää kädestään kiinni. Mutta tänä iltana hän ei vastustellut, kun Ellenin sormet kietoutuivat hänen kätensä ympärille ja kiristivät sitten otettaan. Mikä ikinä hänen poikaansa suututtikaan, se oli paha asia. Niin paha, ettei hän saanut tunteitaan hallintaan.

Vincente Marino ei ollut sellainen poika, joka itki, edes silloin, kun hän loukkaantui pikkupoikana. Hän yritti aina esittää rohkeaa. Varsinkin kun muut katselivat. Yleensä silloin, kun he olivat kahdestaan, se oli toisin. Tai oli ollut, kunnes tänään.

Kun he olivat saaneet turvavyöt kiinni, Vincente antoi ajatustensa vaeltaa taas Graceen. Ei suudelmaan tällä kertaa. Sen sijaan hän ajatteli, miten Grace tiesi asiat, jotka hän tiesi. Kuten maalauksen - miten hän saattoi tietää juuri tuon maalauksen? Hänen oli mahdotonta keksiä sitä tai arvailla asioita, joista hän näytti tietävän.

"Arvaa, mitä eilen tapahtui?" Ellen kysyi.

"En tiedä, äiti."

"No, minä myin taas yhden taulun!"""

"Hienoja uutisia, äiti! Mikä se oli tällä kertaa?"

"En ole edes varma, muistatko sitä. Maalasin sen kauan, kauan sitten."

"Olen varma, että muistaisin sen, äiti. Veikkaan, että osaan arvata, mikä se oli. Veikkaan, että se oli se, jossa oli pelto täynnä villikukkia, niin realistinen, että ne melkein haistoi!"

"Voi, sinä olet ihana poika, kiitos. Mutta ei, se oli yksi, jonka maalasin muutama vuosi sitten, kun olit pieni poika. Laitoin sen varastoon, koska jokin siinä pelotti sinua."

Vincente istui suorassa. Hän kuunteli nyt tarkkaavaisesti. Se ei voinut olla totta.

Hän jatkoi, välittämättä Vincenten lisääntyneestä jännityksestä: "Se on pellolla, jossa on iso puu ja lehmä." Hän jatkoi.

Se oli sama maalaus. Aivan sama maalaus, josta hän oli keskustellut Grace Greenwayn kanssa aiemmin. Ehkä myynti oli julkistettu? Se selittäisi Gracen tiedon siitä. Hän löi itseään otsaan. Kyllä, se selittäisi kaiken!

"Se tapahtui vasta eilen illalla. Eräs yksityinen kauppias kuuli siitä, tuli katsomaan sitä ja osti sen asiakkaalleen. Hän on nyt matkalla Eurooppaan ja aikoo hakea sen palattuaan."

"Eli myyntiä ei ole julkistettu millään tavalla?"

"Ei, en ole vielä edes kertonut isällesi!"

Grace ei voinut kuulla siitä, ellei hän tuntenut miestä. Ei, hänen tilansa ja kaiken muun takia se ei voinut olla mahdollista.

Kun he ajoivat pitkin kaupungin katuja, Vincente oli päättänyt olla ajattelematta mitään. Ei maalausta. Ei Gracea. Ei suudelmaa. Etenkään suudelmaa.

KAPPALE 18

K UN HE PALASIVAT KOTIIN, Ellen kysyi Vinceneltä, voiko hän paremmin. Hänen vastauksensa oli epämääräinen murahdus, mikä tarkoitti, että hän tunsi olevansa taas enemmän kuin entinen itsensä. Ellen tarjosi hänelle ruokaa, mutta hän sanoi, ettei hänellä ollut nälkä.

"Olen uupunut, äiti", hän tunnusti. "Haluan nukkua vähän."

"Minun täytyy kysyä sinulta, ennen kuin lähdet, onko se tyttö, jota menit tapaamaan..."

"Grace?"

"Kyllä, onko Grace, onko hän parantunut?"

"Kyllä, hän on, öö, paranemassa", Vincente sanoi kiertäessään kulman ja laittaessaan jalkansa askelmalle. Hän kääntyi ympäri ja katsoi Elleniä: "Mutta tarvitsisin todella palvelusta."

"Haluaisitko, että piipahdan katsomassa Gracea?"

"Ei, mutta kiitos. Haluaisin todella, että soittaisit valmentajalle. Kerro hänelle, etten voi hyvin, jotta voin levätä vielä muutaman tunnin ennen peliä."

"Vincente, tiedät, mitä me - isäsi ja minä - ajattelemme urheilusta. Sinun on mentävä kouluun, tehtävä tavallinen koulupäivä tai et voi pelata."

"Mutta tämä ei ole ollut mikään tavallinen päivä, äiti!" hän protestoi, "olen ollut sairaalassa koko yön ja olen enemmän kuin väsynyt".

"Hyvä on, kulta", äiti sanoi, "annan sen olla tällä kertaa. Nyt nukkumaan kanssasi!"

Yläkerran huoneessaan Vincente etsi turhaan pyjamaansa. Liian väsyneenä hän kiipesi sänkyyn pelkät mustat alusvaatteet yllään.

Vincente heittelehti ja kääntyi ja tajusi nopeasti, että hän oli melkein liian väsynyt nukkumaan. Hän oli myös aika lailla vireessä kahvista ja aiemmasta ei-akatemiapalkitusta esityksestä.

Ongelma oli, ettei Grace ollut näytellyt. Hän uskoi jokaiseen sanaansa, ja mies tunsi sen hänen suudelmastaan. Hän vuodatti miehelle sydämensä ja sielunsa.

Hän heitti verhot taaksepäin ja katseli ikkunan ulkopuolella olevaa puuta, joka huojui edestakaisin tuulen oikustaessa. Pisarat putoilivat ikkunaa vasten ja valuivat alas lasille kuin helmiäiskyyneleet.

Kun pisarat putosivat yksi kerrallaan, puu huojui, ja sen äänet ja liikkeet tuntuivat vaikuttavan Vincenteen kuin tuutulaulu. Muutamassa hetkessä hän nukahti syvään.

KAPPALE 19

"GRACE? GRACE, MISSÄ SINÄ olet?" Vincente huusi juostessaan ylös Sydneyn oopperatalolle johtavia portaita. Melkein perillä hän jatkoi tytön huutamista kuin odottaisi löytävänsä hänet istumassa jättimäisten valkoisten marenkimaisten purjeiden päällä.

Etsittyään ympäri Rocksin aluetta hän lähti juoksemaan George Streetiä pitkin kohti Parramatta Roadia. Hän huusi Gracen nimeä yhä uudelleen ja uudelleen, kunnes Sydneyn kuuma aurinko uuvutti hänet niin, että lokit, kakadut ja korpitkin näyttivät huutavan.

Hänen oli löydettävä Grace. Hänen oli vain pakko.

Parramatta Roadilla, uusien autojen parkkipaikalla, punainen Ferrari kiinnitti hänen huomionsa. Se oli avoauto, jonka katto oli alhaalla, ja hän kiipesi sisään. Renkaat vinkuivat, kun hän ajoi ulos parkkipaikalta. Missä ihmeessä Grace oli? Hän soitti torvea. Missä olet, Grace?

Vincente laittoi stereot päälle, ja soi laulu, jota hän ei tuntenut, surkuhupaisa rakkauslaulu. Ensin hän halusi vaihtaa raitaa, mutta jokin kappaleessa sai hänet jättämään sen soimaan.

Kun laulu loppui, stereoiden näyttö paljasti, että kyseessä oli kahden poplaulajan duetto. Kappale alkoi soida uudelleen. Vincente vaihtoi välittömästi raitaa, mutta huomasi saman kappaleen soivan jälleen, mutta tällä kertaa kahden rhythm and blues -laulajan laulamana. Hän käänsi taas kytkintä, ja taas kuului sama kappale, mutta tällä kertaa kahden kantrilaulajan laulamana. Millainen CD-levy tämä oli? Joka kappaleella soi sama kappale! Hän yritti poistaa levyn, mutta kuvake näytti, että paikka oli tyhjä. Mitä ihmettä...?

Vincente painoi jarruja, jolloin auto teki 180 asteen käännöksen ja pysähtyi sitten kokonaan. "Grace", hän huusi, "Grace Marino, missä helvetissä sinä olet?". Hän nojasi päänsä rattiin raivoissaan, juuri kun kahden poplaulajan äänet täyttivät jälleen yöilman. Gracea ei vieläkään näkynyt missään.

Vincente oli aivan yksin urheiluautossa, unelmiensa autossa - hänen unelma-autossaan - mutta se ei merkinnyt hänelle mitään ilman Gracea vierellään. "Hän ei ole edes minun tyyppiäni!" hän huudahti, kun hän ajoi ulos. Tällä kertaa hän sammutti stereot, mutta silti tuo kirottu kappale soi yhä uudelleen hänen päässään.

Kun pyörät lensivät liikenneympyrään, Vincente menetti auton hallinnan ja pamautti sen suoraan puuhun. Auton konepelti murskautui sisäänpäin, mutta hän oli hengissä. Hän hengitti raskaasti. Konepellin alta nousi savua, kun hän kuiskasi ilmaan: "Grace".

Hänen kuiskaukseensa vastattiin: "Vincente?" "Vincente?"

"Grace!" hän toisti. Vincente nousi ylös, nyt valppaana, ja sanoi ilmaan: "Grace, missä helvetissä sinä olet?"

Hän piteli nyrkissään jotakin. Se oli hänen paitansa kääritty pala. Se oli nyt punainen, punainen hänen paksusta lämpimästä verestään. Ja kun hän avasi nyrkkinsä, se muotoutui sydämen muotoiseksi.

Ja kun hän sulki nyrkkinsä ja lauloi ääneen tuon romanttisen laulun kertosäkeen ja sitten avasi sen uudelleen, se oli jälleen sydämen muotoinen.

Sitten kipu alkoi pistellä häntä, ja hän huomasi pilkut. Suuria veripisaroita tippui lattialle, ja ne peittivät hitaasti myös istuimen ja lattian. Pisaroita roikkui taustapeiliin ja pitkin tuulilasin sisäpuolta.

Verta oli kaikkialla, lattialla, seinillä ja katossa. "Grace!" hän huusi viimeisen kerran ennen kuin sulki silmänsä ja katosi pimeyteen.

KAPPALE 20

Kun Vincente heräsi, aurinko kurkisti hänen huoneeseensa verhojen raosta. Aluksi hän ei muistanut, missä hän oli. Hän oli tosin omassa sängyssään, mutta peiton ulkopuolella. Hän oli turvassa. Kaikki oli ollut hullua unta! Hän nauroi ajatukselle, että se olisi voinut olla mitä tahansa muuta.

Hän vilkaisi hetken urheilupalkintojaan, ennen kuin katsoi veistettyjä hahmoja. Hän huomasi, että yksi niistä puuttui. Ensimmäinen, jonka hän oli koskaan luonut: Aboriginaali. Hän etsi sitä kaikkialta, mutta se oli kadonnut.

Kookaburra huusi ja sen nauru täytti ilman, kun Vincente mietti puuttuvaa hahmoa. Hänen ympärillään pörräsi kärpänen, jota hän heilutti pois.

Vincente katsoi kelloa ja tajusi olevansa myöhässä. Hän oli nukkunut koulupäivän pois, ja nyt hän myöhästyisi myös pelistä, ellei hän saisi persettään liikkeelle. Hän ei voinut pettää joukkuetta.

Vincente ryntäsi kylpyhuoneeseen, roiskutti vettä kasvoilleen, pesi hampaansa ja työnsi kielensä ulos. Hän näytti siltä kuin ei olisi nukkunut viikkoihin.

Hän tunnusteli sänkiään leuassaan ja katsoi taas kelloaan. Hän ei ehtinyt ajaa partaa, joten hän levitteli partavesiä ja suihkutteli deodoranttia. Seuraavaksi hän puki päälleen mustat farkut ja t-paidan ja hyppäsi suurimman osan portaista kerralla alas.

Vincenteä ei helpottanut yhtään se, että hän tiesi, kuinka paljon joukkue tarvitsi häntä. Hän ei ollut ylpeä siitä, että se oli ehdoton totuus. Mutta muut pelaajat - hänen joukkuetoverinsa - eivät tuntuneet koskaan pitävän sitä häntä pahana. He tiesivät, että hänellä oli lahja, mutta joskus hän toivoi, että paine olisi jonkun muun harteilla, ei vain hänen.

Alakertaan päästyään hän nappasi jääkaapista vesipullon ja huusi äidilleen. Kun äiti ei vastannut, hän ei huolestunut. Hän tiesi, mistä löytäisi hänet todennäköisimmin - kuistin ulkopuolelta maalaamasta.

Totta kai hän oli siellä, työskentelemässä, luovuuteensa uppoutuneena. Hän seisoi siinä ja katseli häntä hetken, ihastui hänen luovaan henkeensä, ennen kuin hän huomasi, että hän oli paikalla. Kun hän huomasi, oli kuin luovan ajatuksen säie olisi katkennut, mutta hän kääntyi uskomattoman iloiseksi nähdessään hänet.

"Ah, olet hereillä, miltä sinusta tuntuu, rakas?" hän kysyi, kun Vincente kumartui suutelemaan häntä otsalle. Sitten Vincente hyppäsi kaiteen yli ja laskeutui kuin kissa puutarhaan. "Varo kukkia!" hän huudahti. Sitten hän katsoi ylös synkälle taivaalle ja sanoi: "Odota, haen sinulle sateenvarjon." Hän sanoi.

"Ei tarvitse", Vincente vastasi. "Minä juoksen, eikä yksikään sadepisara saa minua kiinni!" "Minä juoksen, eikä yksikään sadepisara saa minua kiinni!" Vincente lähti juoksemaan, nopeasti, ja hän kääntyi vain kerran muutaman sekunnin ajaksi vilkuttamaan hyvästiksi.

KAPPALE 21

Sairaalassa Grace kaipasi Vincenteä. Hän halusi olla yksin miehensä kanssa. Hän halusi, että asiat olisivat niin kuin ennenkin, että he kaksi olisivat yksin maailmassa.

Hän sulki silmänsä ja muisti heidän viimeisimmän yhteisen suudelmansa. Mies oli pidätellyt - hän oli epäröinyt.

Helen huokaili unissaan, sitten hän heräsi ja haukotteli huomattavan paljon. Hän venytteli ja istui pystyyn katsoen suoraan huoneen toiselle puolelle huomatakseen, että hänen tyttärensä oli katsellut häntä. "Anteeksi, että nukuin liian myöhään", hän sanoi. "Miten voit tänään?"

"Ihan hyvin. Olen ollut hereillä tuntikausia. Olen ajatellut."

"Mitä? Vincenteä, oletan", Helen sanoi.

"Niin, hän on ollut mielessäni siitä asti, kun heräsin."

Helen venytteli taas ja haukotteli.

"Sinä kuorsasit äiti."

"En minä kuorsaa!" äiti sanoi.

"Ehdottomasti kuorsaat, ja minun on ensi kerralla nauhoitettava, miten äänekästä se on!" Hän sanoi.

"Näin unta isästäsi; minulla on ikävä häntä."

"Minäkin kaipaan häntä, äiti", Grace sanoi tajuten, että tämä oli täydellinen hetki pyytää hänen apuaan.

Grace veti syvään henkeä ja risti sormet.

KAPPALE 22

"**Ä**ITI, KAIPAAN AIKAA MIEHENI kanssa."

"Tiedän, että rakastat, mutta Vincente on edelleen vastuussa perheelleen, ja hänellä on koulutehtäviä ja urheilua. Te kaksi olette nuoria. Teillä on paljon aikaa."

"Mutta me olemme vastanaineita, ja meidän pitäisi viettää enemmän aikaa yhdessä."

"Sinun täytyy ensin parantua", Helen sanoi noustuaan ylös ja mentyään tyttärensä sängyn luo ja otettuaan tämän kädet omiinsa. "Sinun on keskitettävä energiasi parantumiseen, jotta voimme mennä kotiin."

"Haluan kyllä mennä kotiin, äiti, mutta haluan mennä meidän kotiimme."

"Kyllä, sitä tarkoitan, rakkaani."

"Ei, ei sinun kotiisi, vaan meidän kotiimme - tarkoitan minun ja Vincenten kotia." "Ei, ei sinun kotiisi, vaan meidän kotiimme - tarkoitan minun ja Vincenten kotia."

Helen veti syvään henkeä. Hän tiesi, että Grace fantasioi, ja hänen oli pakko suostua siihen, mutta tämä valehtelu alkoi olla yhä vaikeampaa. Helen sanoi: "Leikkauksestasi on kulunut alle seitsemänkymmentäkaksi tuntia. Sinä et ehkä tajua, miten lähellä katastrofia olit, mutta minä tiedän, miten lähellä se oli, enkä halua ottaa mitään riskejä kanssasi. Sinua tarkkaillaan täällä edelleen tarkasti. Lääkärin määräyksestä."

"Pääsenkö sitten koskaan kotiin?" Grace kysyi.

"Kyllä, kun olet täysin toipunut."

"Mutta kuinka kauan? Kuinka kauan se kestää?"

"Tohtori Ackerman sanoi, että heidän on otettava tänään uusia verinäytteitä. He saattavat joutua muuttamaan lääkitystäsi. Sinua hoidetaan täällä parhaalla mahdollisella tavalla."

"Tiedän, mutta haluan olla mieheni kanssa."

Helen yritti vaihtaa puheenaihetta. "Kerro vähän talostasi. Missä se oli?"

"Talomme on Manlyssä, aivan rannan tuntumassa."

"Sanoitko rannalla?" Helen tiesi, että tuon alueen kiinteistöt olivat miljoonien arvoisia. Hän kysyi, olivatko he voittaneet lotossa.

"Ei tietenkään, äiti. Raha ei ollut mikään esine. Ennen tuota taloa muutimme ympäriinsä ja asuimme hotelleissa."

"Ja miten te ansaitsitte rahaa? Teittekö töitä? Miten sait elantosi? Ostitte ruokaa ja vaatteita itsellenne?"

"Koska raha ei merkinnyt mitään, me vain menimme maailmalle ja otimme kaiken tarvitsemamme. Silloin meitä oli vain kaksi, rahaa ei tarvittu. Selvisimme kaikesta runsaudella, myös rakkaudestamme toisiamme kohtaan."

Tämä ei mennyt nopeasti mihinkään. Helen sanoi: "Menen kotiin vaihtamaan vaatteet ja ajattelin, haluaisitko, että tuon sinulle vielä jotain - kuten kannettavan tietokoneen? Tai muita kirjoja?"

"Ei tarvitse, äiti. En halua mitään muuta kuin mieheni. Lisäksi minulla on täällä kasa kirjoja, joita olen lukenut. Minulla on edelleen ongelmia keskittyä pidempään. En tunnu pystyvän keskittymään. Tarvitsen apuasi, äiti, jotta lääkärit suostuisivat siihen, että Vincente saisi viettää yön täällä kanssani. Sitä tarvitsen enemmän kuin mitään muuta."

"Oikeasti, Grace, voisi luulla, että elämää ennen Vincente Marinoa ei ole koskaan ollutkaan!"

"Tuntuu kuin olisimme olleet yhdessä koko elämämme, ja nyt olemme erossa, ilman omaa syytämme", Grace sanoi. "Kaipaan häntä niin paljon. On erilaista, kun sinä olet täällä tai lääkärit ovat paikalla. Hän ei ole oma itsensä. Meidän on oltava kahden - niin kuin tavallisten tuoreiden avioparien kuuluukin olla."

"Grace, hän tulee pian tänne, kun peli on ohi. Mutta sinun ei ole hyvä olla noin järkyttynyt ja järkyttynyt. Yritä keskittää energiasi paranemiseen. Jätä se minulle, niin katson, mitä voin tehdä hyväksesi, jos olet nyt kiltti tyttö ja suljet silmäsi."

Grace nojautui takaisin tyynyyn, ja Helen suuteli hänen molemmat silmänsä kiinni, kuten hän oli tehnyt silloin, kun Grace oli ollut pikkutyttö. Gracen silmäluomet lepattivat hänen kosketuksessaan kuin kaksi perhosta. Grace sanoi: "Vincente palaa tänne ennen kuin huomaatkaan".

"Kysy lääkäreiltä, voisiko hän viettää yön täällä kanssani tässä huoneessa, äiti. Ole kiltti! Yksi yö. Pyydän vain yhtä yötä."

"Minä kysyn", Helen sanoi peruuttaessaan ulos huoneesta. Sisimmässään hän tiesi, ettei sitä koskaan tapahtuisi.

Vincente Marino ei missään nimessä viettäisi koko yötä samassa huoneessa tyttärensä kanssa yksin. Ei varsinkaan silloin, kun Grace uskoi heidän olevan mies ja vaimo.

"Vain kuolleen ruumiini yli!" Helen sanoi itsekseen sulkiessaan Gracen huoneen oven.

KAPPALE 23

RAKASTAVAISET KÄVELIVÄT RANNALLA KÄSI kädessä, täysin uppoutuneina toisiinsa. Aina silloin tällöin he pysähtyivät suutelemaan. Sitten he jatkoivat kävelemistä hieman pidemmälle ja pysähtyivät kuuntelemaan rantaan iskevien aaltojen ääntä.

"Kadotin sormukseni!" Grace huudahti.

Vincente sanoi, ettei hänen tarvinnut huolehtia. Hän sanoi, että he löytäisivät ne, ja jos he eivät löytäisi niitä, hän ostaisi tytölle lisää sormuksia. Hän sanoi, että vaikka sormuksilla oli tunnearvoa, ne voitaisiin korvata. Sormukset olivat tyhjiä ympyröitä, kun taas heidän rakkautensa oli täyttä ja pyöreää ja keskitetty syvälle heidän sydämiinsä.

"Minulla oli ne ennenkin, mutta nyt ne ovat poissa! Ehkä joku hoitajista varasti ne minulta? Ehkä ne poistettiin, kun menin leikkaukseen?"

"Grace, miksi olet niin huolissasi? Älä ole huolissasi. Me löydämme ne", Vincente rauhoitteli.

"Sormukset ovat kadonneet - ja minua pidetään tässä sairaalassa vankina. Tuntuu kuin olisin ollut täällä ikuisuuden."

"Voit tulla ja mennä miten haluat, rakkaani", Vincente sanoi.

Hän käveli naisen eteen, selkä poispäin ja etupuoli Gracea kohti. Hän ojensi avoimet kämmenensä häntä kohti, ja Grace otti hänen kätensä omiinsa. Yhdessä jälleen kerran he kävelivät edelleen rantaa pitkin. He pitivät näin katsekontaktia ja jakoivat sanattomia ajatuksia.

"Vaikka sanoisit minulle, että voin lähteä, en voi. He eivät päästä minua lähtemään."

"Näetkö pahaa unta, rakkaani?" Vincente kysyi. "Herää nyt, niin kaikki on hyvin. Lupaan sen."

"Ei", Grace sanoi. "Se on päinvastoin. Kaikki on päinvastoin. Kun minä herään, sinä olet erilainen. Me emme ole samanlaisia. "

"Mitä me sitten olemme, rakas?" Vincente kysyi.

Mutta vastausta ei tullut.

KAPPALE 24

ELEN ONNISTUI JÄLJITTÄMÄÄN TOHTORI Ackermanin - tai saamaan hänet nurkkaan - riippuen siitä, kuka kertoi tarinan. Hän selitti tilanteen, jossa Grace halusi viettää yön huoneessaan yksin väitetyn miehensä kanssa.

Tohtori Ackerman ei reagoinut kuin tämä ehdotus olisi ollut yllätys. Itse asiassa hän oli odottanut tällaista pyyntöä.

"Miksi ette sitten varoittanut minua?" Helen kysyi.

"Sitä ei ehkä olisi koskaan tapahtunut", tohtori Ackerman selitti. "Ja sinä olisit ollut huolissasi, ja reaktiosi Gracea kohtaan olisi saattanut vaikuttaa luonnottomalta."

"No, mitä me teemme? Emme voi jättää häntä yksin koko yöksi siihen huoneeseen sen pojan kanssa! Hän on niin täynnä itseään; hän saattaa käyttää tyttöä ja tilannetta hyväkseen."

"Helen, tyttäresi on vielä toipumisprosessin alkuvaiheessa. Minun on sanottava, että olisi parasta jatkaa leikkiä mukana tässä harhassa. Itse asiassa ajaa sitä jopa äärirajoille, koska se voi olla Gracen ainoa tapa irrottautua kuvitelmasta - ja valita todellisuus."

"Tarkoitatko siis, että mies jää sinne Gracen kanssa, ja Grace tajuaa, ettei mies ole se, joksi häntä luulee?"

"Kyllä, olet saanut kuvan. Jos mies ei ole se, joksi nainen uskoo hänet, jos hänen kuvansa särkyy hänen mielensä peilistä, silloin ja vain silloin hän voi hyväksyä todellisuuden, kumota sen, mikä on kuvitteellista, ja palata taas Graceksi."

"Entä poika? Kuka vakuuttaa hänet? Varsinkin kun hän ei näe Gracea samalla tavalla kuin Grace näkee hänet. Hänellä ei ole mitään riskeerattavaa, ja teeskenteleminen, että he leikkivät kotia, ikään kuin he olisivat oikea aviopari, saattaa olla liikaa vaadittu."

"Vincente ei voi riskeerata mitään, mutta hänellä on kaikkea voitettavaa. Kun tämä jakso päättyy, hän voi palata vanhaan elämäänsä. Hänen ei tarvitse enää näytellä, tulla sairaalaan, teeskennellä olevansa jotain, mitä hän ei ole. Varmasti se on hänelle riittävä kannustin auttaa meitä?" Ackerman ehdotti.

"Totta, en ollut ajatellut asiaa aivan sillä tavalla", Helen sanoi. "Itse asiassa, nyt kun sanoit sen niin, haluan kovasti saada sen tapahtumaan - ja mitä pikemmin, sen parempi. On vain yksi ongelma. Entä jos Grace ihastuu Vincenteen ja haluaa hänet aviovuoteeseen?"

"Kyllä, se voi olla ongelma", tohtori Ackerman vahvisti.

"No, poikaa on varoitettava siitä, että Gracella saattaa nykyisessä mielentilassaan olla illan suhteen tiettyjä odotuksia, joihin hänen ei missään tapauksessa pidä vastata vastavuoroisesti", Helen sanoi.

"Olen varma, että voimme vakuuttaa hänet 'pelaamaan peliä' menemättä liian pitkälle."

"Mutta hän on mies", Helen sanoi. "Ei millään pahalla. Hän on tottunut siihen, että tytöt ihastuvat häneen - antavat hänelle kaiken, mitä hän haluaa."

"Lähetä poika luokseni juttelemaan, kun olet puhunut hänen kanssaan. Minä selitän hänelle asiat mieheltä miehelle."

"Minkä syyn minun pitäisi antaa hänelle", Helen kysyi. "Minkä syyn sinun pitäisi puhua hänen kanssaan?"

"Lähetä hänet vain luokseni keskustelun jälkeen, Helen. Minä hoidan loput."

Helen katsoi kelloaan. "Vincenten odotetaan käyvän Gracen luona minä hetkenä hyvänsä. Otan asian puheeksi hänen kanssaan ja lähetän hänet sitten luoksesi."

"Ja miten aiot selittää treffinne tyttärellesi, puhumattakaan hänen äkillisestä katoamisestaan?" "Miten aiot selittää treffinne tyttärellesi?"

"Minä viivyttelen Grace. Hän on pyytänyt minua järjestämään miehelle yöpymisen, ja kerron hänelle, että olen tekemässä sitä."

"Kuulostaa hyvältä suunnitelmalta", tohtori Ackerman sanoi.

"Sitten lähetämme Vincenten tänään kotiin hakemaan vaatteensa ja niin edelleen, ja suuri ilta on huomenillalla."

"Niin."

"Luotan siihen, että suojelet tytärtäni."

"Älä huoli, minä huolehdin siitä", tohtori Ackerman sanoi.

Helen seisoi hetken tyttärensä huoneen ulkopuolella, kun hän kokosi ajatuksiaan. Kun hän oli vihdoin valmis, hän veti syvään henkeä ja kurkisti sisään ikkunasta ennen kuin avasi oven.

KAPPALE 25

G RACE AVASI LAATIKOITA JA sulki ne taas. Kun Helen astui huoneeseen, Grace sanoi: "Luojan kiitos, että olet täällä, äiti! Luojan kiitos!"

"En ole koskaan kaukana", Helen sanoi asettaessaan kätensä tyttärensä vyötärön ympärille ja ohjatessaan tämän takaisin sänkyyn. Helen katsoi tyttärensä kasvoihin. Yksi asia kaikui hänen mieleensä - jotain, mitä hän ei ollut aiemmin huomannut - Grace ei ollut enää pikkutyttö.

"Äiti, en löydä vihkisormuksiani!"

"Kultaseni, sinä mainitsit näistä aiemmin, muistatko?" Helen tokaisi takaisin. "Eiväthän ne ole voineet mennä liian kauas, vai voivatko?" Silloin hänestä tuntui uskomattoman surulliselta. Hänen tyttärensä etsi yhä asioita, joita ei ollut olemassa. Hän niiskutti hieman, mutta rauhoittui sitten taas ennen kuin Grace ehti aistia hänen mielialansa muutoksen.

"Vannoin, etten koskaan poistaisi niitä, ja nyt ne ovat poissa!" Grace huudahti.

Hetken ajan Helen kuvitteli ravistelevansa tytärtään ja pakottavansa hänet tajuihinsa ja kohtaamaan totuuden. Mutta se oli taistelu, jota Helenillä ei ollut varaa käydä yksin. Hän tarvitsi hoitohenkilökunnan tuen, ennen kuin hän saattoi räjäyttää tyttärensä kuvitelmat taivaan tuuliin.

Huoneen toisella puolella Grace pauhasi: "Etkö ymmärrä, sinun on yksinkertaisesti autettava minua, äiti!". Ehkä ne putosivat, tänne alle?" hän kysyi kumartuessaan lattialle ja etsiessään jokaisen nurkan alta ja kolosta.

Ollessaan yksin Grace oli käynyt läpi jokaisen yksittäisen syyn, miksi Vincenten asenne häntä kohtaan olisi voinut muuttua. Hän päätti, että se johtui siitä, että hän oli menettänyt sormukset. Tappiossaan hän istuutui lattialle ja alkoi itkeä.

Helen polvistui hänen viereensä ja otti hänen kätensä omiinsa. Hän aikoi puhua, mutta Grace avasi suunsa ensin ja huusi: "Minun on ehdottomasti löydettävä ne ennen kuin Vincente palaa. Kun löydän heidät, silloin hän on sellainen kuin ennen. Silloin hän on taas minun Vincente."

"Kultaseni", Helen sanoi ja nosti tyttärensä leuan ylös niin, että heidän katseensa olivat samalla tasolla. "Sormuksesi eivät voi olla kaukana. Ehkä ne poistettiin, kun menit leikkaukseen? Kyllä, se selittäisi kaiken", Helen kiitteli nostaessaan tytärtään ylös. Kun hän näki tytön silmissä mahdollisuuden kipinän, hän jatkoi. "Niin, ne varmaan odottavat, että sinut päästetään pois."

"Mutta eikö niitä voi palauttaa minulle nyt?" Grace kysyi. "Enhän minä ole vankilassa!"

"Totta, et ole vankilassa, mutta joskus sairaaloissa on sääntöjä, jotta potilaiden tavarat pysyvät turvassa", Helen sanoi. "Haluatko, että tiedustelen niitä? Kysyisinkö, voisivatko he tehdä poikkeuksen sääntöön sinun vuoksesi?"

"Kyllä äiti! Kyllä, kiitos!"

Helen mietti, miten hän aikoi kysyä sormuksista, joita ei ollut olemassa. Hänen tyttärensä ei selvästikään aikonut unohtaa sormuksia. Hänen oli palattava joko vastauksen kanssa - tai sormusten kanssa.

"Grace, minä ajattelin. Muistatko, kun tulit ensimmäisen kerran sairaalaan? Oliko sinulla silloin sormukset?"

"Ei tietenkään!" Grace huudahti. "Emme olleet silloin naimisissa."

"Eli Vincente toi sinut takaisin sairaalaan vasta myöhemmin, kun olitte menneet naimisiin?"

"Kyllä", Grace sanoi.

"Ehkä voisit kuvailla niitä minulle, siltä varalta, että minun täytyy tunnistaa ne."

"Niin, fiksu ajatus. Tai ehkä ne laitettiin holviin väärällä potilaan nimellä, ja sormukseni ovatkin jollakin muulla! Voi, toivottavasti ei!"

"Älkää nyt murehtiko sitä, kertokaa, miltä ne näyttävät. Ne olivat varmasti kauniit!" Helen rauhoitteli.

"Niin, Vincente on ihmeellisen hyvän maun omaava. Kihlasormukseni on sydämen muotoinen, ja siinä on timantteja ympäriinsä. Vihkisormukseni ympärillä on kultaisia tähtiä, ja jokaisen tähden sisällä on timantti. Minun on yksinkertaisesti löydettävä ne, äiti."

Helen astui taaksepäin. Hän piti tauon ennen kuin kysyi: "Ja mistä sinä olet ostanut nämä sormukset? Ne kuulostavat kalliilta. Meidän pitäisi varmaan vakuuttaa ne."

"George Streetillä sijaitsevasta pienestä koruliikkeestä, joka on erikoistunut ainutlaatuisiin, ainutkertaisiin esineisiin."

"Missä päin George Streetiä? Se on hyvin pitkä katu", Helen kysyi.

"Lähellä Circular Quayn päätä, lähellä The Rocksia."

"Hyvä on, Grace", Helen sanoi. "Katson sormustenne perään. Toivon, että saat ne pian takaisin sormiisi."

Helenillä ei ollut muuta vaihtoehtoa, hänen oli päästävä tuohon koruliikkeeseen ja kuvailtava sormukset korumyyjälle. Hänen oli saatava selville, tiesikö korumies tällaisia sormuksia tai oliko hänellä liikkeessä jotain vastaavaa.

Helen sulki oven takanaan. Hän seisoi paikallaan selkä seinää vasten ja mietti. Muutama asia oli nyt Helen Greenwaylle selvä. Yksi oli se, että hänen tyttärensä uskoi olleensa sairaalassa melko pitkään, paljon pidempään kuin hän itse oli siellä ollut.

Toinen oli se, että Grace uskoi, että hän ja Vincente olivat rakastuneet ja lähteneet sairaalasta yhdessä. He olivat menneet naimisiin ja palanneet takaisin joskus myöhemmin. Joskus sen jälkeen, kun he olivat eläneet yhdessä jonkin aikaa ja ehtineet perustaa kodin.

Ja lopuksi hän oli huomannut, että väitetyt sormukset oli ostettu paikallisesti. Helenin tuntemalta koruliikkeeltä. Jalokiviliikkeessä, jossa tuhansien dollarien maksamista yhdestä esineestä pidettiin vaatimattomana. Jos kyseessä oli todellakin sama jalokivikauppias, miten Grace ja Vincente olivat maksaneet niin kalliit sormukset?

Helen veti syvään henkeä ja torjui hermoromahduksen. Hän halusi juosta karkuun. Hän tunsi syyllisyyttä siitä, että halusi paeta, ja hän tunsi syyllisyyttä siitä, ettei tiennyt, mitä tehdä. Hän antoi itselleen luvan paeta.

"Taksi!" Helen viittoi ulos, ja taksi pysähtyi hänen luokseen jalkakäytävälle. "Vie minut The Rocksille ja jätä minut jonnekin George Streetin lähelle", Helen sanoi. "Etsin korukauppiasta, hyvin hienostunutta ja kallista korukauppiasta. En tiedä osoitetta, mutta se on George Streetillä."

"Kyllä, tiedän sen", kuljettaja vahvisti ajaessaan pois.

Helen istui takapenkillä ja ihmetteli, miksi hän antoi vetää itsensä niin syvälle johonkin, jonka hän tiesi olevan valheellista.

Istuessaan puskuriliikenteessä, kuunnellessaan torvien huutoa ja sireenien pauhua, hän ei millään pystynyt vastaamaan omaan kysymykseensä.

KAPPALE 26

URRAA-HUUTO KAJAHTI, KUN VINCENTE Marino kannettiin kentältä joukkuetovereidensa harteilla. Jälleen kerran Vincente oli johtanut joukkueensa voittoon. Osoittaakseen kiitollisuutensa he huutelivat toistuvasti hänen nimeään.

Vincente oli haltioissaan. Hänen suorituksensa oli jopa ylittänyt hänen omat odotuksensa.

Kun hänet heitettiin ilmaan, hän käänsi hetkeksi päätään ja kiinnitti Missy Malonen huomion. Hän hyppi ylös ja alas. Hän ihaili, miten söpöltä hän näytti, kun kaikki pomppi synkronisesti. Missy puhalsi hänelle suukon, ja mies nyökkäsi kuittaukseksi.

Kun hän oli saapunut kentälle, Missy juoksi hänen rinnalleen. Hän oli nähnyt Missyn kulkevan kohti häntä huulet supussa. Hän antoi Missyn tarttua häneen. Hän antoi Missyn suudella häntä kaikin voimin, mutta hän ei tuntenut mitään Missyä kohtaan.

Grace Greenwayn suudelma ylitti kaikki Missy Malonen suudelmat yhteensä. Hän ei ikinä uskoisi tuota totuutta. Hän pystyi tuskin uskomaan sitä itsekään.

Silti, riippumatta siitä, mitä hän tunsi häntä kohtaan, Vincente tiesi, että Missy roikkuisi hänessä, vaikka hän ei vastaisi. Miksi?

Koska Missy Malone piti itseään Vincenten apurina. Hänen mielestään he sopivat yhteen kuin Lamingtonit ja kookospähkinä, kuin vegemite ja paahtoleipä, kuin piirakka ja sipsit.

Jos hän halusi päästää hänet menemään, hänen täytyi olla julma. Hänen olisi kerrottava suoraan, ettei hän enää halunnut häntä. Hänen olisi käskettävä häntä lähtemään pois.

Vincente katsoi nyt, kuinka kaunis nainen oli. Kuinka suloinen ja täynnä odotuksia. Sitten hän katsoi joukkuetovereitaan, jotka yhä hurrasivat hänen nimeään ja heittivät häntä ilmaan, ja kaikki ajatukset Missystä lensivät hänen mielestään. Missy ei merkinnyt hänelle mitään.

Hetken aikaa Vincenten ajatukset harhailivat takaisin sairaalaan, ja hän katsoi kelloaan. Vierailuaika oli päättymässä. Hänen oli nähtävä Grace. Hän oli luvannut käydä Gracen luona.

Pahinta oli se, että nyt hän jopa unelmoi hänestä! Hän mietti, pitäisikö hänen rikkoa lupauksensa. Jättää hänet pulaan. Sitten hän voisi ehkä yrittää unohtaa hänet. Ehkä sitten hänkin yrittäisi unohtaa hänet.

Se ei kuitenkaan ratkaisisi mitään, sillä Grace Greenway oli jäänyt kiinni romanttisesta fantasiasta. Hän oli jumissa unessa, jonka hän uskoi tällä hetkellä olevan totta. Hänen unensa voima oli paisunut hänen sisällään tuon suudelman myötä. Hetken ajan hän jopa uskoi sen olevan totta. Että hän rakasti häntä, ja nainen rakasti häntä. Se tuntui todelliselta. Vain hetken.

Vincente vapisi, mikä melkein sai hänen kumppaninsa pudottamaan hänet asfaltille. He nostivat hänet korkeammalle ja jatkoivat lausuntaa.

Kyllästyneenä Vincente palasi ajatuksiin Gracesta tietäen hyvin, ettei tuollaisesta ajattelusta voisi seurata mitään. Tapahtui heidän välillään mitä tahansa, Grace Greenway ei vain ollut häntä varten. Hän ei yksinkertaisesti ollut hänen tyyppiään.

Yleisö yhtyi lauluun ja vyöryi eteenpäin. Vincente irrottautui nyt ja pyysi, että hänet laskettaisiin alas. Hän kertoi kavereille, että hänen oli lähdettävä pariksi tunniksi pitääkseen lupauksensa ystävälle.

Pettyneenä tästä uutisesta he huutelivat hänen nimeään entistä kovempaa. Vincente vilkutti ja lupasi palata myöhemmin.

He pyysivät häntä jäämään. He kerääntyivät hänen ympärilleen. Sulkevat hänet sisäänsä. Hän jäi ansaan.

Myös Missy Malone tuli lähemmäs. Hän ja muut tukkivat miehen tien.

Vincente tunsi olevansa Missylle selityksen velkaa, mutta hän ei pystynyt selittämään asioita juuri nyt edes itselleen. Hän tiesi, että jos Missy saisi tietää Gracesta, se aiheuttaisi ongelmia. Ei sillä, että hän olisi mustasukkainen. Missy ei ikinä uskoisi, että mies pitäisi Gracea parempana kuin häntä. Puhumattakaan pojista - he luulisivat, että hän oli menettänyt täysin järkensä!

Vincente muisti jälleen kerran suudelman, jonka hän ja Grace olivat jakaneet.

Hän vapisi. "Se kaikki on fantasiaa. Ja jopa minä olen jäämässä siihen kiinni."

Hän kuvitteli, mitä tapahtuisi, jos hän kertoisi jengille, että Grace Greenway uskoi hänen ja hänen olevan naimisissa.

Hänestä tulisi naurunalaiseksi ja hänestä hänen rinnallaan. He eivät antaisi hänen koskaan unohtaa tätä Gracen matemaattista tilaa.

"Nähdään myöhemmin!" Vincente huusi, kun hän puski tiensä vastahakoisen väkijoukon ohi ja pääsi ulos koulun alueelta.

Kun hän oli päässyt porttien läpi, hän juoksi ja juoksi ja juoksi, kieltäytyen hidastamasta askeliaan.

Missy seurasi hänen menoaan. Hän risti kätensä, täysin vakuuttuneena siitä, että Vincente Marino tulisi takaisin. Takaisin hänen luokseen - koska hän tiesi, että Vincente Marino ei voisi koskaan saada hänestä tarpeekseen.

KAPPALE 27

HELEN PALASI SAIRAALAAN ILMAN sormusta.

Grace istui sängyssä kädet yhteen lyötyinä, silmät oveen kiinnittyneinä odottamassa Helenin paluuta.

Kun Helen vilkaisi tytärtään luukusta, näytti siltä, että hän pidätteli henkeään. Koska hänen ihonsa ei kuitenkaan ollut sinertävä, hänen täytyi hengittää. Ne olivat vain hyvin pinnallisia hengityksiä.

Helen kävi läpi, mitä hän aikoi sanoa Gracelle, eikä se ollut mitään. Hän aikoi kääntää tyttärensä huomion muihin asioihin.

Jalokivikauppias oli ollut erittäin avulias. Kun Helen kuvaili sormuksia, hän tiesi tarkalleen, mihin sormuksiin Helen viittasi. Hän sanoi, että ne olivat kadonneet muutama viikko sitten. Hän ja omistaja olivat katsoneet valvontakameran videotallenteet toistuvasti. Sormukset olivat yksinkertaisesti olleet siellä yhtenä hetkenä ja kadonneet seuraavana hetkenä. POOF. Ei selitystä. Hyvin outoa.

"Katso hiuksiasi, Grace!" Helen huudahti. "Vincente tulee pian käymään, ja sinun on näytettävä kauniilta miehesi silmissä."

Grace tutki itseään peilistä. Päätettyään, että äiti oli oikeassa, hän istuutui, ja Helen alkoi kammata ja muotoilla tyttärensä hiuksia, kuten hän oli tehnyt monta kertaa ennenkin.

Grace rentoutui. Helen kokosi meikkipussinsa ja levitti kevyen puuteripohjustuksen, jota seurasi hieman poskipunaa. Grace hymyili, iloinen voidessaan jakaa nämä äiti-tytär-hetket.

Pian Vincente ilmoitti läsnäolostaan kenkiensä narskuttelulla.

Hän huomasi Gracen, joka istui Helenin kanssa koskettelemassa hiuksiaan, ja hänen edessään oleva kohtaus sai hänet hymyilemään. Hän päätti viivyttelemättä kaivertaa tämän hetken puuhun. Hän säteili hymyn Gracen suuntaan.

Grace hyppäsi ylös ja piilotti heti kätensä. Hän ei halunnut miehen koskettavan häntä. Hän ei halunnut miehen huomaavan kadonneita sormuksia.

Mies tarttui hymyynsä ja veti Gracea puoleensa kuin magneetti. Vastarinta oli turhaa.

Kun heidän huulensa kohtasivat tervehdyssuudelmassa, kipinöitä lensi - molemmin puolin. Grace siirtyi lähemmäs viedäkseen suudelman toiselle tasolle, mutta Vincente vetäytyi takaisin, koska Helen Greenwayn läsnäolo arvelutti häntä.

Vincente kuittasi Helenin läsnäolon seuraavaksi ja antoi pienen suudelman hänen poskelleen. Hän ei ollut koskaan aiemmin suudellut Heleniä poskelle tervehdykseksi. Hänellä ei ollut aavistustakaan, mitä hän teki. Hän oli kuin lumottu.

Muistaen yhä Gracelta saamansa järkytyksen Vincente siirtyi taustalle ja työnsi molemmat kätensä syvälle farkkujensa taskuihin.

Hän nojasi selkä seinää vasten, vasen jalka lattialla ja oikea jalka seinää vasten, melkein kuin hän poseeraisi GQ:lle.

"Äiti, voisitko jättää Vincenten ja minut hetkeksi kahden?"

Heitätkö minut ulos?" Helen kysyi teeskennellen loukkaantuneensa ulkoisesti, vaikka hän oikeasti oli loukkaantunut sisäisesti. Itse asiassa hän oli pohjimmiltaan loukkaantunut, mutta hän halusi myös puhua tohtori Ackermanin kanssa, ja tämä olisi täydellinen tilaisuus etsiä hänet käsiinsä.

Hän oli huolissaan tavasta, jolla he suutelivat - siitä, miten kipinät tuntuivat lentävän. Jopa Helen väisteli niitä vertauskuvallisesti ja tunsi huoneen lämpötilan nousevan. Vai kuvitteleeko hän sen vain?

Ei, se vaikutti todelliselta. Tämä oli tekemässä päätöstä siitä, että he saivat jäädä huoneeseen yhdessä yöksi. Jotenkin tämä fantasia ei tuntunut yksipuoliselta.

Vincente oli kuitenkin toistuvasti sanonut, ettei tytär ollut hänen tyyppiään.

Helen päätti, että hän oli varmaan kuvitellut yhteyden - antanut mielikuvituksensa viedä mennessään tyttärensä mukana. Ehkä tämä tila oli tarttuva.

"Menen kävelylle", Helen sanoi, kääntyi ja kuiskasi niin, että vain Vincente kuuli: "Voinko luottaa sinuun?" "Voitko luottaa minuun?" Hän nyökkäsi, ja hänen kasvoiltaan huokui vilpittömyys. Helen ei luottanut häneen niin pitkälle kuin pystyi heittämään. "Tulen pian takaisin", hän sanoi.

Poistuttuaan huoneesta Helen seisoi oven ulkopuolella. Vincente näki, että hän kurkisti sisään pyöreästä ikkunasta ja piti heitä silmällä. Hän yritti olla viileä ja käyttäytyä luonnollisesti.

Grace ei ollut huomannut äitinsä salakuuntelevan. Hän siirtyi pahaa aavistamattoman Vincenten luo ja antoi kuuman suudelman tämän huulille.

Vincente näki viimeiseksi vilauksekseen Helenin kasvot, jotka muuttuivat punaisen sävyisiksi, joita hän ei ollut koskaan ennen nähnyt. Sitten hän uppoutui hetkeksi suudelmaan ja antoi itsensä mennä.

Grace lopetti suudelman äkillisesti, astui taaksepäin ja sanoi: "Et rakasta minua enää. Vai rakastatko sinä Vincente?"

Päässään Vincente kuuli oman äänensä kaikuvan ja pomppivan ja sanovan: WOW-WOW-WOW-WOW-WOW-WOW-WOW-WOW-WOW.

Hänen kätensä olivat yhä jumissa syvällä farkkujensa taskuissa, ja nyt ne olivat kuroutuneet nyrkkiin. Hän ei kuullut, mitä nainen sanoi, mitä hän oli kysynyt. Hän pystyi keskittymään vain tuon suudelman WOW-tekijään.

"Mitä? Mitä sinä sanoit?" hän kysyi, kun hänen aistinsa palasivat hitaasti.

"Pitääkö minun toistaa se?" nainen kysyi kyyneleen valuessa pitkin hänen poskeaan.

Vincenten päässään olevat WOW:t törmäsivät hänen mielensä kaukaisimpaan seinään ja pirstoutuivat, sitten kuperkeikkautuivat sanoiksi, jotka hän oli sanonut. Hän oli kuullut ne, mutta viesti ei ollut vielä saavuttanut hänen aivojaan. Nyt hänen sanansa kaikuivat: "Et rakasta minua enää." Hänen vatsansa venähteli.

Vincente katsoi naisen pähkinänruskeisiin silmiin ja matkasi syvälle niihin. Oli kuin hän olisi hypännyt uima-altaaseen, joka oli niin kutsuva, niin elävä.

Silti hän näytti jotenkin eksyneeltä, ja mikä pahinta, hän oli saanut hänet tuntemaan näin, vaikkakin tahattomasti.

Naisen näkeminen tuollaisena sai miehen kaipaamaan lohdutusta, tuomaan hänet takaisin luokseen. Tätä tavoitellessaan hän siirtyi lähemmäs, niin että heidän vartalonsa koskettivat toisiaan, ja aloitti suudelman.

Tällä kertaa se oli vielä voimakkaampi. Niin paljon, että hän halusi ajan pysähtyvän. Hän halusi kaiken pysähtyvän ja kuitenkin halusi sen jatkuvan. Hän halusi kaiken tämän tytön kanssa, jakaa kaiken tämän kanssa - ja silti tämä ei ollut edes hänen tyyppiään. Hän halusi antaa tytölle koko maailman ja tehdä hänet onnelliseksi. Jakaa itsensä hänen kanssaan. Tulla hänen maailmakseen.

Ja hän halusi sen kaiken nyt.

Vincente pysyi hiljaa. Hän pelkäsi puhua. Peläten sitä, mitä hän tunsi. Peläten, mitä hän saattaisi sanoa ja tehdä. Sen sijaan hän jatkoi uintia Gracen silmien uima-altaassa ja uppoutui sen syvyyksiin.

Hänen hiljaisuutensa ja hämmennyksensä särki Gracen sydämen. Hän mureni, hajosi palasiksi ja itki vesilammikoita noista pähkinänruskeista silmistä. Isot, paksut, suolaiset kyyneleet valuivat, putoilivat.

Hän kurottautui ylös ja nappasi yhden sormenpäähänsä. Hän siirsi sen varovasti suuhunsa, asetti sen kielensä päähän, jossa sen suolaisuus räjähti. Hän nappasi toisen ja toisen, ja jokainen niistä purskahti hänen kielelleen. Koko ajan Grace itki ja itki ja itki, epäuskoisena Vincenten oudosta toiminnasta ja hiljaisuudesta.

Hän rakasti häntä, ja silti hän tiesi, ettei voinut rakastaa häntä. Hän ei edes rakastanut häntä, ei oikeastaan. Hän rakasti häntä vain mielikuvituksessaan. Mutta hän rakasti häntä, tässä ja nyt. Hänen rakkautensa oli todellista.

Hän kääntyi ja juoksi.

KAPPALE 28

KÄYTÄVÄLLÄ, SELKÄ GRACEN OVELLE päin, Vincente ymmärsi jättäneensä Gracen epätoivoiseen tilaan. Hän tiesi, että hänen oli tutkittava huone ja tarkistettava, miten Grace voi. Hän tunnusti toimineensa kuin barbaari. Hän häpesi itseään.

"Ah, juuri se poika, jota olen etsinyt", tohtori Ackerman sanoi huomattuaan, että Vincente oli hengästynyt, melkein huohottaen. Hän läpsäytti häntä isällisesti selkään ja kysyi: "Onko kaikki hyvin?" Hän kysyi: "Onko kaikki hyvin?"

"En, en tiedä. En tiedä enää mitään!" Vincente julisti tärisevällä äänellä.

"Tule mukaani, nuori mies", tohtori Ackerman sanoi. "Voimme puhua kahden kesken toimistossani, ja voit hengähtää."

"Kyllä", Vincente myöntyi. "Mutta en halua puhua siitä."

"No, minä haluan puhua kanssasi Gracesta."

"Gracesta?" Vincente sanoi ja alkoi täristä.

"Kyllä, tule mukaan. Toimistoni on kulman takana."

Hetkeä myöhemmin he saapuivat. Tohtori Ackerman pyysi Vincenteä istumaan ja kaatoi sitten lasillisen jäistä vettä. Vincenten kädet tärisivät, kun hän nosti lasin huulilleen.

Vincente muisti suolaiset kyyneleet. Räjähtävät suolaiset kyyneleet.

"Oletko nyt rauhallisempi?" Ackerman kysyi.

Vincente nyökkäsi.

"Hyvä on sitten, puhutaan Gracesta. Ymmärrätkö nykyisen tilanteen? Kuinka Grace Greenway on uskotellut itselleen, että te kaksi olette parisuhteessa, itse asiassa aviopari - vastanaineet?"

"Kyllä, ymmärrän, että hän tuntee niin, mutta en ymmärrä, miksi. Miksi minä?"

"Vain hän voi vastata siihen kysymykseen, Vincente. Ehkä se on jotain, mitä emme koskaan saa tietää. Hän ei tule koskaan tietämään. Dokumentoiduissa tapauksissa, kuten tässä, fantasiaa luova syy perustuu kuitenkin jonkin todellisuuden kieltämiseen. Mahdollisesti johonkin, jolla ei ole mitään tekemistä sinun kanssasi. Jostain syystä hän on luonut maailman, jossa sinä ja hän merkitsette toisillenne kaikkea. Aivan kuin sinä ja hän olisitte kuin romaanin päähenkilöt, ja te taistelette maailmaa vastaan yhdessä."

"Romaanin päähenkilöitä? Voi, en ole koskaan ajatellut sitä niin", Vincente pohti. "Silti, joskus kun hän kutoo tätä fantasiaa, ottaa minut mukaan fantasiaansa, joskus - se tuntuu jopa todelliselta. Minusta." Vincente katsoi lattiaa. Hän ei kestänyt katsoa tohtori Ackermania silmiin. Ei silloin, kun tämä oli myöntänyt, että hänet oli vedetty mukaan verkkoon.

Ackerman katsoi poikaa, joka istui hänen vastapäätään. Hänelle tuli yhtäkkiä mieleen, että tämä oli aivan erilainen poika kuin se, jonka hän oli tavannut ensimmäisen kerran. "Rakastatko sinä häntä?" hän kysyi.

"En usko. En minä tiedä. Hän ei ole minun tyyppiäni. En edes tunne häntä, en oikeastaan, ja silti hän tietää asioita minusta. Tietää asioita, joita kukaan ei voisi tietää, ellen kertoisi hänelle itse - mitä en ole tehnyt." Vincente kietoi kätensä päänsä ympärille. Asiasta puhuminen sai hänet voimaan fyysisesti pahoin. Huone pyöri ympäriinsä.

"Laita pääsi polviesi väliin, poika", Ackerman sanoi. "Sinusta on tulossa muutama uusi vihreän sävy, jollaista edes minä en ole ennen nähnyt."

Vincente noudatti ohjeita välittömästi ja kyseenalaistamatta. Huone lakkasi pian pyörimästä, mutta nyt katossa kimalteli tähtiä. Tähtiä, jotka vain Vincente pystyi näkemään.

Ackerman jatkoi: "En ole varma, miten hän saattoi tietää niin henkilökohtaisia asioita sinusta. Ehkä kun hän oli maan ja sen välillä, missä henget kulkevat matkustaessaan maailmojen välillä, ehkä hänen henkensä oli jollakin tavalla yhteydessä sinun henkeesi. Tiedän, että se kuulostaa mahdottomalta. Mutta olen kuullut tarinoita lähikuolemakokemuksista, joita jopa minun - tieteen miehen - on vaikea torjua."

"Juuri äsken hän kysyi minulta, rakastanko häntä, enkä pystynyt vastaamaan hänelle. Hän luulee rakastavansa minua, mutta ei rakasta. Ei todellisuudessa. Halusin sanoa kyllä, jokin hullu osa minusta halusi sanoa kyllä, mutta miten olisin voinut? En ymmärrä häntä. En ymmärrä enää mitään! Joskus ajattelen, että hänen täytyy olla noita, jos hän tietää ne asiat, jotka hän tietää."

"Uskotko sinä noitiin?"

"En oikeastaan."

"Luulen, että olet katsonut liikaa televisiota. Grace Greenway ei ole noita. Hän on vaikutuksille altis nuori tyttö. Kuusitoistavuotias tyttö, joka on hiljattain menettänyt sekä isänsä että veljensä traagisessa onnettomuudessa. Tyttö, joka jostain syystä on valinnut sinut osaksi fantasiaansa. Hän on valinnut sinut miehekseen. Hän tarvitsee sinua, aviomiehen roolissa nyt, kun hän ei vielä halua kohdata totuutta."

"Tarkoitatko siis, että hän on henkisesti sairas ja että minun on suostuttava tähän - tähän farssiin - huolimatta siitä, mitä se minulle maksaa?" "Niin."

"Grace ei ole missään nimessä turvassa. Tarkkailemme hänen elintoimintojaan. Pidämme häntä silmällä. Siksi häntä ei ole vielä vapautettu. Hän on meidän hoidossamme. Vincente, sinä olet tämän tilanteen ytimessä. Sinä olet katalysaattori. Jos hylkäät hänet nyt..."

"Jos jätän hänet, olen vastuussa siitä, mitä seuraavaksi tapahtuu. Sitäkö sinä tarkoitat?"

"Hän on nyt hyvin haavoittuvainen. Hän tarvitsee sinulta jotakin, ja ehkä jos annat sen hänelle, täytät hänen toiveensa, hän pystyy kohtaamaan todellisuuden ja luopumaan sinusta. Hän tarvitsee jonkun, johon uskoa, jotain, mitä odottaa, ja hän on valinnut sinut. Kaikki tiet johtavat sinuun. En tiedä miksi, ehkä siksi, että toit hänet tänne sairaalaan."

"Satutin häntä, mutta se oli vahinko, tohtori, vannon sen."

"Kyllä, satutit häntä jollakin tavalla, mutta pelastit myös hänen henkensä, koska hänet tuotiin tänne, parhaan mahdollisen hoidon piiriin, kun hyytymät lopulta puhkesivat. Jos hän olisi ollut kotona tai koulussa, kun se tapahtui, hän ei ehkä olisi selvinnyt hengissä."

Vincente istui hetken hiljaa ja tajusi, miten suuren vaikutuksen hän oli jo tehnyt Gracen elämään. Hän kaipasi päästä takaisin Gracen luokse ja saada kaikki jälleen kerran kuntoon. Hän nousi ylös: "Minun on palattava hänen luokseen. Hän kysyi minulta, rakastanko häntä, ja minä käännyin ja juoksin kuin pelkuri."

"Kyllä, mene nyt takaisin hänen luokseen, äläkä sano hänelle, että rakastat häntä, ellet todella tarkoita sitä. Ellet ole valmis antamaan hänelle sydäntäsi ja olemaan hänen rinnallaan, kun hän saa tietää totuuden sinusta ja kun loitsu on murrettu."

"Ei paineita!" Vincente pilkkasi, kun hän lähti kohti ovea.

"Tule takaisin tänne, puhumaan kanssani milloin vain, Vincente", Ackerman sanoi. "Äläkä unohda, miten tärkeä olet hänelle. Älä unohda, mitä merkitset hänelle."

Vincente nyökkäsi, kääntyi sitten ja juoksi takaisin kohti Gracen huonetta.

$$*** $$

HUONEESSAAN GRACE NUKKUI SYVÄÄN. Hän kumartui sängyn yli ja suuteli Gracea otsalle. Gracen poskilla oli yhä kyyneleitä, ja mies pyyhki ne varovasti pois.

Hän istuutui Gracen viereen sängylle, eikä Grace liikahtanut tai liikkunut. Hän katseli naisen unta. Hän katsoi, kuinka hänen rintakehänsä kohosi ja laski jokaisella hengenvedolla. Kun tyttö vinkui unissaan, mies otti tytön kädet käsiinsä ja vakuutti, että kaikki järjestyisi. Siellä pimeässä, yksin tytön kanssa, hän sanoi tytölle rakastavansa häntä. Ja sitten hän suuteli häntä taas otsalle.

Grace liikahti hetkeksi unessaan, melkein kuin miehen sanat olisivat koskettaneet hänen untaan jollakin tavalla, ja sitten hän vaipui taas syvään uneen.

Vincente jätti Gracen sinne nukkumaan turvallisesti ja syvään. Hän palasi kiittämään tohtori Ackermania kaikesta avusta ja neuvoista ennen kuin lähti illaksi kotiin. Hän oli uupunut... niin väsynyt, mutta kuitenkin virkistynyt tavalla, jolla hän ei ollut koskaan aikaisemmin ollut ollut.

Vincente Marino ei ollut koskaan ennen tuntenut oloaan näin eloisaksi.

***

Tohtori Ackermanin vastaanoton ulkopuolella Vincente kuuli korotettuja ääniä. Hän epäröi ennen kuin koputti. Kun äänet hiljenivät hieman, hän koputti ja sai kutsun tulla sisään.

"Sinun pitäisi hävetä!" Helen huusi heittäytyessään Vincenteä kohti ja alkaessaan hakata nyrkkejään Vincenteä rintaan.

"Rauhoitu", tohtori Ackerman käski.

Helen jatkoi Vincenten rintaan hakkaamista.

Vincente veti syvään henkeä ja toivoi, että Helen löisi ulos sen, mikä häntä vaivasi. Se ei satuttanut häntä. Kun hän tajusi, ettei naisen viha aikonut palaa itsestään, hän tarttui kiinni naisen molemmista ranteista ja piti niitä tiukasti, kunnes naisen oli pakko rauhoittua. Hän jatkoi sihisemällä miehen kasvoihin.

Vincente piti kiinni vielä tiukemmin ja kysyi: "Mitä?" ja katsoi samalla tohtori Ackermanin suuntaan, joka yritti olla menettämättä malttiaan.

"Vincente, kun tulit tänne aiemmin Gracen lähdettyäsi, Helen löysi hänet melkoisessa tilassa. Hän oli järkyttynyt. Tuhoissaan. Hän ei pystynyt kommunikoimaan. Hän pystyi vain nyyhkyttämään ja itkemään."

"Ymmärrän kyllä, mistä hän sen sai!" Vincente sanoi katsoen Helenin silmiin.

Tyttö murahti hänelle.

"Älä pahenna tilannetta, poika", tohtori Ackerman pyysi. "Gracen rauhoittamiseksi hänet piti rauhoittaa."

"Olin juuri siellä, ja Grace nukkui. Hän näytti minusta hyvin rauhalliselta."

"Mitä sinä sanoit hänelle, että sait hänet tuohon tilaan?" Helen vaati.

"Tein virheen. Juoksin pois, mutta palasin takaisin. Palasin takaisin."

"Liian vähän, liian myöhään!" Helen huudahti.

"Katsokaa, en pyytänyt mitään tästä!" Vincente huomautti; kädet kohotettuna antautumiseen.

"Istukaa nyt molemmat alas ja rauhoittukaa", tohtori Ackerman ohjasi, "ja lopetetaan tämä draama. Meidän on keskityttävä Graceen. Graceen ja vain Graceen."

"Samaa mieltä", Vincente sanoi.

"Samaa mieltä", Helen puuskahti.

KAPPALE 29

Kun Vincente vietiin ulos huoneesta, hän huusi yhä sanoja. Totta, hänelle ne olivat merkityksettömiä, epätosia tunteita. Sanoja, jotka hän sanoi vain ollakseen ystävällinen, pelastaakseen Vincenteä kuilun partaalta.

Hän huusi ne uudelleen. Tällä kertaa hänen äänensä kaikui pitkin käytäviä ja ulos maailmankaikkeuteen: "Rakastan sinua, Grace Greenway!" "Rakastan sinua, Grace Greenway!"

"Minäkin rakastan sinua, Vincente!" hän huusi takaisin. Kaiken sen sekasorron ja hälinän keskellä, kun häntä yritettiin pelastaa, hän ei kuullut häntä.

Yhtäkkiä kuuma tähti alkoi pyöriä ja pyöriä. Pian se ei enää lähestynyt häntä eikä polttanut häntä kuumuudellaan. Sen sijaan se heitti sykkiviä aaltoja ja muuttui neutronitähdeksi.

Tartu kiinni menneeseen: "Haluan elää", Grace Greenway julisti itselleen. "Haluan elää."

KAPPALE 30

Tohtori Ackerman kysyi: "Kun palasit tapaamaan Gracea, miltä sinusta tuntui, tarkoitan, kun näit hänet uudelleen?"

"Tunsin voimakasta tarvetta pitää hänestä huolta, rakastaa häntä, suojella häntä, tehdä hänestä omani. Luoja, olen niin hämmentynyt. Miksi tunnen näin?"

"Niin, tutkitaan tämä Vincente", tohtori Ackerman sanoi. "Grace saa sinut tuntemaan jotain erilaista, jotain uutta. Eikö niin? Erilaista kuin mitä muut tytöt elämässäsi ovat saaneet sinut tuntemaan?"

"Kyllä, hän ei ole tyttöystäväni. Minulla on tyttöystävä koulussa - hän tekisi mitä tahansa puolestani", Vincente sanoi.

"Mutta tekisitkö sinä mitä tahansa hänen vuokseen?"

"Minä, hän on vähävarainen - jos ymmärrät, mitä tarkoitan."
"Minä... hän on vähävarainen - jos ymmärrät, mitä tarkoitan."

"Hyvä on, sanon sen sitten toisin", tohtori Ackerman sanoi. "Tarvitseeko tyttöystäväsi sinua?"

"Hän on suosittu, ja minä olen suosittu. Meidät on tarkoitettu yhteen. Kohtalo. Kaikki sanovat niin. Kaikki odottavat sitä."

"Odotuksia? Mitä tekemistä toisten ihmisten odotuksilla on tosirakkauden kanssa? Rakkaus, todellinen rakkaus, on kahden ihmisen välinen. Vain kahden ihmisen välillä. Mieti nyt Vincente, mieti sitä ennen kuin vastaat. Mitä todella tunnet Grace Greenwayta kohtaan?"

Vincente huitoi jalkojaan, hötkyili. "Riittää jo tämä psykoanalyyttinen paskanjauhanta. Tässä ei ole kyse minusta. Kyse on Gracen paranemisesta. Mitä haluat minun tekevän nyt? Menenkö hänen kanssaan naimisiin?"

"Ei, en halua, että teet mitään, mikä saa sinut tuntemaan olosi epämukavaksi. Grace on kuitenkin pyytänyt läsnäoloasi. Hän on pyytänyt meitä kysymään sinulta, viettäisitkö yön hänen huoneessaan hänen kanssaan."

"Mitä? Oletteko te tosissanne?"

"Hän on tosissaan, joten meidän on suhtauduttava hänen pyyntöönsä hyvin vakavasti."

"Ja hänen äitinsä, lohikäärme-emäntä, suostuu?"

"Vastahakoisesti, kuten olet varmaan jo arvannutkin. Kuulit, kun sanoin, että puhuisin kanssasi. Että antaisin teidän ymmärtää, ettei Gracea saa satuttaa, leikkiä tai käyttää hyväksi."

"Luuletko, että saattaisin hypätä hänen luittensa yli? Todennäköisemmin hän hyppäisi minun luitteni yli!"

"Jos välität hänestä, todella välität hänestä, ja hän, kuten sanoit, 'hyppii luitasi yli', sinun on löydettävä keino päästää hänet lempeästi, hylkäämättä häntä suoralta kädeltä."

"En vieläkään ymmärrä, miten hänen kanssaan huoneessa yöpyminen auttaa."

"Sitä hän toivoo, Vincente."

"Mutta eihän mitään takuita ole?"

"Ei ole mitään takeita, Vincente, mutta Grace paranee. Se on meidän perimmäinen tavoitteemme."

"Minä kannatan sitä", Vincente sanoi.

"Helen kertoo siis Gracelle, että sinun piti mennä kotiin hakemaan tavaroita. Sinä palaat huomenna illalla ja aiot viettää yön hänen huoneessaan. Kuten tiedät, siellä on kaksi sänkyä. Sänkyjä ei työnnetä yhteen millään tavalla, ymmärrätkö?"

"Kyllä, tohtori", Vincente sanoi. "Minä lähden nyt nukkumaan - sillä huomenna illalla en saa paljoa nukuttua!"

"Toivon vilpittömästi, ettet tarkoittanut tuota niin kuin se kuulosti!" Ackerman huudahti.

"Tarkoitin; oi, tiedät kyllä, mitä tarkoitin."

"Hyvä on sitten, tule tapaamaan minua huomenna tai milloin tahansa, kun haluat puhua. Olen koko illan henkilökunnan palveluksessa, niin sanotusti käytettävissänne."

"Kiitos, tohtori Ackerman."

"Hyvää yötä, Vincente."

"Hyvää yötä, tohtori.

KAPPALE 31

Aikaisin aamulla Grace heräsi ja unohti hetkeksi, missä hän oli. Hän muisti hämärästi Vincenten olevan hänen huoneessaan. Yhtenä hetkenä hän oli siellä ja seuraavana hän oli poissa. Miksi hän oli lähtenyt niin äkkiä? Oliko hän tehnyt jotain, mikä oli järkyttänyt häntä? Sanonut jotain?

Hän toivoi löytävänsä hänet jostain huoneesta odottamassa, että hän heräisi. Vain Helen oli yhä siellä, ja hän nukkui.

Grace nousi sängystä ja lähti vessaan. Hän riisui sairaalatakin ja astui suihkuun. Kun vesi lämpeni lähes kiehuvaksi, hän sulki silmänsä. Hän kaipasi Vincenten kosketusta.

Hän sulki veden ja hankki hyllystä uuden aamutakin. Hän taittoi itsensä siihen päättäen, ettei kukaan voisi näyttää viehättävältä tällaisessa aamutakissa.

Kun hän palasi sänkyynsä, Helen pörräsi huoneessa.

"Minulla on sinulle hyviä uutisia!"

"Niinkö? Enkö näe enää unta, äiti?"

"Kyllä, Vincente tulee viettämään yön kanssasi."

"Tänä yönä? Juuri tänä yönä?"

"Kyllä."

"Tarvitsen tavarani, kauniin yöpaitani ja hajuveteni."

"Löydät tarvitsemasi tavarat kylpyhuoneen kaapissa olevasta laukusta."

"En malta odottaa!"

"Vincente nukkuu tietysti tuossa sängyssä."

Grace kuvitteli jo siirtävänsä kaksi sänkyä yhteen, jolloin niistä tulisi yksi sänky. Jakaisi sängyn miehensä kanssa. Kaksi sänkyä näytöksen vuoksi, kyllä, mutta he tarvitsisivat vain yhden. Grace halasi itseään, kun hänen käsivartensa lihaan ilmestyi kananlihaa.

"Lähden teeaikaan, mutta jos tarvitset apua, tohtori Ackerman on käytettävissänne."

"Olemme naimisissa, äiti!" Grace huudahti.

Grace juoksi häntä kohti ja heitti kätensä äitinsä ympärille. Helen oli iloinen nähdessään tyttärensä onnellisena - kuka tahansa äiti olisi ollut, mutta valheet huolestuttivat häntä. Valheet ja teeskentely, joista hän ei ollut iloinen. Hän tunsi itsensä huijariksi. Huijariksi.

Grace meni kylpyhuoneen kaappiin ja otti sieltä yöpymislaukun. Siinä oli kaunein, neitseellisimmän valkoinen pellavainen yöpaita, jonka hän oli koskaan nähnyt, ja edessä oli punainen solmio.

"Äiti, se on kaunis", hän huudahti.

Hoitaja Burns saapui paikalle ja huomasi, että Grace oli hieman punastunut.

"Voitko hyvin, Grace?"

Grace oli täynnä jännitystä odotellessaan iltaa Vincenten kanssa. Hän halusi ajan kuluvan kuin siivillä, jotta mies voisi olla hänen vierellään - nyt.

"Yritä syödä jotain", hoitaja Burns ehdotti. "Ymmärtääkseni teille tulee yöksi vieras, joten tarvitsette kaikki voimanne."

"Kyllä, sinun pitäisi syödä jotain, kultaseni", Helen suostui.

Grace söi palan paahtoleipää ja siemaisi kahvia, ja sitten hänen vatsansa vavahti. "Ehkä myöhemmin", hän sanoi. Kahvin tuoksu sai hänet voimaan pahoin. "Ei, vie se pois", Grace sanoi.

"Oliko Vincente iloinen, kun kerroit hänelle, että hän voi jäädä, Grace?" Hoitaja Burns kysyi.

"En kertonut hänelle, mutta olen varma, että hän oli onnellinen", Grace sanoi. Sitten hän vaihtoi yöpaitansa ja valmistautui Vincenten saapumiseen.

KAPPALE 32

KELLO 18.15 VINCENTE MARINO saapui sairaalaan, kädessään laatikko, jossa oli tusina pitkävartisia punaisia ruusuja. Ne oli sidottu purppuranpunaisella nauhalla.

Kun hän astui Gracen huoneeseen, Helen teki itsensä hieman vastahakoisesti tyhjäksi.

Vincente meni heti Gracen viereen ja suuteli häntä molemmille poskille. Hän ojensi tälle laatikon ja katseli sitten, kuinka tämän silmät kasvoivat yhä suuremmiksi, kun hän avasi verenpunaisen nauhan.

Hän tunsi itsensä hermostuneeksi, mutta niin tunsi myös Vincente. Ilmassa oli voimakas päämäärätietoisuuden tunne.

Kiitettyään Vincenteä poskelle nuolaisemalla kauniista ruusuista Grace pyysi päivystävältä sairaanhoitajalta maljakkoa. Hän toi maljakon, ja Vincente ryhtyi järjestelemään kukkia siihen. Hän oli nähnyt äitinsä järjestelevän kukkavaaseja satoja kertoja ennenkin.

Hän aloitti vetämällä yhden ruusun laatikosta ja hyväili sitä välinpitämättömästi, ennen kuin laittoi sen veteen. Grace seurasi häntä tarkkaavaisesti ja huomasi, miten ristiriidassa olivat hänen vahvat, urheilulliset sormensa ja ruusujen ohuet, piikkiset varret. Kun mies hyväili ruusua, hänen toimintansa sai Gracen vapisemaan.

Hän katsoi, kun mies poimi yhden ruusun, kaksi ruusua, kolme ruusua. Tietämättään hän hyväili kevyesti varren, tunsi hetken piikin kivun sormessaan ja asetti sitten kukan varovasti maljakkoon.

Jokainen liike vei Gracelta hengen. Siirsi hänen sydämensä kurkkuun. Oli melkein kuin hän olisi pitänyt Gracen sydäntä sormenpäittensä välissä.

Vincente yritti kovasti olla roiskumatta, kun hän laski ruusun toisensa jälkeen läpikuultavaan lasimaljakkoon.

Silloin tällöin hän vilkaisi Gracea. Gracen katse oli kiinnittynyt Graceen. Hän oli iloinen, että hän oli valinnut ruusut - Grace selvästi jumaloi niitä.

Yhtäkkiä hän alkoi tuntea olonsa melko hämmentyneeksi. Hän kurottautui jälleen laatikkoon ja veti esiin seuraavan ruusun tarkkaillen Gracen hengästyneisyyttä. Hän laittoi ruusun veteen ja kurottautui sitten laatikosta hakemaan toisen. Hän näytti taas tuuletellulta, mutta tällä kertaa hän näytti myös heikolta.

"Oletko kunnossa?" Vincente kysyi.

Gracen posket olivat tulipunaiset, ja hänellä näytti olevan yhä enemmän vaikeuksia saada henkeä. Hän mietti, pitäisikö hänen kutsua joku apuun. Hän ei halunnut, että Vincennes sairastuisi nyt uudelleen, varsinkaan kun näytti siltä, että asiat olivat kärjistymässä.

"Olen... olen täydellinen", Grace sanoi leikitellessään yöpaitansa punaisella solmiolla. "Puhutaan jostain, kun sinä hoidat kukat loppuun."

"Mitä sinulla oli mielessäsi?" Grace kysyi hyväillessään toisen ruusun varren.

"Voi", Grace sanoi, kun hän katseli, kun mies laittoi varren veteen, ja sitten hän pystyi puhumaan. "Mitä jos kertoisimme toisillemme jotain, mitä toinen ei tiedä? Ehkä jokin harhakäsitys, joka sinulla on minusta, ja minä kerron sinulle harhakäsityksen, joka minulla on sinusta."

"Hyvä on", Vincente suostui, kun toinen ruusu laitettiin veteen. "Sinä ensin", hän sanoi, kun vesipisarat roiskuivat maljakosta ja laskeutuivat hänen kämmenselälleen.

Grace katseli pisaroita, kun hän meni laatikkoon hakemaan toisen ruusun. Hän nosti kukan ylöspäin, ja vesi valui hänen kyynärvarsiansa pitkin.

Hän otti seuraavan ruusun ja katsoi Gracea. Hänen hengityksensä juuttui hänen kurkkuunsa. Aika tuntui pysähtyvän.

KAPPALE 33

"M INULLA OLI KERRAN ERITYINEN nimi sinulle, ennen kuin tunsin sinut kunnolla", Grace paljasti.

Vincente pyöritteli nykyistä ruusua sormiensa välissä. Hän laski sen veteen. Hän huomasi, että Grace hengitti nyt normaalimmin, eivätkä hänen poskensa olleet yhtä punaiset. Hän nyökkäsi rohkaisten häntä jatkamaan.

"Kutsuin sinua ennen kultaiseksi keskitieni."

"Miksi?" Vincente kysyi.

"Muistatko, kun matematiikan tunnilla opimme Fibonaccin kultaisesta keskiviivasta? No, sinä olit minun kultainen keskitieni."

"Tarkoitatko, että tunsit koko sen ajan niin minusta?" Nyt hän oli todella hämmentynyt. Hän sanoi rakastaneensa häntä silloin, ennen kuin mitään tästä tapahtui. Hän tiesi, että tyttö oli ihastunut häneen, mutta se ei ollut rakkautta, vaan ihastumista. Monet tytöt olivat ihastuneita häneen. "Virkistä muistiani Fibonaccista", hän sanoi.

"Se on käsite, jossa ensimmäinen luku ja toinen luku summautuvat yhteen saavuttaakseen kolmannen luvun summan, kuten yksi, kaksi, kolme, viisi, kahdeksan, kolmetoista ja niin edelleen."

"Ai niin, muistan kyllä jotain siitä ja jotain luonnosta, kuten aallot ja kukat?" "Niin."

"Aivan oikein! Näetkö, sinä muistat!" Grace sanoi, kun hän tupsutti toisen ruusun veteen. "Luonnossa on symmetriaa, aaltoja, lumihiutaleita ja kukkia, jotka kaikki vahvistavat Fibonaccin teoriaa kultaisesta keskitiestä. Sinä olit siis minun kultainen keskitieni."

"Kiitos", Vincente sanoi, eikä tiennyt, mitä muuta sanoa. "On hämmästyttävää, että voit yhä muistaa nimen, joka sinulla oli minulle, ottaen huomioon, mitä olet kokenut. Miten olet menettänyt muistisi."

"Se palasi mieleeni äskettäin. Olin unohtanut sen, mutta kun näin unta sinusta, meistä, kaikki palasi mieleeni."

Vincente jatkoi ruusujen kanssa, ja Grace jatkoi puhumista. "Kun luulin, ettet enää rakasta minua, näin sinusta unta, ja unessani lupasit, ettet koskaan jättäisi minua."

"Olen pahoillani Grace, anna anteeksi", Vincente sanoi laittaessaan viimeisen ruusun maljakkoon.

"Minä uskon sinua, tällä kertaa."

Vincente nosti maljakon ylös ja asetti sen Gracen sängyn vieressä olevalle yöpöydälle ja sanoi: "Minä tulin takaisin, tiedäthän."

"Milloin?"

"Viime yönä."

"Et olisi voinut. Olisin tiennyt."

"Sinä nukuit, kun tulin sisään. Suutelin otsaasi näin", mies kumartui hänen ylleen.

"Älä", Grace sanoi. "Älä... ellet todella tarkoita sitä."

Hän veti syvään henkeä ja astui taaksepäin. Hän käveli sängyn luokse, potkaisi kengät jalasta ja heilutti jalkojaan sängyn reunan yli. Hän potkaisi niitä edestakaisin, kuten pieni poika tekisi.

"Nyt on sinun vuorosi", Grace sanoi.

"Hmm, katsotaanpa", Vincente pohti hetken. "No, luulin, että olet ujo, varsinkin poikien seurassa, mutta minun seurassani et näytä olevan kovin ujo."

"Niinkö? Etkö parempaan pysty?"

"Hei, olen uusi tässä - muista, että tämä oli sinun ideasi. Veikkaanpa, ettet keksi minulle toista?"

"Voin kyllä!" hän sanoi. "Tämä saa sinut nauramaan, mutta kerran, kauan sitten, luulin sinua vampyyriksi."

"Minä? Vampyyri?"

"Joo, tiedän, että se on hullua, mutta menin jopa niin pitkälle, että kumarruin päällesi ja paljastin kaulani sinulle nähdäkseni, josko sinä, tiedäthän, purisit minua. Se oli aivan ensimmäinen kerta, kun suutelimme - muistatko? Nojauduin näin ja odotin, että upottaisit hampaasi sisään."

"Tuo on outoa!" hän sanoi katsellessaan naisen valkoista, paljaaksi jätettyä kaulaa, kun hänellä oli voimakas halu suudella sitä.

Grace vapisi ja hänen nänninsä kihelmöivät pelkästä ajatuksesta.

"Minun on siis täytynyt olla sinulle todellinen pettymys, kun tajusit, että menit naimisiin pelkän kuolevaisen kanssa?"

"Sepä hassua. Et voisi koskaan tuottaa minulle pettymystä", Grace hymyili. "Nyt on sinun vuorosi."

"No, ennen pidin sinua heikkona, heikkona ihmisenä. Mutta nyt..."

Grace keskeytti kysymällä: "Heikko, millä tavalla?"

"Heikko, niin kuin ontuva", hän sanoi etsien Gracen kasvoilta reaktiota siihen, että hän oli sanonut väärin, mutta Grace näytti olevan sinut sen kanssa. "Se johtui varmaan siitä, että kun sinä näit minut, tai kun minä näin sinut, katsoit minua aina oudolla tavalla. Nyt kun ajattelen asiaa, jos luulit minua vampyyriksi, niin ehkä siksi katsoit minua niin. Joka tapauksessa, et ole heikko tai surkea - olet vahva nainen. Ja sinä näytät vahvistuvan."

"No, tuo on parempi kuin ensimmäinen", Grace sanoi nojatessaan takaisin tyynyynsä ja sulki silmänsä.

Kumpikaan ei puhunut hetkeen, kumpikin ajatuksiinsa uppoutuneena.

"Voimmeko puhua siitä?" Grace kysyi. "Voimmeko puhua siitä, mikä sinusta on muuttunut minussa?"

"Grace, mikään ei ole muuttunut, se on vain niin, että..."

"Tunnetko olevasi ansassa?"

"Tavallaan. Ehkä, mutta se ei ole sinun vikasi. Se ei todellakaan ole sinun vikasi." Hän veti syvään henkeä ja jatkoi sitten: "Saanko kysyä sinulta jotain, jotain, mikä on vaivannut minua?" Hän jatkoi.

"Toki Vincente. Voit kysyä minulta mitä tahansa, ihan mitä tahansa."

"Kuka oikeasti kertoi sinulle äitini maalauksesta?"

"Sinä."

"Oikeasti Grace, voit kertoa minulle totuuden. Kuka sinulle kertoi? Luitko siitä netistä?"

"Minä en valehtele, Vincente. Kuten sanoin jo aiemmin, sinä kerroit minulle siitä, ja näytit varsinaisen maalauksen minulle, kun menimme vanhempiesi luokse."

"Mutta miksi minä haluaisin näyttää sen maalauksen sinulle?"

"Puiden takia!"

"Puiden takia?"

"Ihan oikeasti, kumpi meistä koki muistinmenetyksen täällä?" Grace pyöritteli silmiään. "Puut - kuten se, joka varasti ja söi sen korpin, se, jossa minua pidettiin vangittuna?" Grace odotti, että Vincente osoittaisi jotain merkkiä tunnistamisesta, mutta mitään ei tullut. Hän puuskahti kärsimättömyyttään miehelle.

Vincente oli melko varma, että Grace oli sekoamassa. Hän ei tiennyt, olisiko pitänyt olla samaa mieltä vai eri mieltä, joten hän pysyi hiljaa.

Hetkiä kului. Grace risti ja irrotti kätensä kieltäytyen luovuttamasta. "Ja noiden puiden takia halusit minun näkevän äitisi maalauksen."

"Mutta en vieläkään ymmärrä - miksi haluaisin näyttää sinulle äitini maalauksen?" "En ymmärrä."

"Koska olet aina pelännyt sitä maalausta. Koska sanoit, että lapsena näit kasvot puun rungossa ja se pelotti sinua."

"Äitini myi tuon maalauksen taannoin. Se oli ollut varastossa ullakolla vuosia. Totta, jokin siinä pelotti minua, mutta en koskaan kertonut siitä kenellekään."

"Sinä kerroit minulle ja näytit sen minulle."

Vincente siirtyi huoneen poikki. Hän istuutui Gracen viereen. "Mitä muuta olen kertonut sinulle?"

"Paljon asioita! Tarkoitan, että vietimme jokaisen päivän yhdessä, 24/7."

"Kerro minulle", hän sanoi.

"Haluatko todella, että kerron?"

"Kyllä."

"Katsotaanpa. Olet aina haaveillut omistavasi Ferrarin, punaisen Ferrarin, ja me ajoimme sellaisen pois tontilta Princess Highwaylla. Olit taivaassa ajaessasi sitä, ja minä olin vähän kateellinen."

Vincente muisteli unta, jossa hän ajoi punaisella Ferrarilla etsien Gracea. Outoa. Hän päätti vaihtaa puheenaihetta. "Kerroinko sinulle mitään muuta äidistäni?"

"Näytit minulle hänen työhuoneensa, ja hän oli juuri maalaamassa uutta teosta. Se oli kuva hänen puutarhastaan, mutta se ei ollut valmis."

Vincente veti syvään henkeä. Se oli sama maalaus, jota hänen äitinsä oli työstänyt tänä aamuna. Hän palasi ajatukseen, että Gracen täytyi olla noita. Hän odotti, että Grace nykäisi nenäänsä kuin Samantha Stevens Bewitchedissä, mutta mitään ei tapahtunut.

Grace veti hänet itseensä ja suuteli häntä intohimoisesti suulle.

Vincente oli nyt hänen päällään ja suuteli häntä. Hän yritti siirtyä pois, mutta halusi nojata itseensä, kun kaikki varastoituneet tunteet räjähtivät hänen päänsä sisällä. Hän jatkoi suutelua, kunnes mies oli hengästynyt.

"Sinulla ei taida olla enää harjoitusta?" Grace kysyi antaessaan Vincenten hengähtää.

Hän kompuroi sängyn laidalta.

"Vihdoinkin tein sen!" hän huudahti. "Olen vihdoinkin antanut sinulle spagettijalat! Oli jo aikakin - sinä olet aina antanut niitä minulle!"

"Missä sinä olet oppinut suutelemaan noin?"

"Oikein hauskaa, Vincente, sinä opetit minulle kaiken, mitä osaan." "Oikein hauskaa, Vincente, sinä opetit minulle kaiken, mitä osaan."

"Väitätkö, että olen ainoa mies, jota olet koskaan suudellut?"

"Kyllä, sinä olet ainoa. Minun ainoa ja oikea."

Hän vaihtoi taas puheenaihetta. "Mitä muuta näit kotonani?"

"Näytit minulle kauniita puuveistoksia, ja minulla on yhä tämä yksi." Grace kurottautui laatikkoon ja kaivoi esiin aboriginaalimiehen.

Vincenten mieli kiihtyi kilometrin sekunnissa. Hänen oli pakko päästä pakoon. Pois tuosta huoneesta - nyt.

"Mistä sinä sait tuon?" hän kysyi.

"Otin sen huoneestasi."

"Otit sen, mutta milloin?"

"Kun kävimme talossasi. Minulla oli se taskussa, ja jotenkin yhtenä hetkenä se oli siellä ja sitten seuraavana se istui äitisi taulun sisällä."

"Maalauksessa? Taskussasi?" hän huudahti.

"Niin, anteeksi, etten kertonut, että se oli täällä. Se tavallaan järkytti minuakin - yhtenä hetkenä maalauksessa, seuraavana hetkenä taas taskussani."

"Äh, minua janottaa, menen hakemaan kokiksen. Voinko tuoda sinulle jotain?" Vincente kysyi. Hän tärisi. Hänen koko kehonsa tärisi. Hänen oli päästävä pois sieltä heti. Lähdettävä. Juosta.

"Aiotko hakea juotavaa? Nytkö?"

"Kyllä, tarvitsen juotavaa."

"Hyvä on, mutta tule pian takaisin", Grace sanoi. Hän puhalsi miehelle suukon ja laittoi sitten aboriginaalimiehen takaisin laatikkoon.

Ulkona Vincente halusi karata. Sen sijaan hän eteni käytävää pitkin puhumaan tohtori Ackermanin kanssa.

KAPPALE 34

"D oc!" Vincente huusi, kun hän moukaroi Ackermanin ovea toistuvasti. "Tohtori, minun on puhuttava kanssasi!" "Tohtori, minun on puhuttava kanssasi!"

Tohtori Ackerman laski puhelimen luurin alas, kun Vincente astui hänen työhuoneeseensa.

"Tohtori, teidän on saatava minut pois tästä! En voi jäädä yöksi. Minä hukun sinne, ja hän on niin hullu, että hän alkaa saada järkeä päähäni!"

"Mitä sinä tarkoitat? Vedä syvään henkeä, Vincente. Rauhoitu!"

"Hän kertoi minulle eräästä keskustelusta. No, ei varsinaisesta keskustelusta, mutta hän kertoi minulle jostain, joka tapahtui vasta eilen. Hän tietää asioita, joita kukaan muu ei voi tietää, ja sitten..."

"Mitä sitten? Hän ei halunnut teidän kahden...? Että...?"

"Ei tohtori, mutta hän on innokas ja... hän alkaa saada minut hermostumaan."

"Väitätkö, että olet rakastumassa häneen? Oikeasti?"

"En ole koskaan ennen ollut rakastunut, mutta olen pussaillut muutaman tytön kanssa. Yksikään tyttö ei ole koskaan suudellut minua niin kuin hän suutelee minua, ja silti hän sanoo, että olen ainoa mies, jota hän on koskaan suudellut!"

"Olet siis menossa tunnekuormitukseen ja haluat mennä kotiin? Pakenemaan. Pelkäätkö menettäväsi hallinnan?"

"Sanon, että hän on lumonnut minut. Hän ei ole edes minun tyyppiäni! Sen täytyy olla loitsu!"

"Joo, sanoit sen jo aiemmin, kaveri, eikä siinä ollut silloin sen enempää järkeä kuin nytkään. Mitä haluat minun tekevän, sanonko hänelle, että olet lähtenyt kotiin? Että on hätätapaus, joten et voi jäädä?"

"Ehkä sinä voit mennä sisään ja antaa hänelle unilääkkeen, sitten minä menen takaisin nukkumaan. Aamu koittaa ennen kuin huomaammekaan."

"En voi antaa hänelle unilääkettä, koska sinä pyydät sitä."

"Mutta tohtori, hän kertoo minulle tarinoita meistä. Asioista, joita olemme nähneet ja tehneet yhdessä. Asioista, joita ei koskaan tapahtunut. Hän puhuu sydämensä kyllyydestä meistä, aivan kuin olisimme yksi ihminen, ja hän on vakuuttava. On melkein kuin tietäisin, mistä hän puhuu."

"Nyt", Ackerman sanoi, "tämä on vakavaa. Väitätkö, että sinut on epäilemättä vedetty mukaan tähän fantasiaan? Että hänen kuvauksensa tuntuvat sinusta joskus jopa todellisilta?"

"Jumala minua auttakoon, kyllä."

"Okei Vincente, minä ymmärrän sinua. Et ole potilaani, mutta autat Gracea, joka on potilaani. Tässä tilanteessa sinun on mentävä kotiin. Annan sinulle reseptin, jotta voit nukkua, ja ehkä jatkossa olisi parasta, että pysyt poissa."

"Mutta en voi!"

"Sinun täytyy, Vincente. Sinusta ei ole hyötyä kenellekään tässä tilassa."

"En voi lähteä kertomatta hänelle itse, sanomatta hänelle hyvää yötä. Lupasin hänelle, etten enää koskaan jättäisi häntä yksin."

"Sinä rakastat häntä, Vincente."

Vincente nyökkäsi sulkiessaan oven takanaan.

Hän käveli hitaasti käytävää pitkin, Gracen huoneen ohi, hissiin. Saavuttuaan pohjakerrokseen hän poistui sairaalasta pimeään yöhön. Hän käveli asfaltin poikki ja löysi puun, joka seisoi yksinäisenä. Hän nojasi selkänsä sitä vasten ja itki.

KAPPALE 35

G RACE ODOTTI JÄNNITTYNEENÄ MIEHENSÄ paluuta. Kun ovi aukesi, sisään astui tohtori Ackerman.

"Missä Vincente on?"

"Miten voit, Grace?"

"Missä Vincente on? Mitä olet tehnyt hänelle?"

Hän hymyili. "Olen iloinen, että pystyit viettämään tämän ylimääräisen ajan hänen kanssaan, mutta osa testeistäsi on palannut, ja tulokset ovat kyseenalaisia. Minun on otettava toinen verinäyte. Tarkistaakseni vielä kerran, että kaikki on kunnossa. Olen pyytänyt Vincenteä lykkäämään yöpymistään, sillä aikaa kun nämä testit tehdään."

Grace laittoi surullisimmat kasvonsa ja ojensi kätensä, jotta mies löytäisi suonen. Hän työnsi neulan sisään vaivattomasti. Hän ei säpsähtänyt eikä tuntenut kipua, koska kipu hänen sydämessään oli jo sietämätöntä.

Tohtori Ackerman laittoi verinäytteet pois. "Vincente oli pettynyt, kuten sinäkin, mutta järjestämme sen toiselle illalle. Sille ei voi mitään, Grace. Sinun terveytesi on tärkeintä."

"Minä haluan Vincenten!" Grace huusi ja alkoi vatvoa ja vääntää ja kääntyä sängyssä. Hän heitti peitot pois ja veti pois laastarin, jonka mies oli laittanut hänen käteensä. Suoni avautui uudelleen ja veri roiskui ulos.

Tohtori Ackerman sitoi hänet. Hän painoi hätäpainiketta saadakseen sairaanhoitajan avuksi. "Olen pahoillani", hän sanoi rauhoittaessaan naista.

KAPPALE 36

Tohtori Ackerman tarvitsi raitista ilmaa ja käveli asfaltin yli. Hän huomasi Vincenten nojaavan puuhun.

"Näitkö hänet?" hän kysyi.

"Kyllä näin, ja selitin kaiken." Hän sanoi: "Kyllä näin, ja selitin kaiken."

"Ja miten hän suhtautui siihen?"

"Hän ei ottanut sitä hyvin. Minun piti rauhoittaa hänet."

Vincente puristi nyrkkinsä yhteen ja nousi ylös. Hänen kasvonsa olivat vain senttien päässä Ackermanin kasvoista. "Sanoin, että tulen takaisin. Sinun ei olisi tarvinnut tehdä sitä. Tarvitsin aikaa. Aika oli kaikki, mitä tarvitsin."

"Tarvitset enemmän kuin aikaa, Vincente. Tarvitset etäisyyttä. En ole varma, mitä tuolle tytölle tapahtuu, jos rakastut häneen ja jos hänen luomansa fantasia törmää - muuttuu todellisuudeksi. En ole varma, mitä silloin tapahtuu."

"Jos hän on nähnyt unta ja sitten se toteutuu, hän paranisi heti, eikö niin?" "Jos hän on nähnyt unta ja sitten se toteutuu, hän paranisi heti, eikö?"

"Vincente se voisi tapahtua, ja sitten taas asiat voisivat mennä toisin päin."

"Tarkoittaen?"

"Grace seisoo jyrkänteen reunalla. Totuus voi työntää hänet alas. Hän saattaa tajuta, että kaikki hänen ympärillään on valhetta. Että me kaikki olemme leikkineet hänen fantasioitaan, ja missä hän sitten on?"

"Vaikka siis rakastan häntä nytkin, minun pitäisi perääntyä, jättää hänet rauhaan, palata kouluun - tytölle, jonka kanssa kaikki muut odottavat minun olevan, ja vain toivoa, että Grace Greenway pääsee lopulta yli minusta? En halua, että hän pääsee minusta yli! Ja hän luulee, että jätin hänet taas; hän luulee, että rikoin lupaukseni - taas kerran."

"Meidän on otettava tunteesi huomioon siinä, miten etenemme tämän, tämän, mikä se sitten onkaan, kanssa. Meidän täytyy miettiä uudelleen, ryhmittyä uudelleen. Mene nyt kotiin. Tule takaisin aamulla. Grace nukkuu ainakin kahdeksan tuntia. Tule tapaamaan minua, kun palaat, niin kerron sinulle lisää. Älä mene suoraan tapaamaan Gracea. Tule ensin minun luokseni."

"Sovittu."

Vincente ja tohtori Ackerman poikkesivat parkkipaikalle, jossa taksien jono odotti matkustajia. Vincente kiipesi yhden takapenkille ja oli pian matkalla kotiin.

Kotiin, jossa hän toivoi voivansa nukkua unettomana.

KAPPALE 37

AAMULLA GRACE HERÄSI TYHJÄÄN huoneeseen. Hän tunsi olonsa yksinäiseksi ja petetyksi, kun yksi hoitajista pehmitti hänen tyynynsä ja asetti aamiaistarjottimen hänen eteensä. Hän työnsi sen pois. Pelkkä sen haju sai hänet voimaan pahoin. "Minulla ei ole nälkä", Grace sanoi.

Kun hänen huoneensa oli jälleen tyhjä ihmisistä, Grace nojautui takaisin tyynyynsä ja sulki silmänsä. Hän toisti hääpäiväänsä toistuvasti mielessään, kunnes hän jälleen kerran vaipui uneen.

KAPPALE 38

S EURAAVANA PÄIVÄNÄ TOHTORI ACKERMAN kutsui Helenin toimistoonsa. Hän kehotti häntä istumaan alas, ja hänen ilmeensä oli hyvin hämmentynyt.

Helen tiesi, että hänellä oli huonoja uutisia kerrottavanaan. Hän tiesi myös, ettei hänen olisi pitänyt jättää tytärtään yksin tuon pojan kanssa.

Tohtori Ackerman istuutui Heleniä vastapäätä niin, että heidän polvensa melkein koskettivat toisiaan.

Hän katsoi suoraan tyttöä silmiin ja sanoi: "Grace on raskaana."

Helen nauroi.

"Grace on raskaana", hän toisti.

"Mitä?"

"Teimme verikokeita toissapäivänä, ja testi oli positiivinen. Otin eilen illalla lisää verta, ja se on vahvistettu - tyttäresi on raskaana."

"Ei hän voi olla! Minä tapan sen pikku paskiaisen!"

"Miten se nyt auttaa mitään?" hän kysyi. "Sinun täytyy rauhoittua ja kuunnella minua. Kuuntele minua tarkkaan."

Hän veti syvään henkeä. Puristi nyrkkinsä.

"On vielä aikaista, eikä ylireagointisi auta sinua tai Gracea."

"Tietääkö hän?"

"Ei, sinä olet ensimmäinen, jolle kerrotaan. Ajattelin, että se on sopivaa. Meidän on keskusteltava siitä, miten edetään."

"Miten edetä? Tästä ei kannata keskustella. Meidän on päästävä siitä eroon."

"Grace on kuusitoista, hänellä on oikeuksia."

"Sen täytyy olla Marinon!"

"Ei välttämättä. Hän on ollut täällä, henkilökunnan ja vierailijoiden ympäröimänä, joka päivä. Hän ei ollut ollut yksin hänen kanssaan ennen eilisiltaa, ja muuten hän viipyi täällä vain pari tuntia, ennen kuin lähetin hänet kotiin."

"Tyttäreni menee kouluun ja tulee kotiin. Hän tekee matematiikkaa ja kokeilee iltaisin. Hän ei tunne muita poikia. Sen on täytynyt olla Marino!"

"Mutta meidän on oltava varmoja, ennen kuin lähdemme syyttämään ketään. Ja mikä tärkeintä, meidän on kerrottava Gracelle."

"Ensin meidän on varmistettava, että hän on isä, ja sitten voimme kertoa hänelle", Helen sanoi.

"Vincente välittää tyttärestänne syvästi. Hän on hämmentynyt, ja hän on kertonut minulle, etteivät he kaksi ole tehneet mitään muuta kuin suudelleet. Grace kuitenkin uskoo, että he kaksi ovat aviopari. Jos siis kerromme hänelle, hän on sataprosenttisen varma siitä, että hän kantaa Vincenten lasta."

"Jos se ei ole hänen, mitä sitten? Tahraton hedelmöittyminen?"

"Tiedän varmasti vain, että meidän on kerrottava Gracelle. Hän tarvitsee apuasi päättäessään, mitä tehdä", Ackerman totesi.

"Jos se ei ole hänen, silloin todiste on itsestään selvä, että olemme julmasti leikkineet Gracen kanssa myötäilemällä hänen fantasioitaan", Helen sanoi. "Se voi olla hänelle liikaa."

"Tarvitsemme vahvistuksen mahdollisimman pian. Kysyn Vincenteä, suostuuko hän joihinkin testeihin, kun hän tulee tapaamaan minua myöhemmin tänään."

"Ja jos se ei ole hänen, hän suostuu mitä todennäköisimmin poistamaan sen." "Jos se ei ole hänen, hän suostuu todennäköisesti poistamaan sen."

"Haluatko kertoa hänelle nyt, että hän on raskaana? Kun Vincenten testit ovat tulleet, voimme ottaa hänen kanssaan puheeksi sen, kuka isä voisi olla, olettaen, ettei hän ole isä", Ackerman sanoi.

"Kyllä, minusta meidän pitäisi kertoa hänelle. Mitä pikemmin, sen parempi."

"Mennään nyt hänen huoneeseensa ja katsotaan, miten hän voi. Voimme arvioida tilanteen ja päättää sitten, mitä teemme."

"Hänen on saatava tietää. Tyttäreni on saatava tietää."

***

Vincente saapui Gracen kerrokseen juuri sillä hetkellä, kun Helen ja tohtori Ackerman tulivat ulos hänen toimistostaan.

"Tohtori Ackerman, halusin puhua kanssanne", Vincente sanoi. Ja sitten: "Hei Helen."

Tyttö katsoi häntä tikarit silmissään.

"Meidän on mentävä sisään puhumaan Gracen kanssa, mutta odottakaa minua toimistossani. Tulen pian takaisin, ja sitten voimme jutella."

Vincente ajoi sormiaan hiustensa läpi. Hän katseli, kuinka Helen ja tohtori Ackerman kävelivät pois. Kun he saapuivat Gracen ovelle, he epäröivät hetken ja astuivat sitten sisään. Hän ihmetteli, mistä epäröinnissä oli kyse.

Hän tunsi syyllisyyttä siitä, että oli jättänyt Gracen yksin. Hän halusi nähdä Gracen ja korjata heidän välinsä.

Tohtori Ackermanin vastaanotolle päästyään hän sulki oven takanaan ja kaatoi itselleen kupin vettä. Vincente istuutui ja otti urheilulehden. Hän selaili sitä odottaessaan, mutta hänen ajatuksensa olivat liian hajamielisiä. Hän ei voinut pysyä istumassa, joten hän nousi jälleen ylös ja käveli. Hän tunki nyrkit taskuihinsa. Ja hän odotti.

***

"Olen niin onnellinen!" Grace huudahti. "Tämä on paras mahdollinen uutinen Vincenten ja minun kannalta. Me saamme vauvan!"

Helen halasi tytärtään, joka vapisi jännityksestä.

"Grace, sinun on pidettävä voimia yllä ja sinun on syötävä. Mitä olen kuullut siitä, että jätät aamiaisen väliin?" Tohtori Ackerman sanoi.

"En jaksanut silloin, mutta nyt syön jotain. Anna tulla vaan! Olen niin innoissani!" Grace huudahti. Vedettyään muutaman kerran syvään henkeä hän pyysi: "Pyydä Vincenteä tulemaan luokseni. En malta odottaa, että voin kertoa hänelle uutiset!"

KAPPALE 39

"Kiitos, että odotit, Vincente, tohtori Ackerman sanoi.

"Miten Grace voi tänä aamuna?"

"Hän on säteilevä! Uni on tehnyt hänelle hyvää, ja sinäkin näytät levänneeltä. Nukuitko hyvin?"

"Nukuin hyvin." "Kyllä, nukuin koko yön."

"Ymmärrän, ettet kuulu vakiopotilaitteni joukkoon, mutta haluaisin pyytää lupaa verikokeeseen?" "Kyllä."

"Verikoe. Miksi?"

"Vaikutitte eilen illalla yliväsyneeltä, ja ajattelin, että olisi hyvä tarkistaa, että olette laivakunnossa." "Niin."

"Olen ollut todella väsynyt."

"Hyvä niin, tutkitaan sinut sitten", Ackerman sanoi. "Kääri hihasi ylös, niin otan sinulta näytteen heti."

Kun näyte oli otettu ja injektiopullo säilytetty, tohtori Ackerman esitti Vincenelle allekirjoitettavaksi vapautuslomakkeen. Se oikeutti hänet käyttämään verinäytteitä kaikkien tarvittavien testien suorittamiseen.

"Saanko nähdä hänet?" Vincente kysyi.

"Ei tänään, mutta tule tapaamaan minua huomenna. Ehkä voitte nähdä hänet silloin."

"Mutta sanoit, että hän oli säteilevä ja hyvin levännyt."

"Niin, ja me haluamme, että hän pysyy sellaisena! Mene kotiin ja tule huomenna takaisin. Antakaa hänelle tilaa ja aikaa. Hän on nyt äitinsä luona."

"Hyvä on, tohtori. Nähdään sitten huomenna."

"Kiitos, Vincente", tohtori Ackerman sanoi rynnätessään ulos verinäytteitä kantaen. Hän ei malttanut odottaa, että saisi ne laboratorioon.

***

Kaksikymmentäneljä tuntia myöhemmin he olivat kaikki kokoontuneet Gracen huoneeseen.

Kun tohtori Ackerman vihdoin saapui, hän ei hymyillyt. Hän ei puhunut eikä ottanut katsekontaktia kehenkään kolmesta läsnäolijasta. Hän piti tuloksia lähellä rintaansa leikepöydällä.

Grace oli innoissaan.

Helen puristi nyrkkejä ja leukojaan. Hän muistutti jotakuta, jonka piti päästä vessaan melko kipeästi.

Vincente oli neuvoton.

"Hyvää huomenta, tohtori Ackerman aloitti. "Verikokeiden perusteella näyttää siltä, että Grace ja Vincente odottavat lasta."

Grace räjähti hurraamaan ja avasi sylinsä Vincenteä kohti.

Vincente seisoi ja katsoi Gracea. Hän oli valkoisempi kuin sängyn lakanat. "Miten tämä voi olla mahdollista?" hän kysyi itseltään ja sanoi sitten ääneen: "Miten tämä voi olla mahdollista, kun olemme vain suudelleet?"

Helen pyörtyi ja kaatui maahan jysähdellen.

KAPPALE 40

"GRACE? HERÄÄ GRACE. MEIDÄN on aika lähteä", lapsen ääni kuiskasi.

Grace vapisi. Huone oli hyvin kylmä ja pimeä. Hän katseli, kun huoneen toisella puolella kaihtimet näyttivät heiluvan edestakaisin tuulen mukana. Näytti siltä, että ikkuna oli auki.

Sairaalan ikkunat eivät aukea, hän ajatteli.

Pieni käsi tarttui Gracen käteen ja veti hänet ylös sängystä.

Grace, yhä puoliksi unessa ja puoliksi hereillä, käveli lapsen rinnalla. Yhdessä he kävelivät kohti avointa ikkunaa kuin transsissa.

Pikkutyttö oli myös pukeutunut valkoiseen pellavaiseen yöpaitaan, jossa oli punainen solmio. "Pidä tiukasti kiinni", hän sanoi laittaessaan pehmeän peiton Gracen syliin.

Grace helli peittoa vaistomaisesti ja sulki kätensä sen ympärille.

Heidän yöpaitansa puhalsivat ja kuiskivat, kun he kulkivat kohti ikkunaa.

Kuun valossa Grace tunnisti pienen tytön, joka oli näyttäytynyt kahdesti aiemmin. Kerran, kun hän oli ollut keskellä tietä, ja toisen kerran, kun Grace oli jäänyt jumiin jättimäiseen puuhun. Hän vapisi, kun pikkutytön yöpaita hohtoi kuunvalossa.

Pikkuinen kiipesi ikkunalaudalle pitäen Gracea yhä kädestä kiinni. Hän veti, mutta Gracen jalat eivät liikkuneet.

"Minne me olemme menossa?" Grace tiedusteli.

"Maailman sydämeen", pikkuinen selitti.

Grace piti peittoa tiukasti rintaansa vasten ja katsoi jalkojaan. Hän yritti sulkea mielestään pois sen, mitä oli tapahtunut viimeksi, kun hänet oli vedetty ikkunasta ulos yöhön.

Pieni jatkoi Gracen katsomista kärsimättömästi: "Minä olen akordi", hän sanoi. "Sinun on tultava nyt mukaani. He odottavat."

"Kuka, kuka odottaa?" Grace tiedusteli.

"Saat nähdä", pikkuinen sanoi. "Tule."

Toisella kädellä Grace piteli peittoa ja toisella hän väänsi punaista solmiota ympäri ja ympäri ja ympäri. Hän viivytteli - hän ei halunnut istua ikkunalaudalle. Hän ei halunnut mennä ulos yöhön. Tällä kertaa hänen ei tarvinnut mennä. Hän ei halunnut mennä.

"Pidä kiirettä, Grace. He ovat odottaneet sinua ikuisuuden", pikkutyttö selitti.

Grace perääntyi.

Kun Grace ei liittynyt hänen seuraansa, pikkutyttö kiipesi alas ikkunalaudalta. Hän otti Gracen käden jälleen kerran käteensä.

Hän piti Gracen kädestä tiukasti kiinni ja johdatti hänet ikkunan luo. Muutaman sekunnin ajan heidän jalkansa nousivat lattialta, ja pian he istuivat vierekkäin ikkunalaudalla.

Yhdessä he istuivat ja katselivat kuun kasvoja.

"Vedä syvään henkeä", pieni tyttö sanoi ja laski sitten hiljaa alaspäin: "5, 4, 3, 2, 1!". Ja yhdessä he vajosivat eteenpäin kimmeriläiseen yöhön.

KAPPALE 41

Kun he olivat pudonneet monta minuuttia, jotka tuntuivat tuntikausilta, he laskeutuivat odottavan pedon selkään.

Tämä peto ei ollut sama, joka oli kantanut Gracen jokin aika sitten ja jättänyt hänet korkealle puuhun.

Tämä peto ei ollut karvainen eikä höyhenpeitteinen. Sen sijaan sillä oli metalliset siivet, jotka heijastivat kuunvaloa ja tähtien valoa, kun se syöksyi mustuneen taivaan yli.

Gracella oli niin paljon kysyttävää, mutta tuuli ulvoi, ja peto päästi silloin tällöin jyrisevän karjunnan. Grace tarrasi peittoonsa; samalla hän toivoi, että se olisi Vincente, josta hän piti kiinni.

Pikkutyttö heitti tummat hiuksensa taaksepäin ja nosti kasvonsa kuuta kohti. Hän sulki silmänsä ja alkoi hyräillä rauhoittavaa kehtolaulua. Grace tunnisti sävelmän; se oli heidän laulunsa, hänen ja Vincenten. Grace sulki silmänsä ja vaipui syvään uneen.

KAPPALE 42

N E LENSIVÄT POIKKEUKSELLISEN PITKÄÄN, kunnes Äiti Aurinko alkoi synnyttää uutta päivää.

Se oli niiden merkki aloittaa laskeutuminen. Grace ja pikkutyttö pitivät tiukasti kiinni metallisesta pedosta, kun auringonvalo heijastui sen vartalosta ja aiheutti salamaniskuja joka suuntaan. Taivas valaistiin, päivän ilotulituksella, kun he putosivat pilvien läpi.

Sitten pilvet alkoivat hälvetä, kun ne laskeutuivat kohti Maan sydäntä.

Kaukana Grace näki jättimäisen punaisen kiven, joka paloi auringonvalossa. Sitä ympäröi hiekka.

Silti, kun hän räpäytti silmiään muutaman kerran auki ja kiinni, meri alkoi ja loppui kiven reunoilla. Aallot syöksyivät ja vyöryivät, mutta ne eivät koskaan murtautuneet monoliitin reunan taakse. Oli kuin meri olisi alkanut ja päättynyt tähän kallioon.

Nyt kun Grace siirtyi lähemmäs, hän pystyi erottamaan samankeskisten ympyröiden muodostaman kuvion. Ilmasta katsottuna hän näki alla olevan jättimäisen tikkataulun.

Nyt, kun Grace tunnisti kuvion, hän pystyi jakamaan seuraavien kehien välisen etäisyyden ja erottamaan yhden alueen toisesta.

Ulkopuolella punainen hiekka, joka nousi satunnaisesti ylös kuin maa, hengitti sisään ja ulos. Seuraava ympyrä, kuten olemme selittäneet, oli valtameri, joka alkoi ja päättyi, kun aallot suutelivat punaista kiveä ylivuotamatta. Punainen kallio muodosti renkaan, ja siitä kasvoi puiden kehä.

Puut ojensivat oksiaan toinen toisilleen, mutta yksi puu kohosi kaikkien muiden yläpuolelle: oliivipuu. Se kurottautui pilviin kauas metallilinnun yläpuolelle, jonka selässä Grace ratsasti. Oliivipuun vieressä oli normaalikokoisia vaahterapuita, palmuja ja eukalyptuspuita - vain muutamia mainitakseni. Tämä osuus alkoi ja päättyi puihin, ja sitten näkyi jälleen jakava ympyrä punaista hiekkaa.

Puiden sisällä oli toinen kukkien jakso. Se koostui auringonkukista ja kultaisista lattarista ja tulppaaneista ja ruusuista ja monista, monista muista.

Sitten lisää punaista hiekkaa, jonka jälkeen oli hyvin korkeita eläimiä, kuten dinosauruksia, kirahveja, norsuja ja karhuja.

Siitä, mihin tuo osa loppui, alkoi toinen. Punaista hiekkaa, sitten muita ympyröitä, joissa oli vesieläimiä, kuten valaita ja haita ja meduusoja. Vesi virtasi niiden yli ja niiden ympärillä koskematta mihinkään muuhun osaan, koska ne olivat suojattuja ja suljettuja.

Ympyrässä olivat kaikki lentävät ja liitelevät eläimet. Siellä oli korppeja, kettuja, perhosia ja kakaduja. Ne nousivat ja putosivat melkein kuin kuvitteellinen nukketeatterinjohtaja olisi pitänyt niitä alhaalla. Peto, jonka selässä Grace ja pikkutyttö olivat matkustaneet, otti paikkansa tässä ympyrässä.

Seuraavaksi toisen hiekkaympyrän jälkeen tuli matelijoiden ja pussieläinten osio, ja sen jälkeen seurasi lukuisia muita eläinosioita, niin että jokainen heimo- ja lajiryhmä oli tavallaan edustettuna.

Osioita oli aivan liian monta, jotta Grace olisi voinut laskea ne kaikki. Niistä lähtevät äänet nousivat maasta, melkein kuin ne puhuisivat yhdellä äänellä.

Nyt kun ne tulivat yhä lähemmäs, Grace saattoi nähdä myös ihmisympyröitä.

Miehet ja naiset, sekä nuoret että vanhat, oli jaettu osastoihin. He olivat kotoisin kaikkialta maailmasta ja edustivat kaikkia aboriginaalien ja alkuperäiskansojen kulttuureja. Jotkut olivat pukeutuneet perinteisiin vaatteisiin. Joillakin oli keihäitä. Joillakin oli bumerangit. Toiset olivat pukeutuneet turkiksiin ja höyheniin, ja muutamilla oli maalatut kasvot. Toiset taas soittivat musiikkia sadekepillä ja rummuilla.

Kun he lähestyivät, kaikki ympyrän asukkaat tunsivat Gracen läsnäolon. Samanaikaisesti jokainen osa alkoi heilua. Punainen hiekka nousi ja laski ympyrän rajojen sisällä.

Nyt he lensivät yhä lähemmäs ja lähemmäs, ja hetken Grace luuli näkevänsä Vincenten. Se oli totta. Hän seisoi ympyrässä muiden poikien kanssa, jotka olivat samanikäisiä kuin hän. Jokaisella pojalla oli vaaleat hiukset, ja hänellä oli yllään pitkä, lattianmyötäinen kaapu, kuten munkilla voisi olla.

Vincenten katseet yhdistyivät Gracen silmiin. Hän heilutti aboriginaalien veistämää miestään ilmassa kuitatakseen tytön läsnäolon.

Auringonvalossa Grace huomasi, että hänen perheensä perintösormus oli taas hänen sormessaan. Yhdessä pojat nostivat kätensä hänen suuntaansa. Grace sokeutui hetkeksi, kun auringonvalo osui molempien sormuksiin yhtä aikaa. Heillä kaikilla oli täsmälleen sama sormus kuin Vincentellä.

Räpäytettyään silmiään takaisin todellisuuteen Grace näki jokaisen pojan ottavan sormuksensa pois ja asettavan sen eteensä pienelle kangasruutuun.

Poikien lohkon sisällä oli tyttöjen ympyrä. Niitä oli taas tuhansia, yksi tyttö kutakin poikaa kohti. Tytöt olivat kaikki pukeutuneet valkoisiin pellavaisiin yöpaitoihin, joiden kaulusten ympärillä oli punaiset solmiot. Jokaisella tytöllä oli sylissään huopa.

Kun he melkein laskeutuivat, Grace katseli, kuinka punaiset solmimisnauhat liehuivat tuulessa ylös ja alas, sitten pysähtyivät ja sitten nousivat ja laskivat taas.

Vincenten silmät kiinnittyivät Gracen silmiin. Hän melkein hyppäsi pois pedon selästä, mutta Vincente katsoi poispäin melkein kuin Grace olisi kuollut hänelle. Hänen jalkansa koskettivat hiekkaa. Hän olisi juossut hänen luokseen, ellei pikkutyttö olisi estänyt sitä tarttumalla hänen käteensä.

Grace liittyi piiriin, jossa tytöt odottivat hiljaa. Gracella oli monia, monia kysymyksiä, joita hän halusi kysyä ja joihin hän tarvitsi vastauksia. Pikkutyttö laittoi sormensa huulilleen ja sanoi: "Shhhh."

Gracen punainen kravatti nousi ja laski nyt muiden tyttöjen tahdissa, kun lämmin tuulenvire hyväili niitä. Vaikka hänellä oli lämmin, Grace vapisi.

"Laita peitto maahan eteesi", pikkutyttö vaati.

Muut tytöt piirissä seurasivat Gracen esimerkkiä.

Grace yritti jälleen esittää kysymyksen, mutta kuten aiemminkin pikkutyttö sanoi vain: "Shhhhh."

KAPPALE 43

NYT OLI LISÄTTY NELJÄ uutta jaksoa. Punaisen hiekan ympyrä, jota seurasi kankaan ympyrä, jonka päällä oli rengas poikien edessä. Tätä seurasi toinen ympyrä hiekkaa ja tyttöjen edessä oli ympyrä huopia.

Silloin alkoi laulaminen. Se alkoi ulkopuolelta ja siirtyi osastosta toiseen. Jokaisella lohkolla oli oma äänensä, jotka yhdessä muodostivat laulun. Yhdessä he ratsastivat melodian siivillä, kun aurinko puski tiensä yhä korkeammalle ja korkeammalle vasta syntyneeseen päivään.

Yhtä nopeasti kuin se oli alkanutkin, laulu loppui.

Hetken vallitsi täydellinen hiljaisuus. Sitten ne yhdessä jyrisivät yhdellä äänellä, yhdellä laululla.

Se oli kaunis ääni, rauhoittava ja tyynnyttävä, ei lainkaan sellainen kuin voisi kuvitella, mutta se oli niin kovaääninen, että Grace peitti korvansa.

Pikkutyttö näki Gracen pelon ja kuiskasi Gracen korvaan: "Maa on kantanut tuskaa niin kauan, niin kauan. Maa on nyt päästämässä tuskan irti. Sen selviytyminen riippuu siitä. Älä pelkää. Olet todistamassa paranemista."

Grace laski kätensä ja sulki silmänsä, ja kun hän ei enää pelännyt, hän pystyi tuntemaan ja arvostamaan kaikkea.

Äiti Aurinko vuodatti säteitään kaikkien läsnäolijoiden sydämiin. Hän näytti vetävän sydämenlyöntejä esiin, synkronisoiden niitä. Saaden ne kaikumaan maailmankaikkeuden yhdeksi sydämenlyönniksi.

"Sano se nyt", pieni tyttö sanoi. "Grace, sano sanat."

Grace kohautti olkapäitään hämmentyneenä. Hänellä ei ollut aavistustakaan, mitä pikkutyttö halusi häneltä.

"Sano se nyt. Sano sanat, sanat. Sanat, jotka sinulle on opetettu. Sinä olet viimeinen. Sinun on sanottava ne nyt. Me kaikki odotamme."

Gracen mieli lensi takaisin lauluun, jonka pikkutyttö oli puhunut hänelle jokin aika sitten. Hän ei ollut varma, muistiko hän sanoja. Jotenkin hän kuitenkin vaistomaisesti tiesi, että hän muisti ne.

Kaikki olivat hiljaa. Kaikki odottivat.

Grace veti syvään henkeä, mutta hän ei saanut aikaan yhtään ääntä.

"Puhu sydämestäsi", pieni tyttö sanoi. "Ja sanat virtaavat."

Grace hiljensi hengityksensä ja sulki silmänsä. Sanat virtasivat hänen suustaan avoimeen ilmaan kuin lahja:

"Minä olen naisenvetäjä,

Minä olen itku;

Minä olen salainen ääni,

Minä olen huokaus;

Minä olen se, joka kuullaan

matalassa hämärässä;

Linnut vastaavat äänellä,

Kukat myskissä;

Minä olen tuo surullinen kasvi,

joka huutaa siellä, missä kutsuu

Yksinäinen lintu vaeltaa

Hämärissä vesiputouksissa;

Minä olen naisen laatikko,

Älkää ohittako minua;

Minä olen salainen ääni,

Kuulkaa huutoni;

Minä olen voima, joka yöllä

Menettää ulkomailla;

Minä olen elämän juuri;

Minä olen sointu." *

Osaston tytöt alkoivat laulaa. Yksi laulu yhdelle, yksi laulu kaikille. Sitten he yhdistivät kätensä ja keinuivat Äiti Auringon lämmössä.

Pieni tyttö hymyili Gracelle ja muuttui sitten takaisin korpiksi. Hän lensi kohti osastoa, jossa häntä tervehti siipiensä räpyttelyn ääni.

Kun he lauloivat, miehet ja naiset alkoivat kerääntyä piirin ulkopuolelle. He olivat pukeutuneet perinteisiin vaatteisiin, ja he olivat tulleet punaiselle kalliolle monista, monista kaukaisista maista. He seisoivat yhdessä pareittain ja pitivät toisiaan kädestä. Pian kädet erkanivat, ja miehet seisoivat miesten piiriin johtavassa rivissä ja tytöt tyttöjen piiriin johtavassa rivissä.

Aboriginaalipoika seisoi ensimmäisen vaalean pojan edessä, ja he halasivat toisiaan. Sitten vaalea poika otti sormuksensa ja kangasruutunsa ja laittoi ne aboriginaalipojan avoimeen käteen. Aboriginaalipoika asetti sormuksen sormeensa. He syleilivät jälleen ja aboriginaalipoika odotti.

Pojan kumppani seisoi ensimmäisen tytön edessä valkoiseen pellavamekkoon pukeutuneena. Tytöt halasivat toisiaan, kuten pojat olivat tehneet. Tyttö antoi aboriginaalitytölle punaisen nauhan, joka oli sidottu hänen kaapustaan. He syleilivät jälleen, ja sitten tyttö kumartui, otti huovan ja käveli kumppaninsa kanssa auringon suuntaan. Kun pari käveli valoon, he katosivat.

Sama tapaus toistui toistuvasti monen, monen tunnin ajan. Yhdessä miehet ja naiset kuroivat ajan kuilun umpeen. Siellä itkettiin ja syleiltiin paljon. Pian jäljellä oli enää Vincente ja Grace sekä piirin ulkopuolinen pariskunta.

Viimeinen aboriginaalimies astui osastolle, ja hän ja Vincente tekivät vaihdon.

Sitten Gracen jalkojen juuressa oleva nippu alkoi itkeä.

Se ei ollut pelkkä huopa. Se ei ollut tyhjä nippu. Se oli lapsi. Gracen ja Vincenten lapsi.

Grace kumartui taputtamaan huopaa, mutta aboriginaalinainen oli jo paikalla, ja seremonia oli jo alkanut.

Vauva jatkoi itkuaan Gracen jalkojen juuressa.

Hän katsoi naisen kättä ja näki sen tärisevän.

Nainen syleili Gracea.

Grace vilkaisi olkansa yli varmistaakseen, että naisen kumppanilla oli nyt Vincenten sormus. Hänellä oli, mikä tarkoitti, että Vincente oli antanut siihen luvan.

Uhmakas kyynel vieri Gracen poskea pitkin.

Seuraavaksi seremoniassa oli vuorossa punaisen kravatin lahja. Jos Grace kieltäytyisi luovuttamasta sitä, sopimusta ei tehtäisi. Hän halusi nähdä lapsensa, lohduttaa lastaan.

Nainen syleili Gracea vielä kerran.

Ja sitten se tapahtui.

KAPPALE 44

Punaista monoliittia ympäröivät aallot nousivat yhä korkeammalle ja korkeammalle ja korkeammalle, kunnes ne olivat kiertyneet punaisen kallion ympärille ja muodostaneet uuden osan pyöreitä ginormous-max-elokuvanäyttöjä.

Kun uusi valkokankaiden ympyrä oli valmis, maa Gracen jalkojen alla alkoi täristä ja väristä, kun se hajosi. Lava nosti Gracen ja hänen lapsensa yhä korkeammalle ja korkeammalle ja korkeammalle.

Hänen edessään alkoi vilahdella valkokankailla maailman aboriginaalien ja alkuperäiskansojen historia. Hän näki, kuinka vauvoja vietiin, varastettiin ja luovutettiin tuntemattomille ja kuinka vanhemmat itkivät toistuvasti päivien, vuosien ja vuosisatojen ajan.

Ja jokaisen viedyn lapsen kohdalla oliivipuu vääntyi ja viilsi haavan Gracen kehoon. Aluksi hän huusi pistosta, mutta kun hän katsoi noiden perheistään pois revittyjen vauvojen haavoittuneisiin silmiin, hän avasi sylinsä ja otti kivun vastaan ja hyväksyi sen osaksi olemustaan. Hän tunnisti nyt, että oliivipuu oli vakio. Yhteys täällä ja siellä, heidän ja meidän välillä, maailmojen välillä.

Kun hän oli hyväksynyt kivun kehoonsa, hän vilkaisi Vincenten suuntaan. Hän oli yrittänyt juosta hänen luokseen, mutta hänen jalkansa eivät sallineet sitä. Oli kuin ne olisi betonoitu maahan.

Hän pyörähti, veri valui hänen avonaisista haavoistaan ja huusi Äiti Maata, joka laski näytöt alas ja palautti Gracen takaisin tasaiselle maalle, jossa aboriginaalityttö odotti.

Heti kun hän oli palannut maan pinnalle, Grace ei epäröinyt lainkaan syleillä aboriginaalinaista, kuiskata tälle anteeksipyyntöä korvaan ja ojentaa tälle punaisen solmimisnauhan.

Aboriginaalinainen otti käteensä sen, mikä nyt oli hänen oma lapsensa. Hän vilkutti eikä katsonut taakseen lohduttaessaan lastaan, ja he siirtyivät kohti lämpimiä auringonsäteitä.

Aluksi vauvan itku jatkui, mutta pian häntä lohdutettiin, ja ilma oli tyyni, hyvin hiljainen ja huomattavan hiljainen.

Ja sitten tuli metelin pandemonia, kun kaikki puut ja eläimet ulvoivat synkronisesti.

Korppi lensi sinne, missä kaksi viimeistä, Grace ja Vincente, seisoivat. Se kääntyi takaisin pikkutytöksi ja kurottautui ensin Vincenten ja sitten Gracen kättä kohti.

Äiti Maan tasapaino oli nyt palautettu, ja kolmikko käveli auringonvaloon.

"Vielä yksi asia", pikkutyttö kuiskasi ja sitten hän päästi irti heidän käsistään.

KAPPALE 45

MAA ALKOI TÄRISTÄ JA kouristella heidän jalkojensa alla.

Grace ja Vincente pitivät kiinni toisistaan, kun voimat työnsivät heitä yhteen ja erilleen, yhteen ja erilleen.

He pitivät toisiaan kädestä kiinni, kun he kohosivat maasta.

He pyörivät ja pyörivät mustassa tunnelissa, melkein kuin he olisivat pyörivän mustan sateenvarjon sisällä.

He pitivät kiinni toisistaan. He suutelivat.

Yhtenäinen kutsu kuului.

Äiti Maa palautti silmänräpäyksessä kaiken ja kaikki sinne, missä niiden oli tarkoitus olla.

Ja jälleen kerran punainen monoliitti seisoi yksin.

EPILOGI

Nuori mies kantoi surffilautaansa Manly Quayssa.

Hän odotti suurta aaltoa.

Kaukana hän näki jotain välkkyvää ja heiluvaa.

Hän meloi sitä kohti. Se oli kamera.

Hän laittoi hihnan kaulaansa, ja kun suuri aalto vihdoin saapui, hän ratsasti aallokossa rantaan.

Myöhemmin hän käveli pitkin rantaa ja kyseli, oliko joku hukannut kameran. Kukaan ei vaatinut sitä.

Uteliaana hän vei sen paikalliseen valokuvausliikkeeseen. Kameran sisällä oleva filmi ei ollut vahingoittunut tai kastunut. Hän pyysi, että se kehitettäisiin.

Muutamaa tuntia myöhemmin, kun filmi oli valmis, surffaaja palasi kameraliikkeeseen. Nuori nainen tiskin takana pyysi anteeksi, koska filmillä oli vain yksi valokuva.

Mies avasi kirjekuoren.

Vaaleatukkainen nuori mies, jolla oli musta smokkitakki, paidaton ja mustat farkut, seisoi käsi kädessä punaruskeatukkaisen naisen kanssa, jolla oli tiara ja pitsinen hääpuku. He näyttivät hyvin onnellisilta. Heidän takanaan keijuvalot, kuu ja meri olivat tarjonneet täydelliset puitteet heidän häilleen.

Koska hän ei tunnistanut kumpaakaan heistä, hän heitti valokuvan ja kameran roskiin.

Kolme korppia huusi kaukaisuudessa.

SANAN JÄLKEEN

Koska se oli

Ja koska se tulee aina olemaan...

Lapsemme tulevat maksamaan hinnan,

historiasta.

KIITOKSET

*DAME MARY GILMORE (1865-1962)

Dame Mary Gilmoren runo "The Song of The Woman-Drawer".

sisältyy tähän kirjaan kustantajan ETT Imprint, Sydney, Australia, suosittelemana.

Jos haluat lisätietoja Maryn työstä, seuraa alla lueteltuja polkuja, jotka olivat aktiivisia julkaisuhetkellä:

https://adb.anu.edu.au/biography/gilmore-dame-mary-jean-639 1

https://banknotes.rba.gov.au/australias-banknotes/people-on-th e-banknotes/dame-mary-gilmore/

https://www.portrait.gov.au//portraitofanation/gilmore-biograp hy.html

LUKUVINKKEJÄ

All links were active at the time of publication:

GADIGAL OF THE EORA NATION & INDIGENOUS AUSTRALIANS

http://www.sydneybarani.com.au/sites/aboriginal-people-and-place/

http://www.australia.gov.au/about-australia/australian-story/austn-indigenous-cultural-heritage

BIOGRAPHIES OF WOMEN MATHEMATICIANS

http://www.ams.org/women-mathematicians

http://womenshistory.about.com/od/sciencemath1/ss/Women-in-Mathematics-History.htm

WOMEN SCIENTISTS:

http://womenshistory.about.com/od/airspacesciencemath
/tp/Famous-Women-Scientists.htm

http://www.smithsonianmag.com/science-nature
/ten-historic-
female-scientists-you-should-know-84028788/?no-ist

LEONARDO FIBONACCI (1175-1250)

https://www.mathsisfun.com/numbers
/fibonacci-sequence.html

ALBERT EINSTEIN (1879-1955)

http://www.nobelprize.org/nobel_prizes/
physics/laureates/1921/einstein-bio.html

HUOMAUTUS KIRJOITTAJALTA:

Hyvät lukijat,

Asuin yli viisitoista vuotta Sydneyssä Australiassa poikani ja mieheni kanssa ja löysin Mary Gilmoren teokset. Tähän romaaniin sisältyvä runo inspiroi minua suuresti, ja halusin, että muutkin löytäisivät sen ja hänen teoksensa, kuten minä olin tehnyt.

Kun Gracen ja Vincenten hahmot tulivat ensimmäisen kerran luokseni, en ollut varma, olinko valmis eteeni asetettuun tehtävään. Vincennes oli matemaattinen suojatti ja Vincennes oli kriketinpelaaja - kummastakaan en tuntenut paljoakaan. Tarvittiin paljon pohdiskelua, tutkimusta ja rakentelua - ennen kuin edes aloin kirjoittaa ensimmäistä luonnosta.

Olin viimein ahkerasti työstämässä ensimmäistä luonnosta, kun osallistuin Society of Women's Writers NSW Inc:n järjestämään kirjailijaretriittiin ja erään heidän seminaariharjoituksensa aikana avauduin ja annoin itselleni luvan kirjoittaa sen. Tarina virtasi luontevasti tuon ilmestyksen jälkeen. Toivottavasti nautitte sen lukemisesta yhtä paljon kuin minä nautin sen kirjoittamisesta.

Nykyään asun kotona Kanadan Ontariossa mieheni, poikani, kahden kissamme ja yhden koiramme kanssa.

Kiitos ja kuten aina, HYVÄÄ LUKEMISTA!

Cathy

MYÖS